人与人之间的缘分很奇妙
我们生在同一片土地
吹着同一场风 看着同一场晚霞
也许身在各地 也许素面识
但短暂人生 能有幸相逢 已是幸事

很高兴认识你
这句话说过很多遍
但愿想同你重复
千千万万次

感谢一路相伴
愿来日共赏浪漫

乔虞

手机扫码即可聆听

乔虞声音寄语之三

北川有鱼

乔虞 著

天津出版传媒集团
百花文艺出版社

图书在版编目（CIP）数据

北川有鱼 / 乔虞著 . -- 天津 : 百花文艺出版社 , 2023.11

ISBN 978-7-5306-8637-9

Ⅰ . ①北… Ⅱ . ①乔… Ⅲ . ①长篇小说－中国－当代 Ⅳ . ① I247.5

中国国家版本馆 CIP 数据核字 (2023) 第 161171 号

北川有鱼

BEI CHUAN YOU YU

乔虞　著

出 版 人： 薛印胜
责任编辑： 张　雪
封面设计： 白砚川　**版式设计：** 宗　介
出版发行： 百花文艺出版社
地址： 天津市和平区西康路 35 号 **邮编：** 300051
电话传真： +86-22-23332651（发行部）
+86-22-23332656（总编室）
+86-22-23332478（邮购部）
网址： http://www.baihuawenyi.com
印刷： 湖南凌宇纸品有限公司
开本： 880 × 1230 毫米　1/32
字数： 330 千字
印张： 11
版次： 2023 年 11 月第 1 版
印次： 2023 年 11 月第 1 次印刷
定价： 42.80 元

如有印装质量问题，请与湖南凌宇纸品有限公司联系调换
地址：长沙县黄花工业园财富大道 16 号
电话：0731-86300881
邮编：410137

目 录 CONTENTS

目 录 CONTENTS

第一章 盛夏

南城八月末。

连绵几日的暴雨将歇，空气里还残留着一点儿潮湿的燥热。

陆羡鱼下飞机后，在路旁寻了个阴凉处拿出手机看消息。

冬稚：小姨，路上堵车，你先在机场外等我。

冬稚是陆羡鱼舅舅的外孙女，性子软糯可爱，陆羡鱼一和她聊天，就忍不住逗她。例如此时：你得快点儿来，否则我得晒成“人肉干”。

冬稚消息回得很快：我马上就到。

陆羡鱼忍笑回复：那我等你哦。还附赠一张“官人，我等你”的表情包。

等冬稚来的时间，陆羡鱼百无聊赖地坐在长椅上刷微博。

微博热搜榜赫然显示：#陆羡鱼回国#。

词条上一秒还在第八，下一秒蹿到前三。

陆羡鱼冷着脸点开热搜，微博广场被营销号霸屏，通稿上清一色地说她在韩国时为出道名额殴打同公司练习生，被经纪公司解约遣送回国，如今是打算依靠父母在内娱出道。微博评论里十条有九条半是骂她的。

——陆羡鱼还有脸回国出道?

——为了出道名额，就对同公司练习生大打出手，现在回国发展，仰仗有个导演爹，是打算当娱乐圈公主吗?

——还没出道就开始买热搜，出道了就真成无人敢欺的公主了。

…………

陆羡鱼懒得往下翻，葱削般的指尖一滑，把微博卸载。

眼不见为净。

她目光环视人群，浑然不见冬稚那丫头的身影。陆羡鱼准备给冬稚打电话时，耳边响起重机车轰油门的声音，五六辆“川崎”停在不远处，摩托车上的少年一个比一个穿得潮流前卫。

陆羡鱼想，或许这就是传说中的机车男团。

过了会儿，“机车男团”一行人从摩托车上下来，默契地站成一排，那架势一瞧就是训练有度。陆羡鱼正好奇谁把这群少年训练成这模样，侧眸看见有人过来。

少年单手插兜，另一只手拖着只黑色皮箱，脚步懒散。影子被光线拉长，拓印在地面，身形挺拔。

等人走近，陆羡鱼才看清他长什么样。冷白肤，眉骨俊朗，下颌线轮廓分明。黑发利落帅气，与“机车男团”造型大相径庭。一双眼形似桃花，眼尾狭长深邃，桀骜十足。还挺帅。

机场外人声鼎沸，陆羡鱼手机铃声都被淹没。她收回视线，接通电话：“小冬稚。”

“小姨，”冬稚先叫了人，又继续道，“我看见你了，我在对面的出租车上等你。”

“好。”陆羡鱼挂断电话，拎上脚边的粉色小皮箱起身。

“川爷，把你行李箱给我吧。”“机车男团”的红毛，殷勤地上前要接下季北川手里的行李箱。

季北川直接无视。红毛正疑惑，抬头顺着季北川的目光看去，瞬间明了。

拥挤的人群中，身材高挑、眉眼漂亮的少女特别打眼。少女上着米色荷叶边衬衫，下穿红色百褶裙，身形纤瘦有料。她逆着光，脸庞被光影模糊，勉强看清侧颜，稚气未脱的五官，美得极具攻击性。像朵开得娇艳的玫瑰，让人无法移开眼。

“不得了，咱们川爷是春心萌动了。”红毛含笑打趣。

“就你话多。”季北川白红毛一眼，把行李丢给他，长腿一跨，上了就近的摩托车。

红毛接过行李箱，问季北川：“川爷，这行李给你放哪儿啊？”

“随便。”少年的声音淹没在风里，只听见机车“轰轰轰”的声音传来。

出租车在巷口停下，陆羡鱼和冬稚付了车钱下车。

舅舅冬常颂在巷口等候许久，见两人身影，立马上前接过陆羡鱼手中的行李，边走边和陆羡鱼说话：“本来我想和冬稚一起去接你，哪知道学校突然有事，就只能叫冬稚去接你了。”

“没事儿。”陆羡鱼微笑，挽上冬常颂的手臂撒娇，“只要舅舅平日对我睁一只眼闭一只眼，我就大人不记小人过了。”

冬常颂是南城大学的副校长，平日最为刻板严谨。面对外甥女无理取闹的要求，他冷脸拒绝：“绝无可能。”

陆羡鱼轻哼一声，丢开冬常颂的手，又钩住矮了她半个脑袋的冬稚的肩，和她脸贴脸，小声抱怨：“冬稚，你外公这么不近人情，你这些年是怎么在他的魔爪下活下来的？”

冬稚瞄一眼走在前面的冬常颂，细声细气地说：“外公人很好的。”

“……”陆羡鱼被噎，只能轻捏下冬稚还带有婴儿肥的脸颊，“你是好学生，我可不是，没看见网上都说我是坏女孩吗？”

有关陆羡鱼的传闻，冬稚也看过，却不信陆羡鱼会为区区一个出道名额对人动手。且不论陆羡鱼背后的京城陆家，只说她的父母，一个是知名导演，一个是国家一级舞蹈演员，这样的家世背景下，陆羡鱼想出道，易如反掌。

冬稚仰着脸，眼睛亮晶晶的：“小姨才不是那样的人。”

陆羡鱼一怔，然后抱住冬稚，喃喃道：“小冬稚，你怎么这么招人稀罕呢。”

舅舅家是典型的老式四合院，庭院内还栽种了两棵常青树，枝丫繁茂，绿得发青。陆羡鱼的房间在冬稚隔壁，坐北朝南，采光极好。

冬常颂把行李箱放在进门的书桌旁，和陆羡鱼道：“有什么需要的，和我说，或者和你表姐说，我们好给你添置。”

陆羡鱼目视房间一圈，进门右手边是浴室，装潢色调偏暖，家具摆放与她自家卧室并无区别，可见布置之人十分用心。

陆羡鱼笑着摇头：“不用了，这样挺好的。”

冬常颂让陆羡鱼休息一会儿，晚上一家人去外面吃饭，顺便给她接风洗尘。

陆羡鱼应下，在冬稚的帮忙下收拾好行李，进了浴室洗澡。水流顺着发丝落下，温度适宜，驱走不少疲惫。墙上的瓷砖沾上水珠，模糊地映出少女姣好的身材。

从浴室出来，陆羡鱼换了套休闲风睡衣，濡湿的茶色长发紧贴着天鹅颈，水珠顺着锁骨蜿蜒而下。被热气蒸后的脸蛋儿，白里透红。

她坐在床边开始吹头发，正在充电的手机铃声响个不停。陆羡鱼瞄了一眼，来电显示是“母后大人”。她关掉吹风机，扔到一边儿，接通电话：“妈妈。”

“羡羡，到舅舅家了吗？”冬雪在电话那边问她。

陆羡鱼：“到了。”

冬雪念叨：“医生说你的病情还不稳定，在舅舅家也要记得吃药，知道吗？”

陆羡鱼抿紧了唇，半晌才挤出一个“嗯”字。

她被父母送到南城舅舅家，不是没有原因的。半年前，她出道在即，却被好友苏烟下药导致失声，错过声乐考核。

事后对方还拉着陆羡鱼的手，得意扬扬地和她炫耀：“对啊，就是我给你下的药，很生气吗，要不要打我出气？”

陆羡鱼是陆家唯一的女儿，无论是长辈，还是两个哥哥，都把她当公主一样捧在手心里宠着，这会儿面对苏烟无耻的手段，陆羡鱼再也忍受不住，愤而抽回手：“苏烟，我从没遇见过像你这样的人。”

不巧，一巴掌正打在她脸上。被打的苏烟不怒反笑：“只要能让你不好过，要不要脸无所谓。”

陆羡鱼被她的笑刺得太阳穴突突跳，抄起桌上的书本朝苏烟砸过去：“苏烟，你别给脸不要脸！”

苏烟迅速躲开，捂着脸装可怜：“羡羡……羡羡，你别打我……你错过出道考核，我知道你生气，可是……”

陆羡鱼被苏烟突如其来的演技给吓住，一转头看见墙上不知何时安上的摄像头，瞬间明白自己被算计了。

“羡羡，对不起。”苏烟的“白莲花”表演还在继续，不停给陆羡鱼鞠躬，“我不是故意抢你名额的，是你自己不去，我考核过了，老师才让我顶替你……对不起……对不起……”

后面这段视频被苏烟放到网上，陆羡鱼被全网网友攻击抹黑。网友跟风骂她、给她合成黑白遗照、给她寄动物尸体、诅咒她出门被车撞死……各种不堪入耳的辱骂，仅有十八岁的她整整经历了半年之久。

从害怕到绝望吞药，洗胃被抢救回来后看见父母、亲人疲惫的面容，陆羡鱼选择装作什么都没有发生，跟往常一样生活着。

本以为她良好的演技瞒过了父母，却不想在一次深夜，她于噩梦中惊醒，被母亲发现病还未痊愈。恰好她高考分数勉强够上南城大学，家中的长辈商量后送她来到南城舅舅家，期盼她走出网暴阴影，恢复这个年纪的女孩该有的朝气。

冬雪有表演要上台，再三叮嘱陆羡鱼后，才依依不舍地结束通话。

陆羡鱼继续吹头发，吹干的茶色卷发散落肩侧，偶尔两缕调皮地扫过锁骨。她拿起手机，有舅舅发来的消息：我先去你表姐花店帮忙，你待会儿和冬稚兄妹俩一起来饭店。

陆羡鱼回了个“好”，打开衣柜翻找衣服。来南城前，冬雪就把她一年四季的衣服快递过来了。

陆羡鱼找了件米色印字T恤和一条深蓝牛仔裤扔在床上，关上窗帘，转身站在床边换衣服。

她上衣脱了一半，紧闭的房门突然被推开，接着是少年嬉笑的声音：“大白天把门关上做什么，藏了……”

季北川的声音戛然而止。眼前的景色算得上活色生香，少女纤腰盈盈，肌肤白皙，右腰那颗红痣越发明显。

季北川捂住眼睛：“嗞。”

“流氓！”

两人声音几乎同时响起。

陆羡鱼红着脸把衣服放下，杏眼瞪着不速之客：“你什么都没看见，知道吗？”

季北川放下遮挡眼睛的手。少女漂亮的琥珀色杏眼澄澈如水，因为生气的原因，眼尾一圈红，像只发怒的奶猫儿。让人就想逗她玩儿。

陆羡鱼迎上他的目光，凶巴巴地道：“看什么看！我警告你，你什么都没看见！”

季北川往门框上一靠，懒洋洋地勾唇：“我该看见什么？”

“你看见了……”陆羡鱼顺着他的话出声，下一秒意识到自己被套路，自暴自弃，“眼睛长你身上，我怎么知道你看见什么？”

哦嚯，逗过了。季北川笑了声，声线喑哑，低沉得撩人。

他黑眸促狭着，带着浓浓的戏谑，一本正经地说：“太小了。”

陆羡鱼：“？？？”这什么人啊！

陆羡鱼气得咬牙，瞪季北川：“你才小！你全家都小！”

季北川扬了扬眉，这是被鄙视了。他打算说句话挽回形象。

身后响起冬稚兄妹俩的声音——

“老季，你怎么来了？”

“你们在聊什么？”

冬稚兄妹一前一后过来，看见面红耳赤的陆羡鱼，面面相觑。

冬稚走到陆羡鱼身边，问她：“怎么了？”

陆羡鱼余光狠狠剜了一眼季北川，少年朝她眨眼，眼神促狭。简直坏透了。

可这事难以启齿，陆羡鱼闷闷地说：“没什么。”转身拉上冬稚进了房间，然后把门反锁关上，连窗帘都拉得严实。

“你对陆羡鱼做了什么？”林桀笑着用肩撞了一下季北川。

季北川没答，转而钩住林桀的脖颈往饭厅走：“你怎么换房间了？”

林桀和季北川是初中同学，当年中考林桀发挥失常去了九中老校区，季北川被他爸塞进了新校区。虽然高中三年不同校，可只要有时间，两人就常在一起玩。

林桀拉开椅子坐下，两条腿大大咧咧地敞开，语调散漫地回道：“陆羡鱼要来我家住，老冬头就把我赶去了对面阴暗潮湿的小黑屋。”

季北川用脚尖钩住椅子腿，跷着腿坐下，吊儿郎当地笑：“这女孩能让老冬头这么关心，不会是你的童养媳吧？”

林桀白他一眼：“陆羡鱼是我小姨，有血缘关系的。”

季北川拖腔带调地“哦”一声，又问林桀：“她来你家做什么？”

“听说是考来了南大，所以来我们家暂住……”林桀话说一半，感觉有点不对劲。向来眼高于顶的季大少爷，突然关心一个陌生女孩？

林桀目光警惕：“你怎么这么关心我小姨？”

季北川不答，岔开话题，问林桀：“今晚吃什么？”

“今晚给陆羡鱼接风，在外面吃。”林桀回答，又无语道，“又想白吃白喝？”

季北川理所当然地说：“都是一家人，蹭一顿怎么了？”

林桀：“……”他和季北川什么时候是一家人了？

晚上七点，又下起了淅淅沥沥的小雨。

陆羡鱼和冬稚同撑一把伞进了饭店，放雨伞时看见和林桀一起进来的季北川，问冬稚：“他和林桀什么关系？”

冬稚答：“北川哥是哥哥的好朋友，经常来我们家吃饭。”

陆羡鱼努嘴：“蹭吃蹭喝的浑蛋。”

她声若蚊蚋，冬稚没听清，疑惑地眨眼：“啊？”

“没什么。”

季北川和林桀并肩过来，两个少年都身高腿长，相貌出众，走在一起就是一道亮丽风景线，引来不少目光。

两人走过来，林桀问冬稚：“在这儿傻愣着做什么？”

“等你们过来啊。”冬稚道。

季北川看一眼冬稚身侧的陆羡鱼，简单的米色短T配牛仔裤，脚上是双小众品牌的板鞋，一双腿笔直修长，整个人显得高挑纤瘦。

陆羡鱼注意到季北川的目光，优雅地翻了个白眼，别过脸：“走了。”她转身走向电梯，按了上行键。

冬稚和林桀有话说，走在后面。季北川跟上陆羡鱼的脚步进了电梯。

陆羡鱼要伸手去按数字按钮，季北川先她一步：“我来。”

陆羡鱼垂眸，少年的手很漂亮，指节修长，肌肤冷白，皮肤下盘虬的青色血管清晰可见。冬稚兄妹进来后，电梯门就要关上，又有五六个人在门关上的刹那，跑进了电梯。

电梯空间狭小，陆羡鱼皱眉往后退了几步，背部撞上硬邦邦的物体。但并不是冰凉的墙壁，她似乎听见杂乱无章的心跳声。

耳边响起少年的声音：“喂——”

陆羡鱼：“！！！”

季北川凑在她耳边，呼吸灼热：“急着投怀送抱？”

投怀送抱个鬼！陆羡鱼气得胸闷，歪头横季北川一眼，压低声音警告：“你给我闭嘴！”

可少年仿佛是个无赖：“嘴长在我身上，你可管不住。”

陆羡鱼：“……”这人就是天生来克她的吧！

见陆羡鱼吃瘪，季北川得意地挑了下眉：“怎么不说话？”

电梯门打开，陆羡鱼立马走了出来，高冷地丢下一句：“又不熟，有什么好说的。”

冬稚和林桀面面相觑，这是发生了什么？

包厢里，冬常颂点的菜已经上了三分之二，陆羡鱼几人才姗姗来迟。

几人坐下后，陆羡鱼和表姐冬青打招呼，只换来对方淡淡点头。陆羡鱼清楚这位表姐的性子，在远嫁北方后，又领着一双儿女灰溜溜地回到娘家，性子就变得沉默寡言。

饭桌上，冬常颂看见多出来的季北川，拧眉：“你来这里干吗？”

季北川毫不见外，拿起饭桌上的筷子吃了口菜，然后理直气壮地说："蹭饭。"

冬常颂平日也习惯这小子来家里蹭吃蹭喝，不再多说，转而招呼陆羡鱼吃饭。

陆羡鱼坐在冬常颂右边，他给陆羡鱼搛了一只虾，轻声道："南大那边的入学手续，舅舅已经帮你办好了，军训你不用去，等你休养好了，我带你一起去报到。"

陆羡鱼吃了口虾，声音含糊不清："谢谢舅舅。"

饭桌上气氛和谐，连向来少语的冬青也会和陆羡鱼聊上两句，虽然话题无关痛痒。

吃完饭，陆羡鱼和冬稚结伴去洗手间，她先一步出来，站在盥洗盆旁等冬稚。陆羡鱼拿出手机点开微信，唯一置顶的联系人备注的是"不解风情的木头"。她点开对话框，看见自己前几天发出的消息，对方都没回，不高兴地抿唇。

陆羡鱼：我到南城了，听爸爸说你的新戏会来这边取景，到时候，我们见一面好不好？

不解风情的木头：我很忙，你好好休息。

陆羡鱼撇嘴，拒绝她的话倒回得挺快。

她噼里啪啦地打字：听我的，我说了算，我们到时见。

不解风情的木头：随你。

陆羡鱼眼睑垂下，有点儿烦躁地把手机放进背包里。

"不高兴了？"一道低沉散漫的声音在头顶响起。

陆羡鱼抬头，看见季北川站在不远处，微凸的喉结上下滚动，又痞又帅。陆羡鱼腹诽，白瞎了一副好皮囊。

季北川出声道："又不理我？"

"不熟。"陆羡鱼语气淡淡。

季北川"啧"了声，又是这两字。

冬稚从洗手间出来，陆羡鱼挽上冬稚的胳膊，转身就走。

季北川手枕着后脑勺靠在墙上，盯着陆羡鱼离去的背影。她似乎贼瘦，那腰也细得要命。季北川脑海里不自觉地浮现出下午见到的画面，少女盈盈一握的纤腰，肌肤白皙胜雪，腰上那颗红痣妖娆得撩人。

季北川回过神来，喉结一滚，耳朵烧了起来，用手拍了下后脑勺："见鬼了。"

晚上，林桀和季北川连麦打游戏，中场休息时二人聊天：“老季，陆羡鱼跟你一所学校，你平日帮我多照顾她一点儿。”

季北川拉开一罐冻啤，喝了一口，问林桀：“为什么？”

“她挺可怜的。”

季北川戴上耳麦，又新开了一局游戏：“嗯？”

林桀正“跳伞”，接话茬道：“你别看陆羡鱼和常人没区别，我听老冬头和我妈聊天，她被网暴过。”

网暴？季北川一个走神，落地成盒。

林桀没继续说有关陆羡鱼的话题，无情地嘲笑季北川：“季北川，你是不是不行？”

“行不行，关你屁事。”季北川反怼，重复问林桀，“陆羡鱼为什么会被网暴？”

林桀听他张口闭口都是围绕自家小姨，不爽到极点：“姓季的，你怎么这么好奇我小姨的事？”

说起陆羡鱼，季北川脑海中又浮现出那幅画面，连那颗红痣的位置都记得一清二楚。他忽觉口干舌燥，拿起啤酒，猛灌几口，有浅黄液体沿着流畅的下颌线打湿背心。

一罐啤酒下肚，季北川还是觉得心里有火在烧。

“老季？老季——”林桀叫他，又打了个哈欠，鼻音很重地问，“还来吗？”

季北川又开了一罐冰啤，喝掉一大半，轻“嗯”一声：“来。”

接下来几局，季北川在游戏里大杀四方，林桀跟在后面捡漏。又是一局游戏结束，林桀笑道：“你今晚到底怎么回事儿？”

季北川发现，只要一停下来，脑子就不受控制地浮现出某些画面。还全是关于陆羡鱼的。他沉着脸，又开了局游戏：“继续。”

南城盛夏多雨，小雨连绵几天，不知疲累，没有丝毫停下的意思。

陆羡鱼站在教师办公室外的走廊等冬常颂，时间分秒过去，冬常颂还没回来，她百无聊赖地目眺远方。对面是露天篮球场，一群穿着球衣的少年，不惧风雨，在塑胶跑道上你追我赶地打着球。偶有三两学生同撑一把伞从小卖部或食堂走出来，嬉笑打闹地跑进教学楼。陆羡鱼有些恍惚，从成为练习生后，这样的校园生活似乎就离她很遥远。

“羡羡。”冬常颂走过来。陆羡鱼回过神来，叫了一声“舅舅”，就跟在冬常颂身后走进教师办公室。

“冬老师，今天没课吗？”办公室里的老师和冬常颂打招呼，看见他身后的陆羡鱼愣了愣。

少女茶色卷发慵懒地散落在腰间，白衬衫不规则地塞进红黑格子百褶裙里，衬衫扣子解开两颗，露出漂亮的锁骨。她生得极为好看，腰身纤细，一双腿笔直又白。只是这打扮一看就不是什么好学生，让人喜欢不起来。

冬常颂把入学资料给了陆羡鱼，回答那位老师的话：“来给新生办入学手续。”

那名老师视线从陆羡鱼身上离开，敷衍地和冬常颂笑着说了两句，捧着保温杯出了办公室。

陆羡鱼把教材胡乱地塞进书包，拉上拉链，只背了一边的肩带。拉着冬常颂的手撒娇：“舅舅，我能吃个早餐再去教室吗？”

早上起来得晚，陆羡鱼没吃两口饭，就被冬常颂拎来了学校。

冬常颂太清楚自家外甥女的性子，从包里摸出一袋吐司给她：“快点吃。”

陆羡鱼有些挫败地“哦”一声，咬着干巴巴的吐司，口齿不清地道：“舅舅……我要喝水……”

冬常颂拿她没办法，拿了一次性杯子，走到饮水机前接水。

陆羡鱼把手里的面包解决了三分之一，余光捕捉到一抹纤瘦身影。

少女穿着夏季常服，齐刘海，头发规规矩矩地扎成马尾，手里抱着一沓白花花的纸张，脆生生地喊道：“报告。”

冬常颂把水杯递给陆羡鱼，对来人点头：“进来。”

“冬老师，上周末您布置的作业已经交上来了。”

“都收上来了？”冬常颂皱眉，“季北川的呢？”

“啊……”女生被老师这么一问，语无伦次起来，“我、我忘记了……”

冬常颂深知季北川的性子，那小子是典型的不学无术，他要能按时完成作业，除非太阳打西边出来。冬常颂早已习惯，也不因此为难女生：“赵恩若，马上要上课了，你先回去。”

被叫作赵恩若的女生乖巧道：“老师再见。”

“吃完没？”冬常颂回头问自己不省心的外甥女。

在做练习生的这几年，陆羡鱼早养成了吃饭吃五分饱的习惯，她把吃了一半的吐司丢进垃圾桶，上前挽住冬常颂的胳膊：“吃完了。”

走到门口的赵恩若脚步一顿，回头看了一眼，正好看见冬常颂宠溺地揉了揉陆羡鱼的长发："再休息会儿，我带你去教室。"

室外光线照进来，正好落在少女的脸上，她美得极具攻击性，五官稚嫩却明艳，眼角上扬，无端生出几分不属于少女的媚意。

女生对于漂亮的同性生物，总是不喜欢的。赵恩若也不例外。

偌大的教室里，各种声音此起彼伏，本该安静的课堂，这会儿吵嚷得像菜市场。

赵恩若回到座位上坐下，同桌唐蕊拉着她聊天："恩若，你在冬老师办公室看见陆羡鱼没？"

"谁是陆羡鱼？"赵恩若没把唐蕊的话放在心上，随意答了句。

唐蕊叽叽喳喳地说个不停："就那个最近微博上被黑得很惨的女明星啊，是不是和网上说的一样，长得很丑啊……我听说她好像是整容的，一点都不……"

赵恩若正在做题，听着唐蕊的话有些走神，想起偶然一瞥的少女。

原来她就是陆羡鱼。

唐蕊注意到赵恩若的走神，用手撞她："你看见真人没？"

赵恩若没理她，拿过耳机戴上，淡淡地说："没看见。"

被她无视的唐蕊也不气馁，转头和后桌的女生一起讨论陆羡鱼。

教室没有老师，学生越发放肆，声音高了八度不止。

靠窗最后一排位置的椅子忽然倒下，发出刺耳的声响，原本吵闹不堪的教室，只剩下小声讨论。

赵恩若摘下耳机，转过头。少年单手支脸，眼睛耷拉，睨着众人："吵——"他嗓音很沉，带点儿鼻音，透着浓浓的倦意。

赵恩若作为班长走上讲台维持纪律："都安静，上课了。"

只与季北川相差一个过道的红毛，也附和赵恩若的话："都别吵了，好好学习。"

学生时代总有些不成文，但都各自遵守的规定，比如好学生不敢招惹坏学生，特别是像季北川这样从入校起就出了名的混世魔王。

赵恩若从讲台上下来，走到季北川的座位前，敲了下桌子，轻声道："季北川，上周的论文……"

话没说完，趴在桌上睡觉的少年眼皮掀开半条缝，冷冷扫她一眼，又换了个方向继续睡。

赵恩若："……"

她正要继续叫季北川时，冬常颂领着陆羡鱼进来，走上讲台，看见她："赵恩若，回到位置上。"

赵恩若看一眼熟睡的少年，不甘心地回到座位上。

陆羡鱼的到来，让安静的0417教室瞬间热闹起来，学生们看着她议论纷纷——

"陆羡鱼居然和我们一个班？"

"她不是明星吗，还在国外训练，怎么会来学校读书？"

"你还不知道，陆羡鱼早被经纪公司辞退了，所以才灰溜溜地回国……"

议论声一字不落地传进陆羡鱼的耳里，她恍若未闻，淡淡地做自我介绍："陆羡鱼，临渊羡鱼的羡鱼。"

眼见底下讨论又要开始，冬常颂拍了拍讲台："安静。"

教室瞬间鸦雀无声。他环视了一圈，对陆羡鱼道："你坐后面靠窗的位置。"

陆羡鱼眼皮一跳，总觉得有什么糟糕的事即将发生。她走下讲台，在众多学生的注目下走到靠窗的位置，然后沉默了。少年趴在桌上睡觉，窗外雾蒙蒙的光线照进来，脸部线条轮廓分明。

陆羡鱼撇嘴，真是冤家路窄。

冬常颂见她还没坐下，皱眉："怎么还不坐下？"

"马上。"陆羡鱼不情不愿地应了一声。

她要坐下时，发现椅子可怜地倒在地上，凄惨得很。

讲台上的冬常颂注意到这茬，一拍讲桌："季北川——"

少年悠悠转醒，鼻音很重，带着一点儿倦意："有事儿吗？"

"把椅子给我扶起来。"季北川瞌睡虫被赶走一半，他伸个懒腰，余光捕捉到站在桌子边的高挑身影。少女的百褶裙短到膝盖上方，脚上是双黑白撞色运动鞋，脚踝纤细漂亮，腿长腰瘦。

季北川认出陆羡鱼，扬眉："挺巧？"

陆羡鱼把书包丢在桌上，扶起椅子坐下，没有要理季北川的意思。

这节课是冬常颂的《马克思主义基本原理》，见陆羡鱼坐下后，他就开始上课。

陆羡鱼要把书包放进抽屉里，却发现抽屉里满是东西。半成新的教材，新生入学手册，还有一堆零食。

陆羡鱼："……"

陆羡鱼努力让自己平静下来，然后把抽屉里的东西全部拿出来，推到季北川的桌上，语气冷淡："这是我的位置。"

"一来就宣示主权？"季北川"啧"了声，打开一堆零食里的棒棒糖包装纸，咬在嘴里，"我一直是一个人坐。"言外之意，这该是他的位置。

陆羡鱼把书拿出来，放在桌上，偏头看向季北川："从今天起，就是我的。"她又拿了一摞书放在两张桌子的相接之间，盯着季北川的眼睛，"不许过线。"

季北川咬着棒棒糖，邪气地扯出一抹笑："学小学生划三八线？幼稚不幼稚？"

"还没断糖的家伙——"陆羡鱼和他对视，眼睛里火花四溅，"你幼稚不？"

季北川："……"嘴里的糖，忽然就不甜了。他盯着陆羡鱼的侧脸，嘴里的棒棒糖咬得咔咔作响。臭丫头。

边上的红毛看见这一幕，惊得目瞪口呆，居然还有人把川爷堵得说不出来话？

上午最后一节课是高数课，上课老师正是陆羡鱼在办公室遇见的那位，名叫陈霞文，在南大是出了名的严厉。只是高数课实在"高深"，再加上老师讲得无趣，陆羡鱼听得昏昏欲睡。

正当她要睡着时，耳边响起季北川的调侃声："你还是别睡，小心被抽问。"

陆羡鱼偏头瞪他："闭嘴吧你。"

陈霞文最讨厌不认真学习的学生，把课本丢在桌上，目光巡视教室一圈，看见季北川旁边的少女。联想到陆羡鱼的"光荣事迹"，决定拿她开刀："陆羡鱼——"

陆羡鱼："……"季北川的嘴，乌鸦嘴无疑。

她慢腾腾地站起身，拉长尾音："到。"

陈霞文看她一副没睡醒的样儿，气不打一处来，手中的教鞭狠狠砸向桌子，语气不善："第五道选择题……以下答案该选哪一个？"

陆羡鱼垂眸，盯着卷子上的四个选项，犹如丈二和尚摸不着头脑。

该选哪个？

见陆羡鱼半天不吱声，陈霞文语气冰冷："不会吗？"

陆羡鱼抿了抿唇，决定秉承三长一短就选C的传统，回答道："我觉得该选C。”说完，她瞄一眼讲台，目测老师脸色不算好看。

哦嚯，选错了。

陈霞文问她：“为什么选C？”

陆羡鱼睁眼说瞎话：“看它比较顺眼——”

“哈哈哈哈。”全班哄堂大笑。

陈霞文脸黑如墨，瞪一眼陆羡鱼：“坐下。”

陆羡鱼也不客气，直接坐下。

陈霞文讲了一遍这道题，端起讲桌上的茶杯喝了一口，意有所指道：“你们现在这个年龄就该好好学习，我不管你以前是做什么的，来学校读书就是学生，上课都不认真听讲，你还能做什么？”

这话是人都知道说的是陆羡鱼。

季北川偏头，发现当事人像是完全不在意似的。少女低着头，长睫垂下，遮住眼底的情绪。季北川蓦地想起林桀的话，目光敏锐地注意到她唇角紧抿，像极力压抑着某种崩堤的情绪。

同学们因陈霞文的话，议论声不停，全是嘲讽讥笑——

“老陈说的这话，明显是指陆羡鱼吧。”

“什么星二代，也不过如此，这么简单的一道题也不会……”

“老陈话也说得对，不好好学习，有什么出路？”

…………

“陈老师——”季北川举起手，“我有疑惑。”

陈霞文扬了扬下巴：“说。”

“像您说的，学生只有好好学习才有出路，可您现在是在耽误我们学习的时间，对不对？”

素来唯季北川马首是瞻的红毛一行人，立马附和道：“陈老师，时间就是生命，你这是浪费我们的生命！”

全班哄堂大笑。

陆羡鱼抬眸，少年姿态懒散地靠在椅背上，唇角上扬，笑得轻佻。典型的二世祖。却……莫名地让人心安。

陈霞文听着学生的笑声，尤感刺耳，一摔手里的卷子，指着教室门对季北川道：“你给我滚出去！”

季北川嬉皮笑脸地起身：“滚就滚，我最会滚了。”

“滚——”伴随着陈霞文的怒吼声，季北川单手抄兜，慢悠悠地起身，丢给陆羡鱼一个纸团，像个老大爷遛弯一样走出教室。

陈霞文又教育了一遍班上的学生，才继续上课。

陆羡鱼眼皮垂下，犹豫半天，打开纸团。纸团里包裹着两颗大白兔奶糖，上面还有一行锋利的字迹——别把那些话放在心上，哥哥请你吃糖。

“谁是你妹妹。”陆羡鱼无语。

她把纸团丢进桌洞，撕开一颗大白兔奶糖，塞进嘴里。

奶香裹杂糖味儿在口腔炸开，甜丝丝的，糟糕的心情似乎也变得不错。她偏头看向窗外，少年靠在护栏上，一只手插在兜里，另一只手搭在栏杆上，手臂线条流畅，冷白的皮肤几乎能看见青色的血管。

似察觉到她的目光，季北川唇角勾了勾：“幼稚鬼，糖好吃吗？”

吃人嘴软。陆羡鱼扯了扯唇，无声道：“谢了。”

季北川看懂她的口型，有点儿意外地挑眉。哟，居然没怼他。

下课铃声响起，陈霞文还有一道题没讲完，又拖了十来分钟才放学。

陈霞文端起桌上的茶杯，叫住要走的陆羡鱼：“陆羡鱼，你跟我来办公室一趟。”

要离开教室的学生，目光又看向陆羡鱼，多是幸灾乐祸。

陆羡鱼满不在意：“哦。”

她跟在陈霞文身后走出教室，到了走廊外，陈霞文又叫住要和红毛一行人离开的季北川：“季北川，你也给我滚来办公室。”

“老师，我肚子饿，要去吃饭，能不能不去啊？”季北川钩住红毛的脖颈，跟没骨头一样靠在他身上。吊儿郎当的，没一点儿正形。

陈霞文最痛恨这样的学生，想到学校的传言，看着季北川然后丢下一句：“那叫你奶奶来一趟吧。”

陆羡鱼略掀眼皮，看见季北川眼里的冷厉。可那冷厉一纵即逝，快得像是幻觉。

少年站正身体，双手抄兜，依旧是那副玩世不恭的表情：“去就去，老师管饭吗？”

陈霞文理都不理他，转身就走，脚上七厘米的高跟鞋踩得哒哒作响。

季北川迈腿过来，和陆羡鱼肩并肩，咬耳低语：“陆同学，我们这算不算有难同当了？”

陆羡鱼眼皮掀开半个弧度，语气高冷：“不熟。”

“……”又是这两字。

季北川有些挫败地咬咬牙，他从小到大顺风顺水，走哪儿不是被人捧着，偏在小丫头这儿摔了跟头。

教师办公室在这次上课教室的楼上，走几分钟就到了。

陈霞文一进办公室重重放下手上的茶杯，双手抱肩开始教育陆羡鱼两人："你们知道身为学生的基本操守吗？"

陆羡鱼不吱声，长睫垂下，盯着鞋尖想中午要吃什么。

"我知道。"季北川举了只手，笑得欠揍，"尊师——"

"那你刚才上课还和我顶嘴？"

"我冤枉。"少年拖长尾音，笑得坏坏的，"我明明是提醒老师您不要耽误上课时间，您怎能曲解我一番好意？"

陆羡鱼闻言，忍不住笑出声。这人脸皮怎么这么厚，黑的都被他说成了白的。

陈霞文拿季北川没办法，又把怒气撒在陆羡鱼身上："陆羡鱼，你不要……"

"老师，我也冤枉。"陆羡鱼吸了吸鼻尖儿，贼委屈道，"我是成绩不好，可您不能玩区别对待，针对我啊。"

一顶歧视差生的帽子落下来，叫陈霞文没了辙，有些郁闷地喝了口水。见"敌人"吃瘪，陆羡鱼胸腔积郁的不快总算消散。她一偏头，对上一双黑沉沉的眸子。

少年眼尾微扬，双眼皮褶皱略宽，形似桃花，轻佻又浪荡。

陆羡鱼看见从办公室外进来的冬常颂，立马跑了过去，拉长尾调撒娇："舅舅——"

"这是怎么了？"冬常颂摸了摸外甥女的脑袋，有些不解。季北川是办公室的常客，可羡羡才入学半天怎么就被叫来办公室了？他狐疑地看向陈霞文："陈老师，这是怎么回事儿？"

陈霞文没想到陆羡鱼和冬常颂还有这层关系，一时有些尴尬："冬老师，这……"

"舅舅，我饿了。"陆羡鱼挽着冬常颂的胳膊摇晃，"我们去吃饭行不行？"

冬常颂知道陆羡鱼性子跳脱，还有点儿公主病，可一想到她的病，决定装睁眼瞎。他和陈霞文说："陈老师，没什么事的话，我就带羡羡去吃饭了，您忙？"

"好，好。"陈霞文忙不迭地应下。

季北川倚在桌子旁，看着陆羡鱼倚在冬常颂身边撒娇，两条纤细的长腿不老实地蹦来跳去：“舅舅……舅舅，我们吃什么？”

“你想吃什么……”两人的声音愈来愈远，小到听不见。

陈霞文一回头，撞上少年的黑眸。沉沉的，看得人心直颤。

季北川手插兜，淡淡道：“陈老师，不用通知我奶奶来接我吧？”

没等陈霞文反应，少年已经走远。

冬常颂领着陆羡鱼在食堂吃完饭，见她又打包一份，疑惑地问：“没吃饱？”

陆羡鱼系好装快餐盒的袋子，回答冬常颂的话：“给别人带的。”

冬常颂只以为她在班上交到了新朋友，叮嘱陆羡鱼别忘了吃药。

陆羡鱼恹恹地应了句：“我知道。”

冬常颂接到校长的电话，让陆羡鱼自己回去。

“舅舅再见。”

陆羡鱼拎着快餐盒出了食堂。外面雨已经停了，藏在云后的太阳也露了半个脸，灼热的阳光烘烤大地。食堂到教学楼有段距离，先不说陆羡鱼的明星身份，光是她那张明艳漂亮的脸，走在学校里，就引来不少侧目。

“真是陆羡鱼？长得挺漂亮啊，比她们班那个赵恩若还要好看。”

“是她，不像整容脸，明明就是挺好看的。”

“虽然陆羡鱼人品不咋样，但真人是真的好看。”

陆羡鱼全当未闻，抄近路回了刚才的教室。还没到教室，听见一声：“川爷——”

陆羡鱼停下脚步，忽然想起不久前在机场遇见的“机车男团”。陆羡鱼这人向来记性差，见过的人，转身就忘了。她这会儿回想起来，原来那天在机场觉得还挺帅的男生竟然是季北川。

陆羡鱼不由得再次感叹，真是白费了张好脸。

教室里。

红毛要拉开陆羡鱼座位的椅子坐下，一支笔不偏不倚地砸在他手背上。红毛头顶两问号：“川爷？”

季北川单手撑在书桌上，模样懒懒的，一只眼睁开半条缝：“坐一边儿去。”

红毛委屈，把自个儿的椅子拉过来坐下，双手撑脸，八卦道：“你今天为什么帮那女生？”

提到陆羡鱼，季北川有瞬间走神儿。想起刚才陆羡鱼和冬常颂离开办公室时，直蹦跶的两条细腿。一下一下的，像是在他心上蹦跶。

“川爷？川爷——”红毛连叫他几声。

季北川回过神，翻个白眼：“叫魂？”

红毛期待地搓着手，问季北川：“老实讲，你是不是看上陆羡鱼了？我认识你这么多年。就没见你对哪个女生这么好过。”先是在机场直勾勾地盯着人家看，再是在老陈的课上帮她说话，最后同去办公室受罚。这不是看上人家姑娘，能这么一反常态？！！

“看上她？”季北川像被逗乐了，“你当林桀的面儿说说这话。”

红毛：“？”

季北川换了个姿势，两条长腿放在陆羡鱼椅子上，笑了声：“她是林桀的小姨，我还不想给林桀当长辈。”

红毛正要说话，身后冷不丁响起少女的冷笑声：“既然你和林桀是兄弟——”

陆羡鱼走进来，把手里的饭盒扔给季北川，似笑非笑：“叫我一声小姨，我也不介意。”

“……”红毛竖拇指，好狠一女的。

季北川收了腿，当没听见陆羡鱼的话，用脚踢红毛：“龚巩，给我找双筷子。”

公公？陆羡鱼眉尖扬了扬，点评红毛这名字：“挺适合你的，公公。”

龚巩：“……”

陆羡鱼瞥一眼正在吃饭的季北川，少年吃饭的动作赏心悦目，一看就是受过标准礼仪教育。她懒得再瞧，拿出手机百无聊赖地玩着消消乐，这时，通知栏推送了一条娱乐新闻——电视剧《小时光》在南城某校取景。

点开这则新闻，通稿上写着“摘获第十二届金雀奖新人导演奖的谢临渊新执导的电视剧《小时光》于昨日在南城大学取景”，并附上三张抓拍照片。

纵是盛夏天，男人还是穿着一身白衬衫，他坐在放映机前，目光专注，正拿着对讲机和人交流着什么。因是在树下，男人侧脸被光影隔断，轮廓分明，五官立体，在一众人中鹤立鸡群。

陆羡鱼盯着照片看了许久，最后默默保存，打开微信给置顶的联系人发消息：临渊哥，你来南城了？

等半天，也不见谢临渊回她。

陆羡鱼有些烦躁地抓了抓头发，犹豫半天还是给谢临渊打去电话。

电话连响几声忙音才被接通，男人声音清润如水："有事吗？"

陆羡鱼的动静引起季北川的注意，他停了筷子，歪头盯着她。少女琥珀色的乌瞳染上点点笑意，亮得灼目。

刺得季北川眼睛疼。

"临渊哥——"陆羡鱼放软声音，小心翼翼地说，"我可以去找你吗？"怕被拒绝，陆羡鱼又加了句，"不会打扰你工作，我只是……"

头一回，季北川在陆羡鱼明艳漂亮的脸上看见名为讨好的神情。

"我已经三个月没见你了，有点儿想你。"

不知电话那端的男人和她说了什么，陆羡鱼粉唇抿紧，有些失望地道："我知道，打扰你了。"

陆羡鱼挂断电话，无力地靠在椅背上。又被拒绝了。

"陆羡鱼——"季北川忽然叫她。

陆羡鱼心情不好，不想理人，只拖长尾音"嗯"一声。

季北川问她："你和谁打电话呢？"

被谢临渊拒绝的那股子烦躁袭上心尖，陆羡鱼情绪起伏很大，看谁都不顺眼，丢给季北川一句："和你有关吗？"说完，转身离开教室。

季北川垂眼，手里的饭菜忽然就不香了。

在这会儿，龚巩不怕死地凑过来："川爷——"

季北川掀了半个眼皮："放。"

"你刚那语气……"龚巩斟酌着词句。

季北川扬了扬眉尖，似笑非笑地睨着他："继续。"

龚巩："像极了深闺怨妇。"

"深、闺、怨、妇。"每一个字眼，都是季北川从牙缝里挤出来的。

空气中顿时充满尴尬的气氛，龚巩忙不迭从椅子上站起来要溜："我忽然想起来我还有事儿，回见。"

"要去哪儿？"季北川伸手抓住龚巩的衣领，把人往回拉，一把按在椅子上。

龚巩双手合十求饶，声泪俱下："哥……川爷……大爷，我错了……"

季北川冷冷勾唇，盯着他："谁是深、闺、怨、妇？"

"我……"龚巩颤巍巍举手，"我是，我是。"

"滚。"

季北川白龚巩一眼，丢开他，坐回椅子上。目光触及桌上凉了的饭菜，眼前浮现起陆羡鱼打电话时的画面。

少女娇娇软软的女声："临渊哥……"

叫那么亲热，恶心死人。

"川爷……"龚巩中午没吃饭，见季北川又不动筷子，鼓起勇气，"我能吃……"

"你吃个屁。"季北川反手就把饭盒丢进垃圾桶。

龚巩："？"终究是他高攀了。

陆羡鱼在过道饮水机处接了水，面无表情地喝水吃药，又把药瓶丢进书包里。这会儿是午休时间，教学楼里安静得连根针落下来都能听见。陆羡鱼靠在墙上，想到刚才和谢临渊的那通电话，胡乱地走神。

"羡羡，"谢临渊声音依旧温润，可字字像锥冰一样往她心上刺，"我很忙，没有闲暇时间陪你。"

她只是想去见见他。都说在感情里先动心的一方是输家，遇上谢临渊，陆羡鱼早就一败涂地。

陆羡鱼遇见谢临渊是在她十五岁的那年除夕夜。

三年过去，陆羡鱼还记得那晚京城的雪下得很大，她裹得像只糯米团子从机场出来。陆羡鱼四处张望，都没有看见来接她的人。正当陆羡鱼要打电话给父母时，一辆熟悉的黑色轿车停在她面前，车窗降下，露出男人清隽俊秀的脸庞。

男人看着她，勾唇："是羡羡吗？"

男人戴着一副金丝边眼镜，镜片下的眼眸黑沉如墨，像深不见底的旋涡，吸引住陆羡鱼所有的目光。

少女一张小脸都藏在围巾后面，只露出一双清凌凌的眼睛，眼神懵懂天真。她眨了眨眼："你是谁？"

"我是陆老师的学生，谢临渊。"他做自我介绍，嗓音清冽如泉，温温柔柔的，撩拨了陆羡鱼从未有过的少女心。

陆羡鱼上车后才知道父亲陆润之忙着新剧拍摄，没时间来接她，就让谢临渊送陆羡鱼去她爷爷家。陆羡鱼爷爷家住军区大院，谢临渊车没法开进去，只帮陆羡鱼把行李箱拿下车，就要开车离开。

陆羡鱼拖着行李箱往大院里走，才走两步，听见身后谢临渊叫她："羡羡。"

陆羡鱼回眸看他。

男人薄唇上扬，笑意温柔："新年快乐。"

不知谁家小孩儿拿着仙女棒从陆羡鱼面前跑过，火花棒滋滋冒着光，晃晕了陆羡鱼的视线。那一瞬间，她听见自己心跳加速的声音。

“怦怦怦”，在这寂静雪夜，格外清晰。

谢临渊要走了，还温声叮嘱她：“早点儿回去。”

陆羡鱼目送车子远去，藏在围巾下的小脸忽地红了起来。然后，唇角一点点上弯，轻声说：“新年快乐。谢临渊。”

此后三年，陆羡鱼做练习生回国的假期，只要一有机会就会去找谢临渊。谢临渊喜欢长发女孩，陆羡鱼就为他留长头发。谢临渊不喜欢她的骄纵跋扈，她就在他面前收敛所有脾气……

种种此举，陆羡鱼做过无数次，只为他能停下脚步，看她一眼。

去年冬天，冬雪察觉陆羡鱼的小心思，只无奈地摸摸她的头发：“羡羡是妈妈的宝贝，妈妈希望你能遇见一个同样把你视作珍宝的男生。”

可少年人不识情爱，一心动便是再难放下。

后面几天的课都没什么意思，全在陆羡鱼的走神发呆中度过。

周四下午最后一节课的下课铃声响起，陆羡鱼把书塞进书包，背上书包，打算去隔壁南城九中找冬稚。陆羡鱼起身，椅脚摩擦地面，发出刺耳的声响。她转身要走，身后响起少年轻佻的笑声：“陆同学。”

“有事儿？”陆羡鱼不耐地回眸。

少年眉眼间还残留着淡淡倦意，眼尾懒懒垂着，一副没睡醒的样儿。

“你——”他一字一顿，拖腔带调的，“吵着我睡觉了。”

“……”有病。陆羡鱼才懒得理他，背上书包就要走。

“要去哪儿？”季北川起身追上陆羡鱼，出了教室，“一起呗。”

这会儿正值吃饭的时间，赵恩若和唐蕊买饭回来，看见季北川跟在陆羡鱼身后出了教学楼。

唐蕊是个八卦不停的小喇叭，立马撞了下赵恩若的肩，挤眉弄眼道：“恩若，你看陆羡鱼和季北川居然走在一块儿。”

赵恩若“哦”一声，咬一口手里的蛋卷，眼睫垂下，遮住眼底的情绪。

唐蕊那嘴还在叭叭不停：“我表叔是在剧组做场务的，我听他说陆羡鱼以前没事儿就爱去她爸的剧组，听说是追着谁跑……”

赵恩若没把这话放心上，只不在意地问了句：“她追着谁跑？”

说话间，两人已经走进教室。唐蕊接话道：“就近年特别火的那个高颜值导演，好像叫——哦对，叫谢临渊。”

第二章 喜欢

陆羡鱼走了两步，转身瞪着紧跟她的季北川：“你有病吗？”

“给治吗？”还是一副玩世不恭的语气。

陆羡鱼觉得她的耐性被季北川磨了个精光，她索性不理人，大步往前走。仿佛身后跟着的是豺狼虎豹。

季北川慢慢跟在她身后，双手撑在脑后，盯着陆羡鱼的后脑勺走神。他觉得奇怪得很。从小到大，他身边围绕的女生多的是，以往他对这些只会叽叽喳喳像麻雀一样闹腾的姑娘没有一点儿兴趣。可一到陆羡鱼这儿就变了，他喜欢逗她玩，看她那张强装无所谓的漂亮的小脸因他出现其他情绪。

南大距离南城九中不远，走过去只要五六分钟，可天气燥热，陆羡鱼走了一会儿，已经大汗淋漓，有几根碎发黏在修长的天鹅颈上。几颗汗珠顺着优美的下颌线，落在锁骨上，映衬得肌肤更加白嫩。

季北川敛了神，又一眼瞧见这画面，喉结不自觉地滚了滚。脑海里又闪现出那天瞧见的画面，纤腰、长腿，连带那颗红痣……

“小姨。”冬稚软糯的声音打断季北川的思绪。

“走，去吃饭。”陆羡鱼挽上冬稚的胳膊就走，仿若身边的季北川是空气。

冬稚愣愣的：“那北川哥……”

“有这人吗？”陆羡鱼语气算不得多好。

冬稚不知道两人发生过什么不愉快的事，可外公嘱咐过她小姨很可怜，不要惹她生气，要多多照顾她。

冬稚只能乖乖点头：“好。”

眼瞧两人走远，季北川也没追上去，他从兜里摸出响个不停的手机，声音冷到没有温度：“妈。”

陆羡鱼带着冬稚回到南大，在南大的一食堂各打了一盘饭，找了个没人的位置坐下吃饭。

陆羡鱼来南大已有几天，学生们的新鲜劲儿都过去了不少，只有三两人看她一眼，然后被明艳漂亮的脸蛋惊艳，道一句“真人挺好看的”。

这会儿学生又有新的话题讨论——

“《小时光》剧组在大礼堂取景，我刚去看了一眼，谢临渊比男主还要帅诶。”

“有多帅，能比今年一考入我们学校就封为校草的季北川帅？”

听闻这话的女生翻个白眼：“有可比性吗？两个人都不是同类型。”

“别说了，赶紧吃饭，吃完我们去看看。”

窸窸窣窣的讨论声在耳边响起，可陆羡鱼只听见“谢临渊”三个字，她把筷子放下，从书包里翻找出化妆镜和唇釉。

冬稚吃了一口菜，茫然地眨眼：“小姨，你？”

陆羡鱼对着镜子涂完唇釉，对冬稚眨了眨眼，笑容明艳：“小冬稚，好看吗？”

少女五官明媚，琥珀色的杏眼儿眼尾上翘，鼻尖一颗痣，红唇娇艳，美得像聊斋里描述的勾人心魂的狐狸精。

冬稚咬着筷子，呆愣愣地点头：“好看。”

陆羡鱼的心情颇好，捏了捏冬稚的脸：“小姨先走了，你要乖乖地吃饭哦。”

陆羡鱼手指钩起书包带，背在肩上，挤开人群向食堂外跑去。

冬稚垂眼，陆羡鱼餐盘里的饭菜几乎没动过，喃喃道：“这是怎么了？”她和陆羡鱼接触不算多，却也少见她这般失态的模样。

陆羡鱼找人问了大礼堂怎么走后，小跑过去。快到时，她看见好几辆车停在外面，车窗上贴着电视剧《小时光》摄制组。

不远处，身穿白衬衫的男人坐在放映器前，背影挺拔如松。明明人影幢幢，她偏只看见了他。陆羡鱼心脏怦怦地跳，可又不敢贸然上前。

犹犹豫豫半天，她找出手机给谢临渊发了条微信：我能过来找你吗？陆羡鱼拿着手机在一旁等着，过了几分钟，谢临渊都没有回她。她深呼吸一口气，鼓足勇气要上前，书包背带突然被人拽住了。

陆羡鱼回头，正对上少年黢黑的眸子。

季北川眉眼生得极为好看，眉峰凌厉深邃，双眼漆黑如墨，眼尾轻扬，捎点少年的风流恣意。

“要去哪儿？”他手指钩起她的书包背带，指尖稍稍一卷，牢牢地握在手里。

陆羡鱼这一瞬是想骂人的，可想到不远处的谢临渊，她压下怒火，红唇弧度稍扬，对季北川笑道：“你能放开我吗？”

脑子有坑的玩意儿。她在心里补充了句。但面上依旧笑靥明艳，任谁见了不说一句乖巧。

在陆羡鱼即将爆发的边缘，季北川却依旧风轻云淡：“不能。”

“你他——”陆羡鱼气得胸闷，强忍下那个骂人的字眼儿，冷笑，“那你有本事，一辈子不放。”

季北川眉梢扬了扬：“行啊，不放。”下一秒，借着书包背带的力，手臂搭上陆羡鱼的肩，“陆同学……”

夏天衣料薄，少年手臂温度灼热，陆羡鱼被他触及的皮肤烫得忍不住泛起小疙瘩。除了家里异性长辈和哥哥，她从来没和哪个男生这么近距离接触。连谢临渊都没有。

陆羡鱼有点儿走神，季北川那傲慢欠揍的声音又响起来：“你又想去哪儿？”

“……关你什么事。”陆羡鱼甩开他的手，“离我远点儿。”

“怎么不关我的事？”季北川把粉色的书包背带在指尖绕了一圈又一圈，“我答应了林桀要照顾你，就得督促你好好学习，天天向上。”

陆羡鱼听得直翻白眼，不是翘课就是睡觉的人，和她谈好好学习？

开什么国际玩笑。

一场戏拍完，谢临渊的助理跑过来，给他递了纸巾和冰冻的矿泉水，谢临渊笑着接过：“谢谢。”

小助理四处张望，目光落在不远的塑胶跑道上，站在那里的少年少女长相出众，在一众人中鹤立鸡群。

他一眼认出陆羡鱼，和谢临渊道：“谢导，你看那是不是陆导家的小姑娘？”

谢临渊喝水的动作一顿，看过去。少女穿着蓝白常服，茶色长发乖乖扎在脑后，有几绺发丝在光线下微微反光，明眸皓齿，漂亮得紧。

她好像和身边的少年在说话，漂亮的小脸笑容明艳。谢临渊勉强能听见两人的对话声，断断续续的。

“……一辈子不放……”

“不放。”

小助理挠挠头，有点儿惊奇道：“谢导，我还没见过陆家小姑娘笑得这么开心过，你说那是不是她——”

谢临渊镜片下的眸子沉了沉，他说不清楚是什么情绪，就很不爽。

他把矿泉水瓶递给小助理，转身出了临时搭建的摄影棚。

小助理：“？”倒是太阳打西边出来了，以前可从未见过谢导主动去找陆家小姑娘的。

谢临渊走过来，叫陆羡鱼：“羡羡。”

第一次被谢临渊主动找，陆羡鱼琥珀的眼瞳满是惊喜，连语气都是欢快的：“临渊哥！”

谢临渊轻“嗯”一声，目光略带审视地落在季北川身上。

少年身高腿长，长了一张不亚于娱乐圈男星的脸，五官深邃立体，一双多情的桃花眼慵懒散漫，典型的玩世不恭二世祖。

季北川也不怯弱，直直对上谢临渊的眼睛，唇角上扬：“哥哥好，我是陆羡鱼的同学。”

谢临渊心尖生出一阵莫名的烦躁，却依然温柔道：“你好。”

他看两人姿态亲昵，眉心蹙了蹙，对陆羡鱼招手：“羡羡，过来。”

“好。”陆羡鱼快乐应下。

在她要走向谢临渊时，惊觉想起自己的书包背带还被某个讨厌鬼捏在手里。陆羡鱼直接把书包丢下，还对季北川扬了扬手，笑容灼灼：“季同学，麻烦你把书包给我带回教室。”

挣脱桎梏，陆羡鱼像只蹁跹的蝴蝶跑到谢临渊面前，小心翼翼地开口：“我可以和你去剧组拍摄地看看吗？”

谢临渊以前从不会同意她这些请求。可今天他主动找她，她想试试，要是他同意了，是不是就代表，她在他心里是不同的。

谢临渊意外地没有反对：“好。”

“那走吧，”陆羡鱼强压下雀跃的心情，跟在谢临渊身边，叽叽喳喳地说个不停，“临渊哥，你知道上课有多无聊吗……”

一路上，多是陆羡鱼找话题和谢临渊聊天，谢临渊只是“嗯”“挺好”“要好好学习”的回答。

可这样，陆羡鱼还是甘之如饴。在喜欢的人面前，只要得到他一丁点回应，就能让她欢喜好久好久。

傍晚，橘霞染红整个天际，红白相间的塑胶跑道被光影切割，陆羡鱼偷偷地靠近谢临渊，让两人的影子像在牵手。她偷偷弯唇笑了下。

“幼稚。”季北川轻嗤一声，垂眼，手里的粉色书包碍眼得紧。

季北川舌尖抵住腮帮子，有点儿郁闷，臭丫头就这么丢下他跑了。果真是重色轻同学。裤兜里的手机铃声响起，是林桀打来的。

“老季，来老九中这边吃饭？”林桀问。

“不——”季北川本要拒绝，垂眸看见手里的粉色书包，顿时改了主意，“来。”

林桀：“老地方，等你啊。”

“好。”挂断电话，季北川点开班级群，在里面找到陆羡鱼的号。

她的头像是个美少女战士，粉粉嫩嫩的。季北川点了添加好友，给陆羡鱼留言：陆小鱼，书包我带走了，想赎回就来老九中找我。

消息发过去，季北川才发现陆羡鱼三字打成了陆小鱼。

陆羡鱼和谢临渊在《小时光》剧组转了一圈，觉得无聊，索性霸占了谢临渊的位置，双手捧脸，仰头看向他：“临渊哥，你要在南城待多久？”

“这部剧杀青。”谢临渊递给她一瓶水。

“哦。”陆羡鱼心不在焉地拧开瓶盖喝了一口水，目光环视四周，饰演《小时光》女主的舒雅拿着剧本走过来。

“阿渊。”舒雅温柔地叫谢临渊，又和陆羡鱼打招呼：“好久不见，羡羡。”

“不如不见。”陆羡鱼一点儿也不掩饰自己对舒雅的讨厌，背过身不理人。

舒雅捂嘴笑了笑：“羡羡的小孩子脾气就没变过。”

“她就一小孩，你别放心上。”谢临渊温声道，问舒雅，“你找我什么事？”

“阿渊，我觉得这个地方，我感情处理不到位，你能帮我讲讲吗？”

因为《小时光》是部校园偶像剧，舒雅穿得青春俏皮，她长相清丽温婉，精心打理过的黑发散落在腰间，看上去和谢临渊格外登对。

男俊女靓，扎得陆羡鱼眼睛疼。

导演给演员讲戏是剧组常见的事，谢临渊一向严格又要求高，他没有拒绝舒雅的要求，抬腕看表，时间已经是晚上六点五十。

谢临渊对陆羡鱼道：“羡羡，你晚上没课吗？我要忙了，你先回去吧。”

“可……”陆羡鱼握紧手中的矿泉水瓶，长睫垂下。

她才和他待了一会儿啊。

舒雅和谢临渊在讨论剧本，见陆羡鱼还没离开，弯唇浅笑：“羡羡是打算逃课吗？”

对上舒雅幸灾乐祸的表情，陆羡鱼骨子里被人宠着的公主脾气又犯了：“关你——”

余光迎上谢临渊冷淡的眸光，她怕惹他生气，到嘴边的字眼咽了回去，乖乖道：“临渊哥，我走了。”

谢临渊只淡淡“嗯”一声，又和舒雅讲戏：“这个地方你该……”

男人嗓音温柔如水，偏不是对她。

陆羡鱼鼻尖酸酸的，捏紧手里的矿泉水瓶，一把丢掉，转身跑了。

舒雅看见地上躺着的矿泉水瓶，笑道：“果然还是个小孩子啊。”

谢临渊笑了笑：“她就是一没长大的小孩儿。”

“小孩儿？”舒雅笑了笑，“谢导是不知道人小姑娘的心思吗？”

陆羡鱼这几年无论风雪，只要一有空就跟在谢临渊身后，谢临渊的团队没人不认识她，也没人看不出她对谢临渊的心思。

谢临渊抬手轻推了下鼻梁上的眼镜，语气温柔：“她就是一小姑娘，我只把她当妹妹。”

“妹妹啊——”舒雅拖长尾音，瞄见树后一抹白色，问谢临渊，“那你要不要考虑下我？”

谢临渊声音冷了下去：“舒雅。”

舒雅看见那抹白色消失在人海，拿着剧本扇风，笑弯了腰：“逗你玩的，我才不喜欢你。”

陆羡鱼找了块草坪坐下，仰头看着蓝天。日薄西山，整个天际都被火红的橘霞染红。

小孩儿、妹妹、小朋友。在谢临渊眼里她只有这些身份。

因为年龄小，他从来不会正视她的喜欢，永远只是温温柔柔地拒绝：“你还小，不懂什么叫喜欢。”

陆羡鱼用手背遮眼，历经半年的网暴，她的情绪很容易极端化。明明当年给谢临渊买的围巾出现在舒雅脖子上，她都只有不开心。可今天就这么一点儿小事，她居然想哭。

喜欢一个人，真的会因为他的行为举止，或喜或悲。

陆羡鱼听见晚自习课铃声响起，才不急不缓地起身往教室走。晚上是英语课，要交周一布置的课堂作业，陆羡鱼坐回椅子上，才猛地想起一件事。她的书包在季北川那家伙手里。陆羡鱼的视线逡巡一圈，偌大的教室，根本没看见季北川。

英语课代表已经往这边走，陆羡鱼立马拿出手机找季北川的联系方式，看见他的好友请求。

季北川：陆小鱼，书包我带走了，想赎回就来老九中找我。

小鱼？陆羡鱼无语地通过季北川的好友申请，立马打字问他：季小川，我的书包呢？

九中老校区对门有家名叫“渝情”的老字号火锅，季北川和林桀一众人平日最爱在这里聚。

眼瞧桌上的九宫格火锅咕噜噜地冒着白烟，季北川才姗姗来迟。

“川爷，你终于来了。”说话的是“机车男团”中的绿毛，本名叫房明旭，因为年少爱极了《家有儿女》，并疯狂痴迷刘星，冒着被爹妈打死的风险染了一头绿毛。

季北川走到桌边，房明旭特有眼力见儿地帮他把椅子拉开，狗腿道：“川爷，您请。”

坐在一边的龚巩毫不留情地嘲笑：“房公公，您啥时候练成的《葵花宝典》？”

房明旭回瞪他一眼：“比不得你，公公。”

龚巩：“……”

桌上一众人无情大笑，包间里气氛其乐融融。

季北川把手里的粉色书包挂在椅背上，目视房间一圈，不见林桀的身影，问龚巩：“林桀呢？”

龚巩：“林哥去解决人生大事了。”

“先下菜，锅底都要煮干了。”房明旭嚷嚷着，往锅里倒了两盘毛肚。

坐在季北川旁边的龚巩注意到季北川椅背上的粉色书包，愣了两秒，挤眉弄眼道：“川爷，这哪家姑娘的书包啊？”

一句话，吸引了包厢里所有人的目光。

椅背上挂着的粉色书包，可可爱爱的，正面还别了个水冰月胸针，和季北川身上那股子浪痞桀骜气质特别不搭，却又令人觉得十分顺眼。

季北川瞟一眼身后的粉色书包，勾唇："捡的。"

房明旭跟着一众人起哄："哪儿捡的？让我们也捡一个呗——"

季北川睨他："你配吗？"

"……"

众人对视一眼，奇了怪了。

从洗手间回来的林桀在季北川右手边坐下，转头注意到季北川椅子上挂着的粉色书包，敛眉问："陆羡鱼的书包怎么在你这儿？"

季北川没搭话，又拉开一罐冰啤。

房明旭好奇这陆羡鱼是谁，问龚巩："公公，这陆羡鱼是谁？"

"陆羡鱼——"龚巩"啧啧"两声，喝了一口啤酒，开始和大伙儿科普陆羡鱼："林哥小姨，咱们川爷看上的大美女，你不知道川爷为了她啊，上课顶撞老师，下课还……"

"你屁话很多？"季北川斜睨龚巩一眼，用眼神威胁。

龚巩立马噤声，还做了个拉拉链的动作。

房明旭后知后觉，问林桀："林哥，你小姨陆羡鱼是不是最近网上贼火的那个星二代？"

林桀还没搭腔，龚巩接嘴："对对对，就是她！"

房明旭想起网上有关陆羡鱼的传闻，说她手拿菜刀追练习生三条街，忍不住打了个寒战，而后用敬佩的目光看向季北川："川爷不愧是川爷，这么一朵带刺的玫瑰都敢招惹！"

林桀冷了脸，沉声道："房明旭，给老子闭嘴。"他又看向季北川："老季？"语气不爽，眼神审视。

火锅咕噜噜地冒着热气，在一片白烟袅袅中，季北川忽然想起陆羡鱼。那丫头生得确实明艳好看，偏一张嘴不饶人，每和她说两句话，都得被她身上的刺扎疼。

季北川半眯着桃花眼，笑得邪肆："够野啊。"

火锅吃完已经是晚上九点，房明旭几人还吵嚷着要去附近的酒吧嗨个通宵，结果才下桌就都去洗手间了。

林桀在盥洗盆前洗手，垂眸盯着流动的清水叫季北川："老季。"

"嗯？"季北川靠墙而站，头顶光线倾洒而下，极短的黑色发茬冒着光晕。他薄唇弯起，带点儿若有若无的笑。

林桀关了水龙头，问他："你真喜欢陆羡鱼？"

季北川没搭话，上前一步从林桀的裤兜里摸出打火机，修剪整齐的指甲一掀，噌的一声，幽蓝火苗点燃，点亮他的黑眸。

房明旭和龚巩勾肩搭背摇晃着身体出来，两人还脸贴脸道："川爷，林哥，咱们下场去哪儿？"

"……"季北川嗤了声，嫌弃地别开眼。

一行人结了账往外走，换个场子继续。

林桀跟在季北川身后，压低了声音："陆羡鱼有个喜欢三年的男人——"

季北川脚步一顿，微微有点儿走神。陆羡鱼在谢临渊面前的模样与在他面前大相径庭，娇娇软软的，连说话都是轻声细语。

出租车朝着他们按喇叭的声音，惊得季北川回神，他哼了声："哦。"

林桀和季北川认识多年，一眼就瞧出兄弟的不对劲儿，拍拍他的肩，十分欠揍地道："如果可以，我也不想叫你小姨父。"

"滚。"季北川烦着呢，一把推开林桀。

一行数十人上了三辆出租车，直奔常去的星空酒吧。

出租车上，季北川有点儿郁闷，余光瞥见身边的粉色书包，拿出手机。因为刚才在桌上吃饭，他就没有看手机，这会儿一开手机收到来自陆羡鱼的消息。

第一条是：季小川，我的书包呢？

季北川舌尖舔了舔唇瓣，臭丫头。

她连着四五条消息轰炸，还加了一个语音通话。

陆小鱼：季北川，我书包……

陆小鱼：季北川，我恨你。

陆小鱼：对方已挂断。

还有一张"爸爸不要你了"的表情包。

季北川蓦然想逗逗这个臭丫头，敲了字发消息过去，后面却跟了一个大大的红色感叹号。

系统提示：您还不是对方的好友，若需对话，请添加好友。

季北川："……"

车子抵达星空酒吧，季北川扫码付了钱，叫住要和龚巩一起进去的林桀："林桀——"

林桀："？"

季北川过来，朝他伸手："手机。"

林桀依言把手机给了他，狐疑地皱眉："你又要整什么幺蛾子？"

季北川没理他，轻车熟路地解开林桀的手机，在联系栏里翻出陆羡鱼的号码拨过去。忙音嘟嘟两声，才被接通。

陆羡鱼因为没交作业，被英语老师告到冬常颂那儿，从而被舅舅留在办公室"喝茶"。

陆羡鱼心情正不爽，接到林桀的电话，语气也不好："有事说事儿，没事就挂。"

季北川："是我，季北川。"下一秒，电话被挂断。

季北川："……"

他再打过去，响起的是机械的女声："对不起，您拨打的电话正在通话中……"

连打几个，都是如此。摆明是被拉到黑名单了。

林桀在一边儿看得好笑，用肩撞了撞季北川："你少招惹陆羡鱼，她那公主脾气一上来，没人能哄得住。"

"我——"季北川唇角勾起，微暗灯火下，坏得要命，"偏招惹。"

他拿林桀的微信发了三条消息给陆羡鱼，把聊天记录一删，手机丢给林桀："还你。"

林桀打开手机一看，无语翻个白眼，然后跟上季北川的脚步进了酒吧。

晚上九点半下课铃声响起，学生作鸟兽散，教室内只剩下赵恩若和陆羡鱼。陆羡鱼慢吞吞地从椅子上起来，手机嘀嘀响个没完。是林桀发来的消息。她正疑惑着，一点开，小脸瞬间垮了。前两条是文字，后一条是语音。

季北川：想要书包，来星空酒吧。

季北川：地址是南城锦江区新成路241号。

她点开语音，少年嗓音微沉，可那吊儿郎当的轻佻语气听得人想揍他："陆小鱼——不要书包的话，爷就给你丢了。"

陆羡鱼咬牙："……季北川！"

陆羡鱼的声音有点儿大，教室又只剩她和在讲台上擦黑板的赵恩若。赵恩若擦黑板的手一抖，粉笔擦掉在地上，她弯腰捡起，陆羡鱼冷着张小脸儿嘟囔着往教室外走。

教室窗子是开着的，夏夜的风带点儿黏人的躁意吹来。远远的，赵恩若听见陆羡鱼的声音："臭季北川，每回都捉弄我……烦死了。"

赵恩若抿了抿唇，弯腰捡起地上的粉笔擦，继续擦黑板。

隔壁九中正大门口人群熙攘，全是来接学生的家长。往常，陆羡鱼是坐冬常颂的车回去的，今晚冬常颂还在开会就让她自己回家。

陆羡鱼在街边艰难地拦了一辆出租车，坐上车后，她又有点儿后悔，兀自喃喃："我怎么就这么听那浑蛋的话？"

陆羡鱼要叫司机调头回家，可一想到书包上的水冰月胸针是谢临渊去年送她的圣诞节礼物。她咬咬牙："师傅，去星空酒吧。"

出租车司机通过后视镜打量陆羡鱼，少女白T牛仔裤，头发束成马尾，露出光洁白皙的额头，眉眼明艳漂亮。司机觉得眼熟，想了想最近网上正火的星二代照片，立马认出陆羡鱼："小姑娘，你是陆羡鱼吧？"

猝不及防被认出的陆羡鱼："……"

回国之后，陆羡鱼就很抵触娱乐圈的一切。她别开脸，看着车窗外的灯红酒绿，微笑道："别人都说我像陆羡鱼，不过她这么漂亮，我哪有她好看啊。"

车内光线偏暗，出租车司机上了年纪，眼神也不好使。见陆羡鱼一顿否认，略带歉意地说："对不起，就觉得你太像她了。"司机又接着说，"不过你也不会是她，她可是坏得很，哪有你这么乖呢。"

陆羡鱼微微扯唇，不置可否。出租车下了江桥后，稳稳停在星空酒吧外，陆羡鱼扫码付款后下车。

星空酒吧的招牌，是七彩琉璃色的光，狂草的字体，略显不羁，在一众工整的门面招牌里格外吸引眼球。陆羡鱼拿出手机，把林桀的号码拖出黑名单，拨了电话过去。

不知是不是酒吧太吵，等好久，电话都没人接。陆羡鱼又打了几个过去，还是无人接听，索性就往酒吧里走。酒吧舞台上的DJ在激情喊麦，音乐声和少男少女的嗨叫声在半空回旋，刺激着陆羡鱼的耳膜。

灯光晃眼，她在门口四处张望，目光定在不远处的卡座上。身穿黑色T恤的少年被众人簇拥坐在中间，半明半暗的光线下，气质清冷。陆羡鱼收回视线，往那边走。

星空酒吧地处闹市，来这儿玩的，三教九流，什么样的人都有。陆羡鱼路过某个卡座时，手腕被人拉住。

"小姑娘——"大腹便便的中年男人色迷迷地盯着她，油腻的手还不停地在陆羡鱼的手背上摩擦，"来这儿玩啊，要不来喝一杯？"

“滚开。”陆羡鱼生理性作呕，一把甩开男人。

男人见陆羡鱼不识好歹，脸沉了下来：“我请你喝酒，是看得上你，你别敬酒不吃吃——”

“吃你妈！”从天而降的一个酒杯，稳稳砸在男人脑门上。

顿时，鲜血直冒。男人捂着脑袋骂娘，大声嚷嚷：“谁砸的我，是谁——”男人这桌的朋友纷纷站起来，要找罪魁祸首。

“你爸爸。”

陆羡鱼揉了揉被吵得疼的耳朵，回头一看。以季北川为首，林桀为次的一行少年浩浩荡荡地走过来，气势势不可挡，边上众人默契地为他们让开一条路。

季北川来到陆羡鱼身旁，手臂搭在她肩上，朝她扬眉：“别怕，我来保护你了。”

陆羡鱼嫌弃地把他的手扒拉开：“别碰我。”

“小杂碎，是不是你砸的我？”男人目光凶狠地瞪着季北川。

季北川却像个没事人一样，淡淡抬眼：“是又怎么样？”

“老子弄死你！”男人一挥手，身后一群人蜂拥而上，将陆羡鱼等人团团围住。

“给我抓住那女人——”

几个成年男人要对陆羡鱼动手，季北川冷了眸，长臂一伸揽住陆羡鱼的肩，往怀里一带，一脚踹在男人胸前。动作干净利落。

陆羡鱼被突如其来的拥抱弄得一蒙，使劲儿挣扎。季北川按住她的后脑勺，揉她头发：“陆小鱼，女孩子家家是不能看这些场面的。”

距离太近了，近到陆羡鱼能嗅见少年身上淡淡的薄荷味，耳旁是他强劲有力的心跳声。

她有点儿愣愣的：“那……你打完了，能不能就放开我？”

季北川失笑，哪门子歪理。他低笑：“好。”

那边林桀放倒两个人，一转头见季北川抱着陆羡鱼，咬牙切齿道：“季北川，打架就打架，别占我小姨便宜！”

“爷乐意。”季北川挑了下眉。

有人来偷袭，他抱着陆羡鱼转身，侧腿回旋踢，把男人踢倒在地。

季北川是个打架好手，从小到大，除了和林桀入学时两人杠上那场战役，不分伯仲，彼此都把对方揍得鼻青脸肿外，他就没输过。

跟在他身边的龚巩、房明旭等人也是陪着季北川一路打架到大，少年动手犹如初生牛犊不怕虎，又以数量胜之，不到几分钟，男人一行人躺在地上呻吟不断。

“季北川，你放开我小姨。”林桀瞪一眼季北川。

陆羡鱼回了神，立马推开季北川，走到林桀身边站好。

怀抱骤然一空，季北川的心也像空了一块，有点儿不爽。

因这遭变故，酒吧音乐也停了，领班领着维持秩序的保安过来，看见地上躺着的几个男人，先是一愣，立马兴师问罪：“谁在这儿闹事？”

季北川懒懒抬眼：“我。”

这条街没人不认识季北川，打他混迹夜场开始，无人奈他何，只因季北川出身南城季家。领班自然识得他，立马变脸，赔笑道：“原来是季少爷，这几人惹您不高兴了，我立马叫保安把他们扔出去。”

说着，领班就要指使保安把地上躺着的男人抬起扔出去。

“等等。”季北川制止他们的动作。

领班有点儿不懂，可也会来事儿，挥手让保安退下。

陆羡鱼的祖父虽然曾是从军的，家里二哥也是当兵的，可她自小就被保护得极好，像朵温室的花一样，从没见过这样的场面。

她回过神，问林桀：“林桀，季小川他想做什么？”

林桀后知后觉明白陆羡鱼嘴里的“季小川”叫的是季北川，舌尖抵住后槽牙，不耐烦地答：“鬼知道他脑子里装的什么。”

季北川走到大腹便便的男人面前蹲下身，伸手抓住男人的衣领，唇角微翘，笑着问他：“来，和我说说哪只手碰的她？”

灯光下，少年桃花眼微扬，眼神冰冷锐利，像极了夺命阎罗。

男人打了个寒战，哆哆嗦嗦地说：“我……我不知道……”

“不知道？”季北川眉峰挑了挑，回头叫林桀，“你左手，我右手。”

男人惊觉季北川话里的意思，哭着求饶：“我错了，我不敢了……”

季北川有点儿不耐烦地掏了掏耳朵：“林桀，赶紧的。”

“来了。”

林桀过来，两人左右一人一边，少年白色帆布鞋踩在男人手背上，然后就是男人痛得求饶的声音。

星空酒吧是季北川一行人常来的地儿，不少人见过他更狠厉的一面，这不过是冰山一角。领班淡定地叫保安把人抬走，酒吧气氛又逐渐恢复成醉生梦死的状态。

陆羡鱼跟在林桀身边，小声问他：“季北川，他……平常都这么狠吗？”

林桀看了一眼走在前边的季北川，他这人打架虽然狠，也没像今晚这么反常，对人赶尽杀绝。想到某些可能，林桀分外不爽，叮嘱陆羡鱼：“小姨，你平时离他远点儿。”

“哦哦哦。”陆羡鱼呆呆点头。心里有点儿庆幸，她平时对季北川态度不算好，季北川居然没对她动手。

回到卡座坐下，陆羡鱼找季北川要书包：“季小……”想到林桀的叮嘱，陆羡鱼尽量放柔了声音，“季同学，我书包。”

突如其来的温柔，让季北川有点无所适从，他挑眉：“陆小鱼，你吃错药了？”

果然，还是不能对他太温柔。陆羡鱼沉了脸，伸手要书包：“把书包还我。”

这熟悉的语气让季北川又起了兴致要逗陆羡鱼：“叫声哥哥来听。”

“季北川！”林桀黑脸，用脚踢他，“我把你当兄弟，你把我当什么？”

季北川也不逗陆羡鱼了，把书包扔给她，陆羡鱼接住背上，叫林桀：“回家吗？”

有刚才这一出，林桀也没了兴致再待下去，拿上沙发上的书包就走：“回家。”

季北川见两人要走，也跟着起身：“我和你们一起。”

三人前后走出星空酒吧，这会儿已经是晚上十一点，街上行人寥寥，只有形单影只的路灯还亮着，对街停满了等客人的出租车。林桀拦了一辆出租车，陆羡鱼先上去，他要跟着上车，季北川先他一步坐进去。

林桀：“季北川，你又整什么幺蛾子？”

“去你家蹭个床。”季北川毫不犹豫地关上后座车门。

林桀：“……”他有些无可奈何，转身上了副驾驶座。

出租车向前行驶，陆羡鱼拿着手机玩游戏，猝不及防一条娱乐新闻推送弹出来——谢临渊、舒雅疑似恋情曝光，同进酒店房间。

陆羡鱼指尖一顿，游戏直接阵亡。她犹豫着点开谢临渊的对话框，指尖敲敲打打半天，又选择放弃，靠在座椅上发呆。

她用什么身份去质问他？妹妹？还是单方面喜欢他的人？好像都不配。

“陆小鱼。”季北川喊她。

陆羡鱼恹恹地应了一声：“干吗……”

“吃糖吗？”季北川不知道从哪儿掏出一颗大白兔奶糖，递到陆羡鱼面前。

陆羡鱼垂眸，少年骨节分明的掌心里静静躺着一颗大白兔奶糖。她犹豫一会儿，还是接了过来。陆羡鱼拆开包装纸，把糖丢进嘴里，甜丝丝的味道刺激味蕾，心尖上覆盖的阴霾，驱散不少。

她吃着糖，含糊不清地和季北川道谢："谢谢你的糖。"

"陆小鱼——"季北川又叫她。

"嗯？"陆羡鱼偏头看他，她的眼睛生得很好看，眼尾稍扬，像自带眼线，瞳孔清澈，少女的纯真中又有三分媚意。

季北川朝她伸手："我们讲和。"

陆羡鱼愣了愣，唇角翘起，抬手拍了下季北川的掌心："喏，讲和吧。"

季北川的手放在腿上，拇指不自觉地划过还残有她掌心温度的掌腹，有点儿烧灼，整颗心都变得滚烫起来。

"季小川。"陆羡鱼吃完糖，笑着叫他，"以后在学校，你可得罩着我。"

"行。"季北川也笑，"哥哥绝对罩你。"

陆羡鱼反怼："我有哥哥。"

"行，那能加个微信好友吗？"季北川问她。

陆羡鱼："当然可以。"

爽快加了好友以后，陆羡鱼给季北川备注：我的好大儿。

目睹一切的林桀冷笑。或许，他是属空气的。

出租车停在巷外，林桀付钱下车。

这边季北川先下车，用手挡在车门上方，对陆羡鱼挑眉："你这么傻，别撞着脑袋了。"

"……有病。"陆羡鱼对他无语。

等陆羡鱼下车后，季北川关上车门。

三人往巷内走，走了几步，季北川的手机铃声响起，他看了一眼，眼神冷了冷，对林桀道："我回家了。"

"季……"陆羡鱼刚要叫他。少年身高腿长，三两秒时间，已经走远。

她转身和林桀往家里走，好奇问道："季北川怎么又回去了？"

林桀拿出钥匙开门："应该是他爸从外面回家了，他妈叫他回去吧。"

这是别人家的事，陆羡鱼也没多问，和林桀在庭院分别，就各自回了房间。

电话是季北川的妈妈孙如雪打来的。季北川在巷口找了个楼梯坐下，坐了好一会儿才接通电话。

孙如雪劈头盖脸对他就是一顿骂："季北川，你长本事了，从你奶奶那儿回来连家都不回？你怎么不死在外面？"

季北川笑了声，有点儿讽刺："您不早想我死吗？"

"你……"孙如雪噎了下。

"是他回来了？"季北川掸了掸烟灰，淡声问。

孙如雪"嗯"一声，放柔了声音："阿川，你爸爸好不容易回家一趟，你就回来住一晚，毕竟季家就你一个儿子。妈妈和你说，只要你哄好你爸，他外面那些人，哪敢和你抢季家财产。"

季北川笑得有点儿冷："是您想要吧。"

"季北川！"孙如雪也演不下去母慈子孝的画面，摔下狠话，"你要不回来，我立马叫人停了死老婆子的一切医疗资源。"

季北川目光愈来愈冷，他嘲讽勾唇："行，我回家。"

孙如雪听到满意的答案，得意道："早点儿回来啊，思思也在。"

"哦。"季北川不耐地挂了电话。手机屏幕又亮起，季北川眼中冷意减退。

陆小鱼：今晚谢谢你的糖。

陆小鱼：晚安，季小川。

他敲字回她：晚安，陆小鱼。

季北川微眯眼，瞧着陆羡鱼粉嫩的头像，心情忽地变好。他不知道为什么，只要一看见和陆羡鱼有关的，糟透了的心情就会转晴。

季北川手撑在后脑勺，抬头望天，天际炸开一朵烟花，绚丽又灿烂。他忽然想起和陆羡鱼相遇的种种，她和他认识接触的女孩儿都不同。林桀说她因为网暴而抑郁，可在陆羡鱼身上，他起初瞧不见一点儿痕迹，后来相处久了，他发现陆羡鱼明里是朵娇艳带刺的玫瑰，实则失了水分，早枯萎得不像话，让人忍不住想保护她。

龚巩说他看上了陆羡鱼。是这样吗？还是只是看在林桀的面儿上照顾她？烟花声阵阵，砰砰砰地响个不停。季北川唇角忽地上翘，然后低笑出声。

嗯。他看上陆羡鱼了。

季北川回到季家别墅，已经是凌晨。

苏妈给他递了双拖鞋，季北川道谢接过，弯腰换鞋。

苏妈偷偷望了一眼二楼的方向，和季北川咬耳低语："小少爷，先生回来了，您就直接回自己房间，别和他吵。”

季北川换好鞋，拍了拍苏妈的肩：“放心，不会。”

他转身上楼，走到楼梯拐角，走廊角落的书房门被打开，孙如雪骂骂咧咧地出来：“季行，你有本事在外乱搞，就让那些女人给你生个儿子呗？怎么？生不出来，那也是你的原因。”

季北川脚步顿了顿，冷淡抬眼，看见从书房飞出来一个水晶烟灰缸，落在地面，摔得粉碎。

“孙如雪，你给我闭嘴！”

孙如雪被吓住，站在原地一动不动。季北川讥讽扯唇，当没看见，要回自己房间。

“阿川，”孙如雪看见他，立马跑过来抱着季北川的胳膊哭泣，“你爸根本不把我当人看，我们母子俩命好苦……”

季北川推开她，淡声道：“您可以离婚。”

哭声戛然而止，孙如雪抬手抹掉根本不存在的泪，双臂抱肩，一脸审视：“你是不是又和那群狐朋狗友去鬼混了？季北川，你奶奶成了植物人，那也是你不听话的报应，你要是听我的话——”

“够了！”季北川抬眸看她，目光冷冷的。

孙如雪愣了两秒，气势又回来了：“你有没有把我当你妈？”

此时，隔壁的白色钢木门被打开，身穿白色睡裙的少女一脸怒意，指责季北川：“季北川，有你这么和自己妈妈说话的吗？”

少女走到孙如雪身边，挽着她的胳膊撒娇哄她：“干妈，你别生气，我让北川和你道歉。”

孙如雪揉了揉少女的头发，笑容慈爱：“还是思思懂事。”余光触及季北川，脸又沉了下来，阴阳怪气的，“他要有你一半懂事，妈妈哪儿用得着这么操心。”

季北川转身要回房间，季思思叫住他：“季北川，你听没听见我和你说话，给干妈道歉！”

季北川脚步一顿，转身看着母慈女孝的两人，冷冷勾唇：“她不是你妈吗？”

“季北川！”孙如雪气得咳嗽，手指颤抖地指着他，“要知道你是这么个玩意儿，我当初就不该把你带……”她停顿了下，继续说：“把你生下来。”

季北川已经走到房间门口，手握住门把手，眼睫垂下，声音辨不清情绪："那挺好，让季思思给你当女儿。"

孙如雪："你……"

门被重重关上反锁，隔开两个世界。外面孙如雪的咒骂声隔着门，断断续续地传进来："他离了我，算……什么东西……早知道当年……还是思思你乖……"

季北川单手脱掉上衣，亮如白昼的光线下，少年腹肌排列整齐，人鱼线完美。他冷着脸进浴室，冲了个冷水澡。花洒的水流沿着少年的发梢向下滴落，流进下水道。这个澡洗了没两分钟，季北川扯下一边的毛巾擦头发，套上短裤赤脚从浴室出来。

外面已经彻底安静下来，季北川直接靠床而坐，少年的眉眼蒙上淡淡的愁绪。季北川想找人说会儿话，指腹一滑，点开了陆羡鱼的对话框：睡没？

陆羡鱼很快回他：？

季北川：聊会儿天？

陆小鱼：聊天一次，五万块。

这语气，季北川眉峰舒展，敲字回陆羡鱼：先聊会儿，我再转钱给你。

陆羡鱼回了他一条语音。

季北川点开，少女带着浓浓倦意的声音，又软又娇："季小川，赶紧睡吧，明早还要上课呢。"

季北川舌尖抵住后槽牙，笑了一声。过了几秒，他回：好，马上睡。

九月底的一场暴雨后，南城气温转凉，人们也从短袖换成了长袖。

中午下课铃声响起，陆羡鱼把桌上的课本放进书包，用手肘撞了撞正趴在桌上睡觉的季北川："季小川，去食堂吃饭吗？"

季北川本就浅眠，被她一撞，鼻音很重地应了一声："去。"

陆羡鱼动作熟练地从季北川书包里摸出一颗大白兔奶糖塞进嘴里，含糊不清地说："你排队打饭，我有事儿。"

"行。"季北川应下。陆羡鱼起身出了教室。

季北川见陆羡鱼远去，睡意全无，叫龚巩："龚巩，去打饭。"

"遵命。"龚巩认命地套上夹克外套，出了教室。

季北川伸个懒腰，偏头看向窗外。已近初秋，教学楼前那棵松树上的松针开始变绿泛黄，太阳光也变得柔和起来。

《小时光》剧组采景已近尾声，可还有不少学生慕名而来瞻仰传闻中高颜值和高才华的导演究竟长什么样。五楼综合教室正对大礼堂，塑胶跑道上人头攒动，季北川视力不错，一眼就瞧见人群里的陆羡鱼。

季北川冷笑，好家伙，她嘴里的有事儿就是跑去找谢临渊。

谢临渊才结束一场戏的拍摄，舒雅过来找他谈后面的剧本，他看着走过来的陆羡鱼，抬手打断舒雅的话："稍等。"

"没事。"舒雅笑了笑，打量走过来的陆羡鱼。

少女身材高挑纤细，五官生得明艳动人，在一众人中格外打眼。

陆羡鱼走到谢临渊面前，停下脚步，伸手拽他胳膊摇晃，软声说："临渊哥，我后天放假，我们一起回京城好不好？"

谢临渊拒绝她："我还有工作，你自己回去。"

"可……"陆羡鱼咬唇，小声反驳，"我明明问了你助理，你国庆有空的。"

"羡羡，"舒雅出声，温温柔柔的，"阿渊要和我一起出席今年的慈善盛典，你不介意把他借给我吧？"

"是这样吗？"陆羡鱼睁着一双水汪汪的杏眼看向谢临渊，期盼他说不是。

舒雅："是不是啊，阿渊？"

谢临渊迟疑几秒，最后颔首："是。"

陆羡鱼有点失望，可还不愿放弃，问谢临渊："连半天时间也不能匀给我吗？"

"谢导，"剧组负责道具的工作人员跑过来，急声道，"我们组装梯倒下来，砸到了学生，你快过去看看！"

谢临渊和工作人员远去，陆羡鱼抿了抿唇转身去食堂。

"陆羡鱼。"舒雅叫住她。

陆羡鱼置若罔闻，脚步没停，一直往前走。舒雅追上她，拉住她的胳膊，仗着身高优势，低头在陆羡鱼耳边说："我知道你喜欢谢临渊，可你太小了，永远追不上他的脚步。"

陆羡鱼推开她，目光执拗："我已经十八岁了。"

"十八岁？"舒雅像被她逗乐了一样，笑声放肆，"十八岁又怎么样？你在谢临渊心里，永远只是一个长不大的小朋友。"

陆羡鱼最听不得别人说她小，特别是她的情敌。她冷了脸，勾唇：

“即使我是小孩儿，但我姓陆，就能让你仰望一辈子。”

舒雅：“……”

“舒雅小姐——”陆羡鱼拍了拍她的肩，勾唇笑得张扬，“您马上二十五了吧，可惜还是个糊咖。”

舒雅最见不得别人说她糊，陆羡鱼却是字字往她痛处戳。舒雅拍掉陆羡鱼的手，语气不善：“你不怕我把这话告诉谢临渊？”

陆羡鱼望着远处正和校方商量怎么处理学生受伤事件的谢临渊，淡声道：“随你，反正我从不演戏。”陆羡鱼转身往食堂走。

“……”舒雅咬牙。

谢临渊让助理处理这件事后，立马回来，环顾四周却不见陆羡鱼的身影，问舒雅：“人走了？”

舒雅表情稍缓：“嗯，去吃饭了。”

谢临渊“嗯”一声，转身也要去食堂，舒雅伸手拉他：“阿渊，我们……”

“手。”谢临渊看她，眼神很冷。

舒雅立刻收回手，她知道谢临渊不喜与人有肢体接触。

谢临渊用纸巾擦了擦被舒雅碰过的地方，一遍又一遍，直到纸巾发皱才停下。他丢了纸巾，和舒雅说：“宴会，我会陪你去。但，请你不要在她面前乱说话。”

谢临渊转身要走，舒雅看着他的背影道：“你挺喜欢那小姑娘吧？”

谢临渊脚步一顿。

舒雅嘲讽勾唇：“可惜，就我们这出身，哪攀得上那样的人家。”

陆羡鱼进了食堂，目光环视一圈，找到在角落里的季北川和龚巩两人，径直走过去坐下，发现桌上只有两份饭，她皱眉问季北川：“季小川，我的饭呢？”

季北川慢条斯理地吃了一口菜，眼皮掀开寡淡的弧度，似笑非笑地说：“你还知道要吃午饭呢？”

陆羡鱼：“？？？”

龚巩在一边忍笑，默默吃饭。

“明明说好给我带饭的，”陆羡鱼有点儿郁闷，伸手推搡季北川，“快去给我打一份饭，我饿得慌。”

正是用餐时间，食堂里几乎全是学生，谢临渊一进来，立马引起骚动。

“《小时光》的导演也来咱们食堂吃饭？”

“他应该是来找陆羡鱼的吧，毕竟他是陆润之的学生，和陆羡鱼应该认识。”

“陆羡鱼人呢？”

“和季北川吃饭呢，他们俩最近天天在一块儿，你居然都不知道？”

学生讨论的声音传进谢临渊耳朵里，镜片下的黑眸沉了沉，他视线在食堂内扫视一圈，定格在角落里的陆羡鱼身上。

季北川早注意到谢临渊进来，他抬手轻敲了下陆羡鱼的额头，玩味地挑眉：“叫声哥哥，我就去帮你打饭。”

“不叫。”陆羡鱼拒绝。

谢临渊往这边走来。

季北川拖腔带调的：“真不叫？行，你就饿着。”

陆羡鱼最后屈服于季北川的威力，不情不愿地叫他：“哥……”

季北川不满意，纠正：“来——叫北川哥。”

陆羡鱼无语，这人怎么这么得寸进尺。她伸手打他：“季小川，别做白日梦。”

“人嘛——”眼瞧谢临渊走近了，季北川抬手握住少女纤细的腕骨，拖腔带调地笑，“这辈子，总要做点儿白日梦。你叫还是不叫，嗯？”

陆羡鱼气得胸闷，甩开他的手：“季小川！”

季北川贼有耐心地纠正她：“是、北、川、哥。”

“北川哥。”陆羡鱼叫了一声，一回头看见谢临渊站在她身后。

男人眸色微沉，面无表情，有点儿吓人。

陆羡鱼鸦羽般的长睫微颤，喃喃：“临渊……哥……”

“嗯。”谢临渊应了一声。“过来。”谢临渊朝她招了招手。

陆羡鱼要起身，却被季北川按住。少年力气很大，她挣脱不开。

陆羡鱼拧眉：“季北川，你松手。”

“这声哥哥也叫了，你就坐着，我去给你打饭。”

季北川按住挣扎的陆羡鱼，慢悠悠地起身，抬眸迎上谢临渊的视线：“谢导，要一起吗？”

谢临渊也看向他。四目相对，火花四溅。

季北川和谢临渊去打饭，陆羡鱼拿了季北川的汤勺吃口菜，含糊不清地问龚巩：“他俩怎么怪怪的？”总感觉下一秒会打起来。

龚巩摸了把完全不存在的胡须，意味深长地看着陆羡鱼：“羡姐，你还不懂吗？”

“我该懂什么？”陆羡鱼吃了口辣子鸡。鸡肉滑嫩入味，真好吃。

龚巩：“……”

打饭的窗口前排起了长龙，季北川和谢临渊并肩排队，跟随队伍挪动脚步。谢临渊偏头看向季北川：“季同学，我来帮她打饭，你回去吃饭吧。”

“不用。”季北川直截了当地拒绝。

谢临渊：“你知道羡羡喜欢吃什么吗？”

季北川反问他：“谢导知道吗？”

“自然。”

季北川勾唇，挑衅地挑眉：“那可不一定。”

说话间，队伍已经排到了两人这里。季北川刷了饭卡，还没开口和食堂阿姨说话，阿姨就笑眯眯地道：“一份米饭加辣子鸡，外加一份青菜，对吗？”

“对。”

食堂阿姨边说话，边把饭菜打好。季北川接过：“谢谢阿姨。”

因为《小时光》剧组在南大取景，谢临渊在校方那儿拿了张饭卡。等季北川打好饭菜，谢临渊刷卡，对食堂阿姨说：“一份米饭和一份清蒸鱼——”

食堂阿姨：“好。”

季北川端着餐盘转身就走，谢临渊跟过来，用只有两人能听见的声音和他说话：“她喜欢吃鱼。”

陆羡鱼见两人一人端了一盘饭回来，有点儿怔住。

两人把餐盘放在桌上，动作默契到极致，都推到陆羡鱼面前：“吃——”

陆羡鱼咽了咽口水。干饭虽然很快乐，但也没必要撑死她吧？！

饭菜还是热腾腾的，往上飘着白烟儿，勾得陆羡鱼食欲大开。她扫视两份饭菜，选择了刚才吃过的辣子鸡，然后把清蒸鱼那份推给谢临渊：“季小川不知道我对鱼过敏，我记得你喜欢吃鱼，食堂的鱼做得不错，你尝尝？”

沉默几秒，谢临渊哑着嗓音说：“这份是我给你打的。”

陆羡鱼唇抿紧，眼睫垂下，在白皙的小脸上印下淡淡的投影。她语气很失落：“你知道我对鱼过敏。”

前年谢临渊生日，陆羡鱼从首尔飞回来给他过生日，剧组的盒饭里有鱼，她自小就对鱼类过敏，可为了不让谢临渊嫌弃她娇生惯养，硬逼着自个儿吃了下去，结果差点儿把自己送走。

气氛有点儿尴尬时，季北川抬手给了陆羡鱼一个“爆栗子”。

陆羡鱼抬眼瞪他："你皮痒了？"

季北川用筷子夹了一块鸡肉塞进她嘴里："吃饭，别给饿死了。"

陆羡鱼嚼着嘴里的鸡肉，漂亮的琥珀色杏眼看向季北川："你下回……记得去三号窗口，四号窗口的辣子鸡不好吃……肉好老……"

季北川给她递了碗热汤，闻言，毫不犹豫地翻个白眼："有的吃就不错了，还嫌弃？"

"去不去？"陆羡鱼拿筷子抵在季北川的脖颈，表情凶巴巴地道："不去，立马把你……"

季北川夺了她的筷子："去，吃饭。"

陆羡鱼这才满意，抢过他手里的筷子："这还差不多。"

座位临窗，阳光倾洒而下，少男少女嬉笑打闹，说不出的般配。刺得谢临渊眼睛疼。有那么一瞬，他想挤走坐在陆羡鱼身边的季北川，自己坐过去。可理智告诉他：不可以。

陆羡鱼饭量很小，餐盘里的饭菜只动了三分之一，她丢下筷子，朝季北川伸手："糖。"

季北川从衣兜里摸出一颗大白兔奶糖，放在少女嫩白的掌心上："小心蛀牙。"

陆羡鱼撕开包装纸，把糖塞进嘴里，舌尖尝到甜味儿，眼眸弯成月牙状。她道："不用你管。"

谢临渊放在膝上的手逐渐成拳，他叫陆羡鱼："羡羡——"

手机铃声在此时响起。

陆羡鱼不解地看向他，黑白分明的眼瞳里全是疑惑："啊？"

"我先接个电话。"谢临渊说。陆羡鱼点头："好。"

谢临渊接通电话，助理在电话里告诉他，受伤的学生家长打来电话，闹着要谢临渊出面处理这件事。谢临渊瞳色冷了冷，"嗯"一声："好，我马上回来。"

陆羡鱼也听见电话那边助理的语气急切，纵然不舍，又怕他会嫌弃自己小孩子脾气，十分乖巧地说："临渊哥，剧组有事你就回去吧，我待会儿自己回去上课。"

谢临渊愣然，忽然有点适应不了。放在以前，以陆羡鱼的公主脾气，一定吵嚷着要和他一起去，现在却意外"懂事"起来。

"你……"谢临渊唇瓣欲动。

陆羡鱼怕他误会，立马说："我没有说气话，剧组的事重要，再说，我有人陪呢。”

“对，”季北川把手臂搭在陆羡鱼的肩上，十分得意地挑眉，对谢临渊挑衅一笑：“谢导去处理工作，我带陆同学回去上课。”

谢临渊握紧手里的手机，喉结滚了滚。半晌才道：“好。”

谢临渊起身离开。陆羡鱼望着男人离去的修长背影，微微走神。谢临渊从来不会在意她的喜怒哀乐。单恋，从来都是一个人的独角戏。

“回神，”季北川瞧她一直盯着谢临渊的背影，吃味道，“赶紧把你的碗筷收拾了。”

“要你管。”陆羡鱼心情不好，把季北川的手扒开，端着餐盘起身。

“哥，”龚巩见陆羡鱼走远，走到季北川身边坐下，“真动心了？”

季北川看他一眼，唇角稍扬，嗓音散漫地“嗯”了一声。

南城大学贴吧。

“食堂上演的偶像剧剧情！现实版的修罗场！史上最大黄金三角！”这一帖子在下午放学前被人发了出来，很快吸引人点进去看，一

楼是三张并不怎么清晰的照片，约莫是偷拍。但不难看清照片上的三人是陆羡鱼、季北川以及谢临渊。楼主马甲叫“干粉要积极”。

一楼发出照片后，二楼紧跟着发了一长段文字出来：“就在今天中午，学校食堂上演了传闻中的偶像剧剧情，谢临渊和季北川争着给陆羡鱼打饭。并声情并茂地渲染了一番谢临渊和季北川之间的史诗级修罗场。”

干饭要积极：“你们看这张图，简直绝了！谢临渊和季北川的眼神对视，这要不是情敌见面，我今晚就不吃麻辣烫了！！！”

陆羡鱼、季北川，抑或是谢临渊。任一人的名字拉出来，在学校都能掀起一场腥风血雨。偏三人的名字同时出现，立马引起讨论。

“是我认识的那个陆羡鱼、季北川、谢临渊吗？！”

“陆羡鱼父亲是谢临渊的老师，这两人有关系，我能想得通，谁能给我普及下，季北川和陆羡鱼是什么关系？？”

“楼上，你才通网吗？陆羡鱼和季北川同班，最近两人经常同进同出！”

“有一说一，一楼的第三张图，季北川看陆羡鱼的眼神好宠溺，像极了我看我家智障儿子。补充：儿子是我对我男票的爱称。”

…………

帖子很快被顶成热帖，到下午放学时，回帖已经破千。又有人放了段视频上来，层主在这层楼回复：“先表明身份，南城九中毕业的，隔

壁南师大二狗。上周去星空酒吧玩，无意间撞见季北川和林桀，本意就拍两张照片留作纪念，毕竟季北川、林桀两人曾是我们九中双校草，老学姐也喜欢看帅哥嘛。哪想今天下课刷贴吧，看见这个帖子，我直接裂开了！我还是第一次看见季北川身边出现女孩，而且他还对这个女孩这么好，居然还抱着她打架！！不说了，我去安慰我哭成狗的闺密了。”

立马有人楼中楼回复：

“抱着打架，我酸了酸了，这是别人的爱情吧。”

“叔叔是圈内人，有传言说陆羡鱼很早就喜欢谢临渊了，以前还在韩国做练习生时，一放假就会去谢临渊剧组找他。”

“所以说季北川是爱而不得？？？”

…………

贴吧热议不断，微博营销号瞄见苗头，立刻截图搬运，陆羡鱼自回国后，再次荣登微博热搜。#陆羡鱼谢临渊#.爆、#陆羡鱼出入夜场#.沸.爆、#陆羡鱼打架#.新.热。

营销号断章取义地截图发微博，统一通稿称陆羡鱼回国读书也不安分，不仅出入夜场打架，还乱搞男女关系，和素人同学暧昧不清，又追着谢临渊不放。

底下网友评论：

“我如果是陆导和冬雪老师，一定恨不得掐死这么个玩意儿。”

“抱走我家谢导，人忙着拍戏，不想和陆公主沾上关系。”

“陆公主是看见男人就跑不动路了吗？别倒贴我家谢导，谢导独自美丽。”

…………

后又有营销号发出几张《小时光》的路透图，有圈内人匿名爆料陆羡鱼经常来剧组找谢临渊，可因谢临渊在追舒雅，陆羡鱼公主病发作，就找舒雅麻烦，还仗着父母的关系截了舒雅的下一部戏。

微博舆论发酵，网友怒骂陆羡鱼小小年纪不学好，乱搞男女关系，看见男人就跑不动路，妥妥的不良少女行为。

唐蕊平日追星，最爱八卦新闻，这八卦主角又在自己身边，等下课铃声响起，她立马从第一排跑到陆羡鱼面前：“陆羡鱼，你上网没？”

陆羡鱼正在做题，思绪被唐蕊打断，不耐烦地回道：“没有。”

唐蕊立马点开微博页面递到陆羡鱼面前，兴致勃勃地给她科普：“网上说你和季北川一起去酒吧，还说你和谢导演有关系，骂你……”

陆羡鱼抬眸，那些不堪入目的字眼映入眼帘，陆羡鱼笔尖一顿，“刺啦”一声，划破了笔记本。

唐蕊：“你是不是真的为了出道名额打人？你和季北川——”

陆羡鱼指尖发抖，手中的笔摔落在地，滚到唐蕊脚边。

唐蕊声音止住，有点儿蒙地眨眼：“你怎么了？”

教室里声音嘈杂，陆羡鱼瞳孔涣散，她好像又看见那些文字，好像一只无形的手掐住她的脖子，让她喘不过气来。

“陆……”唐蕊见陆羡鱼脸色发白，有点儿害怕地叫赵恩若：“恩若，恩若——”

唐蕊从座位上起来跑到赵恩若身边，拉她胳膊：“恩若，你看陆羡鱼怎么了？”

赵恩若摘掉耳机，回头一看。少女艰难地喘着气，指节泛白地抓住衣服领口，明艳的小脸惨白。赵恩若丢下笔，跑到陆羡鱼身边，摸她额头：“陆羡鱼？”

听见有人叫她，陆羡鱼像一只受惊的兔子，一下推开赵恩若，拿上书包往教室外跑。唐蕊过来，还责怪陆羡鱼推赵恩若：“这人真是不可理喻，明明你是安慰她的。”

“唐蕊。”赵恩若皱眉，总觉得哪儿不对劲，说道，“你少说两句，我去看看陆羡鱼怎么了。”

唐蕊嘟囔：“我就八卦一下，又怎么了嘛。”

赵恩若往教室外走，正好撞上来教室的季北川和龚巩。季北川一身黑夹克，工装裤，马丁靴，他宽肩窄腰，又生得身高腿长，这身装扮衬得他眉宇痞意尽显。

赵恩若脚步停了停，多看了他一眼，又担忧陆羡鱼，犹豫半天叫住季北川：“季北川——”

季北川手里拎着给陆羡鱼买的饭，听见赵恩若叫他，淡淡地抬眼：“有事？”

“陆羡鱼……”赵恩若抿唇。

季北川把饭往龚巩怀里一塞，问赵恩若：“她怎么了？”

赵恩若：“好像是因为网上的事，心情不好跑出去……”

她话音未完，眼前的少年已经不见踪影。天际一轮夕阳，赵恩若看见少年消失成点的背影，鼻尖有点儿酸。

第三章
保护

陆羡鱼抱膝缩在角落，书包脏兮兮地躺在脚边，写了“帕罗西汀”四个字的药瓶瓶盖不知滚落到哪里去了，药片散落一地。

陆羡鱼红着眼抬头，夕阳不知何时被乌云遮住，天边传来轰隆隆的雷声，像是要下雨了。这里是废弃教学楼的天台，基本上没人来。她有些无力地靠在墙壁上，闭上眼睛。那些字眼像是有声音一样地攻击着她：“小婊子，败类，你赶紧去死，死了就当为你爸妈积德了。”

她不想再看见亲人们伤心，就得活着。哪怕，活得很难。或许是药效上来，抑或情绪缓过来，陆羡鱼拽过脚边的书包，摸出手机，有几十个未接来电。

妈妈、爸爸、大哥、二哥、舅舅……以及季北川。就是没有他。

陆羡鱼有点儿失望，又是最无助的时候，指尖颤抖着拨通谢临渊的电话，响了几声后，又被挂断。过后，男人的消息发来：羡羡，如果不舒服就去看心理医生。

陆羡鱼咬唇，抱膝埋头。谢临渊真的不会关心她，每一次找他，他只会回她冰冷冷的文字。在他心里，永远是他的影视事业最重要，陆羡鱼之于他，只是一个闲来无事逗一逗的小朋友。情绪在这一瞬间决堤，陆羡鱼咬唇，压低声音小声呜咽，像只受伤的奶猫儿。

无助、狼狈，又可怜。

少年吊儿郎当的声音在头顶响起：“躲这儿来哭？”

陆羡鱼抬头，看见季北川站在她面前。

少年低着头看她，短发湿漉漉的，瞳色很浅，带点儿笑意，朝她伸手：“起来。”

陆羡鱼拉住他的手起身，拍了拍裤子上的灰尘，哑着声问他："你来干吗？"

"找你。"

季北川比陆羡鱼高许多，此时低眸看她，少女脸色苍白，素来明艳娇丽的五官没了生气，鸦羽般的青睫还带着水珠，水眸泛红，让人心疼。

"对不起。"季北川忽然出声。

陆羡鱼愣了两秒，眨眼："啊？"

"抢你书包的事儿。"季北川用指腹擦掉陆羡鱼眼角的泪，温声道，"如果不是……"

少年指腹灼烫，陆羡鱼侧脸躲开，摇头打断他："不关你的事，就算没有你……"她的声音逐渐变低，有点儿自嘲地勾唇，"他们总会对我找碴，毕竟谁让我这么讨人厌。"

"谁说的？"季北川板正她的脸，有些生气道。

夜色渐浓，少年黑眸清澈明亮，陆羡鱼有一瞬走神。

陆羡鱼立马推开他："离我远点儿。"

季北川挑眉笑道："行，我离你远点儿。"

他弯腰捡起地上的书包，目光触及没了瓶盖的药瓶。"帕罗西汀"这四个字，直直撞入视野。

季北川想起来之前上网时看见有关陆羡鱼的一切，出道名额一事后，陆羡鱼做过澄清，可由于营销号的断章取义，网友的先入为主，她陷入长达半年的网暴。那些躲在网线后的人，用一双手，一张键盘，敲出最恶毒的字眼骂她。

季北川喉结滚了滚，他瞥向站在身边的陆羡鱼。陆羡鱼身材纤细，宽大的卫衣穿在她身上，空荡荡的。他看过她被韩国经纪公司作为出道女团预备成员公开时的照片，那时的她意气风发，明艳眉眼间全是骄矜，与现在的死气沉沉判若两人。

既心疼，也自责。心疼她一人扛下来所有。自责未能早一点遇见她，保护她。

"陆小鱼，"季北川把她书包往肩上一搭，手臂一伸，把人抱在怀里，"以后我来保护你。"

夏末初秋的风带点儿潮湿，裹杂着少年身上淡淡的清冽气息袭击陆羡鱼的嗅觉。"咚咚咚"，陆羡鱼清晰地听见季北川的心跳声，她愣了两秒，然后推开他，凶巴巴地打他："季小川，别对我动手动脚。"

季北川被揍，也不恼，还把手递到陆羡鱼面前：“还难受吗？哥哥任你欺负到开心。”

陆羡鱼被逗笑，轻拍他掌心一下：“你少来，我可没你这个哥哥。”

“不做你哥哥也行。”季北川反驳她。

陆羡鱼察觉衣摆有灰尘，正低头用手擦，闻声接话：“那你要做我的什么？”

季北川瞧着低头的少女，她脖颈修长白皙，有几缕发丝调皮地随风飞舞。外貌明艳娇俏，内里却疮痍百孔，让人心疼。

“问你话呢？”陆羡鱼擦完衣服，抬头看他。

季北川笑了声，低沉的磁性嗓音响起：“以后你就知道了。”

“有病。”她懒得理他，转身要走。走了两步，见季北川没跟上来，转头看他，“你回不回教室？”

季北川拎着她的书包过来，手臂又不听话地搭在陆羡鱼的肩上，揽着她下楼：“不回。”

“我要回去——”陆羡鱼挣扎。

“回去做什么？”季北川捏她的脸，笑得蔫坏，“跟我走。”

“去哪儿？”陆羡鱼偏头躲开他的手。

季北川拉着她的手腕下楼，少年腿长步子快，陆羡鱼要小跑才能跟上，要到楼下时，她再次重复问季北川：“你到底要带我去哪儿？”

季北川偏头看她，黑夜里少年眸如点漆，笑得嚣张：“带你去私奔。”

许多年后，陆羡鱼再回忆起这晚。清风，明月，还有少年比繁星还要亮的黑眸。也是后来，她恍然想起，那一刻心怦怦跳。比喜欢上谢临渊的那个雪夜，跳得还要厉害。

季北川这人向来是混不吝惯了，人家骑电瓶车、自行车，偏他不知道从哪儿弄了辆改装过的“川崎”，天天上下学骑出校门，收获一大帮无知少女的星星眼。

也是此时，陆羡鱼无语地看着眼前停着的黑色“川崎”，车身线条流畅，车前方印了个“C”字母。

季北川把手里的书包丢给陆羡鱼，长腿一跨，上了摩托车，戴上头盔，对陆羡鱼扬了扬下巴：“上车。”

陆羡鱼有点儿嫌弃，但还是抱着书包小心翼翼地坐上摩托车的后座。“可以走了。”她说。

"陆小鱼——"季北川转头，笑她，"没坐过摩托车吗？"

陆羡鱼也回答得诚实："没有。"

"来，我教你。"季北川拉住她的一只手圈在自己腰间，朝她坏笑，"要这样抱住，免得摔下来。"

有风吹过来，陆羡鱼下意识地眨眼，手臂不自觉搂紧季北川的腰。

察觉她的动作，季北川的唇角稍扬。他拧动开关，摩托车轰轰两声，一溜烟地驶出了校门。

风吹乱陆羡鱼的头发，她埋首在季北川的背上，少年黑色的皮夹克外套硌得她皮肤疼。

陆羡鱼抬手拍他的肩："慢点儿。"

他偏加快了速度，还笑着逗她："别摔了。"

耳旁是风呼啸而过的声音，还夹杂着少年戏谑的笑声。陆羡鱼害怕，抱紧了季北川的腰，整个人都快黏在他身上，吓得快哭了："季小川，你给我慢点儿。"

摩托车在市中心的游乐园外停下，陆羡鱼立马抱着书包从车上下来，拖着两条软成橡皮泥的腿在路边花坛坐下缓气。

"这么胆小？"季北川摘下头盔，黑发湿漉漉的，在路灯下泛着光晕。

陆羡鱼缓过来，没好气地白他一眼："季小川，我现在一点儿也不想理你。"

季北川轻笑一声，从摩托车后座里翻出一瓶饮料递给陆羡鱼："给你赔罪。"

"哼。"陆羡鱼接过，眼睫一垂，有点儿愣住。

手里的饮料是她最爱的某品牌的草莓味酸奶，但在国内鲜少有卖。

季北川见她不动，抢过酸奶拧开瓶盖儿，语带嫌弃："连酸奶盖都拧不开？"

"都是被你吓的。"陆羡鱼接过饮料，喝了一口。

两人在路边坐了几分钟，陆羡鱼拧上饮料瓶盖，问季北川："你带我来这里做什么？"

"都说了——"他拉长尾音，笑得有点儿坏，"带你私奔啊。"

和季北川混熟的这段时间，陆羡鱼知道他一张嘴能气死个人，她有时也因他这张嘴气得胸闷，想把他揍一顿。她有点儿无语，一本正经地纠正他："别乱说，我们是纯洁的同学关系。"

季北川有点儿挫败地舔唇，他不懂陆羡鱼就能秒知自己喜欢上谢临渊，到他这儿，情商就跌到马里亚纳海沟去了？

他倒也不急，反正有的是时间。

“行，那就纯洁的同学关系。”

季北川有点儿渴，伸手去拿陆羡鱼手里的饮料瓶，被她一巴掌打过来。

陆羡鱼横他一眼：“不是给我喝的吗？”

季北川笑，这脾气，只能哄，不能惹。

坐了一会儿，季北川起身，垂眸看陆羡鱼：“我去买票，你在门口等我，还是和我一起去？”

不远处有家名为“遇茶”的奶茶店，陆羡鱼想到季北川口渴，索性回答他：“我想喝奶茶，待会儿门口见。”

季北川颔首：“好。”

陆羡鱼背好书包，向“遇茶”走去，奶茶店装潢简单，北欧风暖色调，售货员统一着黑白女仆装，笑容甜美，热情地接待排起长龙的客人。

陆羡鱼一边玩手机，一边排队。她在家庭群里回了家人的消息：我没事，你们不用担心我了。

奶奶：羡羡乖，国庆回来奶奶亲自下厨给你做好吃的。

爷爷：要懂事，好好学习，积极配合医生治疗知道吗？

爸爸：等我忙完这部戏的拍摄，就休假来南城陪你。

妈妈：妈妈国庆后没有行程，会来南城照顾你。

大伯：等你回家，大伯带你去马场赛马。

大伯母：大伯母给你做了新旗袍，等你回来就穿，可适合我们家小公主了。

…………

她眼眶有些热，又看见两个哥哥的私聊信息。

大哥陆行舟：给你买了座小岛，四季如春，寒假回来就带你去度假。

二哥陆妄：小鬼，开心最重要，谁欺负你，告诉哥哥，哥哥帮你收拾他。

陆羡鱼吸了吸微酸的鼻尖，一一回复了家人的消息，恰好排队轮到她。陆羡鱼收起手机，抬头看面前的菜单，点了两杯芝士草莓，怕季北川不吃甜的，就一杯七分糖，一杯半糖。

售货员小姐姐很快做好奶茶递给她：“欢迎下次光临。”

“谢谢。”陆羡鱼接过奶茶，往游乐园门口走。

正值晚高峰期，游乐园人山人海，不料陆羡鱼还是被人认出，然后被讨论。

“天——真的是陆羡鱼，她都被骂得那么惨，还敢出门？”

“我要是她，早就找个洞钻进去了，哪还敢出来丢人现眼呢。”

“网上有传她是整容脸，一点儿也没遗传到她爹妈的基因，这么一看，好像长得还行欸。”

“陆羡鱼在哪个学校念书，居然还有学校有勇气收留她这个人品坏过老鼠的学生？”

“别说了。”有人见陆羡鱼走近，压低了声音说，“别人再坏，那也是陆润之和冬雪的女儿，星二代、富二代的身份，够咱们羡慕嫉妒恨了。”

陆羡鱼脚步逐渐放慢，指尖捏紧奶茶的包装袋。她其实一点儿也不想去听这些人说的话，可偏偏那些声音像赶不走的苍蝇一样，一股脑地往她耳朵里钻，躲都躲不掉。

陆羡鱼心里有事，等走到游乐园门口，季北川连叫她几声都没听见。季北川想看看陆羡鱼到底什么时候回神，慢慢跟在她身边。

陆羡鱼一只脚跨进游乐园大门，被保安喝住：“你买票没有？”

她立马回神，然后接受众人的瞩目，大家又窃窃私语地讨论。

“陆羡鱼不买票？”

“她家不是——”

那些声音跟苍蝇一样嗡嗡个不停，又忽然中断。耳朵被少年的掌心捂住，听不到一点儿声音。

陆羡鱼抬眸，看见季北川站在她面前，少年低头看着她，眼底带笑：“这下是听不见了，但你不觉得这很碍事吗？”

陆羡鱼贝齿咬紧唇，没有说话。

季北川松开捂住她耳朵的手，路人的讨论声又传进陆羡鱼的耳里，吵得她脑仁疼。

陆羡鱼要用手捂住耳朵，被季北川阻止：“你不需要在意这些声音与目光……”

他拉着她检了票，往游乐园里走。

“自己活得开心，任他人怎么议论。”

“说得轻松，”陆羡鱼撇嘴，“我做不到。”不去在意别人的目光，只管自己开心，她做不到。

季北川伸手弹她脑门：“有我陪你。”

气氛忽然变得有点暧昧，陆羡鱼拉开两人之间的距离，把手里的奶茶递给季北川。

“给我买的？”季北川摇了摇手里的奶茶，促狭地看着她，“陆小鱼，你什么时候变成贴心小棉袄了？”

听出他语气里的调侃，陆羡鱼把手里喝完的饮料瓶丢进路边的垃圾桶，语气淡淡：“爱喝不喝。”

季北川笑：“你请我喝的奶茶，哪能不喝。”

陆羡鱼不理他，插好吸管，喝了一口奶茶。一点也不甜。她舔了舔唇瓣，正疑惑着，看见季北川拧眉嫌弃：“糖不要钱吗？”

陆羡鱼眼里有了笑意，小口喝了口奶茶，十分淡定地说：“不好意思，我弄错了，我手里这杯应该是你的。”

游乐园内灯光五彩斑斓，少女逆光而立，漂亮修长的手捧着奶茶，长如蝶翼的眼睫垂下，在白皙脸颊上投下淡淡阴影，乖巧又漂亮。

季北川轻咬牙，舌尖舔过唇瓣，扯出一抹轻佻的笑：“要不咱俩换一下？”

陆羡鱼果断拒绝：“不要。”

她捧着奶茶往射击类游戏区走，季北川腿长，一会儿就追上她，要伸手去抢她手里的奶茶：“我不爱喝甜的，你喜欢，换一下又怎么了？”

陆羡鱼咕噜咕噜把奶茶解决完，唇边沾了点儿芝士的残渍，舌尖无意识扫过，红唇不抹而艳，勾得人心痒。

季北川喉尖滚了滚，猛喝一口奶茶，伸手敲了一下陆羡鱼的脑袋：“就换杯奶茶，你不乐意什么，嗯？”

陆羡鱼丢了手里的空瓶：“就不愿意。”

“啧。”季北川笑了声，坏得要命，“怕和我间接接吻吗？”

陆羡鱼无语：“……”

这人脸皮怎么能这么厚。

说话间，两人已经来到枪打气球的摊位，墙上挂着的小黑板用七彩笔写了不同等级奖项的礼品——

特等奖：流氓兔二米巨型玩偶。

一等奖：×牌水晶手链。

二等奖：叮当猫钥匙扣。

…………

季北川看见陆羡鱼目不转睛地盯着那只粉色流氓兔玩偶，轻笑问她：“想要？”

陆羡鱼没答，反问季北川：“你会吗？”

“你说呢？”少年眉梢轻扬，神情不可一世，“就没有我不会的。”

“拿着。”季北川把奶茶塞到她手里。

不知道是不是少年体温过高，时间这么久了，他的奶茶还是热的，有点烫手。

季北川给了老板钱，歪头看向陆羡鱼：“陆小鱼，好好看着。”

陆羡鱼换了只手拿奶茶，靠在身旁的树上，半耷拉着眼皮看着季北川。

季北川高中毕业那个暑假，被季行丢到一个当兵的远方堂叔那儿练了两个月。

不知是不是他天生就对枪械感兴趣，在堂叔那儿的两个月时间，季北川一手枪法练得不输职业枪手，连堂叔都对他赞不绝口，在季北川离开前，还笑称他以后要不是国家的人，就是埋没了人才。

季北川手臂放平，给枪上了膛，眼睛半眯，目光紧锁墙上一排排气球。陆羡鱼听见“砰砰”声连续响起，少年枪法如神，仅仅一分钟时间，排列整齐的气球全部卒于枪下。她有点儿愣然，目不转睛地看着季北川。

少年调整枪距，再次瞄准排成圆圈形的气球，气球被打中的砰砰声不停响起，又一面气球墙全军覆没。边上有游客看见，纷纷停下脚步，投以惊讶的目光。陆羡鱼听见身边两个女孩儿的讨论声。

“好帅啊！”短发女生捂嘴感叹，看向季北川的双眼直冒红心。

陆羡鱼无语，又是被季北川迷惑的小姑娘。

又听见女生的闺密说：“等他打完枪，你就去要联系方式。”

季北川把气枪放回桌上，顶着边上一群女生的目光，接过老板手里的流氓兔玩偶，单手抱住走向陆羡鱼。

陆羡鱼看见少年逆光走来，眉眼被光柔和，深邃桃花眼里的轻佻被柔情替代，刀削的薄唇唇角上扬，轻轻一个笑，能把人的魂勾走。

短发女生上前要联系方式：“小哥哥，可以加个微信吗？”

“我有女朋友，”季北川余光都没给她，直接拒绝，走到陆羡鱼面前停了脚步，把巨大的流氓兔玩偶塞进陆羡鱼怀里：“给你赢的胜利品。”

陆羡鱼眼睫微垂，抱紧怀里的玩偶，唇角勾了勾：“谢谢。”

季北川拿过她手里的奶茶，喝了一口，弯腰凑近她耳边，轻笑一声：“那现在，心情如何？”

夜风裹挟着少年身上淡淡的薄荷味儿，烧红了陆羡鱼的耳朵。

她拉开两人的距离，仰头看向季北川，杏眸亮晶晶的：“还可以。”心情好像越来越好了。

刚才想要找季北川要联系方式的短发女生看着两人离去的背影，酸成了柠檬：“为什么别人都有甜甜的恋爱，就我没有。”

玩了一圈下来，陆羡鱼有点饿了，她用玩偶脑袋戳了戳季北川的手肘：“季小川，我饿了。”

季北川看她一眼，问：“想吃什么？”

游乐园集吃喝玩乐于一体，两人从室内迷宫出来，正好在小吃街入口。入口处有家中餐馆，陆羡鱼随意答：“吃炒菜吧。”

季北川侧头看了眼那家中餐馆，眸色沉了沉，没拒绝陆羡鱼的要求，淡淡“嗯”一声：“好。”

两人并肩向中餐馆走去，进了餐馆里，陆羡鱼想要坐靠窗的位置，拉了拉季北川的衣袖：“坐窗边吧。”

季北川点头同意，两人往靠窗的位置走。前台接待的服务员一眼认出季北川这位大少爷，立马叫来经理。

陆羡鱼把巨型玩偶放在一侧，拿过桌上的菜单翻阅，低头问季北川：“你要吃什么？”

“少爷。”经理过来，毕恭毕敬地与季北川道，“您怎么突然过来了？”

少爷？陆羡鱼翻菜单的指尖一停，抬头看向季北川。少年神色寡淡，眼皮略掀，淡声开口：“吃饭。”

经理看一眼坐在他对面的陆羡鱼，瞬间明了，忙不迭地为两人倒上茶水，又问陆羡鱼：“小妹妹，你想吃什么？我们这里海鲜做得是一绝，你看……”

“你话很多，”季北川嗓音里透着不耐烦，拿过陆羡鱼手里的菜单点了两个她常吃的菜，对经理说：“你可以走了。”

经理点头哈腰：“是是是。”又去厨房吩咐厨师做菜要精细，来的可是东家少爷，不能轻易怠慢。

陆羡鱼看见经理离去，轻抿了一口水，问季北川：“这是你家开的？”

季北川懒懒“嗯”了一声，一瞧就是不想回答她这个问题。陆羡鱼听林桀说过季北川出生于南城季家，虽比不上京城的权贵遍地走，在南城也是豪门望族。不过她鲜少了解这些，也未曾听过季北川说起自家的事儿。

瞧他这样，想来是有些不愿提起，陆羡鱼转移了话题：“你怎么知道我在天台的？”

季北川微勾唇，手撑着脸看她："你说呢？"

学校的新校区占地面积很大，陆羡鱼来这里快两个月时间，有时候还会迷路。她是误打误撞上了废弃的教学楼天台，而那儿离新教学楼有很长一段距离，夸张点形容，就是天南地北的距离。

陆羡鱼低眸，茶杯里淡青色的茶水漾出涟漪，她想起季北川出现时，黑发湿漉漉的，还有汗水沿着流畅的下颌线滑落。他……不会是为了找她，搜遍了整个学校吧？

一想到这个可能，陆羡鱼脱口而出："你不会跑遍了整个学校吧？"

季北川撑着脸看她，桃花眼稍扬，轻佻又痞气十足。半晌，她听见他鼻音很重地"嗯"了一声。

陆羡鱼有点儿走神，想问季北川为什么，手机铃声忽然响起，是谢临渊给她打来的。铃声响个不停，陆羡鱼犹豫着，迟迟未接。

季北川瞄见手机来电显示，冷笑："不接吗？"

陆羡鱼正要接通电话，余光瞥见身侧的巨型流氓兔玩偶，把电话挂断，还开了飞行模式。

季北川脸色稍霁，恰逢服务员推着餐车过来上菜，他把筷子递给陆羡鱼："怎么不接？"

陆羡鱼接过他递过来的筷子，吃了一口菜，淡声回："不想接。"

她喜欢谢临渊的这几年，为他收起一身骄傲，却只换来他与舒雅谈笑的一句："她就一小孩。"她最难受无助的时候，第一个想到的是谢临渊，出现在她面前、给她安慰的却是季北川。两相比较下，季北川这个朋友比谢临渊那个不解风情的木头好太多。

季北川心情正好，冷不丁听见陆羡鱼冒出一句："季小川，我觉得和你做朋友太棒了。"

朋友……

季北川把一只鸡腿塞进陆羡鱼的嘴里，对上少女懵然的眼神，他冷笑："食不言，寝不语。"

陆羡鱼："……"

吃完饭，季北川送陆羡鱼回家。

时近十点，游乐园外已经没多少游客，但陆羡鱼抱着一只巨型玩偶，着实引来不少目光。

她想到季北川的话，全当空气，视而不见。

两人走到季北川的摩托车前，正要准备回去，季北川的手机铃声响起。他拿出手机瞄了眼，是孙如雪打来的。

陆羡鱼看见备注是“妈”，想季北川这么晚没回家，家里人应该担心了，对季北川说：“我自己打车回去就行。”

季北川本意想要不接，可孙如雪反复打来，他嘱咐陆羡鱼：“在这儿等我，我送你回去。”

见陆羡鱼点头，才去一旁接电话。电话接通，孙如雪先把季北川骂了一顿，然后质问他：“我听说你带了个女孩去家里的饭店？”

季北川反击道：“和你有关？”

孙如雪受不了他这语气，声音提高了八度不止：“季北川，你别忘记你是有未婚妻的人，除了思思，我不接受别人做我儿媳妇！”

季北川讥笑道：“您要喜欢季思思，自己娶去。”

“你——”

没等孙如雪反应过来，季北川就挂断了电话。

季北川有些烦躁，垂眼看着地面走神。从小到大，孙如雪对毫无血缘关系的季思思如同亲生女儿，对他这个亲生儿子却淡薄冷漠，甚至视为眼中钉。季北川转头看见少女抱着巨型玩偶，乖巧地在树下等他，眼底有了笑意。

他收拾好情绪，走向陆羡鱼，抬手拍了拍她的脑袋：“走，送你回家。”

陆羡鱼毫不示弱，反手捶他好几下：“别打我脑袋，要是打坏了，你赔钱吗？”

季北川笑了声，这小臭脾气，除了他，谁受得了。

季北川把陆羡鱼送到家，远远就瞧见站在巷口臭着一张脸的林桀。

林桀见车停下，皮笑肉不笑：“还舍得把人送回来呢？”

陆羡鱼抱着玩偶从摩托车后座下来，抬手拍了下林桀的脑袋：“好好说话，别和你小姨我阴阳怪气的。”

林桀：“……”

他看见摘下头盔朝他投以挑衅眼神的季北川，恨得牙痒痒。碍于陆羡鱼作为小姨的威严，只能好声好气地哄她：“小姨，您先回去，我有点事和他说。”

陆羡鱼回头看季北川，叮嘱他：“要是林桀欺负你，就给我打电话，我收拾他。”

季北川扬眉：“好。”

季北川看着陆羡鱼抱着巨型玩偶远去，直到身影消失在巷尾，才堪堪回了神。

“改行做望妻石了？”林桀气得对季北川翻了个白眼。

季北川回神，从摩托车上下来，斜靠着车身：“不行？”

林桀看他好一会儿，敛了眉问：“你到底想做什么？”

林桀和季北川认识这么多年，两人都凭着一张好皮囊受尽女孩们的喜欢，但林桀从没见过他对哪个女孩像对陆羡鱼这么上心。

哪怕是他家里那位和他青梅竹马十年的季思思，在这尊佛面前，也只能得到一张冷得要死的臭脸。

“不做什么。”季北川慢条斯理地开口，挑眉一笑，“就是想做你小姨夫。”

下午最后一节课，因为明天国庆节，学生的心早不知飞去哪儿了，

陈霞文在台上讲课，一背身过去写板书，底下学生就窃窃私语不停，讨论国庆要去哪儿玩。

“陆小鱼，你国庆打算去哪儿玩？”季北川才睡醒，双眼皮压出很深的褶皱，目光带着倦意看向陆羡鱼。

陆羡鱼正抄完PPT上勾画的解题公式，听见季北川的话，小声回答他：“要回京城。”

这次国庆长假，陆羡鱼打算回家陪爷爷奶奶，顺便去医院复诊。

季北川觉得没趣，伸个懒腰，又偏头看一眼陆羡鱼。少女茶色长发扎成丸子头，有两缕刘海修饰脸型，皮肤白皙如雪，漂亮得紧。她正专心听讲，偶尔听得迷糊时，眉尖紧锁，茫然眨眼，乖巧得不得了。

陆羡鱼因为做练习生的原因，文化课知识薄弱，高考也是靠民族舞加分，才能上南大，陈霞文讲得又很快，她只能把不懂的记下来，等回家问舅舅冬常颂。

季北川见她又记了一道不懂的题，脸枕着手臂凑过去：“我会。”

陆羡鱼偏头看他：“这个笑话并不好笑。”自打她认识季北川开始，这厮不是上课睡觉就是打游戏，那教材崭新如初，都能倒卖给下届学生了。

少年凑得很近，陆羡鱼都能闻见他身上淡淡的肥皂清香。在如同催眠神曲的高数课上，格外提神。

季北川的脸枕着胳膊，坏笑着抬手扯掉陆羡鱼的发圈：“谁说我讲

笑话了？”

束着头发的发圈被扯下，陆羡鱼长发散落在肩头，几缕头发遮住视线，气得她拿笔打季北川：“你别打扰我听课。”

她有点儿生气，音量提高了好几个度，引得讲台上的陈霞文怒拍讲桌：“季北川，陆羡鱼，你俩下课去给我扫操场。”

陆羡鱼抢过季北川手里的发圈，缠在手腕上，腕骨纤细漂亮。她没好气地瞪季北川，咬牙道：“都怪你。”

始作俑者却风轻云淡地抱肩，十分欠揍地道：“谁让你不信我？”

陆羡鱼不理他，继续专心听课记笔记。

下课后。作为班长的赵恩若听从陈霞文的命令，拿了扫把和簸箕过来：“靠近篮球场那片是我们班的清洁区，你们别扫错了。”

因为上次赵恩若安慰过她的事，陆羡鱼记在心里，见她过来，微笑地接过扫把：“谢谢班长。”

赵恩若愣了下，然后笑了笑：“不用谢。”

陆羡鱼拿着扫把就往教室外走，季北川抢了赵恩若手里的扫把和簸箕，追上陆羡鱼：“陆小鱼，等等我。”

赵恩若眼睑垂下，回到座位上拿起课本，和唐蕊一起去食堂吃饭。

靠近篮球场这块清洁区有一棵大树，因入秋原因，树叶变黄，纷纷往下掉。

陆羡鱼扫了一会儿，有点吃力，转身见追过来的季北川，抡起扫把就往他身上砸：“都怪你。”

季北川偏头躲过，笑着逗她：“怎么就怪我了？”

“谁让你上课逗我？”陆羡鱼又一扫把砸过去。

季北川又不傻，直接开溜，陆羡鱼追着他跑，嚷道：“季小川，我和你没完。”

边上打球的龚巩见两人你追我赶，默默别过脸。简直就是两小鸡互啄，没眼看。

南大的塑胶跑道是今年新翻修的，路上有不少凸起的红块。

陆羡鱼急着追季北川，没注意到脚下有凸起物体，白色运动鞋一踩上去，手里的扫把丢了出去，直直摔倒。在前面的季北川见状，三步并作两步抱住将要和大地亲吻的陆羡鱼。

陆羡鱼缓过神来，举起手就要揍季北川：“季小川，我和你没完。”

手腕被握住，季北川低头，怀里的少女明艳的小脸气得通红，宛如一只奓毛的猫儿张牙舞爪。

他失笑一声，搂紧她的腰，坏笑着调侃："陆小鱼，你想我抱你就直说，不需要这么大费周章。"

陆羡鱼："？？？"

这人脸皮是什么做的，怎么能这么不要脸。她冷着脸推开他："离我远点儿，我看见你就烦。"

陆羡鱼转身捡起地上的扫把，要继续扫地。季北川夺了她手里的扫把，下巴扬了扬："去一边坐着，我来。"

陆羡鱼也不客气，去了一边的草坪坐下，看龚巩等人打球。

少年们黑发湿漉，你追我赶，抢到球的某个少年注意到陆羡鱼，不断往这边看，有点儿像孔雀开屏一样，抱着篮球不放，连着进了好几个球。

陆羡鱼正看得打瞌睡，听见有人叫她："同学，你好。"

她睁眼，打个哈欠："有事儿吗？"

少年红着脸，把手机递到她面前："能……能加个微信吗？"

陆羡鱼哪有不懂他的意思，正要拒绝，肩上沉了沉。她抬眼，季北川站在她身后，一张脸臭得像别人欠了他几百万一样。

季北川冷笑："要不我和你也加个微信呗？"

少年见季北川把手搭在陆羡鱼的肩上，两人姿态亲昵，想到学校里有关季北川的传闻，立马认了："不了，不了，我想起来我还有论文没写，先走了。"少年跑得贼快，活像身后有狗在追。

陆羡鱼把季北川的手扒拉开，看着少年远去的背影，摇头笑道："其实你不来，我也会拒绝他。"

季北川脸色稍霁，正要说话，听见少女欢快的声音："毕竟我有喜欢的人，吊着别人总不好。"季北川笑了声，有点儿冷："你也知道吊着别人不好啊。"

陆羡鱼愣了下："你怎么了？"

"我是吃饱了，撑得慌。"季北川把手里的扫把一扔，转身大步流星地离开。

陆羡鱼看见他离去的背影，还有点儿没缓过神，恰巧龚巩过来捡球，问他："季北川是来大姨夫了吗？"一会儿一个情绪，比她姨妈造访时还可怕。

龚巩默默把球抱在怀里："或许是吧。"

南大规定大一新生每天要上早自习和晚自习，陆羡鱼抱着课本来班级群里说好的教室上晚自习。

黑板左上方的广播传出学校广播员甜美的声音："下面这首《无法原谅》是金融系一班季北川同学送给陆羡鱼同学的，在这里，季北川同学想对你说：'你深深伤害了我，我没有办法原谅你'。"

接受众人注视的陆羡鱼："……"季北川!

"请欣赏歌曲《无法原谅》——为所有爱执着的痛，为所有恨执着的伤，我已分不清爱与恨，是否就这样……"

陆羡鱼："……"

歌曲最后一句："爱成恨，终究，绝望……"

陆羡鱼现在也很绝望，绝望到想要弄死季北川。

"喜欢我给你点的歌曲吗？"

陆羡鱼冷笑转头，季北川双手抄兜，姿态闲散地走过来。

她抄起一本书朝他砸去："我喜欢极了。"

掐头去尾，四舍五入，约等于陆羡鱼说喜欢他。

季北川弯腰捡起地上的书，扔回桌上，脚钩住椅子坐下，双手抱肩，一派优哉游哉的姿态。他扬了扬眉："你刚说喜欢我？"少年唇角上扬，黑眸促狭，坏到了骨子里。

陆羡鱼懒得理他，又听见广播里放了一首歌："今天最后一首歌，是最近大火的女团Threes的《堕夜》，希望大家会喜欢。"

陆羡鱼眼睑垂下，唇角紧抿，像失去了水分的玫瑰。

季北川敏锐地察觉到她情绪不太对劲，于是将脸凑过去："陆小鱼，你怎么了？"

陆羡鱼恹恹地开口："没什么。"

从门外进来的唐蕊对赵恩若叽叽喳喳地说个不停："Threes的《堕夜》太好听了吧，我好喜欢组合里的主舞苏烟，人间天使……"

赵恩若平时不关注娱乐八卦，也了解到陆羡鱼曾是Threes的预备成员，她拽了拽唐蕊衣袖："别说了。"

唐蕊想到陆羡鱼在，立马噤了声。

季北川靠在椅背上，手指轻敲桌面，苏烟这名字他在上网查有关陆羡鱼的新闻时见过，可以说陆羡鱼被网暴的凶手就是她。

陆羡鱼心情不佳，又恰逢学生会查完晚自习离开，她拿起水杯就往开水房去。季北川见状，立马跟上。

上课铃声响起，开水房里几乎没人，陆羡鱼接水吃药后，盯着脚上的白色板鞋走神。那首《堕夜》，她练过无数遍，如果没有被苏烟下药失声错过考核，现在出来的单曲里应该会有她的声音。

“一不开心，就躲。”季北川拉过她的肩转身，轻声问，“心情很难受吗？”

陆羡鱼摇头：“只是有点不甘心。”

开水房里有椅子，季北川拉着她的手过去坐下。他抢了她的杯子，放在一边，黑曜石般的眸子直勾勾地盯着她：“和我说说，有什么不甘心，哥哥给你开解下。”

陆羡鱼无语地凝视着季北川，长吁一口气，说起有关自己的事：“我十几岁去韩国做练习生的，季小川，你知道吗？练习生生活很苦……”

苦到什么地步？为了练习，一天只睡四小时，为了维持体形，顿顿圣女果配水煮大白菜。练习生之间的明争暗斗好比宫斗，陆羡鱼本以为她不会遇见，哪想被她视作好友的苏烟下药设计。她恨苏烟的背叛，也不甘自己苦苦练习四年，最后没能出道不说，还落了个全网网暴的下场。

季北川听完，帮她理了下有点乱的头发，问：“还想回娱乐圈吗？”他记得陆羡鱼是五岁就作为童星出道，十八岁以前就和娱乐圈密不可分。如果没有这件事的发生，她会顺利出道，然后光芒万丈地站在舞台上。

陆羡鱼闭着眼沉默了一会儿，然后笑着摇头：“不想了。”

晚自习下课前，作为辅导员的冬常颂来教室说了放假事宜，又提了一嘴收假回来后的三校联谊以及秋季运动会的事。

龚巩以书为挡箭牌，用笔敲了敲陆羡鱼的桌子：“羡姐，你帮我叫一下川爷。”

陆羡鱼正在纸上涂涂画画，听见龚巩的声音，用笔帽戳了戳假寐的季北川：“季北川，公公叫你。”

季北川懒洋洋地睁开眼睛，把脸枕在手臂上面，目光懒怠地看着龚巩：“说。”

“运动会，你今年参加吗？”龚巩问他。

季北川直接把脸转过去，留给龚巩一个后脑勺：“没兴趣。”

陆羡鱼做完最后一道题，来了兴趣，问龚巩：“他往年参加过吗？”

说起季北川往年的风光事迹，龚巩也不拿书遮挡了，开始和陆羡鱼扯犊子："羡姐，你是不知道，我川爷不仅长得帅，那篮球、短跑也是一绝，不知道能迷倒多少小学妹。"

"闭嘴。"季北川抄起陆羡鱼桌上的书砸向龚巩。

龚巩躲开，还不忘再来句："羡姐，信我，川爷真的很牛。"

龚巩本来还想再叭叭两嘴，讲台上的冬常颂一个冷漠的眼神扫射过来，他立马乖乖闭嘴。

陆羡鱼双手撑着脸，偏头看季北川："你今年不参加运动会？"她倒想看看季北川真有龚巩吹的那么神吗？

"你想让我参加吗？"季北川看她，亮如白昼的光线折射在他乌瞳里，满满都是她的倒影，"你想，我就参加。"

放学铃声响起，陆羡鱼急着和冬常颂一起回家，匆忙道："随你啊。"她背着书包，挽上冬常颂的胳膊远去。

季北川目送陆羡鱼离开，叫龚巩："今年运动会，记得帮我报名。"

龚巩先一愣，然后拍桌感叹："川爷，你这是为爱上运动场啊。"

放假第二天，陆羡鱼就坐飞机回了京城，来接她的是大哥陆行舟。

黑色的车停在街的对面，陆羡鱼惯性地要拉开副驾驶座的门坐进去，被陆行舟叫住："坐后面。"

陆羡鱼蒙然眨眼，要问为什么，肩被人拍了一下，她回头看见一个

女人站在身后。初秋的京城气温比南方冷多了，女人偏只穿了一件三分袖的玫瑰色旗袍，身材玲珑有料，乌发红唇，美得张扬放肆。

女人递给陆羡鱼一杯奶茶，笑意温柔："初次见面，我是林初禾，请你喝奶茶。"

"谢谢姐姐。"陆羡鱼捧着奶茶晕乎乎地上了车。

陆羡鱼坐在后座，见林初禾上车后，把手里的奶茶吸管递到陆行舟唇边："陆先生，要不要尝尝？"

陆羡鱼知道陆行舟向来奉行养生，绝不沾染一点糖精。哪想让她大跌眼镜，陆行舟嘬了口林初禾手里的奶茶，淡声点评："不够甜。"

林初禾也喝了一口奶茶，舔舔嘴唇，嗓音娇媚："对，没我甜。"

陆行舟看她一眼，唇角稍勾："嗯。"

"……"还有她在车上呢！

陆行舟似乎想起后座有人，转头看向陆羡鱼，一本正经地叮嘱她："你可以把耳朵捂上。"

陆羡鱼："……"好家伙，她不该在车里，她应该在车底。

回去的路上，陆羡鱼和林初禾聊天才知道眼前这位漂亮姐姐是陆行舟的女朋友，两人正计划着明年开春领结婚证。

陆羡鱼问林初禾："初禾姐，你今年多大？"

林初禾："开年满二十一。"

陆羡鱼："……"她哥今年就二十八了，居然老牛吃嫩草。

林初禾瞧出她的想法，吸了口奶茶，弯着双狐狸眼笑眯眯道："羡羡，你是想说你哥太老了，配不上我？"

陆羡鱼正要说话，前面开车的陆行舟一个冰冷的眼神看向她，她立马噤声："没有。"才怪。

林初禾笑弯了眼，抬手打陆行舟的肩："陆行舟，你怎么还不准人小姑娘说实话呢？"

陆行舟看她一眼："我老？"

林初禾立马老实坐好，还狗腿般奉承道："您哪老，是我太小，配不上您。"

陆羡鱼听见她哥说："知道就好。"

"……"

车子开进大院，陆羡鱼健步如飞地从车上下来。开玩笑，再坐下去，她午饭都不用吃了，吃狗粮就行。

家里保姆见陆羡鱼回来立马喜笑颜开："先生、太太，小姐回来了。"

陆羡鱼放下书包，往二楼走，正巧撞见下楼来的奶奶黎舒华。黎舒华年近七十，可体态优雅，一身绀青色繁花旗袍穿在身上，衬得气质华贵。黎舒华抱住上楼来的陆羡鱼，先摸摸她的脑袋，又仔细打量，笑道："我们家羡羡是越来越漂亮了。"

"那是自然。"陆羡鱼得意地挑眉，只差此时有根尾巴翘上天了。

黎舒华牵着陆羡鱼的手一边下楼，一边问她在南城的生活如何，陆羡鱼亲热地挽住奶奶的胳膊，凑在她跟前撒娇，乖乖回答。

祖孙俩正说着话，陆老爷子从楼上下来，陆羡鱼便又凑到爷爷身边和他撒娇："爷爷，这么久没见我，有没有想我呀？"

陆老爷子本名陆雎，戎马半生，平日最是严厉不过，家里孩子都怕他，唯独陆羡鱼不仅不怕他，还敢在猛虎面前撒娇吵闹。

陆雎抬手摸摸孙女的脑袋："想。"

打量一番，陆雎看陆羡鱼气色红润，老花镜下的锐利眼眸也有了温意：“有肉了，长胖了。”

陆羡鱼小脸一垮：“那我得减肥了。”

陆雎脸一拉，抬手敲她脑门：“瘦得跟个竹竿一样，减什么肥？”

陆羡鱼吃痛，又坐到黎舒华身边，和两位老人聊天。等陆行舟和林初禾进来，黎舒华叫保姆上菜，拉着陆羡鱼去了饭厅吃饭。

饭桌上，陆雎问了陆行舟工作上的事，又把话题聊到陆羡鱼大伯陆润竹身上，陆羡鱼了解到大伯前不久被调去了宜江市，只有过年才会回家。

这厢说着话，黎舒华提到陆羡鱼的父亲陆润之：“羡羡，你爸有没有说好久回来？”

陆羡鱼正要说话，见陆雎把筷子一摔，沉着脸：“孩子好不容易回来一趟，你没事提那逆……”

想到陆羡鱼在这，陆雎斟酌再三才说：“别提他，吃饭。”

黎舒华语气也不好：“这么久没看见孩子，我说一下怎么了？”

餐桌上气氛陡然变得凝重，陆羡鱼叹息一声，充当气氛调解员：“吃饭吃饭，我好饿。”

黎舒华脸色稍缓，给陆羡鱼夹菜：“羡羡多吃点。”

陆羡鱼默默扒拉着碗里的米饭走神，即便这些年因她在其中努力周旋，父亲和爷爷的关系也是差到极点，甚至于对外无人知道她与京城陆家有关，只知她是冬雪和陆润之的女儿。

翌日，陆羡鱼在黎舒华的陪同下，乘车去医院。

陆羡鱼的心理医生是她二哥陆安的朋友，名叫黎彦辰，算是看着陆羡鱼长大的，在瞧见小姑娘被网暴抑郁后，主动提出担任陆羡鱼的心理医生。

黎彦辰照例问了陆羡鱼几个问题，陆羡鱼一一回答。黎彦辰再翻出陆羡鱼上次来复诊时同一问题的答案，惊喜地发现陆羡鱼的病情有好转的迹象。他推了推鼻梁上的金边眼镜问陆羡鱼：“在南城是遇见什么开心的事，或者交到了好朋友？”

陆羡鱼蓦然想起季北川，从遇见这人开始，他给她的第一印象就是个玩世不恭的二世祖，后来通过慢慢接触，方才知道少年轻佻浪荡的面具下有颗柔软善良的心。他总是坏坏的，一点儿也不正经，没事就爱逗她，把她气得胸闷想揍他。可偏是如此，每回她心情不好，总是因他由阴转晴。

黎彦辰看见少女走神，用手里的笔敲了敲桌子，叫她：“羡羡？”

陆羡鱼回神，季北川欠揍的样子又在脑海浮现，她弯唇笑道：“嗯，遇见了一个特别特别好的人。”

黎彦辰：“那算得上是你朋友吗？”

“朋友？”陆羡鱼歪头想了会儿，对黎彦辰说，“是的，算得上是朋友。”

陆羡鱼对黎彦辰说起她和季北川之间发生的事儿，最后总结：“虽然他这人挺爱惹我生气，但是个很好的人。”

黎彦辰的办公室正南朝北，陆羡鱼坐在对窗的位置，阳光穿过玻璃照进室内，黎彦辰发现少女往日无光的杏眼，眼瞳明亮清澈，眸底的光亮得耀眼。

他笑了笑：“我想，羡羡的病快要好了。”

陆羡鱼眨了眨眼，粉唇微弯：“希望吧。”

黎彦辰没有给她开药，只是在陆羡鱼临走前，和她说：“你要学会放宽心，不要过度在意他人的目光。”

陆羡鱼笑：“彦辰哥，你和他说的一样。”

黎彦辰愣了两秒，笑问她：“是你那位新朋友吗？”

陆羡鱼点头：“对。”

陆羡鱼和黎舒华离去，黎彦辰拿出手机给陆安发了条消息：陆爷，你家小公主可能要被拐跑了。

陆安很快回他：你想对我妹下手？？黎彦辰，你是畜生吗？

黎彦辰淡定地回：我不好这口，也不想叫你哥。

陆安：谢临渊他配吗？

黎彦辰：不是。

陆安：是谁？

黎彦辰：佛曰，不可说。

陆安：滚。

又有病人进来，黎彦辰把手机放在一侧，忽然想起陆羡鱼同他说起那个少年时的模样。少女眼眸亮晶晶的，原本明艳漂亮的五官也变得生动起来，比她第一次来时说谢临渊是她的光，眼底的星光还要灼目。

从医院出来，陆羡鱼在车上和季北川发消息，她也说不清楚怎么回事，黎彦辰说她病快要好了，她第一个想要分享喜悦的人不是谢临渊，而是季北川。

陆羡鱼想，大约是因为季北川最近天天烦她的原因。

季北川这边才下飞机，上车一打开手机就看见陆羡鱼发来的消息。

陆小鱼：季小川，和你分享一件事，今天去复诊，医生说我不用吃药，还说我可能要痊愈了。

陆小鱼发了个“开心转圈圈”的表情包。

季北川唇角稍勾，打字回她：所以呢？

陆羡鱼看见他轻飘飘的三个字，有点儿不爽，她可是第一个告诉他的。

她回道：我可是第一个和你分享这件事的，你就这么敷衍我？觉得文字还不能表达自己愤怒的心情，又发了个“爸爸不要你”的表情包。

季北川姿态慵懒地靠在座椅上，黑眸直勾勾地盯着对话框“第一个”三个字，唇角缓缓上扬。

第一个分享喜悦的人是他，不是谢临渊。他挑了挑眉，压低了声音给她发语音：“谢临渊呢？”

陆小鱼回得很快：你能不和他比吗？你是我朋友，他是我谁啊？

季北川舌尖狠狠抵住后槽牙，冷笑了下：“他是你谁？”

陆羡鱼没有立马回他，季北川索性关了手机，看向窗外。京城正值中午堵车高峰期，车子上了立交桥后，如同蜗牛缓慢向前移动。

龚巩和林桀等人都说没想到他这游戏人间的性子会喜欢上一个人，还能喜欢到这般地步。季北川盯着外面拥堵的车流，别说他们没想到，他自己也没想到有一天会喜欢一个人，会想拼尽全力去保护她。

车子快到医院住院部时，陆羡鱼的消息才发来。简单几个字，点明要点。陆小鱼：你不都知道吗？

季北川不爽地挑了下眉，然后不回消息，把手机揣进兜里下车。他轻车熟路地走进住院部电梯，按下到顶楼的按键，电梯门打开，照顾他奶奶的护工刘阿姨就在门口接他。

季北川和刘阿姨颔首，打招呼：“刘阿姨。”

刘阿姨一边领着他往走廊尽头的病房走，一边和季北川说：“老太太是前几天才苏醒的，本来给先生打了电话，哪想他人在欧洲，就只能叫你过来陪陪老人家。”

季北川没说话，跟着刘阿姨进了病房。

病房装修得很温馨，暖色调，床头还摆放着一瓶沾了露珠的鲜花。季老太太看见孙子来了，颤巍巍地伸出手，温声唤道：“阿川，过来。”

季北川收敛起平日的吊儿郎当，肃然叫了一声奶奶，走到老太太床边和她说话。刘阿姨见祖孙俩要聊天，贴心地带上门出去。

病房里只剩下老太太和季北川，老太太慈爱地摸了摸季北川的脑袋，红着眼道："奶奶不在的这两年，你妈和季思思有没有欺负你？还有你爸，有没有收敛点儿？"

季北川的脸贴在老太太的掌心，哑着声说："挺好的，奶奶，您不怪我吗？"

季老太太轻轻地拍了他脑袋一下："乱说什么话？"

季老太太是在季北川高一那年出的车祸，起因是老太太想着去接孙子放学，哪想半路横遭车祸，成了植物人。

季北川在知道奶奶车祸的原因后，加之这两年，孙如雪一不痛快就拿这事儿骂季北川，说老太太出车祸，都是他不听她这个妈的话的代价。季北川没再提这茬，转移话题，和老太太聊起这两年的事。

听到季北川提起陆羡鱼的名字时，老太太笑眯眯地问："是阿川喜欢的女孩吗？"

"是。"季北川承认，却忽然想起刚和陆羡鱼聊天，她字里行间都透露着对其他男人的欢喜。

季老太太察觉到季北川的情绪不对劲，皱眉着问道："怎么了？"

"奶奶，"素来天之骄子的少年，眉目垂下，说不尽的颓然，"她不喜欢我，她有喜欢的人。"

陆羡鱼从医院回来后就在家里陪着黎舒华，偶尔陪林初禾一起去逛街。这日，陆羡鱼结束和林初禾的扫街行动，拖着疲惫的身体回到家里，看见季北川发来的消息：地址，京城。

她立马回了一个"？"。

季北川回得很快，是条语音，陆羡鱼点开，少年吊儿郎当的声音响起："陆小鱼，哥哥来找你了，不来见见我？"

她问他：你在哪儿？

季北川：你家地址给我，我来找你。

陆羡鱼看了一眼时间，已经是下午四点，犹豫了一会儿，还是给季北川发了地址。怕他进不来，又发了条语音过去："你到了就给我打电话，我出来找你。"

季北川看着对话框里发来的地址，家属大院，舌尖扫过牙根，没想到这丫头还藏得挺深。他回了一个"好"，拦了辆出租车，报了陆羡鱼给的地址。

出租车师傅操着一口不怎么流利的京普和季北川聊天："小同学，你家住这里？"

季北川："找个朋友。"

师傅看他一眼，又笑着说："你这朋友身份不简单呢。"

住大院里的人，身份哪是简单两字能概括的。

季北川笑了声，带着浓浓的鼻音，有点儿沉："对，不简单。"

出租车师傅拉着季北川天南地北地聊，临下车时，还给他免了车费零头。季北川付了钱下车，映入眼帘的是颗明晃晃的红五星，还有写着"外来车辆，停车登记"八个大字的展示牌，处处透着庄严、肃穆。

季北川找了路边的树靠着，给陆羡鱼发微信：陆小鱼，哥哥到了。

陆羡鱼和季北川聊完天就无聊地玩着手机，见季北川发了消息过来，立马在衣柜里找了件卫衣套上，拿上小挎包，蹬蹬蹬地跑下楼。

"羡羡？"黎舒华端着水果从厨房出来，看见飞奔下楼的陆羡鱼有点儿蒙，"你这是要去哪儿？"

"我和朋友出去一趟——"陆羡鱼回头和黎舒华挥挥手，"奶奶，晚饭不用等我回来吃了。"

"欸？"黎舒华还想问她是哪个朋友，小姑娘的身影已经消失成点。

陆羡鱼出了家属大院的大门，就看见站在树下的季北川。少年懒散地靠在树干上，下颌线条流畅又锋利。

季北川看见她，勾了勾手指："过来。"

陆羡鱼小跑过去，鼻尖微嗅，闻见季北川身上淡淡的薄荷味夹带着一丝烟味，嫌弃地皱眉："什么难闻的味道？"

季北川手臂搭在陆羡鱼肩上，轻佻挑眉："哟，还嫌弃上我了？"

"嫌弃你，不是应该的吗？"陆羡鱼也不认输，把他胳膊甩开，拉开两人的距离，仰头看向季北川，"你怎么来京城了？"

季北川单手插兜，低头看她，玩味地笑："想你了，就来了。"

"我可真荣幸。"陆羡鱼扯了扯唇角。季北川的嘴，骗人的鬼。

季北川打量她几秒，忽然笑得暧昧："陆小鱼——"

陆羡鱼蒙然抬眸："？"

"你是不是暗恋我，居然和我穿情侣装？"

"……"陆羡鱼看一眼季北川的穿着，黑色连帽卫衣，而她是铅灰色连帽卫衣，两人卫衣款式出自同一品牌，连衣服上的印花图案都一样。

好家伙，果然是情侣装。她抿了抿唇，看着季北川："我说我是随便穿的，你信吗？"

"信啊。"季北川低笑，"反正情侣装也穿了，哥哥就勉强接受你暗恋我——"话没说完，他的肚子上就狠狠挨了一拳。

季北川吃痛咬牙："陆小鱼？！"

陆羡鱼收回手，歪头看他，笑容得意："这就是你乱开玩笑的下场。"

"猪。"季北川轻嗤。

陆羡鱼再次手握成拳，威胁他："季小川，看着我的拳头再说一次。"

季北川盯着她，拖腔带调，一字一顿地说："我说，陆、羡、鱼、是、猪。"

陆羡鱼气得胸闷，手捏着小挎包的肩带折身要回家："我回去了，你自己去——"

季北川长臂一伸，给她来了个锁喉，连拖带拽地拉着陆羡鱼向对街走："回去？做梦。"

陆羡鱼也没想过回去，只是要挣脱季北川的桎梏："季小川，你放手。"

"好。"季北川嘴上答应着，可手臂搭在她的肩上，就没放下来过。陆羡鱼尝试把季北川那只爪子从自己肩上甩开，可他就像块牛皮糖，她上秒扒拉开，他下秒又放上来。反复无数次后，陆羡鱼选择无视自个儿肩上某人的猪蹄，转而问季北川："你想吃什么？"

"你是东道主，我是客，不该你安排吗？"

"……"

这话说得贼有道理，陆羡鱼想反怼的机会都没有。

陆羡鱼因为父亲陆润之和爷爷陆雎关系不好，在六岁之前除了逢年过节就没回过京城。后来长大一点，也是跟在父母身边拍戏上学，再后来就去了韩国做练习生。

要问她京城有什么好吃的，一时半会儿，陆羡鱼还真想不起来。

走了有一段距离，陆羡鱼看见一家卖糖葫芦的店，问季北川："吃糖葫芦吗？"

季北川嫌弃地看她一眼："一串糖葫芦就想打发我？"

"……爱吃不吃。"陆羡鱼无语。

"吃。"只要是她给的，别说糖葫芦，砒霜也得笑着吃下去。

卖糖葫芦的店面似乎有些年岁了，红木色的招牌都染上了岁月的痕迹，有点儿发黑。陆羡鱼走到摆满水果、糖葫芦的柜台前，跟老板要了一串糖葫芦，季北川见她只要了一串，不爽地挑眉：“我的呢？”

陆羡鱼接过老板递来的糖葫芦，付了钱，咬一口。她嘴里吃着东西，含糊不清地说：“你不是不吃吗？”她吃得急，粉唇上沾了一点红色的糖浆，分外诱人。

季北川不自在地咳嗽一声，偏过头，斥责她待客不周：“陆小鱼，有你这么招待远道而来的客人吗？”

“那你吃不吃？”她咽下一颗山楂，舌尖舔过唇边的糖渍，粉红唇肉变得潋滟勾人。

季北川看得走神。

陆羡鱼见季北川没理自己，用糖葫芦的竹签戳了戳他的胳膊：“季小川，季小川？”

季北川回过神来：“嗯？”

陆羡鱼朝他扬了扬手里的糖葫芦：“问你呢，吃不吃？”

“吃——”

“那我去给你买。”

陆羡鱼转身要回去给季北川买糖葫芦。

“不用。”

胳膊被他拉住，陆羡鱼怔然回头：“你不是……”

声音戛然而止。手里的糖葫芦被抢了，季北川吃了另一头的糖葫芦，唇角微扬，桃花眼弯起笑得像个妖孽：“嗯，还挺甜。”

“……”

陆羡鱼愣了好一会儿，才回过神来，然后抢回自己的糖葫芦，跟宝贝似的紧抓在手里，目光警惕地看着季北川：“你是个人不是？”

上次想抢她奶茶，没抢成。这回直接动手抢她的糖葫芦了。

季北川伸手想捏她的脸，小姑娘脸颊略带婴儿肥，手感估计会不错。

“滚呐。”陆羡鱼瞪他。

季北川低头，盯着她琥珀色的眼瞳，忽然笑了下：“其实，我挺不想做人的。”

“哦。”陆羡鱼装作听不出他话里的暧昧，淡声道，“你本来就不是人。”

季北川被她气笑了：“行，我不是人。”

陆羡鱼对京城不算熟悉，也不知道带季北川去哪儿玩。两人漫无目的地溜了一圈，陆羡鱼有些饿了，看见一家炸酱面馆，问季北川："吃面吗？"

季北川双手抄兜，半耷拉着眼皮瞅了一眼炸酱面馆，跟个祖宗似的哼了声："吃。"他其实也饿了，从下飞机到现在，粒米未沾，一从医院出来就来找陆羡鱼。

面馆里没多少人，来这儿吃饭的多是上班族，陆羡鱼和季北川进去就频频引起瞩目。少女明艳漂亮，少年俊朗帅气，一瞧就是一对金童玉女，般配得很。

陆羡鱼避开这些目光，拉着季北川找了个角落位置坐下，点了两碗炸酱面，和季北川聊天："季小川，你国庆去哪儿玩了？"

季北川眼神散漫地看她一眼，懒洋洋地开口："我人就站在你面前，你说呢？"

"……"问了，也相当于白问。

炸酱面很快上桌，陆羡鱼吃了两口，挎包里的手机铃声响起，她拿出手机一看，是谢临渊打来的电话。季北川也瞧见了，他只是漫不经心地用筷子拨弄着碗里的面，一截截弄断："接啊。"

陆羡鱼起身出去接电话，季北川看见她离去的背影，小声骂了句。真抛下他，去接电话了。

初秋的天，黑得很早，陆羡鱼站在路灯下，光线自头顶倾泻而下，拉长她的影子。

"临渊哥，"陆羡鱼叫了他一声，"打电话给我，有事吗？"

电话那边的谢临渊明显愣了一下，温声问她："你现在在家吗？"

陆羡鱼下意识看了眼炸酱面馆的方向，回答："在外面，和朋友一起吃饭。"

"我在京城——"谢临渊本想问是哪个朋友，话到嘴边又转了个弯，"明天我来接你去复诊？"

陆羡鱼盯着粉蓝撞色的运动鞋，语气中辨不清情绪："我今天已经去过了。"

谢临渊怔然几秒，然后说："医生怎么说？"

声音依旧温柔，可落在陆羡鱼耳朵里就尤显刺耳。她上次去找他一起回京城，谢临渊却说要陪舒雅参加慈善晚宴，直接拒绝了她，现在又来说要接她去医院复诊，这都叫什么事。

陆羡鱼觉得自己和季北川待久了，这脾气是越来越控制不住，搁往常谢临渊如此说，她欣喜之余，还会懂事地说让他好好工作。可这会儿，她觉得自己即将化身暴躁老哥。陆羡鱼是喜欢谢临渊没错，可不代表她是呼之即来、挥之即去的宠物。

“临渊哥，”陆羡鱼习惯性地压下怒火，软声道，“我挺好的，如果你工作忙，就忙工作，不用来敷衍我。”话一出口，陆羡鱼愣了下，这是她喜欢上谢临渊这些年来第一次对他说重话。

陆羡鱼立马补充：“我……我不是这意思……我是……”

也找不到词汇来补救，她索性破罐子破摔：“我病要好了，你忙你的吧，不需要管我。”

谢临渊愣了下：“羡羡，我……”

“陆小鱼，”季北川从面馆出来，夺了陆羡鱼的手机，轻敲一下她的眉心，语气亲昵，“还不进去吃面，想喝面汤是吧，嗯？”

“……”这语气，怎么听起来这么怪。

谢临渊指节握紧了手机，莫名的不安：“羡羡？”

季北川开了免提，揽着陆羡鱼的肩，十分体贴懂事地说：“哥，您放心把陆同学交给我去工作，我不会像您一样只顾工作，不管她。对吧，陆小鱼？”说罢，还朝陆羡鱼扬了扬眉。

陆羡鱼无语，夺回手机：“临渊哥，我先去吃饭了，你忙吧。”

没等谢临渊反应过来，陆羡鱼已经挂断了电话。

谢临渊听着听筒里传来的忙音，看向车窗外的大院，黑漆漆的夜，只有一两声虫鸣响起，这是陆羡鱼第一次先挂断他的电话。

陆羡鱼吃完面和季北川往家的方向走。京城十月入秋，比南城冷了不少。陆羡鱼出来得急，只穿了件卫衣加百褶裙，两条纤细的腿在寒风中瑟瑟发抖。她打了个喷嚏，吸了吸鼻尖，问季北川：“你晚上……阿嚏——住哪儿？”

“考虑我住哪儿前，你先别把自己冻死了。”他脱了身上的卫衣外套，塞到她怀里，“穿上。”

陆羡鱼抱着怀里的卫衣愣了一下，要把衣服还给季北川：“马上就到我家了，我不冷……阿嚏——”又一个喷嚏。

季北川单手抄兜，垂眼看她：“想要我帮你穿吗？”

“……”

陆羡鱼把手里的挎包塞到季北川怀里，乖乖套上他的卫衣外套。季北川的卫衣是XL码的，穿在陆羡鱼身上像小孩偷穿大人的衣裳，衣摆长及膝盖，只露出一双纤细莹润的小腿。

陆羡鱼反手要调整卫衣帽子，季北川快她一步：“笨死算了。”

少年的掌腹无意间擦过她的后颈皮肤，过烫的温度，烧得陆羡鱼走神。回过神来，陆羡鱼吸了吸鼻尖，闻到季北川身上淡淡的烟草味，眉心蹙起：“季小川。”

“嗯？”季北川帮她整理好衣服，低眸看她，“你想说什么？”

“以后少抽点。”

季北川盯着跟只企鹅似的少女，失笑了声，抬手弹她脑门儿：“陆小鱼，你管得挺多啊？”

“朋友提的意见，你要听，懂吗？”她说得理直气壮，毫不脸红。

季北川挑眉，不爽这答案。他低头，看着少女灯光下的杏眼，微勾唇：“我只听我女朋友的话。”

靠得太近了。近到她能听见他的心跳声，一下又一下，好像扰乱了她的思绪。

这么明显的暗示，陆羡鱼又不傻。陆羡鱼抿了抿唇，正要出声，前方两道车前大灯直射过来，晃得她眼睛疼。

季北川和她换了站位，偏头看见从车上下来的男人。

车前灯明亮灼目，也叫季北川瞧清来人的长相。

男人一身深灰高定西装，内衬是件墨色衬衫，领夹到袖扣都透露着一股子清冷矜贵的味道。他走到两人面前站定，狭长的黑眸不悦地看向季北川，嗓音冷得刺骨：“手，松开。”

季北川舌尖滑过牙尖，扬起一抹挑衅的笑容：“不。”

他身后的陆羡鱼探出脑袋，弱弱出声：“大哥。”

季北川：“……”

第四章 失恋

陆羡鱼跟在陆行舟身后慢慢走着，连气也不敢喘。快到陆家门前时，陆行舟突然停下，陆羡鱼低着脑袋，直直撞在他背上。

“大哥，疼。”陆羡鱼抬手揉了揉有些疼的鼻尖，清凌凌的眼眸一圈红，望着陆行舟，“你……”到嘴边的话，又咽回了嗓子眼。只因她哥的眼神太可怕了。

陆行舟双眼生得狭长，眼皮略窄，典型的内双眼。不笑时，总给人一种生人勿近的错觉。他此时沉着一张脸，冷不丁笑了声：“刚那人是谁？”

陆行舟很不爽，他本以为提防着谢临渊便好，哪想半路杀出个程咬金，要把他家娇养了十多年的小公主拐走。

陆羡鱼顶着大哥那骇人的视线，斟酌再三，开口道：“是同学……”

“同学？”陆行舟冷笑，眸光落在她大了一圈的黑色卫衣上，“同学把衣服脱给你穿？陆羡鱼，你把你哥当傻瓜忽悠呢？”

陆羡鱼垂眸，手指不停揉搓着挎包的肩带，小声反驳：“明明是你问我，我才说是同学，怎么还怪起我了。”

陆行舟简直被这个妹妹磨得没了脾气，他有点儿无奈地拍了一下她的脑袋：“未满二十，不许恋爱。”

“满了呢？”陆羡鱼仰着脸看他。

陆行舟笑得很冷：“也不行。”

“哦——”陆羡鱼极敷衍地应了声，又反怼陆行舟，“我听初禾姐说，她十八岁就和你在一起了。”

陆行舟看她：“我和她在一起时二十六，你也可以等二十六岁再谈恋爱。”

陆羡鱼轻哼：“老牛吃嫩草，还有理了。”

“陆羡鱼！”

陆羡鱼立马站好，双眸弯成月牙，乖巧得很：“大哥晚安，早点睡。”

说完她一溜烟就跑了，徒留陆行舟一人咬牙瞪着她跑远的背影。这小丫头，真是被他们宠坏了。

从屋内出来的林初禾看见陆行舟沉着脸，有点儿狐疑：“你怎么了？”

陆行舟揽住林初禾的腰，在她耳边问：“我老吗？”

林初禾：“？”

家里开了暖气，陆羡鱼一进房间，就脱下了身上穿着的季北川的卫衣外套。怀里的卫衣上还残留着它主人身上的味道，萦绕在陆羡鱼的鼻尖。她坐在床边，看着手里叠好的外套，略微走神。

“我只听我女朋友的话。”少年微沉的嗓音在耳边回旋，像赶不走的苍蝇一样。

陆羡鱼的思绪有点乱，把手里的卫衣一丢，四仰八叉地躺在床上，盯着天花板上的水晶吊灯。季北川……大概……可能喜欢她?

这个认知让陆羡鱼有点儿蒙，她翻了个身，兀自喃喃：“不对……季北川那张嘴从来就没把门的，指不定又是他逗我……”

陆羡鱼噌地一下从床上坐起来，从挎包里翻找出手机，点开了网上情感类版块提问：“我有一个朋友，她有一个喜欢和她开玩笑的异性好友，就在今晚，那个异性好友忽然向她说了类似表白的话，是开玩笑，还是真喜欢她？”

底下很快有热心网友回复：“无中生‘友’？”

“那个朋友就是题主你吧，这个异性好友平时对你怎么样，有没有其他女生喜欢他？”

陆羡鱼回：“没有，人挺好的，也很受女生欢迎。但是嘴上没把门，喜欢开玩笑。”

“题主，别乱想了，他可能就是惯性和你开玩笑，洗洗睡吧。”

陆羡鱼看到这个答案心下了然，她就说季北川不可能喜欢她，一定是和她开玩笑。臭季北川，又逗她。

陆羡鱼把手机扔到一边，进了浴室洗澡。她吹完头发出来，换了条白色短袖棉裙，躺在床上玩手机。季北川发来消息：晚安，陆小鱼。

她回了一个：晚安，臭家伙。

国庆收假回来，陈霞文上完课后说在下周二会有一次随堂小检测，作为平时成绩纳入期末分中。

陆羡鱼紧张复习了一周，在考试那天来到教室，找了一个位置坐下，忽然肩膀被人拍了一下，她回头，对上季北川漆黑的眼眸，少年眼尾狭长，噙着点儿促狭看着她："挺巧？"

陆羡鱼无语："不巧，我觉得我挺倒霉的。"去哪儿都能碰上他。

"陆小鱼，"季北川伸手拽她马尾，语调拖长，"打个商量呗？"

她睁着双漂亮的琥珀色杏眼疑惑地看着他："你说。"

他双手撑在桌上，身子前倾，凑近她耳边轻声说："叫声哥哥，待会儿我给你抄卷子。"

陆羡鱼毫不留情地拒绝："不要。"末了，还不忘打击季北川，"您这倒数第一的成绩，我可不敢恭维。"

"谁说我是倒数第一？"季北川扬了扬眉，用笔帽点她的脸颊，"要是我考得比你好，就答应我一件事，行不？"

陆羡鱼在南城两个多月的时间，听舅舅冬常颂最常说的一句话就是："季北川就是个不听话的学生，你少和他来往。"

瞧瞧这话，陆羡鱼也不怕季北川能考得有多好，反正都是学渣，谁怕谁。陆羡鱼勾唇，眉梢眼角都是张扬的笑意："要是我考得比你好呢？"

"那我就答应你一件事呗。"季北川不以为然地笑了声，又凑近陆羡鱼耳边，"但是你要考得比我差，可不许反悔，嗯？"

他的呼吸灼热，烫得陆羡鱼后颈发麻，不由自主地"嗯"了一声。

陈霞文从外面进来，原本吵嚷的教室立马变得安静，她站在讲台上，轻拍了一下桌子："这次考试的成绩会计入你们期末分中，请大家都认真对待。"

陈霞文眼神巡视一圈，注意到季北川和陆羡鱼两人位置靠得贼近时，指着两人道："季北川，把你桌子往后移一下，别以为我不知道你们打的什么主意，这是考试，不许作弊！"

季北川起身把桌子象征性往后拉了拉，然后冲监考老师扬了扬下巴，笑得贼欠揍："老师，这样行不行？"

陆羡鱼注意到桌腿的位置根本没移动过，某人那不安分的腿还放在她的椅腿边。

陈霞文对季北川无奈，只得睁一只眼闭一只眼："行。"然后开始发卷子。

陆羡鱼等到前桌考生把卷子给自己，她又传给季北川。然后她低头在卷子和答题卡上规规矩矩写上自己的名字。教室里很安静，考场里安静得只有学生奋笔疾书的声音。

陆羡鱼做题不算快，距离考试结束还有半小时，她才开始做最后几道大题。等到把草稿纸上的答案一个个誊抄在答题卡上时，考试结束的铃声响起，陈霞文在讲台上说："从最后一个往前交答题卡，卷子带离考场，不许交头接耳。"

眼瞧其他学生把卷子交了离开了考场，季北川还磨蹭着在位置上睡觉。他不交卷，陈霞文先让前面的学生交卷离开，然后拍了下桌子，拉长一张脸叫季北川："季北川，别睡了。"

"考完了？"少年伸了个懒腰，眼皮半耷拉着瞅着陈霞文，"要交卷了吗？"

陈霞文语气不好："你说呢？"

"您等等啊，我写个名字。"

"……"

季北川拿起桌上的笔，龙飞凤舞地在名字那一栏写上"季北川"三个字。

陆羡鱼也做完了卷子，陈霞文叫她："陆羡鱼，把你俩的答题卡收上来。"

"好。"陆羡鱼转身拿走季北川的答题卡，目光落在写满字迹的答题卡上，白纸上字迹随性潦草，一如它的主人散漫不羁的性子。

陆羡鱼交了卷子回到座位上收拾书包，季北川叫她："陆小鱼，中午一起吃饭吗？"

陆羡鱼拉上书包链，背上书包，点头同意："你请客。"

"行。"季北川手指灵活地转动着签字笔，胳膊搭在陆羡鱼的肩上，拉着人往外走，"想去哪儿吃？"

正值中午放学时间，教学楼里全是学生。上回因贴吧的事，学校里有关陆羡鱼和季北川两人的传言闹得沸沸扬扬，甚至还有人以两人为原型在学校贴吧写了同人小说。现下两人从考场出来，又姿态亲昵，立即引来不少人侧目，窸窸窣窣的讨论声钻进陆羡鱼的耳朵。

"陆羡鱼和季北川不会正在谈恋爱吧？"

"可能吗？陆羡鱼虽然性子差了点儿，可她舅舅是冬老师，他能允许自己外甥女和季北川在一起？"

"看两人的相处模式，真的像是在谈恋爱啊，我就没瞧见季北川对哪个女孩子这么好过。"

陆羡鱼跟着季北川下楼，快到教学楼门口时，她把季北川的胳膊从自己肩上扒拉开，拉开两人的距离，淡声道：“季小川，我觉得我们需要保持距离。”

季北川咬牙冷笑：“保持什么距离？”他就是喜欢她，不需要别人来指点。

陆羡鱼抿紧唇，说：“我觉得我们的关系过于亲密了，即使是朋友，也要保持距离。”

季北川被她气笑了，说话也变得咄咄逼人：“陆羡鱼，你跟我揣着明白装糊涂呢？”

陆羡鱼低头看着鞋尖，沉默了一会儿，声如蚊蚋：“对不起——”她可以确定季北川是喜欢她，可她心里早就装了谢临渊，也瞧不见其他人。

季北川无奈，他真的是败给她了，伸手弹她脑门儿：“陆小鱼，把头给我抬起来。”

“……哦，抬起来了。”陆羡鱼特别听话，乖乖抬头看着他。

季北川盯着她的眼，黑眸深邃，满满映着他的倒影：“我喜欢你，不是你的错，所以不要和我说对不起。”

陆羡鱼怔了怔：“季小川……”

“陆小鱼，”他伸手摸她脑袋，嗓音温柔得都要滴出水，“等你哪天不眼瞎不再喜欢谢临渊，要不试试喜欢我呗？季北川不比那家伙差。”

陆羡鱼眼睛垂下又睁开，把他手拿开，仰头看他：“别做白日梦了。”

气氛逐渐缓和，季北川拖腔带调地说道：“不巧，我才睡了一觉。”

“欠揍。”陆羡鱼无奈地笑了笑，“去哪儿吃，我饿了。”

“带你去吃好吃的。”他伸手拖着她的书包背带，拽着人出了校门。

成绩在周三就出来了，上课前，陆羡鱼登录校园网查看成绩，她最后几道大题基本没做，选择填空完全靠蒙，这次考试勉强刚及格。陆羡鱼把手机往桌上一扣，眼不见为净，她跟个蔫巴巴的茄子一样，了无生气地枕着双臂趴在桌上，用指尖拨弄着桌上的签字笔。

少年欠揍的声音在耳边响起：“哟，考差了？”

陆羡鱼抄起手边的书朝他砸去：“滚——”

季北川被砸了个正着，捂着手臂倒吸一口气“嘶”了声，脚尖钩住椅子坐下，把书扔还给她：“你这脾气估计只有我受得了。”

“爷乐意。”陆羡鱼不理他，换了方向枕着胳膊玩桌上的签字笔。

季北川“啧”了声，小丫头片子还自称爷。他伸手玩她的长发，随口问了句：“你头发这么长了，不剪吗？”

陆羡鱼偏头，从他手里抢回头发，淡声答：“不剪。”

季北川单手支脸，打量着她，少女发色是天生的茶色，头顶光线倾泻而下，发丝泛着光晕。

“我觉得你短发应该会更好看。”他忽然来了这么句。

陆羡鱼已经缓过来了，从桌上起来，看着他：“剪头发是不可能剪的，这辈子都不可能。”

季北川碰了软钉子，不再继续这话题，转而问陆羡鱼：“还记得考试那天答应我的事吗？”

“记得。”陆羡鱼没吃晚饭，熟练地从季北川书包里摸出一袋饼干，撕开包装袋吃了起来。她吃东西像只仓鼠，腮帮子鼓鼓的，看得季北川有点儿想用手去戳一戳。

季北川咳嗽一声，语调拉长：“我好像考得比你好那么一点儿。”

陆羡鱼吃饼干的动作一顿，嚼着饼干，声音断断续续：“你确定？”

季北川扬了扬眉尖：“嗯。”

陆羡鱼咽下嘴里的饼干，狐疑地看了一眼季北川，后者对她挑了下眉：“看呗。”

陆羡鱼把手机打开解锁，正要点开班级群里的名次排行文件，龚巩那跟喇叭一样的声音响起：“川爷，你吃了脑白金吗？”

“说人话。”季北川白他一眼。

陆羡鱼点开班级群里的成绩名单，排在第一名的名字赫然是季北川。

“陆小鱼。”她偏头看他，少年唇角上扬，漫不经心地看着她，“是不是该兑现约定了？”

陆羡鱼不死心地把名次文件看了一遍又一遍，直到确定那排第一的名字就是季北川。而且更可恨的是，这厮分数居然是她的两倍！陆羡鱼生无可恋地扒拉两下头发，趴在桌上怀疑人生。

“陆小鱼。”季北川笑了声，低沉的嗓音，语调拉长，“你该不会不想认账吧？”

陆羡鱼抬起头，看着季北川，语气大有壮士一去不复返的豪情壮志：“说吧，你想要我做什么。”

季北川枕着脸靠近她：“我想想。”

“然后呢，”陆羡鱼拉过一捋头发，编麻花辫，又拆开，“说吧——你想我为你做什么？”

“你归我。”他直勾勾地盯着她，笑得不正经。

陆羡鱼侧眸，错愕地看着他：“你把这大逆不道的话再说一遍？”

她抄起手边的书要打他，手腕被季北川握住，他低眸看她，一贯吊儿郎当的语气：“怎么，你馋我身子啊？”

“脸是个好东西，但是你没有。”她甩开他的手，把书扔回桌上。

季北川有点儿遗憾地摇头：“我本来想你要是馋我身子的话，我就顺水推舟从了你。”

“谢谢，我不馋。”陆羡鱼扯了扯唇角，颇为无奈道。

季北川：“官人，你真无情。”

边上的龚巩看得目瞪口呆，好家伙，一遇到陆羡鱼，川爷就不是他自己了。

陆羡鱼嘴角微抽，这家伙是偷了品如的衣柜吗？她敛了眉，正色道：“到底想要我做什么，不说就算了。”她本就不想兑现这什么约定。

季北川：“周末你的时间，归我。”

陆羡鱼想周末放假，她也没什么事，索性点头同意：“可以。”

周六上午，陆羡鱼还在和周公约会，被急促的手机铃声打断，她手在枕头边摸索到手机，接通电话，“起床气”很重：“说说说！”

季北川勾唇，调侃她：“你这脾气，有点暴躁啊。”

陆羡鱼闭着眼坐直身体靠在床边，眼皮掀开半条缝，看了眼来电显示是“臭家伙”，直接掐断电话，又缩回被窝继续睡。

听筒里传来“嘟嘟嘟”的忙音，季北川挑了下眉，这小暴脾气。

林桀打着哈欠拉开门，瞧见站在院子里的季北川，瞌睡虫立马醒了：“你来我家做什么？”

季北川转身，睨他一眼：“没大没小，叫小姨夫。”

“我小你个大头鬼。”林桀一脚踹了过去，季北川侧身躲过，嘴上还不忘挑衅林桀：“尊老爱幼，我是你长辈，懂不懂？”

林桀低声骂了句，抄起墙边的树苗，准备给季北川来顿“竹笋炒肉”。

季北川慌乱地躲着，挑衅林桀：“大外甥，我告诉你，像你这种不尊敬长辈的家伙，在古时候是要被拉去浸猪笼的。”

“……滚！”林桀火大，下手也越来越重。

两人在院子里闹得鸡飞狗跳，陆羡鱼在房间也睡不好，任她如何用被子捂住耳朵，打闹的声音总能传进她耳朵里。

陆羡鱼掀开被子，趿着拖鞋走出门，重重拉开房门，冷着脸看着在院子里你追我赶的两人："大清早，你俩演猴戏呢？"

季北川笑道："林桀是猴——"

"你才是猴！"林桀用脚踢他。季北川闪躲开，上前来到陆羡鱼面前："陆——"

剩下的两字还没说出来，眼前的门重重关上，随后传来陆羡鱼暴躁的声音："陆什么陆，赶紧给我滚。"

林桀摇晃着手中的树苗，幸灾乐祸地钩住季北川的脖颈："可怜见的呢，吃闭门羹了呢。"

"滚。"季北川把他的手扒拉开，转身走进林桀的房间，然后关上门，"你小姨好了，叫你小姨夫我。"

林桀看见某人登堂入室不说，还自称他小姨夫，恨得那叫个牙痒痒："季北川，你给我滚出来。"

林桀一回头看见冬稚手里拎着买的早餐站在身后，小姑娘水灵灵的杏眼眨了眨，伸出手："哥哥，你又说脏话了，要给我一百元罚款哦。"

林桀："……"

陆羡鱼窝回被窝继续睡，睡了一会儿，才发觉有点儿不对劲，她从床上坐起来，指腹揉了揉有点儿乱的长发，喃喃："季北川……那家伙好像来了？？"

陆羡鱼拿过扔在床头柜上的手机，看了眼通话记录。十分钟前和臭家伙通过电话。她这"起床气"果然十年如一日啊。陆羡鱼捂嘴打哈欠，给季北川拨了电话："季小川，你来了？"遇事莫慌，要装作什么都没发生。

季北川正在林桀的房间，睡他的床，吃他的早餐，接到陆羡鱼的电话，挑了挑眉："哟，公主殿下您'起床气'散了？"

真是一点面子都不给她。陆羡鱼努努嘴，"嗯"了一声："你等我半小时，我洗漱换衣服，再顺便化个妆。"

季北川应下："好。"

半小时后。季北川被林桀从房间赶出来，他迈着懒散的步子走到陆羡鱼房间的门前，敲门："好了没？"

陆羡鱼正在化眼妆，听见季北川叫她，慌忙应了一声："马上。"

"行，我等你。"又等了十来分钟。

林桀和冬稚准备出去买菜回来做午饭，见季北川还在门前站着。

冬稚拉了拉林桀的衣袖："哥哥，北川哥怎么还不走？"

"他啊，"林桀看季北川一眼，冷笑，"来给咱们家看家护院了。"

冬稚："……"

林桀兄妹两人离去半小时后，陆羡鱼才拉开房间的门，她看见站在门口，略沉着脸的季北川，有点儿："我来了。"

季北川抬头，声音听不出喜怒："陆大小姐，您这半小时有点儿久呢。"

陆羡鱼今天穿的是件白马甲毛衣，内里是件水蓝色衬衫，配了条深蓝格子百褶裙，露出的双腿笔直又纤细。

因为今天南城雾霾过大，陆羡鱼还戴了口罩。她挪着小碎步，小心翼翼地靠近季北川："久……久等了。"

"知道我等久了？"季北川抬手揉了一把她的头发，低头凑近她，笑意暧昧，"要不补偿下我？"

陆羡鱼一把推开他，背好自己的小猴子背包："去哪儿？"

季北川要去拉陆羡鱼，却被她躲开。他看她："等你这么久，手都不给拉？"

"拉，"陆羡鱼手背在身后拉出小猴子书包的手给季北川，语气十分诚恳，"给你拉我家小猴子的手，别客气啊。"

季北川气笑了："……真有你的。"

陆羡鱼毫不谦虚："谢谢夸奖。"

陆羡鱼跟着季北川出了门，左右环顾一圈，没看见他那辆摩托车，疑惑道："你车呢？"

"想趁着坐我的车时占我便宜？"季北川看她一眼，下颌一抬，十足的傲慢，"做梦吧。"

陆羡鱼："……"

季北川在路边拦了辆出租车，拉开车门让陆羡鱼先坐进去，他再坐进去，和师傅报了附近一家饭店的名字。

车子驶了一段距离，陆羡鱼望着窗外的风景，问他："要去吃饭吗？"

季北川拿出手机，在她面前晃了晃："看看，几点了？"

十二点十分。陆羡鱼自知理亏，低头玩着小猴子背包的尾巴，"哦"了一声。

季北川侧眸看她，少女茶色长发精心打理过，卷成了大波浪卷，慵懒地散落在腰间。她低着头，鸦青色长睫微垂，在白皙小脸上投下淡淡阴影。"陆小鱼。"季北川凑近她。

陆羡鱼偏头，打个哈欠："说。"

"我发现你长得挺好看的。"

"谢谢，我也这么觉得。"

季北川捻起她的头发，勾唇："好看到让我心动。"

"……季小川，"陆羡鱼也看他，"可我对你不心动。"

"……"这话题没法继续了。

吃完午饭，季北川拖着陆羡鱼去附近电影院。正值午间休息时间，电影院人不算多，两人从电梯出来后，季北川问她："想看什么电影？"

陆羡鱼手里捧着杯奶茶，嘬了一口瓶底的珍珠，懒洋洋地反问他："有什么电影？"

"……"是祖宗，得哄着。

陆羡鱼拿出手机，点开购票APP，准备选个适合约会看的电影。陆羡鱼四处张望了下，目光落在电影院角落的宣传视频上，是部叫《七九年》的小成本文艺片。视频只有简单十几秒时间，主演的脸一晃而过，最后用笔墨重重渲染出片名，右下角落款——导演：谢临渊。

陆羡鱼记得这部片子，是谢临渊的成名之作，也是凭借这部片子，他摘下了前不久的金雀奖最佳新人导演的小金人。

季北川选了半天，没找到合适的片子，索性把手机递到陆羡鱼面前："你想看什么？"

陆羡鱼少顷回神，说了自己父亲最近导演的一部电影："看《上海之夜》吧。"

季北川百度了下这部电影，嫌弃地拧眉："这讲的是什么，有什么好看的。"

陆羡鱼看他："这是我爸拍的电影。"

季北川下一秒立马改口："叔叔拍的电影一定很好看，我去给你买爆米花。"

陆羡鱼无语。季北川去影院内的售货店买可乐、爆米花，陆羡鱼拿着他给的二维码截图去取票，排队时听见前面两个女生说话。

"谢临渊和舒雅官宣了？"

"别是娱乐新闻乱造谣。"说话的女生明显不信。她朋友把手机递到她面前："是谢临渊亲自发的微博！"

陆羡鱼怔住，目光落在女生手机上的微博页面。

@谢临渊：我的女孩。@舒雅。

季北川买了爆米花、可乐回来，环顾一圈四周，不见陆羡鱼的身影。他把手里的东西放在休憩区的桌子上，拿出手机给陆羡鱼发微信：陆小鱼，你人呢？

等了十分钟还是没回复，季北川索性给陆羡鱼打电话，电话接通又被挂断。季北川笑了声，有点儿冷："……臭丫头。"

他再发消息给陆羡鱼：你再不回来，我就一个人去看电影了。

陆小鱼？还是没回复。季北川等得有点儿烦躁，过了会儿又从兜里摸出手机看了眼，陆羡鱼还是没回他消息。

抬头看见取票机旁边就是洗手间，季北川望了望，又发了好几条消息问陆羡鱼：你掉厕所里了？

季北川打算去洗手间洗下手。水流哗啦啦地冲刷着指节分明的手，季北川余光瞥见旁边一对小情侣好像在闹别扭。

女生哭得上气不接下气："呜呜呜呜……舒雅她凭什么，凭什么和我老公在一起……"

她男朋友黑沉着脸哄道："宝贝，别哭了，你还有我呢。"

"……你算什么，我老公是谢临渊！"

"……"季北川蹙了蹙眉，有点嫌弃地别开脸，要转身往外走。

听见女生抽搭着说："谢临渊为什么要公开恋情？舒雅哪配得上他？凭什么……哪怕陆羡鱼也行啊……舒雅她不配！"

季北川脚步停住，转头看向女生："你说谢临渊公开恋情？"

女生止住哭泣的声音看过来，少年眉心微蹙，微扬的桃花眼半眯，眉眼间十足的冷戾，一瞧就不是好惹的茬。

男生在哄女友，听见这话应了一声："对对，你看不就在这儿哄着嘛，宝贝，别哭了。"

女生有点儿怵季北川，拽了拽男友的衣袖："电、电影要开始了，我们走吧。"

小情侣远去，季北川还能听见男生低声安抚女友："这个不行，咱们再换一个啊，不哭了啊，宝贝。"

季北川下颌收紧，靠在墙上，忽然觉得自己像个小丑一样可笑。难怪一个转身人就不见了，电话不接，微信不回。在那臭丫头心里，他做什么都比不上谢临渊。

电影院的广播响起："请观看《上海之夜》的朋友迅速检票……"

季北川给龚巩拨了个电话过去："在哪儿？"

龚巩正和林桀在网吧打游戏，接到季北川的电话，怔了两秒，笑着调侃他："川爷，你不是和羡姐去约会了吗？"

"别和我提她，"季北川声音有点儿哑，"你人在哪儿？"

龚巩愣了两秒："和林哥在奇乐打游戏。"

"等着，我来找你们。"季北川挂断电话，走到电梯旁，要准备进电梯时，工作人员叫他："小同学，你的可乐、爆米花不要了吗？"

季北川头也没回："丢了。"反正要吃的人，也不会回来了。

陆羡鱼从影院出来后，在路边找了个地方坐下，下载好微博，看见热搜前三全是有关谢临渊、舒雅官宣的词条：#谢临渊我的女孩#爆.沸.热、#谢临渊舒雅官宣#沸.热、#谢临渊舒雅见家长#热。

热搜广场上营销号清一色地写谢临渊和舒雅同是中影毕业，是学长学妹的关系。舒雅出道出演的第一部剧就是谢临渊牵线搭桥介绍的资源，后面几年两人亦是多次同框出席各种商演宴会等，可谓是佳偶天成，天生一对。不过好笑的是第一条热评微博，点赞转发评论都没破百。

"祝福舒雅和谢临渊。"

…………

陆羡鱼不死心地点开谢临渊、舒雅见家长的那条热搜，第一条微博是记者拍到舒雅和谢临渊同时出入谢临渊父母在南城的住所，还有一行四人吃完饭从饭店出来的照片。

她关掉手机，抬头看天，原本万里晴空的蓝天，不知何时被乌云覆盖，阴沉沉的，压得人喘不过气。陆羡鱼第一次见舒雅时是在多年前的圣诞夜，三个人一起去饭店吃饭，中途舒雅离开，她小心翼翼地向谢临渊探口风："临渊哥，那个姐姐是你女朋友吗？"

彼时，谢临渊唇角的笑意略显无奈，摸摸她的脑袋："你一个小孩，打听这些做什么？"

陆羡鱼咬了咬唇，心尖满满都是苦涩，小声道："我、我就好奇。"

那会儿，谢临渊回答："不是，只是朋友。"

可现在，他们却官宣了恋情。陆羡鱼咬唇，唇肉微微泛白，吸了吸鼻尖，抬手抹掉眼泪。谢临渊！大骗子！什么只是朋友！原来都是骗她的话！

手机铃声响个不停，陆羡鱼思绪乱如毛球，谁也不想理。她把常用的手机卡拔了下来，换了卡2，在路边拦了一辆出租车，上车报了地址："师傅，去临江花园。"那是谢临渊父母家的地址，陆羡鱼曾去过一次。

那次去时，谢母看出她对谢临渊有意思，还笑着调侃她："羡羡这么喜欢黏着我们家临渊，要不要长大后给你临渊哥哥做新娘子啊？”

她红着脸，含羞带怯地偷瞄坐在对面的谢临渊。男人面容清隽，薄唇微抿，眉心蹙着，似不赞同母亲的话：“妈，她就一小孩，别乱说。”

陆羡鱼用筷子拨弄碗里的米饭，赌气地反驳他：“我才不小了。”

可等到她长大后，心心念念喜欢了好久的人却已属于别人，她的喜欢还未开出花，就已经凋谢。

越想越难受，泪水模糊视线，陆羡鱼猛然想起今天自己化了妆，立马用纸巾擦掉眼泪，又翻找出粉饼补妆，对镜喃喃：“不能为了一个狗男人，就白费我花了三小时化的妆。”

前座的司机师傅听见她这话，笑出声：“姑娘，我女儿当年失恋和你一样哭得稀里哗啦的，可谁年轻时不眼瞎呢，等长大了，才知道当年自己有多傻。”

陆羡鱼补完妆，情绪已经缓过来了，对司机师傅笑着说：“您说得对。”

车子在临江花园隐秘的后门停下，陆羡鱼从车上下来时，恰巧看见谢临渊那辆黑色的车开进小区。陆羡鱼站在对街，给他拨了个电话，车停下的瞬间，电话也通了，男人嗓音温润如初，透着几分狐疑：“羡羡？”

陆羡鱼看见副驾驶座的车门打开，舒雅从车上下来。

陆羡鱼仰头，压住要落泪的欲望，弯唇轻声道：“临渊哥，祝你幸福。”她喜欢一个人，也有自己的骄傲，应当拿得起，也放得下。

谢临渊愣了愣：“你……”

陆羡鱼没等他反应，挂断电话，又给谢临渊发了条微信：谢临渊，是我不喜欢你了。

发完后，陆羡鱼把他所有的联系方式拉黑删掉，转身上了出租车，压低声音抽噎：“谢临渊……不是你不喜欢我……”

是我不喜欢你了。从今天起，陆羡鱼再也不要喜欢谢临渊。这一场无疾而终的单恋，该在这一刻彻底画上句号。

出租车师傅叹息一声，也是见惯了女孩失恋大哭，安抚陆羡鱼两句，问她：“姑娘，你又要去哪儿？”

陆羡鱼红着眼抬头，嗓音嘶哑地说：“去……南城大学……”

谢临渊看见陆羡鱼发来的这条微信，立刻从车上下来，却见出租车载着陆羡鱼远去。他要开车去追，舒雅拉住他的手腕：“谢临渊，你别忘了我们之间为了《小时光》签了恋爱合约，你现在去追陆羡鱼，是想功亏一篑吗？”

“滚。”谢临渊甩开她的手。

舒雅怔了怔，她是第一次看见谢临渊发火。男人素来温和的眉眼覆上淡淡阴鸷，看她的眼神冰冷刺骨："明年电视剧上映，我们就宣布分手。"

舒雅有点儿自嘲地勾勾唇，谢临渊永远不会知道她比陆羡鱼喜欢他还要久。她仰头看向谢临渊，咄咄逼人："谢临渊，在你选择事业放弃她时，你们就不可能了。"

谢临渊坐进车内，半张侧脸隐在光影交接处，阴冷地说道："她会等我。"小姑娘那么喜欢他，怎么舍得跑远。

舒雅冷笑，她不想打击谢临渊的天真。女人最懂女人，特别是像陆羡鱼那样骄傲的女孩一旦决意放下一个人，就绝不会回头。

又一局游戏结束，龚巩摘掉耳机，摔在桌上，对季北川嚷道："川爷，你失恋也不用杀我们来发泄啊！"

从季北川来网吧开始，龚巩等人都是在被他血虐，不看走位，不管队友，一个劲地释放技能杀人，跟谁欠了他几百万一样。

季北川两条长腿大大咧咧地放在电脑桌上，睨龚巩一眼："谁说我失恋了？"

"你没失恋？"坐他旁边的林桀摘了耳麦，拿过一边的矿泉水灌了一口，水流淌过喉结，打湿了衣服，他朝季北川笑道，"是，恋都没恋，哪来的失恋啊？"

季北川本就火大，林桀还故意怼他，他一脚踹了过去："滚。"

林桀"啧啧"两声，叫了网管送几桶泡面过来，搁在键盘边的手机响起，他打了个手势："我妹，都给我闭嘴。"

原本叽叽喳喳的几个少年，立马噤了声，谁不知道林桀天不怕地不怕，最怕他妹妹冬稚。

林桀接通电话，轻声问："怎么了，岁岁？"

"哥哥，"小姑娘抽抽搭搭的，像在呜咽的小猫咪，"妈妈他们还没回来，家里就我一个人，我……我怕……"

林桀皱眉："小姨呢？"

冬稚吸了吸鼻尖："没……也没回来……外面下了好大的雨，还在打雷，我怕……哥哥……你和小姨好久回家？"

"马上回来。"林桀安抚好冬稚，挂断电话后，拿上衣服就往外走。

龚巩几人叫他："林哥，你去哪儿啊？"

林桀回头看他一眼："回家。"

季北川忍不住问：“她没回去吗？”那丫头放了他鸽子，按理来说应该回家了。

“没有。”林桀脚步顿了顿，看向季北川，“我回去安抚我妹，你先帮我找找陆羡鱼，她那病……麻烦了——”

“不去。”季北川烦躁地吐出几个字，又叫龚巩：“继续来。”

窗外暴雨滂沱，噼里啪啦地砸在窗户上，动静很大，听得人心惊胆战。

“不打了。”季北川反手摘掉耳麦，扔在桌上，侧眸看向窗外。大雨滂沱，暴风连连，吹得路边的青树东倒西歪。他噌地一下站起来，拿上衣服出了包厢。

房明旭叫他：“川爷，你去哪儿？”

龚巩反手一巴掌打在他后脑勺上：“你是猪吗，肯定是去找羡姐啊。”

“他不是说不去吗？”房明旭揉了揉自个儿的后脑勺，恍然大悟，

“林哥和川爷果然是过命交情，林哥一句话，川爷就风雨无阻地帮他去找他小姨。”

网吧网管端了泡好的泡面进了包厢，龚巩吸溜一口泡面，说：“川爷这叫口是心非，懂吗？”

季北川从网吧出来，雨越下越大，来往车辆匆匆，出租车几乎无空车。他有点儿郁闷：“我这是上赶着倒贴啊？”

手机铃声响起，是林桀打来的电话，他接通电话：“说。”

“老季，帮个忙。”林桀声音有点儿焦急，“陆羡鱼的手机打不通，我和老冬头找遍了家附近她常去的地方都没有人，你知道她在——”

“我知道，我去找她。”季北川拿了网吧收银处的一把雨伞，撑开伞，冲进暴雨中。

网吧就在南大附近，只一条马路的距离。凛风裹挟着暴雨来势汹汹，季北川撑着伞艰难前行，伞面被风吹起来，肩胛处湿透。他按照记忆抄近路上了教学楼的废弃天台，撑着伞四处张望，乌云压头，四处都是黑漆漆的，瞧不清方向。

“陆小鱼、陆小鱼——”他不确定她是不是在这儿，但第一时间想到的地方就是这里。拐角处传来低低的抽泣声，季北川立刻狂奔过去。

陆羡鱼下车后，也不知道该去哪儿，径直上了天台，她心里难受时，喜欢一个人待着。天台有个废旧的棚子，是学校用来堆放老化的桌椅，陆羡鱼见雨越下越大后，就躲到了这里。她抱膝缩在角落，背后狂风呼啸，雨水浸湿头发，妆容花成一团，黏在脸上，狼狈不堪。

忽然听见有人叫她名字，陆羡鱼以为自己听错了，她抬眸，头顶出现一把伞，黑色伞面倾斜，为她遮住风雨。

“季……北川？”陆羡鱼眨眨眼，有点儿不可置信地看着眼前人。

少年鸦羽色碎发湿漉漉的，一双桃花眼在黑夜明亮灼目。季北川原本满腔怒火，在看见陆羡鱼时，瞬间烟消云散。他是拿她一点办法也没有。

季北川撑伞半蹲着，指腹轻轻擦去陆羡鱼脸上的水渍：“丑死了，不许哭。”

“哪儿丑……”她吸了吸鼻尖，不服回怼。眼睫又忽地垂下，无端的落寞，“他公开了。”

“不许提他。”他凶巴巴的，脱下身上还算半干的冲锋衣给她披上，又叫她名字，“陆小鱼——”

她抬眸看他，黑夜里，少年眸似点漆，直勾勾地盯着她：“你要不和我试试呗？”

回到家里已经是凌晨，大雨将歇，家里灯火通明，陆羡鱼看见冬常颂和冬青坐在客厅等她。

冬常颂看见她浑身湿淋淋的，指挥着冬青：“快去给你表妹熬点姜汤驱寒。”又伸手摸了摸陆羡鱼的额头，温度灼烫，冬常颂皱眉：“赶紧去洗澡，把衣服换了。”

陆羡鱼低垂着眼，轻声道：“舅舅，让你们担心了。”

“快去换衣服……”冬常颂催促着。

陆羡鱼轻“嗯”一声，转身回房间洗澡，换掉湿透的衣服。

从浴室出来，陆羡鱼换了淡蓝色睡衣，她坐在梳妆台前，看着镜子里的自己。头发湿漉漉地黏在肩颈，脸颊酡红，唇色苍白，双眼微红，狼狈又可怜。陆羡鱼拿起吹风机吹头发，吹到一半，房间门被敲响，冬青的声音响起：“我。”

她这位表姐性子极为刻板寡淡，在冬家将近三个月时间，两人聊天的次数一只手都能数得过来。

陆羡鱼放下吹风机，语调淡淡的：“进来。”

冬青端着一碗煮好的姜汤和感冒药推门而入，将手里的白瓷汤碗放在书桌上，看一眼陆羡鱼：“吃完药，就早点睡。”

“好。”陆羡鱼应下，又跟冬青道谢，“谢谢表姐。”

冬青多看她一眼，少女小脸苍白，她走了一瞬神，又和陆羡鱼说：

“不值得，别折腾自己身体。”

陆羡鱼吹头发的动作一顿，对上冬青淡漠的双眸，唇角动了动，露出微笑：“我知道。”

“晚安。”冬青带上门离开。

陆羡鱼吹完头发，混着姜汤吃了药，她脑子也变得浑浑噩噩，索性留了一盏床头灯躺床上玩手机。

微博热搜还挂着他们官宣的消息，她懒得再看，卸载微博，又删掉了手机里有关谢临渊的一切。点开微信，看见季北川的留言：不许想他，只许记得你还欠我一次约会。

陆羡鱼无语地扯了扯唇，又看见有好几个陌生未接来电，地区显示是京城，不用想也知道是谁。她索性设置陌生人来电拒接，切断和谢临渊的所有联系。

接下来几天都是暴雨连连，陆羡鱼也连着病了三四天，直到第五天南城放晴，她才好了起来。

周六，冬常颂忙着学校运动会的事，冬青整日在花店，林桀要去校队训练，家里就剩冬稚照顾她。

陆羡鱼换了衣服从房间出来，看见冬稚手里提着从外面打包的饭盒，她走过去帮她拆快餐盒包装袋：“小冬稚，你哥人呢？”

“不知道。”冬稚摇头，和陆羡鱼一起拆了快餐盒吃饭。

吃完饭，陆羡鱼从厨房拿了冬青给她温在炉子上的中药，白瓷汤碗盛着黑乎乎的药汁，冒着刺鼻的苦味儿。陆羡鱼皱着脸喝完药，正要回房间找糖吃，冬稚朝她伸手：“小姨，吃糖。”

“谢谢我家可爱的小冬稚。”陆羡鱼拿过躺在小姑娘嫩白掌心的糖果，要拆包装纸时，愣了下。蓝白色包装纸，印花图案是只白兔。

是大白兔奶糖。冬稚的双臂撑在饭桌上，捧着脸歪头看她：“小姨，这是北川哥给我的，他说你这几天心情不好，得吃糖才会好起来。”

陆羡鱼唇角扬了扬，拆开包装纸，把糖丢进嘴里，声音含糊不清地说：“算他还记得我这个朋友。”

小姑娘似鹿般漆黑的眼眨了眨，八卦地凑近她：“小姨，北川哥是不是在追你啊？”

陆羡鱼想到那晚之后季北川那浑蛋根本没联系过她，她病了也没来瞧过她，估计早不知道把她忘到哪儿去了。她伸手捏了捏冬稚的脸：

“小孩子家家的，你懂什么是喜欢吗？”

冬稚偏头，躲开陆羡鱼的魔爪，嘟囔：“我也有喜欢的人啊。”

“谁？”这次轮到陆羡鱼八卦了，“是你那位搬走的小竹马？”

“才不是他。”冬稚否认极快，转移话题，“小姨，今天天气不错，我们去逛街好不好？”

陆羡鱼这几天都是在医院、家里两点一线走动，骨头都要在家躺松散了，恰逢天气转晴，她也想出去走走，索性答应冬稚。

两人在家附近的商场逛了一圈，陆羡鱼买了两套当季的新品衣服，冬稚买了几本练习题。陆羡鱼看她手里提着的书，有点无语：“逛街是享受，你怎么只买练习题？”

冬稚抿了抿唇，语气很认真地说：“妈妈说了我得好好学习，哥哥这个大号已经废了，我不能再让她失望。”

陆羡鱼沉默，表姐冬青早年离异后，带着林桀和冬稚这一双儿女艰难生活，若不是这些年有冬常颂和她妈冬雪接济开了家花店，基本生计都很难维持。

又逛了一会儿，陆羡鱼看见一家理发店，叫住要走的冬稚：“小冬稚，等一下。”

“啊？”冬稚停住脚步，疑惑地看着她，“怎么了，小姨？”

陆羡鱼侧眸看了眼长及腰间的长发，淡声说道：“我想剪头发。”

陆羡鱼和冬稚一起进了理发店，前脚才进门，前台小姐姐就热情地迎过来：“两位是想洗头发还是做造型？”

“就剪个头发。”陆羡鱼回答。

前台小姐姐叫来一个发型师，陆羡鱼跟着走到镜子前坐下。

发型师挑起她一缕长发，问：“头发留了这么长，真要剪吗？”

“剪。”她从来就不喜欢什么长发，这头发留着就是在提醒她曾多么眼瞎喜欢上了谢临渊。

咔嚓咔嚓几剪刀声响起，陆羡鱼看见头发一缕缕落在脚边。

剪头发的过程很长，陆羡鱼有点儿打瞌睡，等到发型师告诉她：“剪好了。”

陆羡鱼才恍然睁眼，镜子里的少女茶色短发短及耳垂，小脸漂亮娇俏，涂抹唇釉的粉唇潋滟勾人。陆羡鱼微微扬唇，镜子里的人也笑，笑容张扬放肆。她没必要为一个不该喜欢的男人要死要活。

剪完头发，陆羡鱼和冬稚从理发店出来。走了一段路，冬稚盯着她看了好一会儿，赞扬道："小姨短发确实比长发好看。"

"这话我爱听。"陆羡鱼圈住冬稚的胳膊，亲热地说，"走，小姨请你喝奶茶。"

周一早晨。陆羡鱼踩着上课铃声慢吞吞地走进教室，她把书包放下，环顾四周没见到季北川，又想到这人平时迟到早退是常事，也没多想，拿出课本，认真上课。

上午最后一堂课下课铃声响起，季北川还是没来，陆羡鱼拿出手机给他发了消息：季小川，我来上课了，你人呢？

等了好一会儿，仍不见回复。

陆羡鱼收起手机，准备去食堂吃饭，才到教室门口，看见龚巩提着快餐盒出现。陆羡鱼剪短了头发，早上起来时又化了淡妆，五官明艳精致，和她长发时又有点儿不同。

龚巩有点儿怔住："羡姐？"

"是我。"她伸长脖子望了望龚巩的身后，走廊上一片空荡，没有熟悉的身影。

陆羡鱼问龚巩："季北川人呢？"

"不知道，你请假这几天，他也没来上课。"龚巩摇头，把手里的饭盒递给她，"川爷给我们打了招呼，说你要是来上课，中午记得给你带饭，说食堂排队太累了。"

陆羡鱼接过龚巩递来的饭盒，唇角微翘："季小川就是够义气，不来上课也没忘记我这朋友。"

她拎着饭盒回座位，龚巩跟在身后坐回椅子上，看着陆羡鱼，有点儿替季北川鸣不平："羡姐，其实川爷真挺喜欢你的，我从没瞧过他对哪个女孩这么上心过。"

没来学校这几天，天天一通电话跟闹铃一样准时地问他陆羡鱼来学校没，让他别忘了帮陆羡鱼带饭。

陆羡鱼眼眸半垂，手中的勺子有一下没一下地拨弄着饭盒里的米饭，淡淡地应了声："我知道了。"

她吃完饭，拿上感冒药去茶水间接开水吃药，等水开时给季北川拨了一个电话过去。电话铃声响了半天，才接通。

"想我了？"少年的嗓音嘶哑低沉，还带着浓浓的鼻音，倦怠感扑面而来。

陆羡鱼前几天感冒时声音也是这样，一下就听出季北川的不正常，她把手机夹在肩窝，接水问他："感冒了？"

那天两人都淋了雨，她感冒了，季北川应该也生病了。

季北川咳嗽了几声，笑着调侃她："心疼我了？"

"作为朋友关心一下你，不行吗？"她一边吃药，一边问他，"去医院没？"

季北川："没有。"

她说："去看医生啊。"

"不去。"他拖腔带调的，因为生病的原因，声线低沉撩人，"除非你陪我。"

陆羡鱼冷笑："那你病死算了。"

"陆小鱼，"季北川叫她，嗓音无端的委屈，"我可是为了你才生病的。"

陆羡鱼淡淡吐出两字："地址。"

陆羡鱼觉得自己和季北川待久了，被他传染了智障病。就如此刻，她逃了下午的课出来，手里提着给季北川那家伙买的药来了他家。

陆羡鱼拿出手机，看了眼季北川发来的定位坐标：临江花园二期。

缘分真是奇妙，季北川的家就在谢临渊父母居住的临江花园一期对面，只隔了一条马路的距离。

她给季北川发消息：我到小区外了，具体地址呢？

季北川：22栋2702。

陆羡鱼收起手机要往小区里走，正填完登记准备进去时，听见身后有人叫她："羡羡？"

陆羡鱼转头，看见谢母拎着才从不远处超市买的菜站在她身后。

陆羡鱼唇角扯了扯，真是冤家路窄，她只淡淡打了招呼："阿姨好，我还有事先走了。"

陆羡鱼转身要走，谢母三步并作两步过来，拉住她的手好一顿打量，目露不悦之色："你怎么把头发剪了？"

"……"这话怎么听起来这么刺耳。

谢母瞧着她，略叹息："女孩子嘛，还是要留长头发才好看，我们家临渊喜欢长头发女生，你瞧舒雅不就是。"

"阿姨，"陆羡鱼嘲讽勾唇，甩开谢母的手，抬手轻拍了拍被谢母的手拉过的衣袖，语调平静无波，"谢临渊喜欢什么跟我没半毛钱关系，您也不必和我提他喜欢什么类型的女生。"

谢母面露愠色："羡羡，你这话是什么意思？"

陆羡鱼抬眼看她，大地色眼线晕染，眼窝深邃，眼角微扬，她本就是极具攻击性的长相，此刻生了怒意，愈发冷艳。从小到大，家里人、身边朋友哪个不是捧着她，她若不愿做的事，没人敢说三道四。她以前因为喜欢谢临渊，爱屋及乌，对谢家父母也让了三分薄面。

陆羡鱼垂眼，抬手将碎发别过耳后，似笑非笑地道："阿姨，我还有事，先走了。"

谢母还想叫住陆羡鱼，教育两句，人已经不见了踪影。临江花园安保工作做得极好，谢母心生不满，想要追进去，被警卫室的保安拦住：

"阿姨，您找谁？"

谢母见状，只能灰溜溜地离开，回到家，手里东西一摔，就给谢临渊打电话告状："临渊，我和你说我今天看见陆羡鱼了，那姑娘果然是公主脾气，还好你瞧不上她，要是把这位祖宗娶回来，我们谢家还有安宁之日吗？"

电话那边的谢临渊捏紧手机，半晌，才问："妈，您在哪儿看见了她？"这几天，他换了无数个手机号给陆羡鱼打电话，她都没有接。

他甚至去找过老师，只换来对方冷眼相待："谢临渊，我陆润之的女儿是千娇万宠养大的宝贝，不是给你糟践的，你既然和舒雅在一起了，就别去招惹羡羡，否则别怪我不顾昔日师生情谊。"

谢母还在絮絮叨叨说个不停，听见谢临渊问她，脱口而出："咱家门口啊……还能是哪儿？"

谢临渊那颗死寂的心忽然鲜活起来，他语调轻快："我知道了。"

挂断电话，谢临渊给陆羡鱼发了条短信：我知道你来找我了。

偶遇谢母的事被陆羡鱼抛之脑后，临江花园二期很大，她绕了一大圈才走到22栋楼下，进了电梯按下27楼数字键。从电梯出来，陆羡鱼四处张望，找到2702的门牌号，走过去按响门铃。

没一会儿，房门从里面打开，季北川抱着肩斜靠在墙上，垂眸盯着她："真来了？"

因为是在家的原因，季北川只穿了灰色长袖、黑色长裤，冷白肤色因为生病的原因，在光线下透着不健康的白。

"来给你收尸啊。"陆羡鱼把手里的药袋往他怀里一塞。

季北川递了双拖鞋给她，把药袋扔在茶几上，闭目仰靠在沙发上，陆羡鱼换好拖鞋，带上门进来，环顾房间一圈。一居室的小型公寓，装潢都是冷色调，茶几上摆放着没吃完的外卖盒。

陆羡鱼看了眼季北川，少年两条腿大大咧咧地敞着，薄唇微抿，下颌收紧，看起来很难受。

陆羡鱼皱眉："你爸妈呢？"

"嗯？"他像没听清她的话一样，眼皮微掀，透着几分不耐，"我一个人住。"

季行常年流连于花丛中不着家，季家别墅住着孙如雪和季思思，季北川不想回去，在他奶奶昏迷后不久就搬来了奶奶名下的这栋公寓居住。这些年，他都是一个人。

陆羡鱼眉心蹙紧，走到季北川身边，弯腰摸他额头，滚烫热意从掌腹传来，陆羡鱼拧紧眉："季小川，快起来，我们去医院。"

她伸手去拽他的胳膊，可少年不动如山，狭长的黑眸睁开，嘴角噙着玩味的笑，手臂反攻为主圈住她的腰，把人往怀里一带。陆羡鱼直直倒在他怀里，鼻脸相贴，近到呼吸都交缠在一块儿。

季北川盯着她瞧了一会儿，忽地笑了起来："剪头发了？挺漂亮的。"

"让我起来。"陆羡鱼脸有点儿红，不自在地别开脸。

"我放了啊。"他勾唇坏笑，桃花眼半眯，浪痞姿态简直刻进了骨子里，"是你自己舍不得起来。"

"季北川！"陆羡鱼声音有点儿恼羞成怒，她勉强站起来，伸手推他，"别闹了，你都烧成什么样了，赶紧起来去医院。"

"不想去。"季北川任她推搡，还跟祖宗一样躺在那儿，也不放开她的手。

陆羡鱼拿他没办法，压下心尖的烦躁，软了声哄他："那你要怎样才愿意去？"

"不去，"季北川睁开眼，"吃药就行。"

"行吧，"陆羡鱼无奈，试图掰开他钳制自己手腕的指节，可怎么也没办法，只得低声道，"你先松手，我去给你倒水吃药。"

"不要。"他握得更紧了点。

陆羡鱼那躁脾气又上来了，用脚踢了踢他的小腿："赶紧放手，待会儿病死了，我可不负责。"

"我和你一起去。"季北川摇晃着站起来，因为病了几天的原因，没点儿力气，差点要倒下去。

陆羡鱼眼明手快地扶住他，颇为无语："季北川，你能不能好好坐着……我就是去……"

“你会去找谢临渊。”他打断她的话，眼尾微红，可怜兮兮的，“我不敢放。”

陆羡鱼抿唇沉默，那天放了季北川鸽子，本就是她理亏，这会儿也找不到话来反驳他。

“陆小鱼。”季北川忽然像个孩子一般抱住她。

他很瘦，但身材有料，肌肉硌得她难受。

陆羡鱼挣扎了下，有点儿无奈：“我不会去找他。”

“你会……”季北川笃定地说。

“……”陆羡鱼觉得他脑子是烧糊涂了，打算强力挣脱开桎梏。

“陆羡鱼，你是我第一个喜欢的人。”他声音又在耳边响起，似喃喃自语，“我不知道是不是我哪儿做得不够好，所以你根本看不见我……”

陆羡鱼不知道怎么接话，感情这事儿就像麻线球，扯不清，也道不明。

“陆羡鱼，我再努力一下，你要是还不喜欢我的话……”季北川顿了顿，有点儿自嘲的口吻，“我可以做谢临渊的替身——”

陆羡鱼鼻腔发酸，季北川是骄傲至极的少年，他就算喜欢她，从来也是大胆而张扬的，哪会像现在这样将一身傲骨折断，卑微到了尘埃里。

她舌尖舔了舔唇瓣，正要说话，却被他接下来的话给气笑了。

“就是不知道能不能模仿得像，毕竟谢临渊没我帅。”季北川松开陆羡鱼，侧头看她，伸手捏捏她的脸，“所以，还是尝试下，喜欢我呗？”

“脑子烧糊涂了？”陆羡鱼吸了吸鼻子，瞪他：“坐回沙发去，我给你倒水吃药。”

“都听你的。”他朝她扬了扬眉，薄唇微扬，十足的痞坏。

陆羡鱼呼出一口气，脱掉外套走进厨房，发现饮水机空荡荡的，她有点儿无奈，只能用电水壶烧水。十来分钟过去，陆羡鱼用玻璃杯端出水来，半蹲下身，在药袋中找退烧灵。

季北川烧得有些浑噩，略睁眼，看见蹲在茶几前找药的陆羡鱼。

少女茶色短发发尾微卷，包裹着一张漂亮明媚的小脸，她穿着一字领的打底衫，肩颈线条白皙流畅。季北川喉结滚了滚，闭上眼。

陆羡鱼找好药，踢了踢季北川的小腿：“快起来吃药，吃完药去房间里睡。”

季北川睁着眼觑着她，眼底的促狭一闪而过，要抬手拿她手里的药丸，又垂了下去。

陆羡鱼：“吃药。”

“没力气。”季北川闭着眼，手指点了点自己的唇，“喂我。”

陆羡鱼：“……爱吃不吃。”

她转身把手里的药丸和水杯一放，拿上外套和包就要走。

季北川见她要走，也不慌，语调拉长：“世风日下啊——现在的女孩子真是一个比一个狠心，先放我鸽子，又害我生病，现在连……”

“你属喇叭啊？”陆羡鱼轻轻咬牙，把手里的外套和包放下，拿了桌上的药和水走过去，手伸到季北川的唇边，“来，大郎，吃药。”

季北川眼皮半掀，一派懒散的少爷作态：“啊——”

陆羡鱼冷笑一声，把手里的药丸拍了进去，粗暴地给季北川灌水。

季北川被呛得连连咳嗽：“喀喀……陆小鱼，你谋杀亲夫啊……”

陆羡鱼眉尖微抬：“你不是要我喂你吗？”

季北川缓过来一些，仰靠在椅背上，睐着陆羡鱼，轻哼一声：“最毒妇人心。”

“过奖过奖。”陆羡鱼毫不心虚地接受夸奖。

闹完之后，陆羡鱼进了洗手间洗手，出来叫季北川回房间睡：“我给你熬点粥，你待会儿吃。”

一低头，看见少年闭着眼靠在沙发上，呼吸绵长，一看就像睡着了。陆羡鱼走近，拿过一边的毛毯准备给季北川盖上，手停在半空。

季北川睫羽浓密纤长，鼻梁微挺，薄唇如刀削，唇肉沾了点儿水渍，有点诱人。

陆羡鱼抿了抿唇，要给季北川盖上毛毯，手被握住，她愣愣地眨眼：“你没睡？”

“我哪儿敢睡——”他看着她的眼，黑眸里浮现出戏谑的笑，“你可是想偷亲我？”

气氛忽然变得有些暧昧，陆羡鱼把手里的毛毯往季北川头上一盖，一溜烟跑进厨房。

“我……给你熬粥去。”一句话，她说得磕磕绊绊，摆明是掩饰什么。

季北川掀开脸上的毛毯，鼻尖微动，似闻见她身上的香水味儿。陆羡鱼和他所接触的女孩子不同，她看似像一只浑身竖着刺的刺猬，实则是一只惹人怜的奶猫。她漂亮又张扬，像朵开得娇艳的玫瑰。一颦一动，都吸引着他的目光。

季北川仰靠在沙发上，想到她刚才惊慌而逃的背影，从鼻腔里哼出一声调侃的笑：“陆小鱼，你这有点儿不负责啊。”

陆羡鱼有点儿无语，继续手上的动作，那人的声音还在继续响起：“管撩不管后果，你此举就是当世陈世美。”

陆羡鱼正在淘米，听见季北川的话，手里的锅差点给摔在地上。她拧开水龙头，水流哗啦啦地涌进饭锅。陆羡鱼看着流动不停的水流，脑海里忽然闪现出那晚的画面。

季北川撑着伞出现在她面前，雨点砸在伞面上，噼里啪啦的。黑夜里，少年黑眸似点漆，直勾勾地看着她：“陆小鱼，你要不和我试试呗？”

饭锅里的水溢满，陆羡鱼立马回神，把水倒掉一些，又把电插上，按了煲粥的键，打算再做两个小菜，却发现冰箱里空无一物。

陆羡鱼走出厨房，看着还坐在沙发上的季北川。他懒散地靠在沙发上，两条长腿大大咧咧地敞着，眼角半耷，薄唇含笑，锐利的线条被光线柔和，没平日那么冷厉，慵慵懒懒的，像个逗鸟遛狗的二世祖。

“粥熬好了？”他问。

陆羡鱼解下围裙，走到沙发边穿上外套，朝季北川伸手：“给钱。”

季北川看她：“占了我便宜，还要钱？”

陆羡鱼眉心一跳，总觉得再在这儿待下去，会被他气死。她没好气地斜睨季北川一眼：“冰箱里没菜，我要去买菜。”

季北川用微信给她转了钱，笑道：“给你了，小管家婆。”

“毛病。”陆羡鱼换鞋开门，又回头看一眼季北川，“密码多少？”

他眼皮略掀，语调漫不经心：“我给你开门。”

“滚回你房间去。”陆羡鱼唇角微抿，有点儿冷，“密码？”

“1117……”

陆羡鱼轻“嗯”一声，带上门离开。

公寓里又只剩季北川一人，他低眸，看见茶几上凉透的半杯水，以及散乱的药盒。季北川忽然笑了一声，这还是第一次除了奶奶以外，有人这么关心他。

陆羡鱼收了季北川转来的钱，走进超市买菜。她在韩国做练习生那四年，因为吃不惯公司食堂，父母又宠她，就给她在公司附近买了一套小公寓，请了一个阿姨来照顾她。陆羡鱼闲暇时分，会和阿姨学做菜，几年下来，厨艺也勉强还行。

陆羡鱼选好了菜，来到柜台结账离开。当她拎着大包小包回到季北川的公寓，客厅里已经没人了，陆羡鱼把手里的一部分菜放进冰箱，挑了牛肉和西芹，做了个西芹炒牛肉。

做好菜后，陆羡鱼把菜放进微波炉，解下围裙，从厨房出来，看见季北川房间紧闭，想他应该是在睡觉，轻手轻脚地穿上外套带上门离开了。从临江花园出来后，陆羡鱼拦了辆出租车回家，坐上车后，给季北川发消息：菜在微波炉，锅里有粥，醒了自己吃，然后再吃药，别死了。

发完消息，她无聊地玩手机，看见短信有好几条未读，一一点开。看见谢临渊发来的消息：我知道你来见我了。陆羡鱼无语扯唇，回复：见你个鬼。然后又设置拒收陌生人短信。

车子向前行驶，上了江桥，遇上堵车高峰期。夜幕微沉，高楼直耸入云，波光粼粼的江面倒映着万家灯火。陆羡鱼望着窗外的夜景走神，想起谢临渊发来的短信，只觉得有股子莫名的怒意直袭脑门。她明明已经决意放下谢临渊了，他怎么还来招惹她，真当她好欺负啊。

车子停在巷口，陆羡鱼扫码付款下车，正好看见冬常颂停好车过来。

冬常颂问她："下午没上课？"

陆羡鱼心虚地撒谎："啊……我有点儿不舒服，去……去医院了。"

冬常颂看了她一会儿，摸了摸陆羡鱼的脑袋："要是不舒服的话，舅舅再陪你去医院看一下，免得……"

"不、不用。"陆羡鱼连连摆手，催促冬常颂，"舅舅，我们回家吧，我有点儿累了。"

冬常颂："好。"

陆羡鱼跟在冬常颂身侧往家走，暗自松了口气，还好混过去了。回到家里，陆羡鱼准备回房洗澡，冬常颂又叫住她："羡羡。"

陆羡鱼回头，有点儿茫然，"舅舅，还有事吗？"

冬常颂打量她几秒，笑了笑："季北川的病应该快好了吧？"

陆羡鱼下意识道："吃了药，应该……"

声音戛然而止，她这是不打自招了？

陆羡鱼抿紧唇角，偷瞄了眼冬常颂，底气不足："舅舅。"

冬常颂看她一眼，语气意味深长："羡羡，你还小。"

陆羡鱼还要说话，冬常颂又道："你妈说了，下个月她就会来南城照顾你。"

她点点头："我知道了。"

冬常颂叮嘱她注意身体后，转身回了房间，陆羡鱼也回房洗澡。

晚上吃饭时，林桀看她一眼，用力戳了戳碗里的米饭，有点儿恨铁不成钢。

陆羡鱼总觉得林桀看她的眼神怪怪的。吃完饭，陆羡鱼叫住要回房间的林桀，朝他勾了勾手指："过来。"

林桀慢吞吞地走过来，语调不耐："小姨。"

陆羡鱼朝他脑袋上拍了下，冷笑道："你刚吃饭时看我那眼神是什么意思？"

"你……不知道？"林桀狐疑地看着她。

陆羡鱼挑眉："我该知道什么？"

"你看看这个——"林桀把手机递给她。

陆羡鱼疑惑地接过，看清手机上显示的朋友圈内容时，脸色蓦地一沉。

季北川：女朋友给做的爱心晚餐。@羡鱼。配图是她做的那盘西芹炒牛肉，以及一碗白粥。底下有人评论——

龚巩：我就说羡姐下午不见人，原来是去看你了。

季北川回复龚巩：低调点。

房明旭：恭喜川爷抱得美人归。

季北川回复房明旭：记得随份子钱。

林桀："小姨，你真和……"

"我和什么？"陆羡鱼把手机往林桀手里一塞，眼神冷得令林桀害怕，"告诉季北川，从今天起，我和他绝交了。"

林桀笑得有点儿得意："行嘞。"

陆羡鱼看他一眼，转身回了房间。林桀回到自个儿房间和季北川几人开黑打游戏，发现这厮游戏ID改成了：陆小鱼是我祖宗。

打了一局游戏，中场休息连麦，龚巩几人在群里问季北川："川爷，你真和羡姐在一起了？"

季北川轻"嗯"一声，有点儿炫耀的意味："快了。"

"快个屁。"林桀冷笑反驳，"他要能追到陆羡鱼，我名字倒着叫。"

季北川两条腿曲着，靠在椅背上，听见林桀的话扬了扬眉："大外甥，你确定？"

林桀："只要你能追到，我名字真倒着叫。"

"不用你把名字倒着叫。"他嗓音带笑，"记得叫我声小姨夫就行。"

第五章 心动

Beichuanyouyu

今天有“早八”的课，陆羡鱼手里拿着在早餐铺买的豆浆，咬着吸管小口喝着，慢吞吞地跟随学生大军上楼。

快到上课教室门口时，陆羡鱼的肩膀被人拍了下。她回头，看见季北川站在身后。

十一月初，南城气温彻底转凉。季北川穿了件深色皮夹克，身姿修长，书包松垮地挂在肩上，他头发又剪短了些，两鬓修得干净，发茬很短，眉目硬朗，眼尾稍扬，勾勒出痞坏的脸庞。

陆羡鱼咽下嘴里的豆浆，继续往教室走。

季北川跟在她身后：“不理我？”

“……”陆羡鱼没搭腔，把书包放下，低头玩手机。

季北川挑了挑眉，脚尖钩住椅子，把手里的书包扔在桌上，伸手戳了戳陆羡鱼的手肘：“陆小鱼，我哪儿惹你了？”

陆羡鱼还是不理他，起身把喝完的豆浆瓶丢进垃圾桶，拿着水杯出了教室。

季北川追上她，到了走廊拐角，抓住陆羡鱼的胳膊：“你——”

“爪子，丢开。”陆羡鱼甩开季北川的手，冷淡地看着他，“朋友圈。”

季北川挑了挑眉：“就这事儿？”

“呵。”她冷笑一声，转身往开水房走。

陆羡鱼接好水，看见站在门口的季北川，眼皮掀开淡薄的弧度：“好狗不挡路。”

“真生气了？”季北川低头，凑近陆羡鱼耳边，轻哈一口气，“只能怪你太抢手，我不早点宣示主权，指不定哪天你就被拐跑了。”

林桀：本页前三个答案

少年呼吸灼热，陆羡鱼感觉耳颈处那块肌肤都要烧熟了，她捏着水杯的指腹紧了紧。

“还不理人？”季北川有点儿无奈，盯着她的眼睛，拉长尾音，“那我只好哄哄生气的小朋友，嗯？”

“你有病吗？”陆羡鱼有点儿恼羞成怒，脸颊微红，水漾的杏眼瞪着他，“谁是小朋友，我成年了。”

“行。”他笑得无奈，手掌拊在她头顶，揉乱了她精心打理的短发，“能别生气了吗，我错了。”

“原谅你了。”陆羡鱼也不是真和季北川生气，只是有点儿气他乱发朋友圈。其实……也不是完全拒绝的吧。

陆羡鱼偷瞄一眼跟在身边的季北川，光线柔和了少年锐利的脸部线条，挺鼻，薄唇，漆黑的眼映着光，真是生了一副好皮囊。

“陆小鱼。”季北川停了脚步，偏头看她，“你再看我，可要收费了。”

她收回目光，轻哼了声：“你怎么知道我在看你，我在看楼下打球的小哥哥。”

“哦——”他拖腔带调的，然后笑了声，“他们有我帅吗？”

“……不要脸。”陆羡鱼无语。

她快步往教室走，季北川双手插兜跟在她身后，十足傲慢的语气：“不是我吹，放眼南大，谁能有我帅？”

“……”

陆羡鱼回到座位上坐好，季北川紧跟着坐下，单手支撑着脸，歪头盯着她：“你说，谁能有我帅？”

“有，”陆羡鱼拿出一张红色人民币放在桌上，一本正经的语气，“我觉得他是世界上最帅的男人。”

季北川：“……”他还不能反驳她了。

晚自习上课，陆羡鱼有点儿无聊，拿起笔在纸上涂涂画画写歌词，季北川戳了戳陆羡鱼的手肘，她抬眸：“嗯？”

季北川凑过去看：“写什么呢？”

“不许看。”陆羡鱼用手蒙住纸张，季北川只瞧见两字。

“与你……”

季北川靠在椅背上，嗤了声：“写什么非主流玩意儿，我还懒得看。”

“那就别看。”陆羡鱼扔给他一坨卫生纸，收起了笔记本。

下课时间到，陆羡鱼被季北川拉出去放风，她脑海里还挂念着没写完的歌词，嘴里念念有词：“与你走过的……”

龚巩凑到两人身边来，瞄一眼跟念经一样的陆羡鱼，又问季北川：“川爷，待会儿上课能换个座位不？”

季北川看他，眼神不耐烦：“你说呢？”

龚巩嘿嘿笑了两声，期待地搓着手：“帮个忙呗……”

“说。”

“就咱班文娱委员……”龚巩脸有点儿红，“我……我想和她一起坐，你要不叫羡……哦不，嫂子先和她一起坐，然后我俩一起，再换过来，行不？”

“嫂子”两字听得季北川身心舒畅，勉为其难地答应龚巩的要求：“行，但……我们班文娱委员谁？”

班上女生除了天天跟个苍蝇一样在班上晃的赵恩若，能让季北川勉强记住名字，其他人脸都不认识。

龚巩说：“向芊芊，就、就那个看起来挺文静的一女生……”

“哪个？”季北川不耐烦地抬了抬眼。

龚巩给他指：“就那个……”

人群熙攘，季北川顺着龚巩手指的方向看过去，一个扎着双马尾的姑娘映入眼帘。

第一眼，没陆羡鱼好看。第二眼……没有第二眼……

他直接收回视线：“知道了。”

龚巩双手合十，目光中充满希冀：“哥，要真成了，我请你和嫂子吃火锅。”

“冲你这声‘嫂子’，”他唇角勾了勾，“怎么也得给你办成这事儿。”

龚巩连连感谢：“谢谢我哥，谢谢我嫂子，祝你俩百年好合。”

“这话我爱听。”季北川扬了扬眉，颇为满意。他转头拍了拍陆羡鱼的肩：“陆小鱼——”

陆羡鱼正在一门心思想《与你》的旋律，被季北川打断思路，语气不好：“说！”

边上的龚巩习以为常，又不得不感叹，或许这就是爱情的力量，也只有陆羡鱼能让季北川这只猛兽乖乖沦为小奶猫。

季北川抬手揉乱她的短发：“这语气，我又招惹你了？”

“你说呢？”陆羡鱼打掉他的手，抬手理了理微乱的头发，问季北川，“有什么事，赶紧说。”

“看见那个女生没……”季北川对她扬了扬下巴，目光落在向芊芊身上，“待会儿上课，你和她调个位置，让……”

陆羡鱼听着他的话，视线也落到向芊芊身上。

来学校这么久，陆羡鱼也接触过向芊芊，典型南方姑娘的长相，水灵灵的眼睛，性子也软绵绵的，说话都是轻声细语。

只是她这会儿被季北川打扰了创作思路，又听他说让自己和向芊芊先坐在一起，待会儿晚自习检查结束就调位置，陆羡鱼心里无端生了一把火。

她冷笑：“我为什么要听你的，你是我谁啊你？”

季北川见陆羡鱼突然发火，有点儿无奈，回过神来，她已经进了教室。

“又闹脾气了。”季北川笑得无奈。

龚巩摸了摸不存在的胡须，故作高深地说：“看这样，应该是误会，然后吃醋了。”

“啥玩意儿？”季北川有点儿不信龚巩说的话，“她吃醋了？”

陆羡鱼毫无征兆地对他发脾气，季北川早已习以为常，这会儿发火也不过当常有的事。哪想龚巩忽然提了一嘴，她吃醋了。

季北川看见教室里向芊芊和陆羡鱼坐在一块儿，舌尖扫过唇瓣，扯出一抹轻佻的笑：“她要吃醋了，你接下来一年的火锅我都包了。”

向芊芊倒没想到陆羡鱼会忽然坐到自己身边，她小心翼翼地偷瞄一眼陆羡鱼。少女生得精致，鼻尖一颗痣，五官明艳漂亮，琥珀色的眼瞳水波潋滟，眼尾稍扬，美得让同性都能为之惊艳。

向芊芊想起学校里有关陆羡鱼的传言，同学们都说她自恃是星二代，常与季北川一行人来往，性子骄纵跋扈，一点儿也不好接近。同学几个月，两人说得上的话，十个字都能数过来。

“同学。”陆羡鱼手肘曲成九十度放在书桌上，笑眯眯地看着向芊芊，“你别盯着我啊，我有那么好看吗？”

向芊芊脸有点儿红，乖乖点头：“好、好看。”

陆羡鱼打量一眼乖巧得不得了的新同桌，乖巧如白兔，软糯得很。

她略略叹息一声：“男生是不是都喜欢小白兔类型的女孩儿……”否则季北川那厮怎么会让她做僚机，还要和她调座位。

陆羡鱼摇摇头，趴在桌上，盯着向芊芊看：“我也挺喜欢你这样的女孩……”

“那你喜欢我这样的吗？”季北川的声音忽然响起。

陆羡鱼回眸，不爽地别开脸："不喜欢。"

前几天还说她是他第一个喜欢的女孩儿，今天就变了，果然要是季北川的话是真的，母猪都能上树。

讲台上还有冬常颂在，季北川也不敢放肆。他轻拍了下陆羡鱼的头顶，字眼咬得轻，偏偏落在了她耳里："吃醋了？"

教室里嘈杂喧闹，冬常颂和赵恩若站在讲台上维持班级秩序，可台下嘈杂如故。在这样吵闹的环境下，陆羡鱼只听见季北川那三个字，极轻的字眼，一字不落地落在她耳里。

她坐直身体，手不知道该往哪儿放，心脏好像不受控制地怦怦跳个不停。缓了好一会儿，陆羡鱼偏头瞪季北川："你闭嘴。"

"坐我身边来。"他拽了拽她的衣领，要把人往自己旁边的座位拎。

陆羡鱼打掉他的手，挽住向芊芊的胳膊，脸趴在她肩上，对季北川做鬼脸："我才不要。"是他让她和向芊芊坐在一块儿的，又叫她离开，真当她是软柿子，好捏呢。

向芊芊被陆羡鱼蓦地抱住，愣愣地眨了眨眼："……"

不知何时，龚巩抱着一叠书站在陆羡鱼桌前，希冀地看着她："嫂……羡姐——"

陆羡鱼耳尖，没错过龚巩那个说错的字眼，挑了挑眉，语气不善："干吗？"

"我……"龚巩偷瞄一眼懵懂如白兔的向芊芊，向来直率的少年脸红了，"我们能换个座位吗？"

陆羡鱼不傻，再联想刚才季北川说的一番话，眼前少年连着脖颈都染上一层绯色，瞬间明了，可她就是有点儿不爽，直言拒绝："不行。"

龚巩原本亮着光的眸子瞬间黯然，可怜兮兮地看向季北川："川爷。"

季北川靠在椅背上，手指轻敲桌面，眼皮略掀，懒散而倦怠："别看我，我也听她的。"

冬常颂看一眼还站在过道上的龚巩，教鞭敲了下讲桌，沉声问："龚巩，你怎么回事儿，还不快点坐下？"

陆羡鱼被两人摆了一道，正不爽，帮腔道："对啊，快坐下。"

上课铃声应时响起，教室里安静得只有冬常颂讲课的声音。

龚巩向季北川推了一张纸条过去，季北川正在打盹儿，视野里出现一张纸条，他懒怠地掀开眼皮，瞅了一眼。

——大哭.jpg，川爷，我错了，晚上我请您和嫂子吃火锅？

季北川扯过纸条，写了一个字，揉成一团扔给龚巩，又换了个方向睡觉。龚巩打开一看，放荡不羁的字迹，赫然写着一个“滚”字。

龚巩：“……”他完了。

下午快下课时，外面忽然雷声阵阵，紧接着下起了小雨。铃声响起，冬常颂说了下课，学生作鸟兽散跑出了教室。

陆羡鱼转过身，敲了敲季北川的书桌：“季小川。”

季北川听见陆羡鱼叫他，睁开眼看她：“有事儿？”

她伸手：“有点饿了。”

这段时间，陆羡鱼养成了一个习惯，只要饿了就在季北川的书包里找零食吃，这会儿突然不和他坐在一起，她还有点儿不习惯。

季北川直起身，手撑着脸，眼皮耷拉，透着一点儿轻佻：“都没坐一起了，还想吃我的零食？”

陆羡鱼用手戳了戳他胳膊：“给不给嘛……”她软软一声撒娇，尾音拖长，不像南方女孩儿的吴侬软语，有点儿娇的声线，勾得季北川整颗心都化了。

季北川从桌洞里摸出一袋夹心饼干丢到桌上，轻睨一眼陆羡鱼：“拿着。”

陆羡鱼欣喜地接过，转身撕开包装袋和向芊芊分享：“一起吃？”

“谢……谢谢……”向芊芊要接过陆羡鱼递来的饼干，余光触及季北川，他下颌线紧绷，黑沉沉的眸盯着她的手，似不耐，又有点儿冷。

向芊芊想起学校流传的有关季北川和陆羡鱼的绯闻，两人的同人小说其实……她也写过，甚至于写的还是最受欢迎的那个。这不就是她写小说时，男主典型的吃醋的表现！

向芊芊强压下内心的激动，接过陆羡鱼手里的饼干，目光亮晶晶的：“谢谢，我能叫你羡羡吗？”

陆羡鱼正在吃饼干，手一顿，嫣红唇瓣上沾上点儿饼干屑，双眼眨了眨，有点儿蒙：“啊？”

她来学校这么久，其实许多人都因为网络上她曾为出道名额殴打练习生的事儿不愿和她多有接触，以至于这么几个月，她能说得上话的朋友只有季北川一行人。

向芊芊拿了纸巾给陆羡鱼擦掉唇角的饼干屑，轻声说：“我说我以后能叫你羡羡吗？你叫我芊芊就好了。”

陆羡鱼对上她清凌凌的鹿眼，微微颔首：“行。”

"那羡羡……"向芊芊咬了一口饼干，笑眯眯地说，"我们晚上一起去食堂吃饭吧，你喜欢吃什么？"

"辣子鸡。"

向芊芊："三号窗的辣子鸡最好吃了。"

陆羡鱼赞同地点头："对。"

女生之间的友谊总是来得莫名其妙，三两句话的工夫，陆羡鱼和向芊芊就聊得火热。

"你喜欢《美少女战士》？"

"我也喜欢，我家还有一套绝版手办……"

"……"

季北川在一边听着，眉心直跳，总有一种不祥的预感。

晚上放学，季北川打个哈欠醒来，前桌已经不见陆羡鱼的身影，他用脚踢了下龚巩的椅腿："人呢？"

龚巩："和向芊芊去食堂吃……饭……"

声音越来越小，季北川脸色愈来愈冷。他瞪了眼龚巩，舌尖狠狠顶了下后槽牙，冷笑："……我这是给自己找了个情敌啊。"

龚巩："……"但愿他死得不要太难看。

周三最后一节体育课，陆羡鱼和向芊芊的友情升华到极致，走哪儿都黏在一起，两人换好衣服、运动鞋出了女更衣室，迎面撞见从对面男更衣室出来的季北川与龚巩。

因为这几天小雨连绵，这节体育课是在室内运动场上课。季北川穿了件红黑竖条纹球衣，手臂肌肉线条流畅，手里把玩着一个篮球，骨节分明修长。

他看见陆羡鱼，扬了扬下巴："解散后，来看我打球？"

"不要。"陆羡鱼摇头拒绝，"我要和芊芊去小卖部吃关东煮。"

季北川脸冷了冷，看一眼和陆羡鱼手挽手的向芊芊，哪哪都不顺眼。

"真不来？"他再问了一遍。

陆羡鱼摇头："不来。"

"不来算了。"季北川抱球离开。

"芊芊？"陆羡鱼要拽着向芊芊去集合，发现她拿着手机正噼里啪啦地打字。陆羡鱼疑惑道："你在写什么？"

向芊芊把手机关上，有点儿心虚："没什么。"

“走，去集合了。”

金融一班有四十多个人，队列按照女前男后的顺序站，陆羡鱼身高在女生中算比较高挑的，站在第二排，向芊芊在她前面。

因下下周就要举行运动会，体育老师拿着体育委员交过来的各项目报名单，拧眉问道：“你们班女子2000米长跑没人参加吗？”

体育委员叫张彪，长得虎头虎脑的，被体育老师这么一问，有点儿不好意思地挠挠头说：“没人……我都问一遍了，要不算作弃权？”

“不行。”体育老师拒绝，“哪有不参加就有弃权一说的，待会儿集合完，我来问问谁来参加。”

张彪见状，只好道：“行吧。”

体育老师拿着名单，目光环视金融一班四十多个人，问道：“女子2000米有没有人主动参加，这学期体育考直接免考。”

陆羡鱼发现身边女生都装鹌鹑，谁也不吱声，突然不知道是谁叫了她名字：“陆羡鱼愿意——”

原本装哑巴的女生们，立马附和让陆羡鱼参加女子2000米。

体育老师目光落在陆羡鱼身上：“你想参加吗？”

陆羡鱼反问体育老师：“老师，2000米是两个人，对吗？”

体育老师点头：“是。”

陆羡鱼看一眼避开她视线的赵恩若，唇角一勾：“我可以参加，但另一个名额该不该赵恩若来，毕竟她可是班长，得起带头作用。”

解散后，陆羡鱼和向芊芊去了小卖部买关东煮。

排队时，遇见结伴而来的唐蕊和赵恩若，唐蕊想到因陆羡鱼的缘故，赵恩若要参加女子2000米长跑，有点儿愤愤不平：“恩若，陆羡鱼果然和传闻一样有公主病，真当所有人都要围着她转啊。”

赵恩若垂着眼，瞧不清眼底的情绪，只淡淡“嗯”了一声。

唐蕊那嘴还在叭叭不停：“要不是因为她，你怎么会参加2000米。那可是2000米啊——跑完下来，命都要去半条。”

陆羡鱼不痛不痒地挑了下眉，当没听见。

倒让她意外的是，向芊芊平日一副软妹的模样，此刻却说出不符合她长相的话：“羡羡，我最近看了本小说，说是长舌鬼死于话多，死后要下油锅，你看过没？”

陆羡鱼被她一本正经的模样逗笑，她起了兴致附和向芊芊道：“不只下油锅吧……”

向芊芊似恍然大悟“哦”了一声：“还要进十八层地狱呢。”

她们与唐蕊的距离只隔了几个人，声音不大不小，稳稳当当地传进唐蕊两人耳朵里。

唐蕊站出来，瞪着陆羡鱼：“你俩这话什么意思？”

陆羡鱼淡漠抬眸：“我指名道姓说你了吗？”

“你——”唐蕊气得不轻，又碍于网上有关陆羡鱼提刀砍人的事件，咬了咬牙，嘀咕道，“恶人总有恶报。”

陆羡鱼笑了声，眼神有点儿冷地看向赵恩若：“班长，挺巧啊。”

赵恩若不敢看她的眼睛，拉上唐蕊要走：“唐蕊，我买好水了，我们回去。”

唐蕊也不想在这儿待，挽上赵恩若的胳膊就走，路过陆羡鱼身边时，对她翻了个白眼：“真不知道季北川喜欢你什么。”

等两人离开，陆羡鱼和向芊芊买了关东煮，边吃边往体育馆走。

向芊芊往嘴里塞了一个鱼豆腐，食物太烫，她一边哈气一边含糊不清地说：“我总算知道赵恩若为、为什么针对你。”

陆羡鱼轻咬一口虾饺，狐疑地看着向芊芊：“为什么？”

向芊芊：“她喜欢季北川。”

陆羡鱼咀嚼食物的速度放慢，低垂着眼眸，努力忽略心尖那抹不舒服，轻“哦”了一声。

“你就、就这态度？！”向芊芊不满了，决定和陆羡鱼好好科普一下学校有关他们的CP粉有多想他俩在一起的呼唤，“羡啊——你知不知道我……不，是学校有多少人磕你和季北川这对CP，你要是让赵恩若捷足先登拿下季北川，多少CP粉的心得碎一地啊。”包括她在内。

陆羡鱼看了她一眼，眨了眨眼：“芊芊，你有点儿反应过度了。”

不知道的还以为她就是她和季北川的CP粉头子呢。

说起CP粉这一茬，陆羡鱼觉得手里的关东煮都不香了，她上回无聊刷贴吧，居然看见有人写她和季北川的同人文。名字更是离谱，叫《校霸和他的星二代小娇妻》。

向芊芊觉得自己很有必要好好助攻一下自己的CP，她开始和陆羡鱼讲赵恩若为了追季北川有多努力：“据说赵恩若和季北川是一个高中的，还是为他考来南大的。”

陆羡鱼垂眼，戳了戳杯子里的牛肉丸：“和我也没关系，我又不喜欢季北川。”

向芊芊觉得自己要自闭了，不死心地问："你对着季北川那张帅绝人寰的脸，难道一点儿也不动心？"

"不……"她矢口否认，理智又告诉她不该如此。

认识季北川的点滴，如同电影在脑海里回放。

天台上那句："以后我保护你。"

每日伴她入睡的巨型流氓兔玩偶。

下雨时，他撑伞出现在她面前，以及那句让她久久难以忘怀的：

"陆小鱼，你要不和我试试呗？"

…………

少年黑眸明亮，满眼都是她。

雨不知道何时下得大了，裹挟着寒风，噼里啪啦砸在窗户上，犹如鼓点，咚咚响个不停。

陆羡鱼的心跳亦然。好像一想到他，就像小鹿乱撞不停。

陆羡鱼和向芊芊回到体育馆已经差不多下课了，篮球场上围绕着不少女生，有本班的，也有其他班的女生。

陆羡鱼和向芊芊在看台找了个地方坐，才坐下，就听见篮球场上女生激动的尖叫声："啊啊——季北川又进球了！他怎么能这么帅啊！"

陆羡鱼："……"

她的目光不受控制地看过去，篮球场上，季北川被一群穿球服的少年围着，他躬身运球，不慌不忙，侧身躲过对方前锋的动作，把球传给了龚巩。

不得不说，季北川真的挺帅的。

球场上赛况如火如荼，龚巩接到季北川丢来的球后，一个不防被对方抢走了球，两队人你来我往紧咬不放。

季北川一个假动作，将球夺回手里，对方紧追不放，他带着球轻而易举地躲过，退到三分线外，轻轻一跃，篮球在空中划出一道弧线。

陆羡鱼屏住呼吸，球进了。

又是一群女生"啊啊啊"的惊叫声响起，跟个喇叭似的，刺激陆羡鱼的耳膜。她揉了揉有些疼的耳朵，看见台下季北川一行人已经打完球了。

少年黑发湿漉漉的，汗珠沿着下颌线条滑落，湿润了球衣，他抬手掀起球衣擦汗，腹肌若隐若现，引得在场的女生一阵尖叫。

陆羡鱼冷声点评："孔雀开屏。"

季北川打完球准备和龚巩去吃饭，赵恩若小跑过来，手里抱着好几瓶矿泉水，依次递给季北川几人。

和季北川打球的张彪挤眉弄眼地说："班长是给咱们买水，还是给川哥买水啊？"

陆羡鱼低眸，手里买来的矿泉水忽然有点儿碍眼，转手丢进垃圾桶，起身往更衣室走。

向芊芊追上她："羡羡，那不是给季北川买的水吗？"

陆羡鱼看一眼正在给季北川递水的赵恩若，嘲讽勾唇："他配吗？"

向芊芊捂嘴笑，刻意提高音量："羡羡——羡羡……你把水扔了多可惜，不如给我喝啊。"

陆羡鱼脚步如飞，根本不理人。

赵恩若把水递到季北川面前，脸有点儿红："喝……水吗？"

"不用。"季北川推开赵恩若，追陆羡鱼去了。

赵恩若捏紧了手里的矿泉水瓶，又问打球的男生们："你们有谁要喝水吗？"

没人接她手里的水，赵恩若讪讪地收回手，低眸咬唇。她以为季北川不会拒绝她的，至少，不会当众让她难堪。偏偏现实打得她脸啪啪作响。

陆羡鱼回到更衣室换了衣服，南方入秋后，天就冷得很，她又习惯了室内有暖气，还没到初冬，就已经穿上了大衣。

向芊芊也换好了衣服，关上衣柜的门，看见陆羡鱼半蹲下身系鞋带，问她："羡羡，你刚才是为什么要把水扔了？"

陆羡鱼系好鞋带，稍整大衣："不想要了。"

她语气有点儿躁，向芊芊莫名觉得有点儿怕，斟酌词句说："那咱们去食堂吃饭？"

"不饿。"陆羡鱼拿上一边的书包，拉开更衣室的门出去。

季北川站在更衣室外的拐角那儿，见她出来，扬了扬眉："出来了？"

陆羡鱼无视他，调整书包肩带就走。

更衣室外有几个小台阶，陆羡鱼走了两步，季北川伸手去拉她："陆小鱼。"

"滚啊。"她冷着小脸，使劲儿甩开他的手。

陆羡鱼鞋底打滑，直直摔了下去，给季北川拜了个早年。

他哼笑一声，走过来扶起她："疼吗？"

陆羡鱼眼角微红，一瘸一拐地站起来，又甩开他的手："别碰我。"

季北川舌尖顶住后槽牙，扯唇笑了一下："陆小鱼，你这醋意有点儿大啊。”

“……”陆羡鱼别扭地别过脸，不看他。

“川爷，走，去吃饭。”龚巩跑过来，准备叫季北川去吃饭。

更衣室内的向芊芊穿好鞋出来，见到这茬，贼有眼力见儿地拉上追过来的龚巩离开：“走走走，吃饭去。”

被女神拉走的龚巩也顾不上季北川了，脚踩棉花，喜滋滋地跟着走了。

陆羡鱼也要跟着离开，大衣领被季北川拽住，动弹不得。她回头，红着眼瞪他：“你不是和赵恩若在一起吗，来找我做什么？”

他笑得痞坏：“来哄生气的小朋友。”

陆羡鱼白他一眼：“谁要你哄。”

“别生气了，”季北川揉了揉陆羡鱼的头发，“我没要她的水。”

陆羡鱼轻“啧”了声，嗓音放软了，可说出来的话阴阳怪气的：“你不要人家姑娘的水，人姑娘的玻璃心都要碎成一片一片的。”

“关我啥事。”季北川无语，蹲下身要看陆羡鱼受伤的腿，“裤脚拉上去。”

陆羡鱼脾气娇，又被家里人宠得一身公主病，性子一上来，半天也哄不好，变着法儿闹脾气，她往后退了一步：“不需要你看。”

“陆羡鱼。”季北川鲜少叫她全名。

陆羡鱼抿了抿唇，不耐烦地伸腿过去：“还不是因为你受伤的。”

“闭嘴。”

“……”陆羡鱼没敢再吱声。

季北川把她裤腿拉了上去，小腿细白，唯一美中不足的就是踝骨那儿红肿起来。他用拇指按了一下，陆羡鱼嚷嚷叫疼：“季北川，你有病啊？”

“疼？”季北川仰头看她。

陆羡鱼没好气地道：“你说呢？”

“坐下，脱鞋，我给你揉揉。”

她拒绝：“不要，要被班长看见误会，又要针对弱小无助的我。”

“你？弱小无助？”季北川笑了声，“赶紧给我坐下。”

陆羡鱼努努嘴，乖乖坐下，脱掉鞋袜。都说美人浑身都是漂亮的，陆羡鱼脚踝纤细，连脚趾也生得雪白好看。

季北川垂眸，喉结微滚。他蹲下身，掌腹轻捏按揉她红肿的踝骨，声音不自觉放柔：“疼得很吗？”

覆在脚踝的手心温度滚烫，陆羡鱼的耳朵不自觉变烫，她低眸看着少年黑漆漆的头顶，贝齿咬紧了唇角。

承认吧，陆羡鱼。你心动了。

季北川给她揉了一会儿脚踝，仰头看她："还疼吗？"

踝骨那处肌肤似乎还残留着他掌心的温度，滚烫又灼人，陆羡鱼垂头，藏匿在发丝里的耳尖红了个彻底。

她嗫嚅着说："好一点儿了。"

季北川盯着她看了好一会儿，抬手点了下她的鼻尖，笑了起来："陆小鱼，我怎么觉得你变娘了。"

陆羡鱼："嗯？"

她弯腰拿过一边的鞋袜套上，要系鞋带时，季北川按住她的手："我来。"

指尖相撞，陆羡鱼的耳朵红了个彻底，连带着雪白的颈肩也染了一层绯色。少年弯腰，指尖灵活，迅速给她系好了鞋带，还打了个蝴蝶结。

"谢……谢了。"陆羡鱼有点儿不自然地咳嗽一声。

季北川伸手扶她起来，陆羡鱼摇摇晃晃地站起来，重心不稳，半个身子都压在了季北川的肩上。

季北川只穿了件薄薄的球衣，肌肤相贴，他几乎能感受到少女柔软的身体，喉尖微滚，压低了嗓音笑她："陆小鱼，我现在怀疑一件事。"

陆羡鱼疑惑地看着他。

他侧眸盯着她的眼，眼角微扬，坏得要命："你是故意摔倒，想和我亲密接触，对吗？"

"……"陆羡鱼内心那抹悸动褪去，满满都是对眼前人的无语，他怎么能这么不要脸。

"不说话，我就当你默认了。"他笑了声，又坏又撩。

季北川弯腰，抄手穿过陆羡鱼的腿，将人抱了起来。

陆羡鱼身子忽然腾空，手臂下意识钩住季北川的脖颈，靠得太近，近到她和他的心跳律动都一致了。

季北川把陆羡鱼放到看台座位上，揉了揉她的头发："在这儿等我，我去换衣服，待会儿送你去校医室。"

陆羡鱼还没回过神，呆呆点了下头，季北川折身进了更衣室。

陆羡鱼大衣兜里的手机铃声响起，是向芊芊打来的电话，陆羡鱼接通："芊芊。"

向芊芊和龚巩已经吃完午饭，食堂背景声嘈杂，她略微提高音量问陆羡鱼："羡羡，要不要我给你带饭？"

陆羡鱼望了眼更衣室的方向，拒绝向芊芊的好意。她挂断电话后，季北川也从更衣室出来。

季北川换上了深色冲锋衣，宽肩窄腰，拉链永远只拉一半儿，露出里面的黑色底衫，肩颈线修长，天生的衣架子。

他走到陆羡鱼身边，弯腰又要抱她，陆羡鱼侧身躲开："我……我能走……"

"能走？"季北川看她一眼，垂着眼，视线从她已经肿得老高的脚踝掠过，"别逞强。"

陆羡鱼不服输地站起身，要往下走，踝骨处传来锥心的疼意，不得不扶住看台一边的扶手。

"这就是你说的能走？"季北川挑了下眉，又弯腰将她抱起。

陆羡鱼挣扎两下，季北川抱着她不松手，步子又稳又快，一会儿就走到体育馆外。

体育馆外是操场，来往学生众多，看见季北川抱着陆羡鱼出来，纷纷投以目光。

陆羡鱼适应不了，挣扎着要下来："你放我下来。"

季北川不为所动，大步向前走，只说了句："在下雨，头埋在我怀里，别又感冒了。"

陆羡鱼索性认命，葱削的指尖抓紧眼前人的衣裳，埋头在他怀里，鼻尖萦绕着淡淡的薄荷味。

好像，又多喜欢了他一点儿。

走了一段距离，到了校医室门口，陆羡鱼挣扎着从季北川的怀里跳下来，扶墙站好。

季北川怀里一空，轻咬了下牙，看向单脚站着的陆羡鱼，有点儿无奈："你非要逞强吗？"

"都到门口了。"陆羡鱼争辩。

季北川无奈，伸手扶她往里面走："陆小鱼，你没必要这么逞强，有我在。"

陆羡鱼单脚跳的动作一顿，侧头看向季北川，少年狭长的桃花眼，乌瞳明亮，眸底刻着她的倒影，柔情又清晰。

陆羡鱼鼻腔微酸，从被遣返回国后，她不敢让父母担心，又习惯一切事都自己扛，每一次柔弱狼狈的一面，好像都只被他瞧见。

好像有他在，她所有的不安与委屈，都能消散。

陆羡鱼低头看着地上的白瓷砖，眼眸垂下道："那你能在我身边一辈子吗？"

季北川愣了下，勾唇："我巴不得在你身边一辈子。"

"你别骗我啊。"陆羡鱼抿唇，喃喃道。

"不骗你，赶紧让校医看看你肿成猪蹄的脚。"季北川小声哄她。

只是后来，他还是骗了她。

陆羡鱼脚崴了，又恰逢冬常颂去调研学习，接送陆羡鱼上下学的任务就落在了冬稚身上。

周一早上，吃完早饭，冬稚扶着陆羡鱼一瘸一拐地走出家门，林桀拎着两人的书包，脚步懒散地跟在后面。

陆羡鱼看见熟悉的摩托车停在巷口，季北川斜靠在车身上，看见冬稚扶着陆羡鱼过来，走过去扶住陆羡鱼另一只手，对冬稚道："我来扶她。"

冬稚看一眼季北川，想到哥哥的叮嘱，绝不能叫季北川拐走自家小姨。她有点儿犹豫："小姨……"

陆羡鱼主动松开冬稚的手，挽住季北川的胳膊，软声撒娇道："脚疼得很。"

冬稚沉默了，林桀脸黑了。季北川得意了，甚至朝林桀挑了挑眉。

"……"林桀冷漠地别开了脸。

季北川俯身，手臂穿过陆羡鱼的腿弯，把人打横抱起，抱上了摩托车后座。

陆羡鱼侧身坐着，对林桀说："林桀，把我的书包拿给季北川。"

季北川转身对林桀勾了勾手指："大外甥，把你小姨的书包给我。"

"拿着滚。"林桀把陆羡鱼的书包扔给季北川，拉着冬稚去了公交车站。

季北川把书包给了陆羡鱼，转身上了摩托车，他戴上头盔，转头叮嘱陆羡鱼："待会儿记得抱住我，别摔了。"

"知道了。"陆羡鱼伸手环住他的腰。

季北川察觉她的动作，勾了勾唇。扭动摩托车开关，一脚轰了油门，摩托车从林桀的视野驶过，季北川那厮还朝他吹了声口哨："大外甥，再见。"

林桀咬牙骂了声，又怕被冬稚听见，捂住她的耳朵说道："你什么都没听见。”

冬稚眨眼，笑意狡黠：“可我听见了啊，哥哥，别忘了给我一百块罚款哦。”

林桀：“……”

车子在南大北门停下，季北川把陆羡鱼从车上抱下来，又把她怀里的书包松垮地背在肩上，弯腰抱起人，径直走向教学楼。

学校里有关季北川和陆羡鱼在一起的绯闻闹得沸沸扬扬，有学生看见季北川抱着陆羡鱼上楼，忍不住交耳讨论。

“季北川和陆羡鱼应该在一起了吧……”

“应该是在一起了，我看见季北川骑车带陆羡鱼来的学校。”

八卦探究的目光齐刷刷地落在两人身上，陆羡鱼本来还有点儿不习惯，听见季北川的低笑声在头顶响起：“陆小鱼，你怎么不否认？”

“否认什么？”她仰头看他。

两人靠得很近，季北川一低头，下颌就在陆羡鱼的头顶，他放轻了声音，笑她：“否认我们俩的关系呗，还是说你默认了？”

“你想得美，”陆羡鱼耳尖红了红，嘴上反驳他，“赶紧走，我可不想被人当猴看。”

“遵命，公主殿下。”季北川笑了声，抱着她上楼。

快到教室门口时，赵恩若正好拿着水杯出来接水，看见陆羡鱼被季北川抱着来了教室，握着水杯的手指节泛白。

赵恩若侧身先让两人进去，然后和他们擦肩而过。

陆羡鱼担心季北川抱自己走长了手会酸，十分贴心地问他：“季小川，我重不重？”

季北川促狭地笑：“和猪差不多。”

陆羡鱼不乐意了，从季北川怀里跳下来，把自己书包抢到怀里，瞪他一眼：“我们绝交十分钟吧。”

她受伤的脚上药包扎了，绷带缠了好几圈，有点儿像白萝卜，一蹦一跳地往座位走去。

季北川看得有点儿想笑，上前扶住她，给她支撑点：“陆小鱼，你这脾气有点儿作啊。”

“关你什么事。”陆羡鱼横他一眼。

季北川扶着她坐下，弯腰点她眉心：“我只能受着呗。”

陆羡鱼抿了抿唇，有点儿不好意思。她是家里的独女，从小到大都是受尽宠爱，换句话说，是泡在蜜罐子里娇养长大的，养了一身公主病的娇脾气，不过她这几年性子稍有收敛，偏只有对上季北川时，会忍不住使小性子。

陆羡鱼有点儿饿了，拉住季北川的衣袖晃了晃："季小川。"

少女声调刻意放软，软糯得像棉花糖，又娇又媚，勾得人心痒。

季北川垂眼看她，软了声："嗯？"

"我饿了，给我买份早餐呗。"她松开他的衣袖，眼巴巴地望着他。

季北川对上她水漾的杏眼，立马缴械投降："等着。"

季北川折身出了教室给她买早餐，向芊芊在一边看得连连称奇："羡羡，可真有你的，居然能叫动季北川给你买早餐。"

陆羡鱼把课本拿出来放在桌上，语调略显自恋："没办法，谁让他喜欢我呢。"

赵恩若从外面接水回来，听见陆羡鱼的话，停住脚步，又转身出了教室。小卖部人头攒动，季北川身高腿长，背影挺拔，在人群里格外打眼，只一眼，赵恩若就看见了他。

季北川拎着给陆羡鱼买的早餐挤开人群出来，赵恩若犹豫了一下，还是走了过去，她叫住季北川："季……北川。"

赵恩若一句话说得断断续续，不敢直视季北川的眼睛。

季北川停了脚步，眼皮掀开寡淡的弧度，看向赵恩若："有事？"

赵恩若看一眼他手里给陆羡鱼买的早餐，咬唇："陆羡鱼她值得吗？"

初见时，她就对季北川一见钟情，少年孤桀冷傲，虽然是老师眼中的坏学生，偏偏紧紧吸引着她的目光，甚至为和他考同一所大学，昼夜点灯学习。

赵恩若没想过像季北川这样又坏又痞的男生喜欢一个女孩子会是什么样，大抵在所有爱慕者眼里，喜欢的少年总是身处神坛。

她没想过季北川会为一人走下来，就像学校里恋爱的男生，会帮女朋友买早餐，接她上下学，送她来教室。

季北川眉骨抬了下，轻嘲道："和你有关吗？"

"我……"赵恩若抿紧唇，还想说什么，"陆羡鱼她——"

季北川没有耐性听她念经："你挡路了。"

赵恩若垂眼，他还是那样目中无人的性子，偏只瞧得见陆羡鱼。

下午晚自习前，陆羡鱼小抿一口季北川给她买来的牛奶，一转头和向芊芊目光对上。

向芊芊手撑脸看着她："羡羡，我发现季北川对你真的好得没话说，你真的不心动吗？"

陆羡鱼放下手上的牛奶盒，转头看向芊芊："你猜啊。"

"我要是你，我都心动了。"向芊芊只恨自己磕的CP一方脑子不开窍，糖都吃不上。

陆羡鱼眼睫毛垂下，长而卷翘，她极轻地说："你又不是我，怎么知道我不心动。"

向芊芊有点儿激动，拍了下桌子站起来："你说什么，你——"

晚上有英语小测，班上一半的学生都在看书复习，教室里安静得只有背书的声音，向芊芊那激动的声音，瞬间引起侧目。

陆羡鱼拉了拉向芊芊的衣袖："淡定，姐妹。"

向芊芊按捺住磕到了的激动心情，深呼吸一口气坐下来，与陆羡鱼脸贴脸，有点儿口不择言："你……你说的……是真的？"

陆羡鱼余光瞥向窗外，季北川被人簇拥着走进来。

夕阳余晖洒在才运动完的少年身上，略短的发茬被汗水浸湿，汗珠沿着冷冽的下颌线条滑落，他瞧见她，眉尖扬了扬："想我没？"

陆羡鱼没理他，转而和向芊芊聊天："嗯，真的。"

向芊芊看一眼走近的季北川，拍了拍陆羡鱼的肩："本CP粉圆满了！"

季北川用纸擦了擦汗，套上外套，伸手钩住陆羡鱼的脖颈："怎么不理我？"

姿态亲昵，看得向芊芊瞬间脑补两人在一起的各种画面。这什么，这是灵感啊。教室，安排。

"手，拿开。"陆羡鱼把季北川的手扒拉开，嗅到他身上的汗味儿，嫌弃道，"臭死了。"

"哟，还嫌弃上我了。"季北川点了点她的眉心，"小没良心的，是谁抱你来学校的？"

他的指腹温度偏烫，陆羡鱼脸颊忍不住烧红，整颗心也不受控制地加速跳动，她拿过桌上的英语书遮挡红了一半的脸颊："我又没有让……让你抱我来。"

上课铃声响起。

季北川揉了一把陆羡鱼的短发，哼笑一声："小白眼狼。"

英语老师拿着卷子进来，走向讲台，环顾教室一圈，发现陆羡鱼的脸红得要命，皱了皱眉：“你们把窗子关这么严实做什么，不换气进来，是想闷死吗？”

南城十一月已经入冬，冷得要命，一开窗就是刺骨寒风。

有学生反驳：“老师，我们冷啊。”

此话一出，立马引起附和，多是嚷嚷冷得要命，绝不开窗户。

英语老师目光落在脸红得像煮熟的虾子的陆羡鱼身上：“冷？我看你们班有同学脸都被闷红了。”

班上同学纷纷转头看向陆羡鱼。被公开处刑的陆羡鱼埋低了头。

季北川靠在椅背上，食指轻敲桌面，低笑道：“不是闷的，是羞的。”

“你不说话，会死吗？”陆羡鱼偏头瞪他，水眸湿漉漉的，没一点儿威胁性，像只张牙舞爪的奶猫。

季北川故意逗她：“会憋死啊。”

陆羡鱼轻轻磨了下后槽牙，小声骂了句：“有病。”

已经开始发卷子，卷子从前桌传到陆羡鱼这里，她把卷子转而给了后桌的季北川，季北川拉住她的手指晃了下，才接过卷子。

“我其实有病。”季北川手指灵活地转着笔，嘴角略微翘起，拉长了尾音，“相思病，想你想的。”

“……”陆羡鱼看见姓名栏那儿的三个字，红透了脸——季北川。

她迅速用笔划掉，写上自己的名字。

随堂小测很简单，陆羡鱼英语底子还算好，这次做卷子也没那么吃力，在规定时间内交了卷子。

英语老师翻阅收上来的卷子，瞧见陆羡鱼的卷子上黑了一块儿，看清名字后，笑着调侃道：“你们班同学关系不错啊，考试试卷上都要写上别人的名字。”

陆羡鱼的脸贴在英语书上，装鸵鸟。

英语老师比他们大不了多少，思想也比较开放，继续调侃两句：“下回记得写自己名字啊，陆羡鱼同学，免得考试没成绩。”

全班哄堂大笑。

陆羡鱼：“……”脸丢到姥姥家去了。

英语老师拿着卷子离开教室，又逢下课时间，向芊芊用笔帽戳了戳装死的陆羡鱼：“羡羡，你写谁名字了？”

陆羡鱼的脸红得要命，小声辩驳：“没……没谁……”

向芊芊是不信的：“是不是……”她挤眉弄眼地看向季北川，“是不是啊？”

“我也好奇。”季北川伸手拽了拽陆羡鱼的衣领，“来，和我说说是写的我的名字吗？”

陆羡鱼被逗得奓毛了，拿起桌上的卷子砸向季北川：“你管我呢。”

晚自习下课，季北川骑摩托车送陆羡鱼回家，南大距离陆羡鱼舅舅家有一段距离，会途经市中心的游乐园。

陆羡鱼侧身坐着，看见路边新开的一家韩式料理店，有点儿馋：“季小川，我饿了。”

刚好前方绿灯跳转红灯，季北川踩了刹车，转头看她：“陆羡鱼，你真的是小猪。”

那家料理店将主打的菜品做了灯牌，炒年糕三个字勾得陆羡鱼馋虫上来了。她做练习生那会儿不爱吃食堂的饭是因为天天吃水煮白菜，可闲暇时分也会和玩得比较好的练习生朋友去附近的小吃街觅食。炒年糕就是陆羡鱼最爱的。

陆羡鱼拽了拽他的衣裳：“我想吃炒年糕。”

少女声调软糯，微暗灯光下，杏眼水波横生，又软又娇。

季北川立马同意：“行。”

他调转了车头，把摩托车停在料理店门口，摘下头盔，和陆羡鱼说：“在这儿等着，哥哥去给你买。”

陆羡鱼单脚跳下车，靠坐在车身上，推搡季北川道：“你快去，我饿得慌。”

“猪。”他揉了一把她的头发，折身进了料理店。

这几天南城气温急转下降，陆羡鱼轻哈气，裹紧了身上的大衣。

听见身后的脚步声响起，她下意识转头道：“季小川，你总算回来了，我——”

声音戛然而止。

谢临渊最近有部剧启动，今日来南城就是和投资商签合约的，对方喜爱韩国料理，应酬局就定在了这家新开的韩式料理店。

饭吃到一半，他去了洗手间，出来时，余光捕捉到店外一抹熟悉的身影，有点儿像陆羡鱼。可陆羡鱼是长发，那个女孩是短发。

谢临渊鬼使神差地走过来，还未出声，少女熟悉的面容闯入视野。

“羡羡？”他有点儿没认出眼前的女孩。

陆羡鱼留着长过耳垂的茶色短发，小脸漂亮，眉梢眼角都是明艳的笑意，和在他面前小心翼翼的模样，大相径庭。

陆羡鱼笑意稍敛，却还是礼貌地打了声招呼："你好。"

他们有一个多月没见了，男人比上回见面时更清瘦了些，头发剪得更短了些，有点儿像圆寸。

陆羡鱼脑海里浮现出季北川留寸头的模样，少年眉骨坚毅，清冽干爽的寸头很适合他。既痞，又坏。对比之下，还是季北川更帅。

陆羡鱼态度寡淡，谢临渊很不适应，低头注意到她受伤的脚，拧眉道："怎么受伤了也不和我说？"

"没必要。"陆羡鱼语气淡淡。

他们又没什么关系，况且她受伤还需要向他打报告啊。

谢临渊眉心紧蹙："羡羡，我是在关心你。"

陆羡鱼看他一眼，扯了扯唇角："谢谢你的好意，我心领了，你可以走了。"

她像一只刺猬，浑身带刺，谢临渊想要靠近她，却被她扎得疼。

谢临渊薄唇抿紧："我和舒雅不是你想的那样，我们之间——"

"谢临渊，"陆羡鱼打断他，语气冷漠，"你不需要向我解释什么，而且我不关心你们之间是什么关系。结婚或者分手，再或者怎样，和我有什么关系？"

谢临渊愣住："羡羡？"

她有点儿咄咄逼人："我们之间充其量算师兄妹的关系，所以你没必要向我解释。"

以往少女明艳灼灼的笑容在脑海浮现，刺得谢临渊眼睛疼，他向来引以为傲的温和面具瞬间击溃。

他哑着声问她："所以，你……不会等我？"

"不会，"陆羡鱼软和了语气，看向他，"你少了个跟屁虫，不挺好的吗？"

谢临渊垂着眼，身侧的手紧握成拳。他抬眼看她，眼神柔情："那换我来追你，行吗？"

"迟了。"陆羡鱼的语气很是疏离，"现在的我，不喜欢你。"

谢临渊察觉她视线转移，眼角微红地问她："别和我闹小孩脾气，可以吗？"

"我没闹，"陆羡鱼笑着摇头，"知道我为什么会喜欢他吗？"

谢临渊眼角红得彻底，静静地等着陆羡鱼开口。

“就比如现在，我偶尔提了一句想吃炒年糕，他嘴上嫌弃着我矫情，还是去给我买了。而你只会说别闹小孩儿脾气。”

“临渊哥。”陆羡鱼弯唇笑：“这就是区别啊。而且，他那么好。”

谢临渊抬眸，少女杏眼缀满光，亮得灼目。

“我为什么不能动心，”她偏头看向要出来的季北川，笑弯了一双杏眸，“谢临渊，我不否认曾对你有过心动，但现在，我喜欢他。”

谢临渊唇瓣欲动，似要说什么，手机铃声响起，他接通电话，是助理催他回去。

谢临渊挂断电话，又恢复了平日的温和，微微反光的镜片下的黑眸目光意味深长：“我不信。”

陆羡鱼是被众星捧月长大的，爱恨分明，不喜欢就是不喜欢，任对方信不信，都与她无关。

她没辩驳什么，而谢临渊亦急着应酬，进了料理店。

谢临渊走到门前，与出来的季北川狭路相逢，两人目光对视，谢临渊眼神似嘲弄，又有点儿不屑：“挺巧。”

季北川捏紧手里的油皮纸袋，下意识看向陆羡鱼。后者对他挥了挥手，娇软嗓音，语调欢快：“季小川，你能不能快点，我都要饿死了。”

谢临渊背影滞了滞，想到有局，加快脚步离开。

季北川把手里打包好的油皮纸袋递给陆羡鱼，余光瞥向料理店，似漫不经心地问：“他怎么在这里？”

陆羡鱼咬了一口炒年糕，因为吃得太急，唇角沾了一圈酱汁。她嘴里咀嚼着食物，含混不清地说：“我怎么知道，我又不是他肚子里的蛔虫。”

季北川意外地挑眉，抬手擦去她嘴角的酱汁，颇为欣慰道：“陆小鱼，你长大了。”

“滚。”陆羡鱼没好气地白他一眼。

陆羡鱼胃口小，只吃了三块炒年糕，就嚷着吃不下了，把手里的油皮纸袋推给季北川：“不吃了。”

季北川略掀眼皮：“眼大肚皮小的家伙。”

“……那你还不是乐意宠着我。”她声音极轻，被风一吹就散了。

季北川解决掉了手里的炒年糕，抬眼问她：“你刚刚和谢临渊说了些什么？”

“你没听见吗？”距离那么近，她以为他听见了。

季北川把她扶上车后座，点了下她的眉心：“我该听见什么？”

感情里，先动心表白的一方就是输家。

季北川过往十八年里离经叛道，潇洒纵意，唯独遇上陆羡鱼后，他懂得了什么叫患得患失，也只有她，能让无往不胜的他一败涂地。

陆羡鱼调整了舒服的姿势，伸手环住季北川的腰，脸枕在他背上，小声道："没听见就算了。"

季北川被她勾得心痒，略凉的手扣住腰间软得不像话的手，他侧眸看她，黑眸亮得灼目："陆小鱼，话说一半是不道德的。"

陆羡鱼被他盯得脸热，伸手掐他腰间的软肉："你管我，快走。"

她劲儿小，季北川只感觉腰间一痒，像被羽毛拂过一样，"啧"了声："不说算了。"

摩托车驶入车流，凛冽的寒风在耳畔呼啸，陆羡鱼脸贴在季北川的后背，听着少年强有力的心跳声，唇角略微上扬。

周四，南城连绵一周的小雨终于停下，藏在云层后的太阳露了脸，南大运动会也在今天举行。

上午是开幕式，陆羡鱼腿脚不便，就没参加，向芊芊作为文娱委员，也是此次运动会的后勤负责人，所以就留在教室陪陆羡鱼。

操场上很是热闹，校长在主席台上讲话，然后依次是学校领导的长篇大论从广播里传来，听得陆羡鱼昏昏欲睡。

向芊芊指挥男生把箱装的矿泉水搬去操场，又拿了两瓶矿泉水回到位置上，递给陆羡鱼一瓶："羡羡，开幕式结束就是男子4×100米的短跑接力，你要不要去看？"

陆羡鱼喝了一口水，摇头："不去。"

向芊芊有点儿失望地叹息一声，又调侃她："除了季北川能让你挪动脚步，还能有谁呢？"

"向芊芊！"陆羡鱼被向芊芊说得脸红，抄起桌上的书就要打她，"你给我闭嘴。"

向芊芊侧身躲过，手指压下眼角，对陆羡鱼做了个鬼脸："我说的是事实。"

学校领导的讲话已经结束，男子4×100米的短跑接力比赛即将开始，广播里响起女生甜美的声音，催促参赛选手到比赛区就位。

向芊芊拉开椅子坐下，下巴搁在桌上，歪头看陆羡鱼："羡羡，你要真对季北川心动，得赶紧把人拿下啊。"

陆羡鱼正低头玩手机，转头看向芊芊，食指轻点脸颊："芊芊，我总觉得你比我还操心我和季北川能不能在一起。”

小卖部前给她科普“情敌”赵恩若的事迹，体育馆内又神助攻她和季北川独处，平时没事就在她耳边念叨赶紧和季北川在一起。比她妈都关心她的终身大事。

向芊芊深知“CP粉”马甲不能掉，绞尽脑汁找了个借口：“你要和季北川终成眷属，我可就是南大校草的女友的闺密，说出去多有脸。”

“哦……”陆羡鱼意味深长地一笑，“是这样吗？”她才不信。

向芊芊理不直气也壮：“当然。”

陆羡鱼没有再纠结这件事，低头继续玩手机，只回应了一句：“再等等看吧。”

向芊芊双手托脸：“还要多久啊？”

糖虽然好吃，可哪有CP终成眷属能让她快乐呢。

陆羡鱼抬眸，阳光穿透玻璃窗照进来，暖洋洋的，让她忍不住眯了眯眸子：“我也不知道啊。”

她生在极为美满幸福的家庭，父母恩爱，对她的爱情观也有影响。

年少喜欢谢临渊时，总想黏着他，追着他跑，经历了一场暗恋又失恋后，她好像心性成熟了点儿。

季北川喜欢她那么久，她堪堪动了心就要和他在一起，好像对他太不公平了。先动心的是他。那么表白，总该她来做吧。

感情是平等的，一厢情愿叫单恋，双向奔赴才是爱情。

下午男子500米比赛，季北川代表班级参加。在众人八卦调侃的目光中，陆羡鱼被季北川抱到观看席上。

季北川半蹲下身，仰头看她：“记得给我加油助威。”

周围窸窸窣窣的调笑声传进陆羡鱼的耳朵，她坐好后，有点儿不好意思地推搡季北川：“我知道了，你赶紧走。”

“害羞了。”他看她的脸颊，“那待会儿好好给我加油。”

“行行行，我知道了。”她有点儿脸热，垂着头，发丝遮住了微红的耳朵，“别是倒数第一就好。”

“等着，给你赢个冠军回来。”他转身跑下台，朝她挥了挥手，笑容张扬。

阳光明媚，陆羡鱼微眯眼，瞧清台下的少年。

他逆光而立，宽大白色的运动服下肌肉线条若隐若现，身高腿长，桃花眼稍扬，笑得张扬放肆，好像一束光，直直照进她的心房。

“扑通、扑通”。周遭是吵闹不堪的人声，可陆羡鱼只听见自己心跳声如鼓。

向芊芊不知道何时又出现在她身边，笑眯眯的，像只狐狸：“羡羡，心动吗？”

陆羡鱼平复自己的心跳，看一眼向芊芊，声调稀松平常：“还好。”

何止心动。心脏都要像头小鹿撞死了。

向芊芊忙着后勤的事，和陆羡鱼不时调侃两句，就抓壮丁把龚巩拉去了终点。

男子500米比赛要开始了，陆羡鱼和没参加比赛的同学坐在看台上，

她视力不算好，只勉强看清在第五赛道的季北川。

少年背脊稍弯，手臂撑地，肌肉线条流畅，做出起跑姿势。

她忍不住站起来看，身边没有扶手，差点儿滑倒，幸而出现一只手扶住她：“小心。”

陆羡鱼下意识出声说“谢谢”，偏头看见是赵恩若时，冷着脸丢开她的手臂。陆羡鱼自认心眼小到了极致，赵恩若曾摆过她一道，又是“情敌”，她对她没什么好脸色。

赵恩若见陆羡鱼脸色微冷，也不想热脸贴冷屁股，目光落在赛场上。

裁判吹响口哨，尖锐的哨声在赛场上方回荡，伴随着观赛台四周的呐喊声，这场比赛正式开始。

陆羡鱼站在台上，目光紧跟着赛道上季北川的身影，少年如同一支利箭，快速奔向终点，而在快要跑向终点时，他突然停了脚步。

身边传来众人的议论声——

“季北川在干吗？”

“第二名马上就要追上他了！”

就在众人议论纷纷时，赛道上的季北川转身面朝其他参赛选手，然后张开双臂，倒退着跑过终点，神情是不可一世的嚣张。在他跑过终点时，全场安静，然后爆发出如潮水般的尖叫声，所有人都在奋力呐喊他的名字。

陆羡鱼捂着耳朵，往终点方向看。

季北川双手撑在腿上，大口喘气，半晌后，他转头向看台挥了挥手，和陆羡鱼视线对上，用口型道：“赢了。”

穿过人海，她也看着他，灼灼阳光下，少年黑发湿漉漉地贴在眉

骨，微扬的桃花眼漾着光，亮得夺目。

欢呼声中，陆羡鱼似乎听见一声极小的“对不起”，她转头一看，身边已经没了赵恩若的影子。

比完赛后，现场颁发奖牌。陆羡鱼由着向芊芊扶下看台，来到领奖区，季北川已经领完奖，汗水顺着下颌线滑落，喉结滚动。

季北川看见陆羡鱼，没等学校领导前来慰问，挤开人群奔向她。向芊芊有眼力见儿地离开。

季北川靠近陆羡鱼，他身上有汗，湿黏黏的。她愣了下，推开他：“干吗，这么多人。”

“还害羞了？”季北川勾唇笑了下，取下脖颈上的奖牌给她戴上，低眸盯着她的眼，“奖牌给你了，你得给我一个回礼吧？”

陆羡鱼看了一眼垂挂在胸前的奖牌，有点儿无语道：“我又不想要，而且……”她轻声嘟囔，“真就没见过你这么脸皮厚的人，主动找别人要回礼。”

“你以为我对别人是这样？”他凑近她耳边，呼吸滚烫，“我喜欢你，才找你要礼物。”

歪理。陆羡鱼往后跳了一步，季北川眼明手快地扶住她，眼皮一掀发现少女红透了的耳根，他笑得很坏：“给不给啊？”

“给给给，”她拿他没办法，红着脸敷衍道，“你要什么？”

季北川满意地挑眉，抬手给她别过耳边的碎发，压低了嗓音，不疾不徐，撩得人心痒：“我想要你。”

有关运动会当天，季北川和陆羡鱼的互动又掀起轩然大波，放眼望去，学校贴吧首页，全是有关两人的帖子。

向芊芊捧着手机，在陆羡鱼面前念：“季北川勇夺冠军，将奖牌赠予陆羡鱼。”

陆羡鱼双手捂住脸，脸滚烫得要命：“能不能……别念了。”

假如她有罪，请让法律制裁她，而不是让这些人闲得无聊在贴吧八卦她和季北川。

向芊芊又念了一遍惊世骇俗的帖子内容，心满意足地收起手机，凑到陆羡鱼面前：“羡羡，你听听全校的呼声，你打算什么时候给季北川一个名分？”

“别问了，”陆羡鱼以书扇风，下巴磕在桌上，目光紧盯着反光的奖牌，咬紧唇角，“快了，快了。”

“加油，努力。”向芊芊拍了下陆羡鱼的肩，“胜利就在前方。”

第二天是女子2000米长跑，陆羡鱼脚伤没好，体育委员就另外报了人上去参赛，好巧不巧，就是唐蕊。

向芊芊去广播站交运动员鼓励稿前，还和陆羡鱼念叨了一遍上次体育课赵恩若摆她一局的事儿，说是因为唐蕊在其中教唆，赵恩若才会在老师挑人时说了陆羡鱼的名字，没想到最终参赛的人居然成了她们俩。

陆羡鱼对此事不以为然，总在背后八卦耍小心机的人，自己早晚会着了道。

她百无聊赖地坐在看台上玩手机，身边空着的位置忽然多了个人，她侧眸：“你怎么来了？”

“我不能来吗？”季北川眉尖略挑，有点儿不满意陆羡鱼的态度，“你天天和向芊芊黏在一块儿，不嫌腻得慌吗？”

她收起手机，疑惑：“为什么要腻？”

季北川有点儿挫败，咬牙道：“你都没时间陪我。”

陆羡鱼被他逗笑了，眼眸染上点点笑意：“你俩能一样吗？”

女子2000米长跑已经开始，原本沉寂的看台也热闹起来，欢呼声，呐喊声，汇聚在半空，散发着青春的朝气。

太吵了，季北川没听清陆羡鱼说的话，他偏头用手点了点她的耳朵：“陆小鱼，你说什么？”

陆羡鱼被底下的赛况吸引住眼球，没理季北川，视线紧盯着操场上奋力奔跑的一群女生。

赵恩若和唐蕊跑得比较慢，在队伍末尾，最后一圈时，赵恩若调整速度，全力冲刺，以第三名的成绩冲向终点。

第六章 告白

比赛结束后，陆羡鱼由季北川扶着往下走，时近七点，暮色沉沉，操场两侧只有昏黄的路灯照亮黑夜。

晚秋的南城，夜风凉得刺骨。陆羡鱼忍不住缩了下脖子，把手揣进季北川的兜里取暖。

走了一段路程，陆羡鱼忽然觉得不对劲。她停了步子，怔然抬眸，猛地把自己的手从季北川的衣兜里抽出："我……我……"

"别急着否认啊。"他握住她的手，顺势放进衣兜里，调笑她，"想占我便宜就直说，我又不是不愿意。"

"……"谁想占他便宜了。

季北川载着陆羡鱼去门诊换了药，又送她回家。陆羡鱼到家的时间比较早，家里只有陆羡鱼一人，季北川把她抱回房间，转身要走。

陆羡鱼叫住他："季小川，你生日是不是下周六？"

季北川倚在门边，姿态懒散，漆黑的眸直勾勾地盯着她："陆小鱼，你打听得这么清楚，是不是暗恋我啊？"

陆羡鱼被戳中心事，不敢看季北川的眼。她单脚跳回床边，拉过被子盖上，低头说："你不是找我要回礼吗？"

季北川笑了："生日礼物和回礼一起送，你这如意算盘打得挺好。"

少年嗓音压得很沉，撩得陆羡鱼整颗心加速跳动。她指腹捏紧被套，有点儿赌气的意味："不要就算了。"

"要。"她送的礼物，哪能不要。

陆羡鱼抬脸看他："你想要什么？"

"你啊。"季北川不假思索道。

陆羡鱼：“……”

沉默两秒，她问他：“就不能换一个吗？”

季北川盯着她瞧了一会儿，摸着下巴，笑得很坏：“陆小鱼，你是不是想偏了？”

“我是要你，但不是你想的方式。”

“……”这什么虎狼之词。

陆羡鱼觉得自己脸颊烫得要命，她抄起手边的抱枕砸向季北川：“赶紧给我滚。”

季北川接住抱枕，得意地挑眉：“这个抱枕就算你给我的回礼。生日礼物，你好好想想送我什么。”

她拉过被子遮住头，声音闷闷的：“知道了，快走。”

季北川也不逗她，拿着抱枕转身就走，临了关门时，再次提醒陆羡鱼：“不许敷衍我，生日礼物得好好想想送我什么。”

陆羡鱼：“……”怎么能有这么不要脸的人。

陆羡鱼在被子里埋了好一会儿，才掀开被子露出脑袋，脸红红的，连带眼角也是一圈红。

她翻找出手机，有冬雪发来的消息：羡羡，妈妈马上结束巡演了，开心吗?

因为父母工作特殊的原因，陆羡鱼和他们聚少离多，小时候跟在父母身边拍戏上学，也是由保姆照料，长大点去了韩国做练习生，一年到头和父母团聚的次数，一只手都数得过来。

想到妈妈要来南城，陆羡鱼心情雀跃地拨电话过去，接通后，就软软撒娇：“妈妈，你什么时候来南城，我好想你啊。”

冬雪才结束一场表演，在后台卸妆，身边人见她和女儿打电话，调笑两句，冬雪笑着应付过去，耐心和陆羡鱼聊天：“下周末，你爸应该和我一起来南城。”冬雪从黎彦辰处得知陆羡鱼的病已有好转，又叮嘱她两句，才挂断电话。

家里就陆羡鱼一人，她在房间找了点吃的，又拉过被子，抱着笔记本看剧，放在一旁的手机提示音响起。

陆羡鱼拿过手机一看，是季北川发来的一张图片消息。陆羡鱼点开照片，照片里季北川房间的装潢是黑白灰三色，她那只粉色兔子抱枕放在他床头，显得不伦不类。

季北川的消息又发了过来：别忘了我的生日礼物。

提到这茬，陆羡鱼沉默，她也不知道该给季北川送什么。索性百度是万能的，陆羡鱼输入关键词：异性朋友生日该送什么?

网友回复千篇一律，不是手表、篮球，就是游戏装备。

陆羡鱼最后退出百度，点开了某乎，上次她的提问成了热帖，不少网友在底下问她结果是什么。

“题主，你和他在一起没？”

“题主，我觉得你那个朋友是真的喜欢你。”

“按照题主的描述，身为同性，我赌那个男生是真的喜欢你。”

…………

陆羡鱼随便挑了一个网友回复：嗯，他是真的喜欢我。

那个热心网友又回复了她：题主你呢，喜欢他吗?

陆羡鱼回：喜欢。

她没再和网友聊天，再次求助知乎：喜欢的男孩要过生日了，送他什么好?

为了得到更为准确的回复，陆羡鱼再添加了次要条件：我们都喜欢对方，就是还没在一起。

很快有热心网友回复她。

“友情以上，恋人未满？这还用得着问啊，用蝴蝶结把自己打扮好，快递到他家啊！！！”

“别问，问就是送你自己。”

…………

五花八门的回复，统一答案都是送她自己。

陆羡鱼把手机丢在一边，在床上滚了一圈，抱住一边的巨型流氓兔玩偶，仰头看向被光照得亮堂的天花板。

难道，真要送她自己？？？

运动会结束后第二周就是考试，连着考了三天，最后一堂考试交完卷，陆羡鱼脑袋都是浑浑噩噩的。

陆羡鱼这次和向芊芊在一个考场，两人从考场出来，季北川和龚巩已经在外面等她们。

龚巩殷勤地上前，接过向芊芊的书包：“我来。”

向芊芊也不见外，直接把书包给了龚巩，两人说着话先下楼离开。

陆羡鱼看着两人远去的背影，有点儿摸不着头脑，她看向季北川：“他俩？”

季北川拿过陆羡鱼手里的书包，搀扶着她下楼："运动会结束那晚，龚巩和向芊芊表白了。然后，你懂的。"

好几周时间过去，陆羡鱼的脚伤也恢复得差不多，能勉强走路了。她走得极慢，季北川腿长，依着她，放慢了脚步。

陆羡鱼没想到向芊芊背着她脱了单，内心吃味，同时又替向芊芊感到开心，龚巩人不错，也是真心喜欢向芊芊。

这天是季北川生日，林桀一行人早在常聚的"渝情"订好了包间。

到了校门口，龚巩叫了两辆网约车，拉着向芊芊上了前面那辆，笑嘻嘻地和陆羡鱼两人说："川爷，羡姐，我们先走一步，你们慢慢来。"

陆羡鱼目送两人离开，准备上车时，季北川拽住她的衣领："等等。"

陆羡鱼回眸看他："嗯？"

季北川的黑眸紧盯着陆羡鱼的眼睛："龚巩都脱单了，你打算什么时候给我个名分啊？"

周围是来往的学生，两人的绯闻又闹得沸沸扬扬，不由得停下脚步，投以八卦的目光。

陆羡鱼迅速上车，转移话题："你不上车？"

"上。"季北川长腿一跨，坐进车内。

车子驶入拥堵的车流中，陆羡鱼望着窗外的夜景发呆。

季北川忽然凑过来，呼吸扑洒在她的耳颈："陆小鱼，真不打算给我名分啊？"

陆羡鱼反问："你想要什么名分？"

季北川揉乱她的头发，漆黑瞳孔里满是无奈："小没良心的。"

季北川和陆羡鱼到"渝情"时，包厢里的圆桌旁已经坐满人，只空出两个相邻的座位。

陆羡鱼和季北川依次坐下，季北川把她的书包挂在椅背上，拿过碗筷，用热水消毒，再递给陆羡鱼。

对面又染了一头新发色的房明旭吹了声口哨，挤眉弄眼地笑："瞧瞧，谁能想到不近女色的川爷，有一天也能百炼钢化为绕指柔。"

"你话有点儿多啊？"林桀一巴掌拍在房明旭后脑勺，"给我闭嘴。"

房明旭嘿嘿一笑，没再说话。

季北川给陆羡鱼依次介绍了桌上的众人，多是和他初中起就玩得好的朋友。陆羡鱼抿了抿唇，有点儿拘谨地打了招呼。

桌上众人，除了常玩的房明旭几人，其他人，她都是第一次见。

众人嬉笑着调侃她："别这么拘谨，你是阿川的女朋友，就是咱们自家人。"

林桀咬了一口毛肚，皱眉不耐烦地道："放屁，她是我小姨，和季北川没有任何关系。"

季北川懒散地靠在椅背上，一只胳膊搭在陆羡鱼的座椅上，朝林桀挑衅道："大外甥，叫声小姨夫听听。"

林桀暗骂了一声，懒得理他。陆羡鱼小口吃着碗里的菜，努力缩小存在感。

季北川凑近她耳边，拉长尾音："女朋友，什么时候给我正个名啊？"

九宫格的火锅咕噜噜地冒着白烟，呛鼻的辣味萦绕在半空，耳边又是少年温热的鼻息，陆羡鱼只觉得脸都要和锅里才捞上来的毛肚一样烫了。她轻咬一口牛肉丸，佯装没听见季北川的话，琥珀色瞳孔充满茫然："北川哥，你说什么？"

一声"北川哥"，引起桌上众人热议。

房明旭不怕死地最先开口说："川爷，你还和嫂子玩角色扮演啊？"

陆羡鱼一口水呛在嗓子眼，咳嗽不止："咳咳咳……"

季北川给她拍背，看向房明旭，黑眸带着促狭的笑："单身狗就不懂了，这叫情趣。"

"你给我闭嘴。"陆羡鱼脸微红，不只是呛的，还是羞的。她咬牙瞪季北川，"吃你的饭。"

季北川嬉皮笑脸地应下："遵命。"

桌上众人笑着起哄，说他是妻管严。陆羡鱼偷偷瞪一眼笑得春光灿烂的某人，后槽牙咬紧，不要脸的家伙。

他朝她轻抬眉骨："吃饭啊，乖。"

陆羡鱼："……"她气急，用筷子狠狠打了一下他的手背，而后又装作什么也没发生。

季北川疼得"嘶"了一声，手背红痕浅浅。没良心的小白眼狼。

他把手伸到陆羡鱼的靠椅背上放着，没骨头似的往椅背一靠："手受伤了，吃不了饭，得让人喂我。"

林桀简直没眼看，恰逢手机铃声响起，索性起身出了包厢。

桌上众人，除却习以为常的龚巩和向芊芊，其他人惊得瞪大眼睛。

这还是季北川吗？？被人魂穿了吧。

陆羡鱼轻咬牙，把筷子往季北川掌心一塞，眉眼微沉："吃不吃？"

“吃。”季北川捏紧了筷子，用筷子敲了敲没菜的碗，对陆羡鱼嚷嚷，“你给我夹菜啊。”

顶着众人调笑目光的陆羡鱼，只想弄死眼前这浑蛋，然后找个地缝钻进去。她咬牙给他夹了块儿小酥肉，咬牙切齿地笑：“吃啊。”

“这态度——”季北川不满挑眉，“我今天可是寿星。”

陆羡鱼冷笑：“不吃拉倒。”

说着，她要夹走季北川碗里的小酥肉，却被他抢先一步喂进嘴里。

咽下嘴里的食物，季北川还不忘调戏一下陆羡鱼：“女朋友给夹的菜，确实好吃。”

“……”毁灭吧，没救了。

火锅吃到一半，林桀领了个女人进来，又叫服务员在他身边加了一张椅子和碗筷。

包间里的一群少年一个个喜笑颜开，纷纷起身叫“梨姐”。

陆羡鱼抬眼看过去，被众人叫“梨姐”的女人，在林桀身边落座，姿态散漫又随意。

许梨视线与陆羡鱼对上，红唇稍扬，眉梢眼角都是风情万种：“你好啊，小妹妹。”

许梨生得好看，不同于陆羡鱼少女的明艳，她的美是骨子里透出来的媚，丹凤眼稍扬，眼线画得夸张，眼下一颗泪痣，艳得勾人。

陆羡鱼微微点头：“你好，姐姐。”

许梨主动和季北川说话：“阿川，你从哪儿找的这么漂亮的姑娘？”她眼眸微眯，一副餍足的狐狸姿态，轻靠在椅背上，慵懒又随意。

“她不喜欢烟味。”季北川没搭话，让许梨把烟给掐了。

许梨掐灭烟，娇声抱怨：“没良心的小子，有了漂亮姑娘，就忘了我这个旧情人，你们得给我评评理。”

房明旭那劲儿又上来了，附和许梨的话：“川爷，你这是喜新厌旧啊。”

陆羡鱼轻咬了下筷子，眼睫毛垂下，没有吱声。

“房明旭。”季北川脸微沉，眼神警告，“不会说话，就给我闭嘴。”

许梨倒起了兴致，捂嘴笑了起来：“阿川，你这是在否认我的存在呢，再怎样我俩也曾有过一段啊，你可——”

“许梨。”季北川寒声打断她，眼皮半耷，有点儿冷，“别乱说。”

“行行行，我不说。”许梨笑得直不起腰，叫来服务员上了两箱冰冻啤酒，和林桀等人喝酒聊天。

陆羡鱼吃饱了，起身要去洗手间。

季北川要陪她一起：“你脚——”

“不用，我和芊芊一起。”陆羡鱼赌气地甩开季北川的手，由向芊芊搀扶，一瘸一拐地出了包厢。

许梨喝了好几瓶酒，瓷白的脸蛋儿飘上两朵红霞，眼角媚意十足。

见陆羡鱼出了包厢，她看一眼季北川：“这是真动心了？”

陆羡鱼出了包厢，季北川看向许梨：“你把嘴闭上吧。”

那祖宗生了气，还不知道该怎么哄。

许梨笑了声，拿上椅背上的风衣穿上，对季北川比了一个手势：“等着，姐姐给你把人哄好。”

从洗手间出来，陆羡鱼站在盥洗台前洗手，低眸看着哗啦啦的水流走神。

向芊芊在她身边念叨：“我听龚巩说，许梨从初中开始就和季北川他们玩得特别好，以前还和……”

陆羡鱼关掉水龙头，扯了纸巾擦手，语气辨不出喜怒：“和我有什么关系。”嘴上这么说，心里把季北川问候了千八百遍。

骗子，浑蛋，大猪蹄子。说什么她才是他第一个喜欢的女孩儿，现在又冒出来一个“旧情人”。

向芊芊看陆羡鱼脸色微冷，叹息一声：“她就算和季北川有过又怎么样，你和——”

身后响起一声娇媚的笑声：“小妹妹，饭可以乱吃，话可是不能乱说的啊。”

背后说人坏话还被抓住，向芊芊表情微窘：“……”

许梨眯眼一笑道：“我想和陆妹妹说会儿话，能不能麻烦你把人借我一下？”

漂亮小姐姐的请求，总是让人无法拒绝的，哪怕这人还算是闺密的“情敌”。

向芊芊晕乎乎地答应道：“好的。”然后丢下陆羡鱼一个人，飘回了包厢。

陆羡鱼被向芊芊抛弃，又要独自面对“情敌”，有点儿尿，强打精神迎战：“你找我什么事？”

许梨倚在墙边，清了清嗓子，开口：“问你个事儿，喜欢阿川吗？”

“……”陆羡鱼没说话。

许梨走近陆羡鱼，她比陆羡鱼略高，略靠近时，陆羡鱼闻到女人身上淡淡的香水味儿，很醉人。就像许梨的长相一样，只消一眼，就情不自禁醉在她的媚意里。

许梨勾唇："不说话，我就当你默认了啊。"

"你找我是——"陆羡鱼抿唇，犹犹豫豫地看向许梨，"打算宣示主权吗？"

许梨被她逗笑，声线又哑又媚："妹妹，你真信了酒桌上的话啊？"

"不是吗？"陆羡鱼咬紧唇角，心尖苦意萦绕。

臭季北川，她还没为哪个男人这么难受过呢。

看这样子，许梨也不敢再逗陆羡鱼，要真逗过火了，人跑了，季北川不仅不认她这个姐姐，还得弄死她。

许梨说："季北川奶奶是我姑奶奶。"

"……"轮到陆羡鱼窘了，有什么比吃错醋更糗的事呢。

许梨挺喜欢眼前这女孩儿的，她伸手摸了摸陆羡鱼的头顶，难得正色道："阿川这性子难得喜欢一个女孩儿，我这个做姐姐的，怎么也得帮弟弟说两句话，你要真喜欢他，就赶紧行动，我这弟弟长了一张招桃花的脸，追他的女生可是多了去了。所以我经常被他拿来挡桃花。"

陆羡鱼对这话不置可否，班上不就有一个赵恩若吗？

"我知道，谢谢姐姐。"陆羡鱼向许梨道谢。

许梨眉尖轻扬："陆妹妹，你这话是承认你喜欢我家阿川啊？"

陆羡鱼脸微红，点了点头。

许梨："别只点头，吱个声，喜欢还是不喜欢？"

陆羡鱼低头盯着脚上的白色帆布鞋，声音轻如蚊蚋："嗯，喜欢。"

许梨挑了挑眉："喜欢谁啊？"

"……季北川。"

许梨得到答案，回头笑了声："听见没啊，人姑娘都给你告白了，赶紧给我滚过来。"

陆羡鱼："……"

季北川从走廊拐角处走过来，微扬下巴，和许梨说："谢了，姐。"

许梨比季北川大两岁，从小到大，这小子都是连名带姓地叫她，能听他叫一声姐，简直难于上青天。

她惊讶地挑眉："舍得叫姐了？"

季北川走到两人面前，黑眸含笑瞥一眼陆羡鱼，又和许梨说："你可以走了。”典型的过河拆桥。

许梨撇撇嘴，恰巧接到一个电话，来电显示是“薄弋”，她扬了扬手机：“今年礼物就不送了，你姐夫查岗来了，我得回去了。”

季北川意味深长地看着低头装鹌鹑的陆羡鱼：“礼物已经收到了。”

许梨受不了这恋爱的酸臭味，接通电话，和男朋友调笑着离开。

“那个……我上个厕所……”陆羡鱼要溜，顾不上受伤的脚，以百米冲刺的速度往洗手间跑。

刚走没两步，她的衣领就被拽住。陆羡鱼一个踉跄，摔进了一个萦绕着淡淡男性气息味儿的怀抱。头顶响起季北川的调笑声，声线略沉，一点儿一点儿地勾人魂：“这么急着投怀送抱啊，女朋友？”

陆羡鱼脸红得紧，伸手推搡他，因为底气不足，声音断断续续的：“谁……谁……是你女朋友？”

季北川黑眸里泛起淡淡笑意，把陆羡鱼身体摆正，低头凝视她：“刚才谁说的喜欢我？”

陆羡鱼捂住红透的耳朵，连连否认：“不知道，我没说，不是我。”

“陆小鱼。”他伸手揉她头发，笑声促狭，“这么急着否认啊？”

她仰头看他，少年漆黑的瞳孔里漾着光，满满都是她。

季北川笑：“话既然都说到这份儿上了，还不给我名分，就有点儿过了啊。”

陆羡鱼有女孩子矫情的通病，总觉得要和喜欢的男生在一起，得要有仪式感，哪能像现在这样草率的。

她抿紧唇角，瓮声说：“没有否认，只是觉得这样……”

他盯着她的眼，声音不自觉放柔：“怎样？”

“太草率了，”陆羡鱼的脖颈扬起漂亮的弧度，琥珀色的眼瞳看向季北川，格外认真地说，“你这么喜欢我，我怎么能这么敷衍地就让你跟了我呢。”

季北川被她一本正经的模样逗笑了，他轻捏她的脸颊，应和她的话：“确实挺草率，你得好好和我告白一下。”

陆羡鱼被他的厚脸皮磨掉了所有羞耻心，有点儿无语：“你怎么就顺着台阶下呢？”

“不是你说的，不能让我这么草率地跟了你。”拿捏住她七寸的某人说起话来，底气那叫一个足，噎得陆羡鱼没法反驳。

她沉默几秒，从兜里摸出一条银项链捏在手心，仰着头看着季北川："季小川，你低一下头。"

"好。"他如言照做。

陆羡鱼踮脚，从兜里拿出项链给他戴上。颈间微凉，季北川垂眸，胸前垂挂着一条紫色小鱼形状的钻石项链，白昼光线下微微反光，可以看见若隐若现的"川"字。

"送我的？"他微怔。

她轻轻点头："紫色是我的幸运色，希望你会喜欢。"

"有点儿娘。"季北川皱眉。

陆羡鱼瞪他："不想要，那就还我。"说着，伸手要去抢项链。

"要。"他哑声笑了下，伸手把人抱住，"陆小鱼，我怎么就这么稀罕你。"

在他以为这场爱情战争要拉锯个十年八年时，她总给他无限惊喜。

头顶是他温热的鼻息，陆羡鱼有点儿羞怯，深呼吸一口气，亮晶晶的杏眼望着他："季北川同学，为了庆祝你的生日，陆羡鱼同学为你订购了一个女朋友，现在快递已经送达，你要不要呢？"

灯光折射在少女水漾的眸底，盯得他整个人都有点儿恍惚，美得他以为是梦。季北川伸手捏了下陆羡鱼的脸颊，她气得打了他一下。

他咬牙笑："疼，不是梦。"

陆羡鱼被他逗笑，伸手去捏他的脸，少年清瘦，脸颊几乎没肉。她弯着眸笑："不是梦，所以你要不要我这个全世界最可爱的女朋友啊？"

"哪敢不要，"他握住她纤细的手腕，放在唇边，轻啄了下，"我想要你，想得都要疯了。"

季北川没喜欢过人，自打知道自己对陆羡鱼起了异样的心思，偏她眼里只有谢临渊，他只能等，等到她愿意回头瞧见他。

幸而，念念不忘，必有回响。

陆羡鱼有点儿脸热，她长这么大，哪怕喜欢谢临渊时，也是含羞带怯地表露心意，这么直白地对一个男孩子表白，还是第一次。

"抬头。"他说。

陆羡鱼抬头看他，后脑勺被他按住，唇瓣覆上他微凉的唇。她挣扎了下，可男女力量悬殊，季北川又死死按着她，不允许她动。他的吻技真的是青涩又粗鲁，勾得她舌根微麻，肺部空气都被吞噬带走。

她红着眼推搡他，他才恋恋不舍地在她唇角轻吻两下，下巴抵在她肩窝，微微喘气："我早想这么做了。"

"滚啊！"陆羡鱼性子一上来，使劲儿推开他。

少女眼角泛红，唇瓣湿漉漉的，混杂着眉眼间泛起的媚意，又纯又欲。

季北川眼神暗了暗，伸手捏她脸："乖，别这么看我。"

陆羡鱼特别难哄，伸手打他，红着眼控诉他的罪行："哪有你这样的，才在一起，就亲人。"

小祖宗爹毛，得顺着哄才行。

季北川搂着她的腰，好声好气地哄："我错了。"

"错在哪儿？"她伸手拽他头发。

季北川低头凑近她耳边，笑得跟个浑蛋一样："谁让你这么漂亮，我哪能控制得住。"

陆羡鱼更气了，要伸手拽他耳朵，凶巴巴地说："你再说一次？"

这是越哄越龟毛，季北川有点儿无奈，耐着性子哄人："我错了，别生气了。"

陆羡鱼不是真的生气，就是害羞得恼了，她红着脸道："出来够久了，我们该回去了。"

陆羡鱼往前走两步，手被季北川拉住。

她回头看他，目光怔然："干吗？"

"牵我女朋友的手，有意见吗？"他略抬下巴，笑得欠揍，"有意见也不行。"

"……"真不想承认眼前这小子是她男朋友。

两人牵手回到了包厢，然后是众人的起哄声，当属龚巩和房明旭最为八卦。

龚巩："当年林哥和梨姐传绯闻，我以为你们能成一家人，哪想只是绯闻。"

房明旭："没想到到头来，林哥和川爷还是成了一家人。"

"这叫什么，这叫缘分啊。"有人笑，起哄道，"阿川女朋友是林桀小姨，林哥不得叫咱们川爷一声小姨夫！"

房明旭喝高了，一拍桌站起来："那必须得叫啊！"

林桀一个眼刀丢过去："你闭嘴。"

季北川下巴微扬，朝林桀挑衅道："来——大外甥，叫声小姨夫来听一听。"

林桀猛灌一杯酒："我不叫。"

兄弟数载，结果季北川一夜翻身成了他小姨夫。

“陆小鱼。”季北川偏头，眼神有点儿委屈，“外甥不认我。”

那可怜兮兮的模样，看得满桌的人恨不得自戳双眼。骚，太骚了！

陆羡鱼看一眼林桀，眼神警告：“你在藐视你小姨的权威吗？”

林桀：“……”

女生外向，诚不欺他。这才在一起，就开始胳膊肘往外拐了。

季北川有人撑腰，寻衅林桀的底气十足：“大外甥，赶紧叫，叫了小姨夫给你发红包。”

桌上众人起哄：“林哥，赶紧叫人啊，有红包拿！”

林桀对上季北川那得意的眼神，咬紧后槽牙，从牙缝挤出来字眼：“小、姨、夫——”

“大外甥乖。”季北川拿出手机，给林桀发了个红包，还友情提醒他，“记得收啊。”

林桀眉眼微沉，点开季北川发来的红包——0.01元。

林桀：“……”

叫服务员进来结账时，龚巩注意到季北川脖颈上的项链，好奇地问了句：“川爷，你这娘们唧唧的项链哪儿来的？”

众人目光落在季北川的脖颈上，紫色小鱼的项链，一看就不衬季北川这浪痞不羁的性子。

季北川扫码付了账，懒散地靠在椅背上，用手捻起项链，慢条斯理地开口说：“你说这项链啊——”

众人屏住呼吸，等他答案。

季北川一只胳膊搭在陆羡鱼肩上，目光盯着她的侧颜，语气炫耀：“你们嫂子送的。”

“羡慕吗？”

“……”不羡慕。

季北川笑：“羡慕也没用，你们没对象。”

“……”

龚巩举手：“我有——”

“哦。”季北川拖长尾音，傲慢十足地看着他，“你对象给你买了吗？”

“……”骚不过，告辞。

陆羡鱼顶着众人八卦的目光，斜睨某个得意到快忘了自己姓名的家伙：“你给我低调点。”

“哪能低调。”季北川凑近她耳边，呼吸滚烫，压低了嗓音说，

“好不容易把你追到手，恨不得昭告全世界。”

从“渝情”出来，差不多接近晚上十点，龚巩几人本来还叫嚣着要去其他地方玩，无奈明天早上有早课，只得作罢。

吃完饭，一众少年已经微醺，勾肩搭背才没让彼此倒下去。

龚巩和向芊芊拦了辆出租车，领着醉成狗的房明旭先走了。

季北川也有点儿醉，钩着陆羡鱼的脖颈，下巴抵在她头顶，沉着声儿说：“我送你回去，还是你送我回家？”

陆羡鱼没吱声，倒是林桀看不下去开口了：“季北川，在一起就在一起，别乱来。”

季北川眼睑略掀，看林桀一眼，勾着唇笑：“大外甥，看不惯啊，找个女朋友呗。”

“滚。”林桀无语，翻了个白眼，去对街拦出租车。

夜风拂过，有点儿冷。陆羡鱼忍不住瑟缩下脖子，季北川瞧见，拉开了外套拉链，伸手抱住她。

她有点儿懵，怔然抬眸：“你干吗？”

“渝情”毗邻九中老校区，放学铃声响起，学生一窝蜂地出来，用好奇的目光看向两人。

“不是冷吗？”季北川给她理了理被风吹乱的短发，哑着声笑，“男朋友怀抱，可不冷。”

既然在一起了，陆羡鱼也不矫情，把自己脑袋全部埋在他怀里，瓮声瓮气地说：“那你给我挡着点儿风。”

季北川觉得陆羡鱼真的很会撒娇，一个风字被她尾音拉长，勾得他整颗心都化了。他抱着她，调换了位置，少年挺拔的身躯为她遮挡寒风。

季北川勾着尾音逗她：“陆小鱼，有没有后悔？”

“后悔什么？”她抬起头看着他，琥珀色眼瞳在夜里亮得璀璨，“你说话啊。”

“后悔啊——”季北川刻意压低了嗓音，凑近她耳边吹气，灼热鼻息扑洒在她耳颈，尾音拖长，“跟我在一起。”

“为什么要后悔？”陆羡鱼反问他。

季北川有点儿挫败地咬牙，盯着她的眼，昏黄光线映在她眸底，白皙的脸蛋上都蒙上了一层淡淡的金纱。

他有点儿醋意：“哦，当我没问。”

陆羡鱼不是没听出他话里的意思，就是有点儿不知该怎么回答，酝酿半天，伸手捧住他的脸：“季小川，看我。”

“看你。”他特别敷衍。

“我承认以前喜欢过某个人，但是现在，甚至于未来，我都只会喜欢你。季小川这么好，我不后悔啊。”

季北川怔然几秒，唇上擦过一点柔软，像被羽毛拂过，勾得人心痒痒。

陆羡鱼眼睫毛垂下，脸颊微红：“这个答案，你满意了吧？”

“满意，”季北川捧着她的脸，亲了一口，“满意极了。”

她就是上天赐予他的宝藏，哪哪儿都是惊喜。

黄色的出租车停在两人面前，副驾驶座的窗户降下，林桀木着张脸对两人说：“别腻歪了，赶紧上车回家。”

“我扶你。”季北川伸手扶她，陆羡鱼把手放在他胳膊上，下巴微抬，眉眼骄矜：“起驾，小川子。”

林桀：“……”得，他改属灯泡了，还是千瓦的。

出租车在冬家巷口外停下，林桀先从车上下来，然后冷笑着叮嘱司机师傅：“把这人送去临江花园二期，别让他在半路回来。”

季北川搀扶着陆羡鱼下车，对林桀挑眉：“大外甥，委屈你今晚和小姨夫我同床共枕了。”

林桀：“……我不想。”

陆羡鱼看他一眼，淡声道：“你可以睡马路边。”

林桀看向季北川，后者朝他得意地挑眉。

林桀咬牙：“……有人撑腰就是不一样啊。”

“别羡慕，”季北川扶着陆羡鱼往家走，路过林桀身边时，拍了拍他的肩，“你也可以找个对象，孤寡老人。”

“……”林桀已经被这对无良情侣弄得没了脾气，索性眼不见为净，打开门向自己房间走。

客厅灯火通明，冬青和一个打扮精致的女人正在聊天，女人看见三人进来，喜笑颜开地出来：“羡羡。”

陆羡鱼连忙松开季北川的手，慢吞吞地走向冬雪：“妈，你什么时候到南城的？”

冬雪也瞧见了女儿和那个少年的亲昵姿态，只是此时注意力都在陆羡鱼一瘸一拐的脚上，扶住她问：“脚怎么回事？”

“不小心崴了。”陆羡鱼随便找了个理由搪塞过去，望一眼客厅方向，没看见父亲陆润之的身影，瞬间松了口气。

开玩笑，要让她爹看见她和季北川这么亲密，说不定来个棒打鸳鸯，附赠“竹笋炒肉”。

“阿姨好，”季北川难得正形，唇角捎着如沐春风的笑，“我先和林桀回房休息，您和陆同学慢聊。”

看透一切的林桀冷笑：“走吧，回房了。”

冬雪微笑：“早点睡哦，晚安。”

“晚安。”

陆羡鱼和母亲一起回到房间，床很大，陆羡鱼洗漱完就靠在冬雪怀里，圈住她的腰撒娇：“妈，我好想你啊。”

冬雪笑了笑，掌心拂过陆羡鱼剪短的头发：“放下了？”

陆羡鱼和母亲亲如闺密，她情窦初开为追谢临渊蓄了长发，冬雪也知道，今日再见她，却是短发，便了然于心。

陆羡鱼埋头在母亲怀里，娇声道：“他又不喜欢我，我凭什么要追着他跑？”

“羡羡长大了。”冬雪欣慰一笑，摸了摸女儿的脑袋。

冬雪身体不好，人到三十时才有了陆羡鱼这唯一一个女儿，视为掌上宝珠般娇养长大。在看着女儿倒追谢临渊那几年里，她作为母亲对谢临渊是有怨的，明明对羡羡存了别样心思，却要故作不在意，次次吊着羡羡，将她的女儿哄得团团转。

冬雪想起送陆羡鱼回来的少年，问她道：“刚扶着你的那个男孩是谁啊？”

忽然被母上提问男朋友，陆羡鱼支吾着答不出来话：“他……他是我同班同学，林桀的朋友。”

冬雪笑而不语，她是过来人，又怎么会看不出这两人之间的猫腻。她摸了摸陆羡鱼的头发：“有些事，还是等你再长大点儿再说。”

陆羡鱼心虚一瞬，笑嘻嘻地转移话题：“我爸怎么还没来南城？”

冬雪看穿她的小心思，也不拆穿，笑着答：“你爸明天到。”

又聊了两三句，冬雪也困了，留了一盏床头灯，叮嘱陆羡鱼早点睡，才合上眼。

陆羡鱼听见耳边母亲绵长的呼吸声，偷偷从枕头下摸出手机，和季北川发消息：睡了吗？

季北川：林桀呼噜声如猪叫，睡不着。

陆羡鱼捂着被子，低笑出声，侧身敲字：早点睡。

季北川很快回她：岳母大人对我印象如何？

陆羡鱼无语，才在一起，就叫上岳母了，真不要脸。

她回他：很不好，我妈说她不喜欢你。

季北川：？？？

季北川：劳烦陆大小姐帮我美言两句，谢谢。

陆羡鱼唇角弧度愈发大，蒙着被子打字：不要。又附赠了一个“傲娇猫猫”的表情包。

季北川发了一条语音过来。陆羡鱼怕吵醒母亲，起身翻出耳机戴上，点开语音。

“求求你了——”他声音压得很低，略沉，在寂静的夜里，格外撩人，“宝贝。”

安静的夜里，除了母亲浅淡的呼吸声，就只有季北川略沉的嗓音，带点儿勾人的喘息，撩得陆羡鱼整颗心都乱了。

“扑通、扑通”，一下，又一下。像是要从胸腔跳出来一样。

明明是很冷的秋天，陆羡鱼却感觉到从头到脚都热得要命，整颗心都滚烫起来。

季北川见她没回消息，又一条语音发了过来：“行吗，女朋友？”

陆羡鱼贝齿紧咬唇角，紧握着手机的指尖都是烫的，她几乎是颤抖着手打字：看你表现。

季北川：什么表现？

季北川：举个例子呗。

季北川：比如……嗯？

都是她认识的汉字，被他一说出来，就变了味儿，陆羡鱼觉得自己该买包去污粉，什么都能想歪。

陆羡鱼放下手机，略凉的掌腹覆上温热的脸颊，凉得她瞬间回神。

窗外清风明月，繁星正璀璨，好像一切都那么美好，美好到她一颗心都像落进了蜜罐子，甜得腻人。

陆羡鱼重新拿起手机，打字回他，或许是心里觉得太甜蜜，字里行间都透着撒娇的味道：不要，你快点儿睡觉去。

季北川：我听女朋友的话，有奖励吗？

陆羡鱼只觉得这人太厚脸皮，高冷回了句：没有。

她蹑手蹑脚爬上床，季北川又一条语音发了过来。

低沉、略哑的嗓音敲击着陆羡鱼的耳膜："晚安，女朋友。"

陆羡鱼弯了弯唇，放下手机入眠。晚安，男朋友。

头天睡得太晚，第二天早晨起床，陆羡鱼脑袋还是晕乎乎的，被妈妈叫起床时，她伸手抱住冬雪的腰，软软撒娇："抱。"

冬雪有点儿无奈，摸了摸她的脑袋，帮陆羡鱼整理略乱的头发，轻笑一声："再不起来，上学就要迟到了。"

听到迟到两个字，陆羡鱼的瞌睡虫立马没了，下床洗漱换衣服。

昨晚寒流突袭，南城气温骤降。

陆羡鱼在卫衣外加了件羊毛绒的外套，又围了条围巾，遮住半张白皙的脸蛋儿。

冬雪要去机场接陆润之，叫陆羡鱼起床后收拾好就出了房间。

庭院里，季北川站在两棵常青树交接的树荫下，少年身姿修长，黑色的冲锋衣外套拉链拉了一半，露出线条流畅的肩颈，锋利的喉结上下滑动，既痞又坏。

季北川看见冬雪出来，立刻出声打招呼："阿姨，早安。"

"早，"冬雪停了脚步，眼眸略带赞赏地打量了季北川一眼，又笑得意味深长，"等羡羡吗？她还在洗漱，一会儿就出来了。"

被岳母看出来心中所想的季北川："……"

冬雪说："我还有事先走了，羡羡脚受伤，你帮忙多照顾一点儿，麻烦了。"

"不麻烦。"季北川连忙开口。

冬雪笑了笑，转身离开。

陆羡鱼收拾好从房间慢吞吞走出来，看见在院子里的季北川，四处张望，不见自家老妈身影，问他："我妈呢？"

季北川过去接下她手里的书包，单手背在肩上，答了话："阿姨出门了，走之前和我说——"

陆羡鱼不敢在家和季北川过于亲近，一边慢慢挪动脚步往外走，一边和他说话："说什么？"

出了门，季北川握住她的手，放进自己衣兜里："说——让我好好照顾你。"

陆羡鱼脚步一顿，内心升起某种可怕的想法。她妈不会发现她谈恋爱了吧？！

“发现了又能怎样？”季北川瞧她一脸惊恐，弯腰轻捏少女的脸颊，“瞧阿姨那样，应该对我挺满意的。”

陆羡鱼抬眸，眼神无语：“……你能要点儿脸吗？”

“要脸做什么？”他牵着她的手慢慢走，语调散漫，“要你就行。”

陆羡鱼无语地扯了扯唇，懒得再理这厚脸皮的家伙。

走出小巷，季北川叫的车也正停在巷口，他拉开车门先让陆羡鱼上车，再坐进车内。

车子向前行驶，停在南大门口。陆羡鱼和季北川从车上下来，她是受伤的脚先着地，一个没稳住，直直栽进季北川怀里。

季北川抱住她的腰，笑她：“慢点，女朋友。”

正值上学高峰时段，校门口来往的都是学生，瞧两人姿态亲昵，忍不住议论出声：“陆羡鱼和季北川真在一起了？”

稀稀落落的笑声传进陆羡鱼的耳朵，她红着脸从季北川怀里离开，用手戳他胳膊：“赶紧走，我不想被当猴瞧。”

“我这是正大光明谈恋爱，他们说他们的，关我啥事。”季北川语气理直气壮。

陆羡鱼白他一眼，甩开他的手，先行一步，季北川勾唇笑了下，上前拉着陆羡鱼的手走进学校。

到教室后，季北川把书包放在陆羡鱼的桌上，从衣兜里摸出一颗大白兔奶糖，递到陆羡鱼面前，低声哄她：“吃糖？”

陆羡鱼眼皮轻掀，看他一眼：“撕开。”

“好。”他无奈应下，把撕掉包装纸的大白兔奶糖喂到她嘴边，“小朋友，吃糖。”

陆羡鱼哼了一声，拿过他手里的糖喂进嘴里，含糊不清道：“以后……在学校，不许过度亲密，不许乱来，不许……”

连着好几个“不许”，听得季北川眉心突突跳。

时间还早，教室里没有多少学生，他略俯身，凑近她耳边，压低了嗓音，控诉她：“陆小鱼，你这是谈恋爱，还是和我玩地下情呢？”

陆羡鱼差点把糖块咽了下去，呛得连连咳嗽，水润般的眸微红着瞪着他：“不乐意吗？”

季北川被她弄得没了脾气，认命般地说：“乐意。”谁让他喜欢她。

陆羡鱼倒真没有要和季北川玩什么地下情的心思，只是他们还小，而且她爸今天会来南城，要有风言风语传进他老人家耳朵里，她另一条腿也得废。

陆羡鱼避开班上人的视线，握住他的手摇晃，软声撒娇："先委屈你一下啦，等我们毕业就好了。"

季北川这人天不怕，地不怕。遇见陆羡鱼后，最怕的就是这小丫头撒娇，只要她一撒娇，他立马能败下阵来。

他握紧她的手，无奈地笑："真是败给你了。"

转眼就到了十二月，南城彻底入了冬，不过地处南方，只是温度下降，并没有下雪。

三校联谊会定在元旦，金融系一班出的节目是古典舞，向芊芊作为文娱委员在班上抓壮丁表演节目，因最近学业繁重，并没有多少人愿意报名参加。

向芊芊把主意打到了陆羡鱼身上："羡羡，帮个忙呗。"

陆羡鱼正忙着写上节课的马哲作业，听见向芊芊的话，抬眼道："表演就算了，忙得很。"

向芊芊撒娇："有多忙嘛，来参加好不好？"

陆羡鱼眼皮都没抬："忙着恋爱，忙着学习。"

"真不参加啊？"向芊芊见名额还差好几个人，有点儿气馁地趴在桌上，"我上哪儿去找人嘛。"

陆羡鱼唇角弯弯："相信你，可以的。"

"算了，不想了，还有好几天呢。"向芊芊把报名表塞进书包里，转而问陆羡鱼，"圣诞节要到了，你打算送季北川什么礼物？"

说到这事儿，陆羡鱼笔尖一顿，也有点儿苦恼地皱眉："我不知道。"

她是第一次谈恋爱，也没有什么经验可言，并不知道圣诞节快到了，情侣之间该送什么礼物。

向芊芊捂嘴笑："要不把你送给他呗……"

"已经送了啊。"陆羡鱼脱口而出。

下一秒，对上向芊芊意味深长的眼神，陆羡鱼瞬间明白，用笔帽敲打她的手臂："向芊芊，你太可怕了。"看着是个软萝莉，实则是个老司机。

冬天衣服厚，陆羡鱼那一下，相当于给向芊芊挠痒痒。向芊芊笑了下，八卦般凑近陆羡鱼："说实话，你和季北川进行到哪一步了？有没有……"

"你和龚巩呢？"陆羡鱼反将她一军。

向芊芊语塞，生硬地转移话题：“圣诞节我打算给‘公公’织围巾，你呢，要不和我一样？”

“围巾？”陆羡鱼歪头思考了下，“上网给他买一条就行了，哪用得着这么麻烦。”

向芊芊略微无语，给恋爱小白科普：“网上买的，哪有女朋友织的围巾暖和？”

陆羡鱼说：“可我不会啊。”她可以说是衣来伸手饭来张口，别说织围巾，长这么大，她除了偶尔下厨，都没怎么进过厨房。

向芊芊眼珠转了转，笑得跟个奸商一样：“我可以教你，但是有一个条件。”

陆羡鱼总觉得向芊芊挖了坑，等她往下跳。

她说：“不会让我参加三校联谊的节目吧？”

“羡羡真聪明，”向芊芊给出诱人的条件，“只要你参加，向老师织围巾课堂免费为你开课。”

陆羡鱼已经长达一年时间没有上过舞台，怯怕之余，更多的是抵触。

向芊芊继续出声诱惑她：“不只织围巾，毛衣也行哦。”

“想象下，季北川穿着你织的毛衣，一起——”

“我同意。”陆羡鱼点头，抿了抿唇说：“可我很久没跳舞了……”

向芊芊也曾了解过陆羡鱼，她母亲冬雪是著名舞蹈演员，她自三岁起就开始学习中国舞，有十多年的舞蹈底子，加之韩国那么多年专业训练，一支简单的古典舞应该难不倒她。

她安慰地拍了拍陆羡鱼的肩：“相信你自己，为了你家男朋友的围巾，陆同学要努力哦。”

陆羡鱼再次摊开习题做题，给向芊芊一个白眼：“你可以闭嘴了。”

“好的呢。”

向芊芊愿望达成，十分快乐地把陆羡鱼的名字写在报名表上，又拉了班上几个有舞蹈基础的女同学参加，在晚自习下课前敲定了名单。

晚自习放学，龚巩和向芊芊先走了，陆羡鱼收拾好书包去体育馆找季北川。

最近市里要举行高校运动会，季北川因着上回短跑得了冠军，被学校安排报了名，这一周都在训练。

陆羡鱼到体育馆时，季北川正好结束训练。季北川这人看似不好接近，实则相处下来，很容易和人打成一片，无论去哪儿都是众星捧月的存在。

有人瞧见出现在馆内的陆羡鱼，吹了声口哨：“川哥，嫂子来找你了。”

季北川才训练完，短发湿漉漉地贴在眉骨，他拿起一边的矿泉水灌了一口水，喉结滑滚，浑身上下都散发着致命的荷尔蒙。

他朝那名男生笑了声：“知道了。”

陆羡鱼没过去，站在进场的看台边下等季北川。

季北川肩上搭着毛巾，拿着矿泉水走过去，亲昵地捏了下她的鼻尖：“这么想我，一下课就来了？”

“臭死了。”陆羡鱼嫌弃地推开他，往后退了一步。

季北川眉尾稍扬，伸手把人往怀里带，掌心扣住她的脑袋，低头凑近她耳边，语气轻佻：“哟，还嫌弃你男朋友了？”

“赶紧去冲澡，换衣服。”陆羡鱼脸红，把人推进更衣室。

季北川把手里的矿泉水塞进陆羡鱼手里，亲昵地揉了两下她的头发：“在这儿等着我，待会儿就回来宠幸你。”

陆羡鱼无语，等人走后，小声嘟囔：“不要脸的臭流氓。”

体育馆内都是此次运动会训练的学生，大多都在季北川嘴里听过陆羡鱼的名字，也见识过两人谈起恋爱来把旁人酸成柠檬的模样。

陆羡鱼找了个台阶坐下，拿出手机玩，顺便等季北川。

她最近痴迷上了新出的一款数独游戏，不过智商勉强在线，总是死在前两关。陆羡鱼正玩得嗨，这局又死了，通知栏推送了一条娱乐新闻，她本来要删除，哪想看见“舒雅”两字，又点开一瞧。

“舒雅与神秘男子同游曼谷，疑似与谢临渊情变。”

她无语，删除这条新闻，一抬头，看见有个男生站在她面前，手里拿着一封粉色的信，疑似情书的东西。

陆羡鱼眉心一跳，下意识望向更衣室方向。

她和季北川在一起有小半个月了，深知季北川占有欲有多可怕，上次她在早餐铺被一个中文系的学长要微信，被季北川看见，起先以为没有事，后面午休时，那个浑蛋把她带到废弃教学楼的天台。

陆羡鱼记得那天天很蓝，太阳也很好。季北川把她抱上某个废弃的书桌，粗粝的指腹捏住她的下巴，强迫她仰头看向他。少年桃花眼稍扬，黑眸微沉，有点儿冷。

陆羡鱼被迫仰着头，使劲儿挣扎：“你要做……”

话还没说完，他就凑近她耳边说：“吻你。”嗓音微哑，呼吸灼热，烧得她脸红。

他钳制住她的下巴，俯身吻了下去，任她怎么挣扎，这人也不放过她。

季北川发狠似的咬了下她的唇角，拇指擦过她眼角的水珠，哑着声“警告”她：“再有下回，腿打断。”

“你打啊。”她红着眼打他，使劲儿撒泼，“季北川，你就是个王八蛋，我不就好心帮人指个路，你还乱吃醋，你怎么不上天呢？”

季北川任由着她撒泼，等小姑娘闹够后，牵起她的手，低头落下一吻：“我错了，可我还得纠正一件事。”

陆羡鱼抬眸瞪他：“说……”

他勾唇笑了下，又坏又痞：“我上不了天，只能——”剩下两字，他是凑近她耳边说的。混杂着情欲沉淀后的沙哑，连吹拂过的风都变热了。

她红着脸推开他：“浑蛋。”

季北川笑：“只对你。”

男生还没开口，陆羡鱼就先发制人：“抱歉，我有男朋友。”

男生挠挠头，有点儿羞涩地道：“学妹，我是……是想让你把这封信转交给向芊芊学妹。”

陆羡鱼：“……”小丑竟然是她自己。

陆羡鱼有点儿窘迫地接过男生手中的信封，微笑道：“行，我会帮你转交给她。”

男生笑着跑开：“谢谢学妹了。”

季北川换好衣服出来，看见这一幕，脸色微沉：“陆小鱼。”

“干吗啊，”陆羡鱼这回底气足了，摇晃着手里的信封，漫不经心地说，“我还是第一次收到情书呢，你都没给我写过。”

季北川抢过她手里的信封，眼尾稍扬，眸底黑沉，脸色阴郁得吓人，他冷笑：“要不我给你写一封呗？”

“行啊。”陆羡鱼顺杆往上爬。

她那副得意的小表情，气得季北川重重咬了下后槽牙，一下把那封信给撕了，还咬着牙笑：“你挺能耐啊。”

陆羡鱼见玩过火了，连忙道：“那是别人给芊芊的——”

“……”好家伙，小丑竟然是他自己。

季北川被她气得笑了，长臂一伸把人往怀里带，微微俯身，鼻尖抵住她眉间，呼吸交缠：“陆小鱼，你怎么这么坏？”

陆羡鱼用额头撞他鼻尖：“我哪坏了，明明是你乱吃醋。”

“我这是在意你，”季北川摸了摸微疼的鼻梁，好心情道，“你看换个人，看我吃不吃醋。”

陆羡鱼推开他，有点儿为难地看向被撕毁的信封：“我该怎么给芊芊交代？”

季北川拉着她的手往外走，路过垃圾桶时，直接丢了进去，偏头看她：“不用给，龚巩会感谢你的。”

陆羡鱼轻“哦”一声，跟着季北川往外走。

晚上，网上曝出了一则音频，这则音频是苏烟与他人设计陷害陆羡鱼的对话，一周时间过去，网上的舆论持续发酵。

苏烟所在的经纪公司公开向陆羡鱼道歉，并对苏烟做出暂停一切行程通告的惩罚，而新推出的组合“Threes”三缺一，由替补成员顶位进行活动。曾经恶言相对陆羡鱼的网友，纷纷在她的微博下留言道歉。

向芊芊喜欢“冲浪”，见此消息后，与陆羡鱼道：“我就没信过这网上的传言，不过那苏烟真是坏到了骨子里，好多人都在对你说对不起。”

陆羡鱼却淡声道：“都过去了。”

她没下载回微博，不是不想面对这件事，只因网络本是如此，人云亦云，哪怕不晓得真相，亦是当起道德卫士，对别人口诛笔伐。

向芊芊没再提这茬，开始收起书包，和陆羡鱼说：“今晚要排节目，晚自习就不上了，我们待会儿一起去舞蹈室。”

陆羡鱼点点头：“好。”

舞蹈教室在体育馆顶楼，陆羡鱼和向芊芊去时，恰逢学校运动队中场休息。

季北川瞧见陆羡鱼来，放下手里的矿泉水，过去找她：“怎么过来了？”

向芊芊有眼力见儿地留两人独处，拿着陆羡鱼的书包离开，临走前还对陆羡鱼挤眉弄眼地笑：“羡羡，你快一点，别忘了要排练啊。”

陆羡鱼“嗯”一声，然后转头和季北川说：“元旦三校联谊会，我参加了班上的节目，要去顶楼的舞蹈教室排练。”

“跳舞？”季北川扬了扬眉，勾着唇笑，“要不先跳给我看看？”

他边说着靠近了她，灼热的呼吸扑洒在她脸颊上，馆内又开了暖气，温度过高，少女修长的肩颈染上一层淡淡的绯色。

“等元旦到了，你就能看见了。”陆羡鱼低头看时间，第一节晚自习已经开始，她急着去舞蹈教室，匆忙和季北川挥手，“我先走了。”

“等会儿。”季北川叫住她，抬手轻拍了下她的脑袋，“排练完，在学校外的奶茶店等我。”

因为父母都在南城，陆羡鱼就从舅舅家搬了出来，和爸妈住在一起，好巧不巧新家就在季北川的公寓楼上。

她点点头：“好。”然后飞快跑开。

这次参加联谊会节目的女生除了向芊芊和陆羡鱼两人，还有四个女生，陆羡鱼的往事澄清，大家也没有那么怕她，围在一起观看舞蹈视频。向芊芊选了两个舞蹈，一个是《彩云之南》，另一个舞蹈则是《卓玛》。六个女生在两个舞蹈之间摇摆不定。

“跳《彩云之南》吧，我听我南舞的朋友说，他们这次备选节目就是《卓玛》，到时撞了的话，太尴尬了。”说话的女生叫林若，是班上的团支书。

向芊芊二倍速拉了一遍《彩云之南》的舞蹈视频，跟没骨头似的靠在陆羡鱼肩上：“《彩云之南》好难，元旦就要表演了，这周五要考试，排练时间就只有十天。”

林若几人听了向芊芊的话，也觉得有道理，七嘴八舌地讨论开。她们聊了一会儿，见陆羡鱼没吱声，一直看着视频。

林若问她：“羡羡，你觉得跳《彩云之南》，还是跳《卓玛》？”

同学们不再怯怕陆羡鱼，对她更多的是崇拜。

陆羡鱼放下手机，说：“跳《彩云之南》，南舞备选节目是《卓玛》，如果撞了又比他们跳得差，太丢人。”

几个女生对视一眼，面露迟疑：“可咱们时间不够啊……”

陆羡鱼：“我来扒动作和排队形，而且我妈最近在南城，我们排练时可以让她帮忙指导一二。”

陆羡鱼的母亲冬雪是国家级舞蹈演员，这是尽人皆知的事。加之陆羡鱼说她来扒动作和排队形，大家也不好再说反驳的话，算是敲定好联谊晚会的表演节目。

时间擦指而过，两节晚自习下来，陆羡鱼把《彩云之南》的动作扒得干干净净，最后半小时又教了向芊芊几人前两个八拍的动作，纠正细节和表情，和着音乐节拍走了一遍队形。

放学铃声响起，向芊芊几人先走了，舞蹈教室里只剩陆羡鱼一人。陆羡鱼把每个人的舞蹈部分又跳了一遍，《彩云之南》是支傣族舞，许多动作都是模仿孔雀的优美姿态。

陆羡鱼学舞十多年，记得母亲常说的话，一个舞者的表演成功与否除却动作精准，神态神韵亦是不可缺。

白昼灯光下，少女天鹅颈修长，下巴微扬，在一个个跳跃的音符里，她美得明艳不可方物，神态拟真，仿若一只神圣不可侵犯的骄傲孔雀。

季北川是第一次见陆羡鱼跳舞，每一个舞步，下腰、旋转，都在他心尖掀起滔天巨浪，久久难以平静。

背景音乐暂停，陆羡鱼停了动作，微微喘息。

陆羡鱼不经意抬眼，看见站在门口的季北川，因为才跳完舞，她说话微喘："你何时……来的？"

舞蹈教室开了暖气，陆羡鱼只穿了件一字领打底衫，肩颈修长白皙，汗水湿润头发，黏黏地贴在白皙的脸颊上。

季北川走过来，替她整理略乱的头发："四分钟前。"

按时间推算，正是她才开始跳舞时。陆羡鱼有点羞涩，她太久没跳舞了，不知道刚才的舞蹈呈现出的效果如何。

她仰头，亮晶晶的水眸满怀希冀地看向季北川："跳得怎么样？好不好看？"

"好看。"他点头。

陆羡鱼有点儿不信："真的？"

她此时就像一个讨老师欢心的小孩，期盼得到季北川的赞扬。

季北川垂眸凝视着她，眸色沉沉："不信我？"

"你那张嘴说出来的话，谁信？"陆羡鱼弯着眸笑。

季北川没再开腔，单手抄兜，揉了一把陆羡鱼的头发："穿衣服去，回家了。"

陆羡鱼转身走到把杆边去取衣服，耳边忽然响起"啪嗒"一声，眼前一片黑暗。

她有点害怕地叫季北川："季……季小川……"

自网暴事件后，陆羡鱼深夜多梦，最怕的就是黑暗，晚上睡觉都要留一盏床头灯照明。

"我在。"耳边响起的是少年略带安抚的嗓音。

陆羡鱼瞬间松了口气，手在黑夜里摸索，嘴里叫着季北川："你、你在哪儿？"

"这里。"季北川握住她的手，把人抱在怀里，低笑声在夜里漾开，"陆小鱼，男朋友在你身边，怕什么？"

"就是怕嘛，"黑夜里的她难得露出脆弱的一面，娇滴滴地撒娇，

“你拉着我的手别松开，我穿衣服。”

“等会儿穿。”季北川按住她的肩，下一秒把人抱上把杆。

陆羡鱼双脚腾空，小腿晃荡两下，踢到了季北川。他闷哼一声，声音从唇角溢出，低沉的，又有点沙哑。

“别乱踢。”他哑着声警告。

窗外月光倾洒而入，陆羡鱼勉强看清自己的脚正对着季北川的大腿间。而刚才那一下……陆羡鱼脸颊唰地一下红了，使劲推搡他：“你别耍流氓，我要换衣服回家。”

季北川掐住陆羡鱼的腰，不准她动，另一只手指腹覆在她后脑勺上，朦胧月色里，少年黑眸沉沉，如同化不开的墨。

陆羡鱼舌尖下意识舔了下唇瓣：“你……”

“宝贝，”他哑笑出声，额间抵着她鼻尖，呼吸交缠，“男朋友今天给你上一课，什么才叫耍流氓。”

陆羡鱼怔然一瞬间，唇瓣已覆上了他温热的唇。她的背抵在冰凉的墙壁上，鼻尖是他灼热的呼吸，冰火交融，周遭空气都变得湿润。

季北川缓缓放过她，头抵在她的颈窝低声笑：“这才叫耍流氓，懂吗？”

陆羡鱼微微喘息，红唇水光潋滟，眼角发红地瞪他：“你哪儿是流氓，你简直不是人，行为令人发指！”

季北川对她吹了声口哨，坏笑：“这才第一课，就骂我不是人，后面怎么办？”

陆羡鱼一巴掌打在他手臂上，空荡的教室响起回音。

季北川疼得皱眉，舌尖顶住上颚，睐着奓毛的陆羡鱼笑：“小负心汉。”

“你骂谁呢？”陆羡鱼语气不善。

季北川把人从把杆上抱下来，搂在怀里轻笑：“说你呢，亲完我就翻脸，妥妥负心汉行为。”

陆羡鱼：“……”没救了，毁灭吧。

回到家已经接近晚上十一点。

电梯“叮咚”一声在二十七层停下，季北川一条长腿迈出门，懒散地靠在门框上，垂着眼带笑地盯着陆羡鱼：“要分开了，给个离别吻。”不是疑问句，是肯定句。

一路回来，陆羡鱼脸颊上的红晕没被冷风吹散半分，此时脸更烫了。

她凶巴巴地举起手作势打他，软绵绵的嗓音没一点儿震慑力：“赶紧走，我爸今天在家。”

季北川眉骨微抬，收回腿，和陆羡鱼并肩站着，按了关门键，语调痞气又散漫："那我正好见见岳父。"

陆羡鱼微俯身按了开门键，推搡他出了电梯："你想被我爸棒打鸳鸯，我还不想断腿。"

季北川转身，长臂一伸把人往怀里一带，低头吻在她眉间："离别吻，晚安。"

眉间似残留着他唇瓣的温度，陆羡鱼红着脸推开他，跑进电梯，手指按下关门键，做了个鬼脸："拜拜，臭流氓。"

季北川轻笑一声，转身向家走，步子才迈开，看见肩上的粉色书包，折身返回。

"你这是要去哪儿？"身后响起男人气急败坏的声音。

季北川脚步一顿，转头看了眼来人。季行一身黑色西装，鼻梁上架着一副银丝边眼镜，头发整齐地往后梳，还上了发蜡，亮得反光。

季北川没理人，径直向电梯走去。

季行也瞧见他肩上那只粉色书包，皱紧了眉，三步并作两步走到季北川前面，镜片下的眸子怒火腾腾："你肩上是谁的书包？季北川，你看看你哪儿有一点儿学生样子，简直把我季家的脸丢完了！"

季北川被骂也不生气，按了电梯上行键，上下打量一眼季行，笑呵呵地说："比不得季总您万花丛中过，片叶不沾身。"

季行原本压着的怒火一下爆发，一个巴掌抡圆朝季北川脸上招呼。

电梯数字从28到27，仅在一刹那的时间，电梯门打开。电梯里的陆羡鱼见男人要打季北川，情急之下，把手里的暖水袋砸了过去。

"啪叽"一声。暖水袋落地。

季行愣了两秒，看见突然出现的小姑娘，皱起眉："老子教育儿子，关你什么事？！"

陆羡鱼被家里人保护着长大，没见过这么凶神恶煞的男人，可她不能眼瞧着季北川被打，一伸手把季北川拉进电梯，护在身后。

"我……我保护我男朋友，有你什么事？！"她跟个小辣椒似的，呛了回去。

季北川猝不及防被陆羡鱼跟母鸡护崽地拽到身后，先是愣了两秒，眼底笑意慢慢漾开。被人保护的感觉，挺不错。

"让开——"季行正在气头上，伸手要把陆羡鱼拽开。

陆羡鱼急忙按了关门键，留季行对着紧闭的电梯门破口大骂。

看见水晶屏上跳动的数字一点点变小，陆羡鱼跟脱水的鱼一样趴在季北川身上，拍着胸口喘气：“幸好我聪明，把门及时关上了。”

季北川搂住她的腰，奖励似的摸了摸她的脑袋：“对，我家陆小鱼最聪明。”

缓过情绪来，电梯门也开了。

陆羡鱼问他：“我们现在回去吗？”

季北川头一回觉得季行没那么讨厌，至少给了他和女朋友又一个独处的机会。

他拉着她的手往外走，可怜兮兮道：“你舍得让我回去挨打吗？”

“不舍得。”陆羡鱼的头摇得跟个拨浪鼓一样。

季北川偏头轻点她的鼻尖：“所以我今晚住外面。”

陆羡鱼一愣：“我得回家啊。”她要是夜不归宿，她爸明天就会提刀杀去学校，给她来顿“竹笋炒肉”。

小区里灯火通明，公路两侧的橘黄路灯照亮夜色，拉长两人的影子，一高一矮，交融在一起。季北川拉着她在小区里的二十四小时水吧坐下，灯光倒映在黑色瞳孔里，眼角耷拉，无端的可怜。

陆羡鱼给他出主意：“你去林桀家借宿一晚？”

他抬头看她，像只被抛弃的大金毛：“我幼小的心灵受到了严重伤害，你得陪我。”

这话说得理直气壮，陆羡鱼完全没法反驳。

她抿了抿唇，做出一个大胆的决定：“你要不去我家住？”

季北川抬眸，应得爽快：“行。”

陆羡鱼：“？”有一种上当的错觉。

回家之前，陆羡鱼特地给冬雪打了电话，确定今晚陆润之与她去参加某个晚会不在家后，才敢领着季北川进家门。

季北川一进门，就打量了一遍陆羡鱼家的装潢。

陆润之和冬雪图方便，买的是精装房，又因天南地北到处飞，家里装修奢华，却没有丝毫人气。

季北川换了拖鞋，跟个大少爷一样靠在沙发上，点评陆羡鱼家的装修没有人情味，末了加了句：“以后咱家得好好装修，不能图方便。”

陆羡鱼听见他说这话，无语地递过一杯水，道：“八字没一撇，还想我嫁你？”

季北川接过她手里的水杯放下，长臂一伸把人往怀里一带。陆羡鱼就斜坐在他腿上，少年身上清冽的皂角味儿，氤氲出一室暧昧。

季北川下巴抵在她眉心，呼吸灼热，哑着嗓笑："不嫁我，你嫁谁？"

陆羡鱼侧眸看他，直直撞进少年如墨的黑眸，像是深不见底的旋涡，只消一眼，她就丢了魂。

许多年后的颁奖后台，有记者采访她想象的结婚对象会是什么类型的男生。陆羡鱼脑海里浮现出的是季北川的脸，她想不到其他人。在绝望无助的十八岁，她深陷泥泞，是潇洒肆意的少年，用一腔热忱的爱意将她拉出黑暗。

她又怎敢忘了他，爱上别人。

似触到某些不该碰的东西。陆羡鱼跟受惊的兔子似的从季北川腿上跳开："我饿了，去厨房找吃的。"她一溜烟就跑进厨房。

季北川见她跑了，有点儿无奈，从沙发上起身，走到厨房门口："陆小鱼，咱家浴室在哪儿？"

陆羡鱼正在零食柜翻找零食，听见季北川叫她，应了声："我房间有浴室，你自己去洗。"

"我没衣服穿。"

她回头看他："你半夜回家洗不行吗？"

季北川倚在门框上，姿态懒懒的，半拖腔带调地说："火烧眉头了，你让我怎么办？"

"……"

陆羡鱼红着脸骂了声"禽兽"，她做出退让："那你洗完回家换。"

季北川打量她良久，半开玩笑地说："你馋我身子就直说，我又不是不让你看美男出浴。"

陆羡鱼深呼吸，微笑："洗手间在那儿，自己解决，然后滚回去。"

"行，听媳妇儿的。"他笑了声，混着沙哑的嗓音，撩人得要命。

陆羡鱼又转身翻找零食，听见洗手间门关上时，才红着脸靠在墙上，手捂住胸口。心脏跳动，快得要命。

她咬紧唇角，喃喃道："这人怎么这么坏……"

可好像，越来越喜欢他了。

第七章 热恋

半小时后。

季北川从洗手间出来，桃花眼眼尾带红，黑发湿漉漉地贴在眉骨，喉结上下滚动，性感又撩人。

室内开了暖气，陆羡鱼只穿了条长袖棉质裙，裙摆长及膝盖处，露出的小腿，莹润纤细。季北川垂眼扫过，喉结不自觉地滚动。

陆羡鱼正在做高数课的作业，看见季北川出来，咬着笔头和他抱怨："快来给我讲题，我做不出来。"

季北川咳了一声，走过去，坐在她身边："哪道题不会？"

陆羡鱼用笔尖指了指最后一道大题，小脸一垮："这道我不会。"

"讲题可以——"季北川抬手指了指脸，"一道题，一个吻。"

"你要不要脸？"陆羡鱼用头撞他的脑袋，软着声撒娇："快给我讲，我都困了。"

季北川瞧着到嘴的鸭子飞了，略显无奈地给陆羡鱼讲题。他讲题和老师讲的完全不同，条理清晰，又代入数学公式计算一遍，任陆羡鱼底子再薄弱也听懂了。

做完作业，陆羡鱼双手钩住季北川的脖颈，主动亲了他一下："奖励你的，男朋友。"

"不再多点？"他有点儿不满足。

陆羡鱼推开他，拿起一旁的薯片吃，嘴里有东西，声音也含糊不清："不要。"

她想到今晚的事儿，问季北川："刚才那人真是你爸？"

她没见过哪个父亲对自己儿子像仇人一样，即使在陆家，她爸和爷爷，以及她二哥陆安和大伯虽然脾性不和，最多嘴上说两句，也没严重到一言不合就动手。

季北川低下头，薄唇咬住她手里吃了一半的薯片，轻嗯一声：“他是我爸。”

陆羡鱼回忆起从认识季北川开始，他从不提起家人，自己独居，生病了也无人照顾，看起来就像个孤儿。

季北川看出她心中所想，挑了挑眉：“想不想知道你男朋友的故事？”

陆羡鱼又开了一包薯片：“说。”

季北川对外的形象是天之骄子，父亲季行在外是众人都得恭敬地称一声的季总，母亲孙如雪也出身世家。他是两人爱的结晶，自然是众星捧月长大。然而现实却无比残酷，季北川有记忆起就在奶奶身边，祖孙俩在小城相依为命十年。

在小学六年级那年，因升学原因，季北川被孙如雪接回南城。可等待他的不是幸福美满的家庭，父亲在外花天酒地，他同父异母的姐姐妹妹，少说也有一只手的数量，而他的母亲将他视若空气，对待收养的干女儿都比他好。

季北川倒是无所谓地笑了笑：“其实有时候我挺想不通的，明明她是我妈，却对一个外人比对我还要好。”

少年眉眼微垂，灯光之下，莫名的落寞。

陆羡鱼手里的薯片也不香了，她有些心疼地抱住季北川，抬手摸了摸他的脑袋，轻声哄他：“季小川乖啊，以后我疼你。”

季北川握住她的手腕，点漆似的眸直勾勾地看着她，道：“你预备怎么疼我？”

陆羡鱼犹豫几秒，仰头亲了下他的唇角，神色认真：“我以后会对你特别好的，我发誓。”

少女瞳孔明亮，满满都是他，照亮他心尖覆盖多年的阴霾。

他舌尖舔过唇瓣，唇角微翘，勾出一点儿痞笑：“那请你以后，多疼疼我。”

不知道是室内暖气温度过高，还是他眼神过于炙热，让陆羡鱼满脸通红。她从沙发上“咻”地一下起身，跑进房间，重重把门关上。

季北川被她晾在外面，懒散地靠在靠枕上，尾音勾着，低低笑开来：“陆小鱼，你怎么这么容易害羞？”

虽隔了一道门，可他的声音混着笑声稳稳落在她耳里，引得陆羡鱼心脏乱跳不止。

陆羡鱼背抵着门，不服输地反驳："谁……谁害羞了，我是困了。"

季北川"啧"地笑了声，起身走到陆羡鱼房间门口，曲指敲响门："我走了。"

原本紧闭的咖色木门打开，小姑娘猫着腰，露出半张还带着绯色的脸庞望着他："你不是说今晚要留下来吗？"

"舍不得我走啊？"他低头与她额间相撞，嗓音勾着一点儿暖昧，"我得回去，明天还有训练。"

陆羡鱼说不出心情是怎样的，居然还有点儿失落。

她抿了抿唇，乖巧点头："那你走吧，我明天也要排练节目。"

"亲一下。"他微微俯身，唇瓣与她相碰，蜻蜓点水一下，分外亲昵。

季北川站起身，单手插兜，抬手揉了揉她茶色的短发："走了。"

"晚安。"她语气有点儿失落。

"晚安。"

季北川从陆羡鱼家里出来，脸色从晴转阴，眸色沉如墨，冷得像冰碴子。他拿出开了静音的手机，有十来个"季行"的未接来电。

季北川讥嘲扯唇，指尖一滑，直接删除。

时近凌晨，整栋大楼安静得只有呼啸的风声。

季北川回到家里，公寓一片狼藉，犹如遭贼，他脸色波澜不惊，径直走进浴室。从浴室出来，手机铃声响起，是季行打来的。季北川用毛巾擦拭了下头发，丢在一边，脚尖钩过电脑椅，仰靠在椅背上，接通电话，按了免提。

季行在电话那边对他一阵怒吼，然后警告季北川："你趁早和那个女生断了，什么三流货色也配得上我季行的儿子？"

季北川平静的黑眸闪过冷戾，搭在扶手上的手轻敲了下桌面，冷笑着说："不劳季总牵挂，这是我的事。"

"季北川——"季行怒不可遏，"你别逼我这个做爹的不给你面子，对那个女孩下手。"

季北川眼眸闭合，又睁开。桃花眼阴鸷冰冷："你敢动她试试。"电话就此挂断。

第二天是周末，陆羡鱼昨晚三点才睡，上午十点被向芊芊的来电吵醒，她揉着眼睛接通电话，嗓音软绵绵的：“芊芊。”

“羡羡，才醒吗？”向芊芊一听声音，就猜到陆羡鱼还没起床。

陆羡鱼掀开被子，趿拉着拖鞋走进洗手间，把手机放在一边，开了免提：“没，才醒。”

向芊芊那边有车鸣声，应该是在去学校的路上：“你快点来，我们都要到了。”

陆羡鱼正在漱口，含糊不清地应了一声“好”。她挂断电话，快速洗漱完，换了衣服，把舞鞋放进书包里，戴上围巾走到玄关处换鞋。

“要出门？”在露台晒太阳看报纸的陆润之回头看了她一眼问。

“去学校。”陆羡鱼系好鞋带，起身开门，和陆润之挥手告别，“爸，我出门了。”

陆润之叮嘱她：“路上注意安全。”

今天阳光明媚，可也挡不住寒风的摧残，小区外车来车往，陆羡鱼裹紧围巾，只露出半张脸蛋儿，拿出手机叫网约车。

一辆熟悉的车停靠在路边，副驾驶的车窗徐徐降下，露出男人利落的下颌线。谢临渊和她打招呼：“羡羡。”

陆羡鱼语调平静无波地叫他：“谢大哥。”

不再是亲昵的一声“临渊哥”，而是一句“谢大哥”，两人之间的距离瞬间拉远。

谢临渊明显愣了愣，又笑着问她：“要去哪儿，我送你一程。”

陆羡鱼摇头拒绝：“不用，我叫了车。”

“退了，我送你。”谢临渊语气温和，却不容抗拒，“更快点儿。”

陆羡鱼眉心蹙了蹙，连带着藏匿在围巾下的唇角也咬紧了。

她想她上次明明和谢临渊说得很清楚，难道是她以前的倒追给了他莫名的虚荣，还是他觉得她会在原地乖乖等他？

凛风吹起陆羡鱼的短发，有几缕头发遮住了眼，她要抬手往后捋，有人先她一步。

谢临渊看见来人明显一愣，少年高瘦挺拔，黑色羽绒服外套下是和陆羡鱼同款不同色的卫衣。两人的关系，不言而喻。

谢临渊指节一点点收紧，目不转睛地盯着两人。

季北川唇角稍翘，眼底有讥讽掠过。他略动脚向前，修长的身影挡住谢临渊的视线，低头问她：“怎么不等我？”

陆羡鱼还没品出他这话是什么意思，这人倒自编自导开始飙戏。

"因为我昨晚亲你太久，所以生气了？"他亲昵地捏了捏她的脸颊，凑到她耳边，呼吸灼热，"配合我一下，不然我吃醋，可不好哄。"

"……"她还不想哄呢。

半天不见陆羡鱼吱声，季北川有点不满地咬咬牙，手臂圈住她的纤腰，压着嗓子，沉声威胁："陆小鱼，你想被我亲到腿软，还是继续昨晚的课程？"

陆羡鱼秒㞞，内心问候季北川无数次，又不得不配合他："就生你气，怎么不乐意啊？"

"乐意。"季北川笑得很嘚瑟，"谁让你是我女朋友。"

女朋友三个字不大不小，稳稳落在谢临渊耳里，刺激得他狠狠蹙眉。

陆羡鱼叫的网约车来了，停在谢临渊的车后面，司机师傅鸣笛，提醒两人快点上车。季北川的手搭在她肩上，带着人上车。

临走前，陆羡鱼出于礼貌要和谢临渊道别，被季北川按住脑袋，推进了车内。她待会儿一定要弄死季北川。

谢临渊从车上下来，季北川的手臂搭在车门上，勾唇笑得挑衅："哥，我们先走一步，您忙。"

话音一落，季北川折身上车，车子从谢临渊视野消失，驶入车流。

谢临渊站在原地，久久未回神。回到车上后，谢临渊申请了一个新微信，输入陆羡鱼的手机号，申请添加她为好友，留言：能不能再等等我？

车上，陆羡鱼揪住季北川的耳朵，表情凶巴巴的："季北川，你挺能耐啊，还威胁我，你怎么不上天呢？"

季北川从她手里抢回自己饱受摧残的耳朵，揉了揉，手臂环绕住她的脖颈，坏笑："我说了我上不了天。"

陆羡鱼倏然想起那个不可描述的天台事件，白皙的脸颊上爬上红晕，挪动身子，往车窗靠拢，盯着窗外倒退的风景，不再搭理季北川。

季北川把她的身子扳向自己，手指戳了戳她的脸："真生气了？"

陆羡鱼睨他一眼，将刚才的话原封不动地送还给他："生气了，特别难哄的。"小姑娘腮帮子鼓鼓的，表情奶凶。

季北川挑了挑眉，笑了声。太可爱了。

他低头和她脸贴脸："怎么生气都这么可爱？"

"算了，原谅你了。"陆羡鱼用头撞他，小声解释，"我知道你吃醋，可我真的不喜欢他了。"

恋人之间最重要的是给予对方足够信任，季北川虽然对陆羡鱼占有欲强烈，可也知道该信任她。

他揉了揉她的头发：“行，我知道了。”

司机师傅透过后视镜看到两人的亲昵姿态，调笑出声：“小年轻谈恋爱就是不一样，真是甜得腻人。”

陆羡鱼脸红，有点儿不好意思地低下头。季北川和师傅聊得很开心，车子停在校门口，还乐呵呵地和师傅保证要给他一个五星好评。

陆羡鱼和季北川在校外一家饭馆吃了午饭才进学校，今天周末，校内几乎没有人。

两人在一楼分别，陆羡鱼上楼前，季北川叫住她：“晚上不用等我，我要回家一趟。”

陆羡鱼想起昨晚对季北川动手的男人，目光担忧：“那你回去千万要小心啊。”

他揉了揉她的头发，笑得惬意：“怎么，怕你男朋友受伤啊？”

“你要是残废了，”陆羡鱼嘟囔一声，“我再换一个男朋友就行。”

“小没良心。”季北川捏了一下她的脸，眼瞧时间不早，才放人离开。

陆羡鱼来到舞蹈教室后，和向芊芊几个人打了招呼，就换上舞鞋开始练习。

下午，陆羡鱼给母亲打电话，冬雪来到舞蹈教室指导众人。

冬雪表演经验丰富，很快就瞧出几个女孩的不足之处，她关掉音乐，温声指点：“你们急于求成，忽略了神韵与身韵的意境，小高潮那段，队列不整齐，每一个人的手臂位置不在同一条线，再重来一遍，我喊节拍，你们跳。”

几个女生异口同声：“好。”

一遍遍纠正下来，一支《彩云之南》前半部分算是勉强过关。

冬雪晚上九点在南城大剧院有表演，待了不到一个小时就离开了，不过短短一小时所授的内容，也叫女孩们受益匪浅。

舞蹈排练到晚上八点，陆羡鱼几人才陆续从舞蹈教室离开。

陆羡鱼和向芊芊去了学校附近的精品店买毛线，前两天她勉强学会织围巾，虽然只会打平针，用向芊芊的话来说，就她这个手残级别，这已经是最好的结果了。

从精品店出来，向芊芊要和龚巩约会看电影，陆羡鱼只能一人回家，等她一开门，看见出现在家里的男人，明显一愣。

陆羡鱼有点儿惊喜，又故作嫌弃：“你怎么来了？”

男人着一身深灰色大衣，内里是一件黑色高领羊毛衣，身姿挺拔如松，剑眉星目，下颌线利落。

“好不容易放假，来看看你。”陆妄一个爆栗子敲在陆羡鱼的眉心，看起来力道很重，实则轻如羽毛，“不过听你这话，有点不想我来？”

“当然不想。”陆羡鱼没好气地白他一眼，放下手里的购物袋，弯腰换鞋。

陆妄垂目，视线从购物袋扫过，里面是两团深灰色毛线。

陆妄眉尖稍扬，“咦”了一声，笑问她：“羡羡，你这是知道哥哥要来，还准备给我织围巾？”

陆羡鱼换好鞋，拿上购物袋往房间走，嘴上还不忘损陆妄：“二哥，记得多吃脑白金，补脑。”

陆妄嗤了声：“臭丫头。”

陆羡鱼回房放好购物袋，拿出手机给季北川发微信：我到家了，明天要不要一起去学校？季北川没回她，陆羡鱼看见新的好友请求，瞄了一眼，直接拉黑，末了，还设置了不允许陌生人添加好友。

陆妄倚在门框边，姿态懒怠，狭长黑眸直勾勾地盯着她：“小鬼，听说你眼睛好了？”

陆羡鱼收起手机，抬了抬眼：“陆妄，你嘴里吐不出象牙吗？”

陆妄挑眉，这臭丫头变着法儿骂他是狗，他说话也毒舌：“就你这张嘴，我看有谁眼瞎能要你。”

陆羡鱼皮笑肉不笑：“不劳您操心。”

陆妄军校在读，又从小被家里军事化训练长大，侦查能力敏锐，从陆羡鱼的话里嗅到一点儿异样。再联想黎彦辰的话，以及购物袋里的两团深灰色毛线，陆妄太阳穴一跳，眯起眸子：“陆羡鱼。”

陆羡鱼打小就没怕过他，小时候第一次回陆家时，她和陆妄争抢奶奶做的糕点，两人还打了一架，虽然最后她输了，可陆妄也被她大伯赏了一顿“竹笋炒肉”。

陆羡鱼不耐地“嗯”了一声：“有话就说，我要洗澡睡觉了。”

陆妄冷冷地看着她：“你那毛线准备送给谁？”

“关你什么事？”陆羡鱼瞬间一级警备，推搡着把陆妄赶出去，“你快走，我要睡了。”

砰！门在陆妄面前重重合上。

陆羡鱼背抵着门，呼出一口气：“好险。”

要被她二哥知道她和季北川谈恋爱，后果比她老爸知道还可怕。

陆羡鱼洗漱完躺回床上玩手机，伸手拖过了占据一半床的巨型流氓兔玩偶。

季北川回了她消息：好，我来你家接你？

陆羡鱼想到家里某个可怕的人，立马敲字拒绝道：不不不，我们小区外见。

季北川表示同意，两人又聊了一会儿，互道晚安。

陆羡鱼准备放下手机睡觉，陆妄的消息发了过来：明早，我送你去学校。

陆羡鱼一看，立马没了睡意，葱削的指尖在屏幕上打字：二哥，你好不容易放假，不好好休息吗？

陆妄：休息，哪有我妹妹重要。

陆羡鱼回了一个省略号，宛若死鱼般躺在床上仰视天花板。

她可以想象接下来的日子是有多么苦，别说谈恋爱，晚于晚上十一点回家，估计她小命就不保了。

陆羡鱼给季北川发消息：我们明天还是教室见吧。

季北川：？

陆羡鱼：我二哥来我家了，为了我的小命着想，我们最近小心点。

半分钟后，季北川发了条语音过来："这下真是要玩地下情了。"

陆羡鱼："……"她能怎么办，她也很委屈啊。

翌日早上，陆羡鱼还在和周公约会，房间门被敲得咚咚作响。

"陆羡鱼，起床了。"陆妄在门外叫她。

陆羡鱼闭着眼在枕头下翻找出手机，看一眼时间——6：31。

陆羡鱼拉过被子，蒙住脑袋，起床气一上来，语气不好："陆妄，这么早起来做贼吗？"

陆妄在军校时，无论春冬，刮风抑或下雪，都是五点半准时起床晨跑，他一圈晨跑回来才叫陆羡鱼起床，这姑娘却还和他耍脾气。

陆妄抬腕看一眼时间，沉着声说："我去买早餐，回来后你还不起来，就没有早饭吃。"

陆羡鱼掀开被子坐起来，哭丧着脸骂陆妄："陆妄，我恨你。"

陆妄眉峰微抬，视作耳旁风，换鞋出门。

冬日的南城，天还没亮，路边商铺亮着橘黄色的灯光，照亮黑夜。

陆安走到一家早餐铺前，依着陆羡鱼的口味要了半笼蟹黄包和一袋豆浆。

买完早餐，陆安折身返回，电梯门打开，走出一个高瘦挺拔的少年，少年颜值甚高，眉眼冷厉，偏一双桃花眼内勾外扬，生得多情。

陆安这人平时没什么爱好，就喜欢看帅哥美女。

季北川被一个大男人瞧了好几回，内心说不出什么滋味，眉心紧蹙，呛声道："看什么呢？"

陆安从小在大院长大，除了家里一众人，无人敢惹他，可谓是大院小霸王，哪怕上了军校后，亦是以暴制暴，稳坐校内无人敢惹名单榜首。倒是很少有人第一次见面就和他呛声，陆安扬了扬眉梢："兄弟，长得挺帅，脾气怎么这么冲。"

季北川："……"他是今天出门没看皇历吗，遇到一个神经病。

季北川急着赶去学校训练，没打算理陆安，与他擦肩而过。陆安想到家里还有个小祖宗，耸耸肩进了电梯。

家里，陆羡鱼慢吞吞地从床上爬起来洗漱，等陆安开门进来，她还在房间里收拾书包。

陆安搁下手里的早餐，冲她房间喊了声："陆羡鱼，吃饭。"

"喊魂呢。"陆羡鱼背着书包出来，拉开椅子坐下，因为没睡好，起床气还没消，"吃什么？"

"蟹黄包配豆浆。"

陆羡鱼拿起桌上的早餐，吃了两口，咬着吸管含混着声音："二哥。"

陆安正在打游戏，听见她的称呼，不爽地挑眉："叫哥。"

陆安的母亲，也就是她现在这位大伯母是大伯的二婚妻子，陆安从小就和陆行舟不对付，在叫两人哥哥这事儿上，更是勒令陆羡鱼只许叫他哥哥，不许叫二哥。

陆羡鱼"哦"一声，说："你准备在我家待多久？我爸妈人呢？"

陆安抬了下眼皮，回答她："叔叔婶婶有工作飞国外了，我放假五天，刚好来照顾你。"

只有五天。陆羡鱼松了一口气，陆安走的那天正好是圣诞节，内心为自己加油打气，只要坚持过完这五天就好。

陆安打完一把游戏，拿上搭在椅背上的外套穿上，垂眼看着陆羡鱼："吃完了吗？我送你去学校。"

"好。"陆羡鱼拿上书包，跟在陆安身后出了门。

陆安开的是她爸在南城买的代步车，出门较早，路上没有堵车，到南大才七点一刻，陆羡鱼解开安全带要下车，陆安叫住她：“你今天是一整天都有课吗？”

陆羡鱼内心警报再次拉响，谎报了一个时间：“没，但我今天要排练舞蹈，所以放学较晚，你晚点来接我。”

陆安点头：“下车吧，我回去了。”

“再见，哥哥。”陆羡鱼挥了挥手，从车上跳下来，踩着雾蒙蒙的光，跑进学校。

晚上排练完，陆羡鱼拿过手机看一眼时间，晚上九点二十。和大家说：“今晚就到这吧，我们明天中午抽时间跟着音乐跳完舞蹈。”

其余几人皆是附和，各自穿上外套，出了舞蹈教室。

陆羡鱼和向芊芊走在最后，下楼时，向芊芊问陆羡鱼：“马上就要到圣诞节了，你围巾织得怎么样了？”

陆羡鱼一张漂亮的小脸苦哈哈：“针都还没有起。”

“你这也太慢了吧。”向芊芊头顶问号看她，陆羡鱼把陆安在她家，还跟监视犯人一样的事告诉向芊芊。

向芊芊拍了拍她的肩：“羡羡，加油，革命一定会成功的！”

两人说话间已经走到体育馆一楼，楼梯间灯光倾洒而下，少年倚墙而站，下颌收紧，线条利落流畅。

季北川看见下来的陆羡鱼，倾身上前。他自然地拿过她的背包，松垮地背在肩上，和向芊芊颔首打招呼，揽着人向外走。

冬夜寒风瑟瑟，陆羡鱼半张脸缩在围巾下，声线冻得发抖：“你们今天这么早就结束训练了？”

“嗯。”季北川握住她的一只手放进兜里取暖。

两人走出校门，学校旁边的奶茶店灯火通明。陆羡鱼馋奶茶，放在季北川衣兜里的指尖戳了戳他掌心，软声撒娇：“季小川，我想喝奶茶。”

她指甲修整圆润，轻轻挠过他的掌心时，像羽毛拂过，勾得人心痒。

季北川喉结滚了滚，应下：“我去给你买。”

奶茶店里全是学生，季北川去排队，陆羡鱼就抱着热水袋，缩着脑袋装鹌鹑在原地等他，她四处张望，忽然看见一辆甚是熟悉的车停在对街。

陆羡鱼心里咯噔一下，衣兜里的手机同时响起，来电显示“二狗子”。

完了。她几乎是颤抖着手接通电话，心虚地放柔声音：“哥……哥哥。”

“哥……哥哥？你跟这下蛋呢？”陆安冷笑，“要排练？让我晚点儿来？”

陆羡鱼讨好道：“我不是怕哥哥你冻着吗？”

“别给我撒娇，”陆妄声音冷得像淬了冰，“是我过去陪你们聊聊天，还是你自己带着那个野男人滚过来？”

“我们自己过来。”陆羡鱼心虚地应道。

陆妄冷笑：“快点。”

季北川拎着买好的奶茶回来，正要把手里的奶茶递给陆羡鱼，发现小姑娘眼睫毛垂下，唇角紧抿，委屈得像只奶猫。

他有点儿疑惑，嗓音含笑问：“谁欺负我们家小朋友了？”

陆羡鱼抬眼，看他：“我二哥来了。”

季北川递奶茶的手僵在半空，半晌，他才笑了一声：“就因为这就委屈上了？”

陆羡鱼默默抿唇，耳边跟有个复读机一样，陆妄那气急败坏的声音一遍又一遍回放，她不是没见过陆妄生气的模样，可这般怒气滔滔，还是第一次见。

她现在最怕的就是陆妄会找季北川，勒令两人分手，再告状到她爸那，那样她和季北川就真的要被棒打鸳鸯了。

季北川不知道陆羡鱼脑瓜里已经上演出两人各种分手的画面，他把手里的奶茶插上吸管，塞到她手里，揉了揉陆羡鱼的头发：“乖，有我在呢。”

陆羡鱼小嘬一口奶茶，琥珀色的眼瞳望着他：“我二哥不好对付，你行吗？”

“怎么？”季北川挑眉，有点不满，“不相信你男朋友吗？”

陆羡鱼点头：“不信。”

季北川被她气笑了，抬手弹她脑门：“小没良心的。”

两人还在说话，陆妄在车上已经等得不耐烦，索性下车过来。

陆妄在两人不远处停下脚步，单手抄兜，月光与灯光交织，拉长他的影子。他冷着脸，打量着陆羡鱼两人，旋即冷笑一声：“陆羡鱼。”

陆羡鱼呼吸微窒，机械转头，声线颤抖：“二……二哥……”

陆妄视线扫过季北川，认出他是早上电梯处遇见的少年。

季北川上前一步，挺拔身躯挡住陆妄看向陆羡鱼的冰冷目光，他出声：“二……”声音戛然而止。

男人深灰色大衣，黑眸冰冷，身形高大修长，只那张脸真眼熟。不就是早上他遇见的那位“神经病”吗？！

季北川此时想骂人，世界为何待他如此残忍，将女朋友的两位哥哥都得罪了，他还有活路吗？

陆安目光在他身上停留几秒，嫌弃地说："这就是你男朋友，长得还没你哥一半帅。"

陆羡鱼虽然㞞，可听见陆安说她眼光差，从季北川背后冒出脑袋，怼他："那你怎么没有女朋友啊，老光棍。"

陆安："……"

季北川唇角上翘，眸底笑意漾开，和陆安打了招呼："哥哥好，这儿不方便聊天，我们回去再说？"

陆安看一眼躲在季北川身后的陆羡鱼，收回视线，声音毫无温度："上车。"他转身走向对街。

陆羡鱼伸手拽了拽季北川的衣袖，小声叮嘱："我二哥脾气暴，待会儿要是要揍你，你就跑，知道不？"

小姑娘澄澈的杏眼写满认真，看得季北川一阵好笑。

他握住她的手，十指相扣，偏头看她，脸上带笑："我这么听话，有奖励吗？"

"没有。"陆羡鱼略显无语。这都火烧眉毛了，他还有心情开玩笑！

陆羡鱼甩开他的手，快速跑向对街那辆越野车，拉开后座门上了车。季北川紧跟着过来，也要坐进后座。

陆安透过后视镜，不耐烦地出声："怎么，当我是你俩司机呢？"

季北川在陆羡鱼身边坐下，关上车门。

"怎么会，"他笑，落在陆安眼里贼欠揍，"您是哥哥。"

陆安只觉得有股子火噌噌地往上冒，碍于陆羡鱼在场，他压了下去，一脚轰了油门，车前灯划开夜色，驶入拥堵的车流中。

车子在小区地下停车场停下，陆安敲了敲方向盘，转头对陆羡鱼说："先回家。"

"那他呢？"陆羡鱼有点儿放心不下，依照陆安的性子，季北川不是死也得半残。

陆安气笑了："怕我弄你小男友吗？"

"对啊。"她点头，"你有什么不敢的？"

陆安这人在上军校前是大院里出了名的狠角色，就连进军校后，也差点因打架被劝退，幸而后来查清不是他的错，才算翻篇而过。

"乖，先下车。"季北川摸了摸她的头，哄道，"没事，我扛揍。"

陆羡鱼看一眼陆妄，地下停车场灯光偏暗，陆妄黑沉沉的眸底映着光，像是冒着两簇小火花，看得她心惊胆战。

她咽了咽口水，威胁陆妄："你别欺负他，你要欺负他，我就和大伯母告状。"

陆妄额头青筋直跳："赶紧滚回去。"

陆羡鱼推开车门下车，一步三回头，车里两人各据一方而坐，似乎看起来很和谐。她松了口气，走进电梯，又不放心地给季北川发消息：我就在电梯里，他要欺负你，立马叫我。

手机微信提示音一响，在狭小安静的车厢格外刺耳。

陆妄回头看了一眼，漫不经心地问："谁的消息？"

季北川看了眼手机，又收了起来，淡声开口："没谁。"

"那臭丫头吧。"陆妄仰靠在座椅上，"对了，你叫什么名字？"

"季北川。"

"没我名字好听。"陆妄就是不爽这人，他们家娇养了十多年的小公主，就这么被人拐走，还帮着外人找他这个哥哥的麻烦。

季北川舌尖顶了下上颚，笑了声："比哥哥您的名字应该要好听点儿。"

"我倒有点儿不明白，你是怎么追到我妹的。"陆妄转头看向季北川，神色认真，"脸皮太厚，跟我挺像。"

季北川也笑："那哥哥满意我不？"

陆妄扯唇，颇为无语："我不满意又怎样，瞧那丫头护犊子的样儿，应该很喜欢你。"

陆妄见过陆羡鱼喜欢谢临渊的模样，小姑娘小心翼翼收起所有骄傲，将一身傲骨折断，却也换不回对方一个眼神。偏今晚和这少年在一起时，她还是那副骄蛮的模样，一看就是被人宠着的。

"谢谢哥的夸奖，"季北川看一眼电梯方向，拿出手机敲字回陆羡鱼"快回去，没事了"，又笑得欠揍，"毕竟我长得比您帅那么一点儿。"

陆妄倒没遇见过比自己还不要脸的人："别蹬鼻子上脸。"

季北川收起手机，一本正经地说："您今早说我挺帅。"

"……"

"说出去的话，泼出去的水。"

陆妄真想揍人，又怕家里的小祖宗找麻烦，忍着怒火道："行了，赶紧滚。"

"谢谢哥。"季北川推开车门下车，临走时，还补了句，"祝您早日脱单。”

陆妄：“……”

陆羡鱼这段时间像个陀螺一样在学习和排练舞蹈中转，幸而这周末放假前《彩云之南》排练已经接近尾声，后面只需加强记忆点，纠正细节。

周日早晨。陆羡鱼这几天被陆妄折磨得已经养成七点必醒的生物钟，她洗漱完从房间出来，看见在收拾行李的陆妄，打个哈欠问他：“哥，你要走了吗？”

陆妄将行李箱合上，冷笑着说：“我走了，不正让你称心如意吗。”

陆羡鱼被戳中心中所想，心虚地笑了笑：“哪有。”

她说着走到餐桌前坐下，一边吃起陆妄买的早餐，一边问他：“今年过年，你回家吗？”

“回，”陆妄穿上外套，走到餐桌旁，拍了拍陆羡鱼的脑袋，语调轻松，“羡羡，要是那家伙欺负你，记得给哥哥打电话。无论哥哥在哪儿，一定帮你讨回公道。”

陆羡鱼鼻尖微酸，有点儿想落泪。陆妄这人虽然平时不着调，可他打心眼里疼她，哪怕他们之间聚少离多，可他对她的宠爱从未减少半分——每一年雷打不动的生日礼物；她受欺负时，哪怕是她的错，陆妄也把欺负她的人揍得鼻青脸肿；偶尔节日的小惊喜……

陆羡鱼吸了吸鼻子，瓮声瓮气道：“行了，你赶紧走。”

“走了。”陆妄揉乱她的头发，转身拎着行李箱离开。

关门声响起，陆羡鱼忍不住红了眼，她太幸运了，有爱她如珍如宝的家人，宠着她小脾气的男朋友。

窗外阳光倾洒而入，陆羡鱼微微眯眼，这个世界，从来没有她想象的那么糟糕。

陆羡鱼吃完早餐，回到房间睡回笼觉。

临到中午时，阿姨来家里做了午饭，陆羡鱼从房间出来，看见满桌的菜，眼皮一跳，她怎么吃得完啊。

陆羡鱼拿出手机，给季北川发消息：在家吗？下楼来吃饭。

季北川：来了。

陆羡鱼折身进了厨房，再拿了一副消毒过的碗筷出来。

季北川轻车熟路地输入密码进来，环顾房间一圈，问陆羡鱼：“你哥走了？”

“走了，”陆羡鱼把碗筷摆放好，叫季北川，“过来吃饭。”

“好。”

两人吃完饭，陆羡鱼指使着季北川去厨房洗碗，她抱着薯片坐在沙发上玩手机，倏然想起今天12月25号——是圣诞节！

陆羡鱼跑进房间，从厨房出来的季北川有点儿好奇地跟上去。

房间里，陆羡鱼把这几天挤时间织的围巾翻找出来，针脚歪歪扭扭，难看到无法言喻的境界。

陆羡鱼身后响起他低沉的嗓音：“这是什么？”

陆羡鱼连忙把围巾藏在身后，转身看着他，眨了眨眼：“什么都没有！”

季北川挑眉。这语气，典型的欲盖弥彰。

“交出来。”他长腿迈开，走到她面前。

少年身形修长，微微倾身，就遮住一片光。季北川伸手绕到她身后，拽过她的胳膊，看见少女莹白掌心揪着一条黑色围巾。

他扬了扬眉，拖腔带调的：“送我的？”

陆羡鱼低眸，那条织得歪歪扭扭的黑色围巾被少年细长指节攥着，怎么看怎么违和。

她有些羞涩，要抢回季北川手里的围巾：“还我……谁、谁说是给你的，我就是织着玩的。”只是这借口漏洞百出，无法让人信服。

季北川手一抬，高高举过头顶，陆羡鱼铆足劲儿去抢，奈何两人身高相差悬殊，怎么也抢不到。

陆羡鱼有点儿恼羞成怒的味道，一巴掌拍在他脑门上：“还我！”

小姑娘一言不合就动手，那一下还挺疼。

季北川咬牙轻嘶了一声：“陆小鱼，你这一生气就打人的毛病，能不能改改。”

“不能。”陆羡鱼别过脸，不理他。

见逗过火，季北川把手里的围巾塞到她手里，双手捧着她的脸，轻声哄诱道：“宝贝，给我戴上。”

陆羡鱼迟疑地看了一眼：“你确定？”丑得她自己都没眼看。

季北川眉梢微扬，黑眸亮得璀璨：“女朋友给我织的围巾，怎么能不戴呢？”

“谁说是给你织的。”她小声反驳。

季北川笑着催促她：“快点，宝贝。”

陆羡鱼手里拿着围巾，仰头看着他，道：“你头低一点儿，我不好给你戴。”

季北川修长的脖颈微垂，方便陆羡鱼给他戴围巾。陆羡鱼踮脚把围巾给他戴上，围巾织得不长，勉强绕一圈打个结，尾巴都快找不到了。

“好了。”她正要松手离开，手腕被他握住，反扣在胸前。

陆羡鱼：“你……”

季北川一只手挑起她的脸，轻捏住下巴，一个吻落在她唇上。

陆羡鱼挣扎两下，踉跄着步子后退，身后是柔软床垫，她脚下不稳，直直倒了下去。

季北川勾唇坏笑：“想让我这么吻你啊？”

陆羡鱼脸红要推开他：“起开。”

“别乱动。”他哑着嗓子。

季北川欺身而上，单膝跪在床边，双臂撑在她肩侧，黝黑的眸直勾勾地盯着她，陆羡鱼忍不住红了脸。

小姑娘茶色短发散开，白皙的脸蛋上红晕朵朵，眼尾稍红，长而卷翘的眼睫毛微颤，杏眸水光潋滟，又纯又欲。真勾人。

季北川低头又要吻她，陆羡鱼偏头躲过：“你别亲了。”

“乖，”他掰正她的脸，低头鼻息交缠，“再让我亲一会儿。”

“就一会儿，”他哑声哀求他，气息不稳，“求你了。”

陆羡鱼索性放弃挣扎，红着脸闭上眼：“你亲就亲，别乱来啊。”

“我哪儿敢。”季北川轻笑一声，低头吻在她唇上。

陆羡鱼感觉毛茸茸的围巾扫过脸，有点儿痒。她的手抵在他胸前，身下是柔软的床垫，一硬一柔，整个大脑都不受控制。

陆羡鱼理智瞬间回笼，使劲儿推搡他：“季北川……别……”

季北川喉结一滚，从她身上离开，走到窗边拉开窗，寒风拂面，理智终于回笼。

冷风从外面灌进来，陆羡鱼红着脸整理好衣裳坐起来，抄起手边的抱枕朝他砸去：“季北川，你就不是人，说好就是亲一下。”

季北川偏头看她，声线沙哑得撩人，眼尾一线红，喉结上下滚动，既性感又撩人：“以后你就知道，我是不是人。”

陆羡鱼又不傻，哪能听不出他这话是什么意思，她红着脸去了客厅：“我……我去看电视……”

季北川站在窗前吹了好一会儿冷风，才把那些不该有的念头压了下去。他从房间出来，陆羡鱼盘在沙发上看电视，睡裙下的两条小腿晃荡，纤细莹润，漂亮得紧。

季北川意味不明道：“陆小鱼，你能不能多穿点？”

陆羡鱼吃饼干的动作一顿，茫然地看向他。

季北川倚在墙边，姿态慵懒，薄唇轻掀：“存心勾引我。”

陆羡鱼无语：“……吃药，懂？”

在家待了一会儿，陆羡鱼也看不进去电视剧，伸手拽过季北川的围巾玩。

“无聊了？”季北川低头问她，“要不要出去？”

陆羡鱼丢开他的围巾，睁开眼看着他：“去哪儿？”

季北川：“你还记得，你欠我一次约会吗？”

说起这茬，陆羡鱼没理由地开始心虚，她当初眼瞎喜欢谢临渊时，似乎隔三岔五就放季北川鸽子，特别是那次电影院事件，着实是她理亏在先。

陆羡鱼讨好般挽住季北川的胳膊，轻轻摇晃撒娇：“那……我补给你一次，今天咱们去哪儿啊？”

小姑娘的撒娇，季北川很受用。

他揉了揉她的头发：“去换衣服，我们去看电影。”

“这么老套。”陆羡鱼嫌弃。

季北川挑眉：“你鸽我那次就是看电影，得给我补回来。”

这话说得那叫一个理直气壮，陆羡鱼真没法反驳。

她撒开他的手，跳下沙发：“我去换衣服。”

陆羡鱼换好衣服出来，看见季北川已经换好鞋在玄关那儿等她，她背着小挎包，小跑过去，弯腰换鞋。

等陆羡鱼换好鞋，拉起他的手要出门：“走了。”

季北川打量她一眼。小姑娘着一身深红色的羊角扣大衣，翻领设计，天鹅颈围了一条米白色围巾，遮住尖俏的下巴，露出的琥珀色杏眼，明亮清澈。

他掌心力道不重地在她脸颊捏了一下：“我的女朋友，怎么就这么好看啊。”

两人在一起这么久，再肉麻的情话也说过。

但陆羡鱼依然有点儿害羞，推搡着他出门：“别废话了，赶紧走。”

“行。”季北川牵着她的手出门，乘坐电梯下楼。

电梯抵达十五楼时，一群人乌泱泱地挤进电梯。

陆羡鱼下意识后退，撞进季北川怀里，他伸手搂住她的腰，凑近她耳郭，鼻息温热：“急着投怀送抱？”

陆羡鱼一怔，倏然想起两人初见，也是此情此景。

那会儿她怎么也没想到，自己会和这讨厌鬼在一起。

陆羡鱼偏头，唇擦过他的脸颊，娇着嗓说道："那你喜不喜欢我的投怀送抱呢？"

两人被挤在电梯角落，灼热鼻息交错，又是在大庭广众之下，既刺激又暧昧。

季北川搂住她腰的手臂一紧："喜欢。"

电梯在一楼停下，闭合的门就此打开，陆羡鱼和季北川跟着人流出来。走出小区，季北川拦了一辆出租车，领着陆羡鱼上车，和师傅说了附近的一家电影院地址。

陆羡鱼怕冷得紧，一上车就开始哈气取暖。季北川把她的双手焐热，掌腹抚上她的手背，摩擦生热。

他掌腹略带薄茧，擦过她的肌肤时，带起一点战栗，陆羡鱼想要抽回手，却被握得更紧。

"别动，不是手冷吗？"

驾驶座的司机师傅回头看了一眼，了然一笑："去过圣诞节啊？"

季北川笑着回："对，领着女朋友去过节。"

电影院在附近商贸圈，高楼大厦鳞次栉比，窗户上贴着圣诞主题的窗花，处处透着过节的气息。

出租车在电影院门口停下，陆羡鱼下车后，看见对街的"遇茶"，有点儿馋这家的草莓芝士。

季北川一眼就瞧出她心里所想，捏捏她的脸："男朋友去给你买。"

"草莓芝士，要七分糖。"她说。

季北川："好。"

两人一起走向对街，"遇茶"门口已经排起长龙，季北川环顾四周，街边有长椅，对陆羡鱼说："在那坐着，我来排队。"

陆羡鱼也不矫情，走到一边的长椅上坐下。

两人的举动引起前面排队的小情侣眼红，女生掐了下男朋友的胳膊，抱怨道："你看看别人，你再看看你，哪有让女朋友陪你排队的。"

男生疼得皱眉，有点儿哀怨地看一眼季北川，又安抚女朋友："要不你也去边上坐着等我？"

女生无理取闹："你这就是典型的马后炮！"

男生："……"

陆羡鱼在一边看着，咽了咽口水，幸好季北川愿意惯着她的小脾气。

季北川在排队，目光紧盯着“遇茶”展示的菜单，身后响起女生尖锐的嗓音：“季北川，你怎么在这里？”

他皱眉回头，只见季思思挽着孙如雪的手，两人脸上生气的表情竟出奇一致。

“有事？”季北川语气不耐。

孙如雪手里还拎着刚逛街买的购物袋，沉着脸质问季北川：“你是一个人来的？还是和谁？”

季北川懒得与她俩纠缠，点了两杯草莓芝士，等工作人员打包好，拎着购物袋转身走人。

“季北川！”季思思见季北川不理孙如雪，充当正义使者，手指着他的脸，义愤填膺，“你这是和你妈妈说话的态度吗？”

季北川停了脚步，转头斜睨一眼季思思：“我不是不打女生。”

他的眼神过于阴鸷，季思思有点儿害怕，退后两步，挽住孙如雪的胳膊委屈地说：“干妈，我只……只是替你打抱不平。”

孙如雪安抚般地拍了拍季思思的手，又对季北川兴师问罪：“季北川，你瞧瞧你哪里像我了，真是丢我的脸。”

季北川抬了抬眼。孙如雪打扮得很时髦，年近四十看上去也不过三十出头的模样，典型的贵妇，她身边的季思思米色大衣，模样清纯娇俏，两人站在一块，竟有些神似。

那边的吵闹，引起陆羡鱼的注意。她抬眼看过去，季北川正被一个长得还算漂亮的女生指责，隔得较远，又有人群吵闹，她没太听清几人的对话。可见季北川被欺负，她也坐不住。

陆羡鱼小跑过来，看见眉眼阴鸷的季北川，愣然一瞬。

学校里都传季北川脾气暴戾，可她从未见过他现在这样阴冷可怕。

“你别生气。”她拽了拽他的衣袖，牵住他空闲的那只手，软声道，“我害怕。”

季北川眉眼舒展，扯了扯唇：“我们走。”

他拉着人要离开，孙如雪眉头蹙紧，打量一眼陆羡鱼，倒也认出她的身份，轻蔑一笑：“季北川，你玩归玩，别什么下贱货色都当真。”

季北川脚步一顿，拽着陆羡鱼的手把人拉到身后，挺拔身躯遮住孙如雪不善的目光，黑眸覆上一层阴霾，脸色阴沉如墨：“你再说一遍试试。”

陆羡鱼从小到大，除了因苏烟陷害被网暴，她没被人骂得这么难听过。她从季北川背后探头，正要说话，又被季北川用手给按了回去。

“道歉。”他冷冷地重复。

孙如雪撞上季北川阴冷的眸光，心尖一跳，又碍于周遭行人都看过来，她爱面子，瞪一眼季北川：“你有本事，就永远别回家。”然后，领着季思思转身离开。

陆羡鱼从季北川身后站出来，望着孙如雪两人离去的背影，抿唇犹豫地问：“那是你妈妈吗？”

季北川上次和她说过他妈妈的事，见此情景，陆羡鱼也猜出这保养精致的女人就是季北川的妈妈。

季北川没说话向前走，眼皮耷拉着，看起来心情很不好。陆羡鱼跟在他身后，一句话也不敢说。两人就这么走着，直到走到对街，季北川忽然停下脚步，陆羡鱼来不及刹车，脸撞在他肩上。

陆羡鱼疼得皱眉：“……疼。”

季北川把手里的奶茶递给她，找了个地方坐下，他现在很烦躁，也没去哄她。

陆羡鱼揉了揉略疼的鼻尖，捧着奶茶走到他的面前，小声叫他：“季小川。”

季北川抬眼看她：“乖，让我一个人待一会儿。”

陆羡鱼很乖地没说话，在他身边坐下。

过了会儿，季北川心情也稍微恢复了点儿，他转头揉了揉小姑娘的短发：“别把她的话放在心上。”

陆羡鱼眨了眨眼，她知道季北川为什么会不开心，明明是他的妈妈啊，却帮着另一个女生找他麻烦。她有点儿心疼。

她的少年张扬潇洒，本该被这个世界热爱，偏偏最该爱他的家人，一个视他如仇人，一个眼中只有养女。

陆羡鱼把手里的奶茶放下，伸手环住季北川的脖颈，掌心在他略短的发茬上揉了揉：“我没有放在心上，你也不要难过了。”

这是他们在一起以来，陆羡鱼第一次在公共场合和他有亲密举动。

她还拍了拍他的背，安抚道：“他们不值得你伤心。”

季北川眼睫毛垂下，笑了一声，抱紧陆羡鱼，手掌力道不重地揉了揉她的头发：“陆小鱼，我怎么就这么喜欢你啊。”

长得漂亮，还会安慰人，真是个小宝贝。

陆羡鱼推开他，拿过一边凉了的奶茶，插上吸管，喝了一口，神情自恋："主要是长得比较漂亮。"

季北川起身，站在她面前，轻拍了一下她的脑袋："起来，看电影去。"

陆羡鱼牵住他的手，握得特别紧，走进电影院。

很快就到了三校联谊晚会，因为这次晚会的主办方是区教育局，在晚会前一周，上面的人就找南城大剧院的有关部门借了场地。

三个学校每个班派出五名代表来看表演，加上区教育局的干部以及各个学校的老师，台下坐满了人。

晚会开始前，陆羡鱼和向芊芊在后台换衣服化妆。

龚巩拉着季北川溜进后台，精确地找到陆羡鱼等人的休息间。

向芊芊首先换好衣服出来，和他俩打了招呼，继续说："羡羡还在换衣服。"

龚巩打量一眼女朋友，赞美的话跟不要钱一样："真好看，怎么这么好看啊……川爷，你说是不是，我家芊芊可好看了。"

向芊芊被夸，脸有点红，掐了龚巩一把："你给我闭嘴。"

季北川打量一眼向芊芊，扯唇道："还行。"

这次的舞蹈服是冬常颂找人定做的，深蓝色的抹胸，舞裙也是同色，裙摆层层堆叠，像盛开的花朵儿。

向芊芊永远走在磕CP最前线，给季北川卖力安利："羡羡是这次的领舞，衣服和我们不一样，你待会儿就知道了。"

说着话，陆羡鱼也换好衣服出来。季北川懒洋洋地合上的眼，立马睁开。少女着一身深蓝色的舞裙，上半身是抹胸设计，胸前雪色一览无余，半身裙掐出盈盈一握的纤腰，行走间，深蓝裙摆似海浪翻滚，在季北川心尖掀起巨浪。

为了这次表演，陆羡鱼还接了长发，茶色长发散落肩侧，与瓷白肌肤形成强烈对比。

陆羡鱼怕冷，外面还穿了件长款米色羽绒服，她走过来，正要叫季北川："你……"衣服拉链被某人拉上。

向芊芊捂着嘴笑，龚巩更是不怕死地出声："川爷这占有欲，也太可怕了。"

陆羡鱼脸有些红，轻拍了下季北川的手背："你真是够了。"

季北川略倾身，凑近她耳边，咬牙切齿地说："真想给你拿个麻袋套上上台。"

陆羡鱼无语："你够了，我马上要上台了啊。"

"就这一次。"季北川声音沉了沉，"以后只许跳给我看。"

林若几人也换好衣服出来，见此情景，稀稀疏疏地笑着走开。

正逢此时，晚会主持人报幕："下一个节目是南舞民族舞舞蹈《卓玛》，请南大金融一班表演舞蹈《彩云之南》的同学做好准备。"

陆羡鱼推开他，脸红道："我们要上台了，快让开。"

季北川不情不愿地侧身让开，在陆羡鱼与他擦肩而过时，压低了嗓音，咬着牙说："等你跳完舞，我们再算账。"

"……"毛病，惯的。

龚巩走过来，拍了下季北川的肩膀，有些同病相怜地感叹："女朋友长太漂亮了，也不是好事啊。"

"纠正一下。"季北川略显调皮，"是我女朋友漂亮。"他转身走出休息室。

龚巩急忙追上："我女朋友也很漂亮，好不好！"

《彩云之南》排在第七位上场，在前面的藏族舞蹈《卓玛》快要结束后，陆羡鱼一行人脱了外套，哆嗦着身子等待上台。

陆羡鱼走在最后，她冷得牙尖都在打战，一抬眸看见从台上下来表演《卓玛》的一群女生，为首的女生穿着打扮和其他人不同，舞台妆也更加精致，陆羡鱼多看了一眼。

站在她前边的林若声音颤抖，给她科普："那是南舞校花聂梦涵，挺厉害的一姑娘。听说这次《卓玛》是她自编的舞蹈，目的就是冲着一等奖去的。"

台上主持人报幕完，陆羡鱼收回视线"哦"了一声，跟着队伍依次上台。

舞台背景化为竹林，白雾弥漫，偶有一两声鸟鸣响起。

坐在台下的龚巩铆足劲儿鼓掌，兴奋地和边上人说："看见了吗，左边那个，我对象。"

《彩云之南》的前奏响起，白雾也逐渐散去，舞台中间的少女茶色长发在舞台灯光下泛着淡淡光晕。

前奏这段，是陆羡鱼独舞。她长臂舒展开，每一个舞步都紧随节奏，尖俏下巴稍扬，神情骄矜，宛若一只高贵的孔雀。

有外校的男生窃窃私语讨论。

"南大什么时候多了个这么正的美女。"

"你居然不认识她，陆羡鱼啊，就特好看的那个星二代。"

……………

季北川懒散地靠在椅背上，目光盯着舞台上的人儿，舌尖重重顶住上颚。她很美，在一众女生中，身材纤瘦高挑，舞台妆精致漂亮，眉眼盈盈，有点儿鹤立鸡群的味道。

“川爷，”龚巩凑了过来，嬉笑道，“嫂子这一舞，怕是要给你增加不少情敌啊。”

季北川一脚踹在他小腿肚上，阴恻恻地笑：“彼此彼此。”

周边也有男生讨论其他女生，除却陆羡鱼外，提及名字最多的就是向芊芊。

与此同时，作为特邀评委来此选演员的谢临渊也看着台上的陆羡鱼。谢临渊没见过陆羡鱼跳舞的模样，背景乐尾调拉长，陆羡鱼一个转圈，长腿带起舞裙翻滚，水晶裙摆绣成孔雀翎的样子在灯光下熠熠生辉。

少女腰肢柔软，四肢更似无骨，每一个舞蹈动作，配上表情，将孔雀的骄矜，与生俱来的高贵演绎得淋漓尽致。

最后音乐停止，少女五官明艳，神情神态都恰到好处，真真是一只漂亮的小孔雀。台下响起激烈的掌声，无数人欢呼叫好。

有了珠玉在前，后面的节目就索然无味。谢临渊从位置上离开，坐他身边的男人有点惊讶：“谢先生，您是要去？”

谢临渊：“后台。”

男人知道谢临渊此行的目的是为新剧选演员，也没过多追问。

陆羡鱼一行人从台上下来，几个女孩脸上满是兴奋，林若更甚：“我刚才听见台下的掌声时，简直太高兴了，这些天的排练，幸好没有白费。”

陆羡鱼也很久没有上过舞台了，底下人的掌声、欢呼声，让她有种恍若隔世的错觉。

“别说了，赶紧穿衣服回后台。”向芊芊哆嗦着身子，又把搭在椅子上的外套塞给陆羡鱼：“羡羡，你快穿衣服。”

陆羡鱼已经冻得没了知觉，连忙裹上外套往后台走，才走没两步，听见有人叫她。

“羡羡。”温和的嗓音，带点儿磁性。

陆羡鱼停了脚步，林若疑惑地看她：“羡羡，你怎么不走了？”

陆羡鱼只看了一眼谢临渊，挽上林若的胳膊就要走：“没事，我们回去吧。”

她不理人，可谢临渊不愿放弃，他再次出声叫她：“羡羡。”

林若是认识谢临渊的，多少也知道一点儿陆羡鱼和谢临渊之间的事，抿了抿唇，犹豫道：“我看他像真的有话和你说，要不要……”

陆羡鱼有些无奈：“好，你先走。”

林若点头离开。

谢临渊走到陆羡鱼面前，克制着胸腔内翻滚的情绪，柔和了声音：“我们找个地方聊聊，可以吗？”

陆羡鱼抬眸看他，语气很冷：“谢临渊，我不觉得我们之间有什么好聊的。”

陆羡鱼接了长发，垂在肩侧，模样乖巧，和他记忆里的小姑娘一下重合。谢临渊的心瞬间软化，他忍不住伸手去摸她的脑袋。

陆羡鱼眉心紧蹙，嫌弃躲开：“别碰我。”

谢临渊手一僵，然后收回手插在大衣兜里，目光温沉地盯着她：“我和舒雅已经分手了。”

“所以呢？”陆羡鱼觉得好笑，冷不丁地讥讽他，“谢临渊，你这是在向我表达什么？你分手了，所以就回头来找我？”

“羡羡。”他一怔。陆羡鱼鲜少用这样的语气和他说话，即使之前说气话不喜欢他了，她也是乖乖的，像只可怜的猫，惹人心疼。

有几缕发丝遮眼，陆羡鱼抬手捋了过去，嗓音很冷：“谢临渊，我这人没什么优点，就是拿得起，放得下。

“我喜欢你时，你是个宝。

“我不喜欢你时——”她勾着唇笑，精致妆容衬得脸蛋儿愈发明艳，“你算什么东西？”

谢临渊沉默许久，倏然自嘲勾唇：“所以，我没有机会了吗？”他还不愿放弃，“如果换我来追你，没有那个人，你还会……”

少年吊儿郎当的声音在身后响起：“不会，别做白日梦了。”

“你来了，”陆羡鱼提溜着舞裙，小跑到季北川身边，怕他吃醋，拽着他衣袖晃了晃，笑容讨好道，“我没和他多说一句话，别吃醋啊。”

“我哪有吃醋。”季北川被逗笑，揽过她的肩，压低声音，“待会儿和你算账。”

“……”男人的嘴，骗人的鬼。

两人耳鬓厮磨的亲昵姿态，落在谢临渊眼里格外刺目。他向来坚信陆羡鱼一定会在原地等他的信念彻底崩塌，原来一直以来都是他自欺欺人。

谢临渊以为他只要转身回来，小姑娘就会在原地等他。原来，她身边早就有了其他人的陪伴，只是他以为是她赌气而演戏骗他。

陆羡鱼不想待在这儿，拽着季北川的胳膊要走：“我好冷，陪我回休息室。”

“我们先走了。”季北川对谢临渊挑衅一笑，“失陪。”

谢临渊忍不住跟了上去，他想看看小姑娘和别人谈恋爱是什么样。

季北川没有带陆羡鱼回休息室，而是把人领到楼梯转角的监控死角。陆羡鱼现在全身除了御寒的一件羽绒服，内里就是薄薄一层舞裙，楼道寒风阵阵，她忍不住哆嗦一下身子。

“季小川，你把我带到这儿来做什么？”

季北川低眸，看见米色羽绒服下一片雪白。他搂住她的腰，把人往角落里推。

陆羡鱼脚踝触碰到冰凉的墙壁，身躯打了个寒战，忍不住抱紧面前像火炉样的人，结结巴巴地问：“你……你……要做什么？”

耳边是舞台上的乐声，偶有两声欢呼声响起。

季北川舌尖舔了下唇瓣，扯出一个痞笑：“算账。”

他捏住她的下巴，吻了过来。两人身高悬殊，陆羡鱼仰着头，鸦羽般的长睫垂下，在漂亮白皙的脸蛋上投下淡淡阴影。

季北川今天似乎特别黏人，没有像以往长驱直入，而是慢条斯理地亲吻她的唇瓣，然后是唇珠，一点点吸吮，特别的温柔。

季北川余光瞥到一双擦得锃亮的皮鞋，他握住她的手亲了亲，桃花眼眼尾稍扬，痞坏地笑：“宝贝，帮我拉下拉链。不然，不好吻你。”

陆羡鱼脸一红，颤抖着指尖给他拉下拉链，略凉的指尖触碰到他凸起的喉结。季北川眸色一沉，手掌撑在墙面，低头吻了下来。不同于刚才的温柔，更像平日里他的作风，长驱直入，不会放过一寸空间。

陆羡鱼轻轻嘤咛一声，在狭小的空间显得格外突兀。

季北川从她的唇上离开，鼻尖相抵，哑着嗓音笑，从骨子里带出来的坏劲儿：“宝贝，你别这么叫。”

陆羡鱼小腿发软，涂了口红的唇瓣也花了，红唇湿润一片，杏眸潋滟，却又有另一番风情。她伸手掐他腰，嗔怒道：“还是我的错了？”

他低头吻她唇畔，轻笑着：“我的错。可也怪你，太诱人，我都受不了了。”

“季北川！”小姑娘犹如奓毛的猫儿，一巴掌拍在他脸上，“浑蛋，无耻，你……你太坏了！”

“哪儿坏？”季北川余光扫过那边，那双皮鞋还在那儿，他勾唇笑了声，“说了，只对你坏。”

“……懒得理你。”陆羡鱼推开他，转身就往休息室跑。

季北川也不去追，朝着某个方向，讥笑：“谢导还有听人墙角的爱好？”

谢临渊走出来，素来温和的脸庞再难复平静，镜片下的黑眸冷冷盯着季北川：“你什么意思？”

季北川抬眼看他：“陆羡鱼是个人，不是你呼之即来，挥之即去的宠物。喜欢了，就逗一下，不喜欢了，就丢到一边。”

“你不心疼她，我心疼。”他长腿迈开，走到谢临渊面前。

两人身高相差不大，季北川比谢临渊要高一点儿，他抬手点了点谢临渊的肩：“请你不要把你所谓的思想、观念，强加于她。”

“她是我的宝贝，不是让你来糟践的。”说完季北川与谢临渊擦肩而过。季北川眼皮半垂，拉出一点儿冷戾神态，“离她远点儿。”

谢临渊靠在墙壁上，这儿刚上演完一场旖旎情景，这会儿轮到他，却凄惨得可怜。脑海里浮现出陆羡鱼与季北川亲昵的姿态，在他面前小心翼翼收起骄傲的小姑娘，跟在少年身侧时，笑容明艳灼灼。

谢临渊想，他真的弄丢了那个满心满眼都是他的少女。

他还记得陆羡鱼第一次喝醉酒和他袒露心声，小姑娘茶发红唇，美得惊人。她红着脸，紧张地捏住裙摆，小声和他说：“临渊哥，我和你说个秘密哦。

“我好喜欢你啊，喜欢你，喜欢得不得了。”

终于，他在追逐名利的路上，弄丢了她。

谢临渊靠着墙蹲下来，双手覆脸，鼻腔、眼睛酸得难受。

是他的自以为是，弄丢了那个在他面前红了脸，还故作高傲地叫他临渊哥的小姑娘。也是他自以为是，只要等他功成名就，回过头来，那个眉眼盈盈的小姑娘依然会逆着光向他跑来。

二十五岁的谢临渊终于立足于娱乐圈，光环一身，却弄丢了他最爱的小姑娘。

这次《彩云之南》的表演，因陆羡鱼的领舞大放异彩，赢了强劲对手南舞自编自跳的《卓玛》，为南大捧回了一个一等奖。

冬常颂倒是满意，毕竟这种晚会重在参与，能得个奖更是不错。

陆羡鱼走出大剧院，挽着向芊芊的胳膊叽叽喳喳地说个不停：“真没想到这次居然能赢了南舞——”

南舞舞蹈节目《卓玛》是自编舞蹈，本来陆羡鱼她们都抱着输的心态了，却没想到以0.5分的优势险胜。

向芊芊也很高兴："那是因为你的领舞太好看了，评委不得不投票啊。"

这次来大剧院，表演者是坐学校包的大巴车，三个学校的大巴车停在一起。

陆羡鱼和向芊芊要上车时，看见聂梦涵一行人走了过来，双方目光相接，似有火花碰撞。

聂梦涵打量一眼陆羡鱼，微微一笑："我长这么大，还是第一次输呢。"

陆羡鱼愣了一秒，向芊芊附在她耳边说："姐妹，你完了。聂梦涵从来就没输过，你这次赢了她，肯定要被惦记上了。"

陆羡鱼略显无语："比赛有输有赢，多正常。"

聂梦涵一愣："你说的……"

"不怕冷吗？"少年含笑的嗓音在夜里响起，打断聂梦涵的话。

聂梦涵看着跑过来的季北川，少年留着寸头，眉眼深邃，橘黄色光线柔和了锐利的下颌线条。

季北川走到陆羡鱼身边，轻轻拍了下她脑袋："上车了，陆小鱼。"

陆羡鱼向聂梦涵点头示意告别，转身打了一下季北川："一边去。"两人打闹着上车。

聂梦涵的同学过来，叫了她好几声，聂梦涵才猛然回神。她笑了笑，指着坐在靠窗位置的季北川，问同学："那个男生是谁？"

同学看她一眼，说道："南大的季北川啊，不过听说他和他们学校的陆羡鱼在谈恋爱。"

大巴车远去，聂梦涵微微勾唇："以后就不一样了。"

同学："啊？"

聂梦涵转身往自己学校的大巴车走，势在必得的声音在夜色中响起："我要追他。"

联谊会结束后，就是紧张的期末复习。期末连考了三天，考完第二天就是市里的高校运动会，地点定在南大高陵分校区。

陆羡鱼考完没事做，索性就拉着林若和向芊芊两人去看季北川比赛。

她出门前，季北川给她发了消息：女朋友，要来看你男朋友在赛道上的英姿吗？

陆羡鱼为了给他一个惊喜，高冷回了一个：不来。

季北川回了个“失宠了呗”的表情包。

一月中旬，南城气温急转直下，昨天夜里难得下了一场小雪，今早天气放晴，却也抵不住寒流来势汹汹。

陆羡鱼乘车抵达南城大学高陵分校区时，林若和向芊芊早已等候多时。

向芊芊给双手哈着气，冷得牙齿直哆嗦：“陆大小姐，我们可真是舍命陪你来看你男朋友比赛，打算怎么报答我们？”

林若也附和说：“起码两杯‘遇茶’新出的栗子奶茶。”

陆羡鱼今天穿的是件棕色羽绒服，小脸藏在围巾下，露出一双清凌凌的杏眼，瓮声说：“下学期，你俩的奶茶我都包了。”

“够义气。”向芊芊竖拇指。

三人说笑着走进学校，高陵分校区是前两年新建的，体育馆占地面积很广，比主校区足足大了四五倍。

馆内除了来参加比赛的学生，还有这次运动会的大学生志愿者。

许梨正在和同寝室的同学说话，余光瞥见进来的三个女生，最左边的那个小姑娘，眉眼娇俏，杏眼明澈，很容易吸引人眼球。

她和同学挥手说了再见，走到陆羡鱼面前，拍了拍小姑娘的脑袋，眯着眸笑：“妹妹，还记得姐姐吗？”

林若和向芊芊有眼力见儿地去一边找认识的同学，留两人独处。

陆羡鱼微微点头：“记得，姐姐好。”

小姑娘声调很软，乖乖巧巧的，特别容易招人疼。

许梨手搭在她的肩上，抬手指向对面的赛道：“来找阿川的吧，和他说没有？”

陆羡鱼：“没有。”

“打算给他个惊喜？”许梨挑眉，“你们小年轻果然都爱玩这些浪漫的小把戏。”

陆羡鱼有点儿脸红，轻轻“嗯”了一声。

许梨揽着她的肩向操场对面走，一边还捏捏她的脸颊：“走，姐姐带你去找你男朋友。”

这次高校运动会根据比赛项目划分了区域，窗外阳光倾洒而入，将室内照得亮堂。

季北川代表南大参加短跑，他才做完热身运动，席地而坐，一条长腿大大咧咧地踩在椅腿上，手臂撑在地面，姿态随性而慵懒。

边上和他一起参加比赛的男生拿了瓶矿泉水凑过来：“川哥，嫂子不来看你比赛吗？”

季北川抬眼，语气不耐：“关你啥事。”

男生有些尴尬地挠了挠头，他一抬眼，看见一双穿着笔筒袜的大长腿出现在视野中，有点儿愣：“同……同学，你找谁？”

聂梦涵手里拿着一瓶运动型饮料，径直走向季北川：“你好。”

季北川略掀眼皮：“你哪位？”神情倦怠，摆明不想理人。

聂梦涵也不恼，弯腰把手里的饮料放到季北川手边，对他做自我介绍：“我是聂梦涵，上次联谊会我们见过。”

季北川偏头闭眼，像在思考。

聂梦涵看着眼前的少年，他真的生了一副好相貌，眉骨俊朗，双眸狭长深邃，下颌线条流畅，轻轻松松就能撩拨一个人的心。

她抿了抿唇，笑意甜美：“预祝你比赛获得好成绩。”

聂梦涵从来都是天之骄女，即使是追人，她也摆足了高高在上的女神架子。

聂梦涵转身要走，季北川叫住她：“喂——”

聂梦涵心跳如鼓，又故作姿态地回头，略扬下巴：“还有事吗？”

季北川拿起她放下的饮料丢了过去：“垃圾带走。”

聂梦涵唇畔的笑意僵住，她深呼吸，没有捡地上的饮料，笑着说：“如果你不想要，丢了就好。”聂梦涵说完，折身离开。

男生笑嘻嘻地和季北川说：“川哥，这饮料挺贵的，你不喝，那我就喝了哦？”

季北川嫌弃：“丢了。”

“多浪费啊，”陆羡鱼过来，捡起地上的饮料，走到季北川面前，把饮料扔到他的怀里，“川哥哥，人家小姐姐好心给你买饮料，你怎么能不喝呢？”

男生闻言，抖擞了下身子。好可怕，赶紧溜。

许梨抱肩站在一边看戏，适当浇油：“阿川，你别辜负美女的一片心意，赶紧喝。”

季北川起身把怀里那瓶饮料丢进垃圾桶，折身返回走到陆羡鱼身边，胳膊搭在她肩上：“吃醋了？”

陆羡鱼把他的手扒拉开，唇角略翘，笑意明艳：“川哥哥，你怎么能这么糟蹋人家小姐姐的心意，我都替——”

季北川受不了她这阴阳怪气的语气，皱眉打断：“陆小鱼，好好说话。”

“我哪儿没好好说话了。”陆羡鱼微笑。心里却把季北川问候了千八百遍，要是她今天不来，男朋友就要被人勾搭走了。

“我又没要她的饮料，”季北川略显无奈地揉了揉她的头发，好声好气地哄，“乖，不生气，好不好？”

“我哪配生气。”陆羡鱼后退一步，拉开两人的距离，仰头看他，最后气不过一巴掌拍在他的肩上，“真想把你的脸划花，乱惹桃花。”

季北川要参加比赛，只穿了件短T，套了件马甲，肌肉线条流畅的手臂裸露在外，陆羡鱼那一巴掌特别用力，疼得他皱眉。

“我错了。”季北川忍痛认错。

陆羡鱼就是打翻了醋坛子，也不是不讲道理，抬手揉了揉少年的黑发，语重心长道：“季小川，你要守男德知道吗？”

季北川：“……”守男德。

陆羡鱼挑眉：“嗯？”

季北川顺毛哄道：“听女朋友的话，守男德，不招惹桃花。行了吗？小祖宗。”

眼瞧着把人哄好了，季北川这才问她：“不是说不来吗？”

陆羡鱼微笑：“我想给你一个惊喜，哪儿想倒是你给了我一个惊喜。”还附赠一枝漂亮的桃花。

季北川：“……”得，哄不好了。

许梨在一旁瞧得好笑，忍不住帮着季北川说好话：“羡羡，要不就饶过他这一次？”

哪儿想陆羡鱼一本正经地反驳：“姐姐，你不要帮他说话，他就是爱惹桃花。”

班上一个赵恩若，才见一面的聂梦涵。陆羡鱼觉得，要是哪天他俩分开时间长一点，再回来时，她都能成为一片桃林的主人。

许梨耸肩：“老弟，姐姐爱莫能助，你自己慢慢哄吧。”

短跑比赛还有一会儿才开始，季北川把陆羡鱼拽到无人的角落，弯腰抱着她好一顿哄：“宝贝，别生气了。”

“错了吗？”陆羡鱼略掀眼皮。

季北川：“我错了。”

她看他：“错在哪儿了？”

季北川眉峰上抬，笑得一点儿也不正经：“错在长得太帅。”

陆羡鱼心尖残存的火被浇灭，她拍了下他的肩，抱住他的腰，埋首在季北川怀里，闷声道：“我总算能明白你的心情了，男朋友被人惦记的感觉，太不好了。”

季北川有点儿意外地扬眉：“我家小朋友长大了？”

“谁是小朋友，”陆羡鱼仰起小脸，眼眸亮晶晶的，“季北川，我们约法三章，即便我寒假回京城去了，你也不许招惹桃花。”

“小丫头，占有欲挺强。”他薄唇抵在她鼻尖，呼吸纠缠，哑声笑，“行，都听我家公主殿下的。”

陆羡鱼跟着季北川回到短跑赛区，许梨已经离开。

季北川要去检录，陆羡鱼百无聊赖地坐在观众席上，拿出手机。

网暴事件澄清之后，她又下载了微博，登上小号刷微博，微博热搜第一是有关韩国某经纪公司正在筹备的一档女团综艺选秀。

营销号微博下，有人“艾特”了她的大号：想看美女的绝美舞台，给个机会吧@陆羡鱼V。

底下一众网友回复：

——求求鱼鱼子重回舞台吧，天知道我昨晚在小破站刷到妹妹的练习室舞蹈视频，反复看了多少遍。

——爱情开始的地方，小破站链接：《陆羡鱼练习室舞蹈合集》。

——别打扰妹妹了，现在好好学习就行，娱乐圈太乱，不适合她。

…………

陆羡鱼刷了一圈微博，没把这事放在心上，转而在三人小群里冒泡：你们去哪了？@向芊芊@林若。

林若：遇见爱情了。

向芊芊：男朋友来了，先走了。

陆羡鱼回了一个省略号，这边短跑比赛也开始了，她收起手机走下观众席，去了终点处等季北川。

这次参加短跑比赛的也有南舞的学生，聂梦涵作为学校啦啦队队长，领着一众穿短袖短裙的女生，在跑道内侧喊着加油。

陆羡鱼望了一眼，默默收回视线。随着裁判一声枪响，比赛正式开始。季北川在第五跑道，光线倾斜，勾勒出少年挺拔的身形，风吹过，掀起他衣服一角，隐约可见肌肉流畅的肩胛骨。

全场的欢呼声在哨声落下那一刻同时响起，如山倒，冲击着陆羡鱼的耳膜，她双手捂住发疼的耳朵，目不转睛地看着赛道上的季北川。

少年身高腿长，总是比旁人多一些优势，不过几秒时间，他就把众人甩在身后，向终点奔去。而在他要跑过终点的那一刻，全场安静，之后又爆发出潮水般的尖叫声。

陆羡鱼看着跑过终点的季北川，他直接无视在旁边递水的志愿者，伸手把她抱在怀里："陆小鱼，我赢了。"

边上都是观赛的同学，以及大学生志愿者，见此八卦地调笑开来。

陆羡鱼脸一红，推开他："有人。"

"害羞了？"季北川抬手擦了下沿着下颌线淌落的汗珠，低眸看着她，漆黑的瞳孔亮得灼目，"我赢了，有奖励吗？"

季北川这人向来没个正形，陆羡鱼也是知道该怎么应对，她后退一步，仰着脸看他："想要什么奖励？送一朵桃花给你要不要？"

季北川被她弄得无话反驳，舌尖扫过后槽牙，指腹力道很重地捏了下她的脸颊："小没良心的。"

陆羡鱼吃痛躲开，瞪他一眼："我去找姐姐了。"小姑娘瞧见人群外的许梨，丢开他就跑走了。

季北川有点儿无奈，掌心捋了一把略带汗水的头发，听见身后有人叫他："川哥，领奖牌去了。"

他应了一声："来了。"

季北川这次代表学校拿了市运动会短跑组的冠军，除却一块金牌外，还得了一千块钱奖金，这事儿被龚巩一行人知道，嚷着要他请客。

季北川也没拒绝，在南大附近KTV预约了一个大包，叫了龚巩等人聚一聚，许梨也领着男朋友来了，和大家介绍了她的新男友。

许梨新男友叫祁琛，少年身着白衬衫，米色大衣，长相很乖，笑起来有个梨涡，典型小奶狗长相，和漂亮妩媚的许梨站在一块儿，还挺登对。

房明旭这嘴没个把门，见许梨带了新男友来，忍不住调侃："梨姐这是又换男朋友了？"

包厢内开了暖气，许梨进门就脱了外套，露出姣好的身材。她和祁琛贴身而坐，姿态亲昵，听了房明旭的话，挑眉笑着回："不行吗？"

包厢内众人接连附和："哪能不行啊。"

祁琛倒没说话，只温和地问许梨："你要喝点什么？"

许梨接过菜单，目光环视四周一圈，瞧见坐在房明旭身边的聂梦涵，扬了扬眉尖："这位漂亮妹妹是谁，不给我介绍一下？"

房明旭忙不迭介绍："这是我高中同学，南舞的校花。"

聂梦涵对许梨笑着打招呼："姐姐好。"

许梨却没理她，自顾自翻着菜单，偶尔和祁琛调笑两句，浑然把聂梦涵当空气。

房明旭见此情景，尴尬地和聂梦涵解释："你别在意，梨姐这性子总是这样。"

聂梦涵笑了笑："我知道。"

许梨点了两箱冻啤，搁下菜单问聂梦涵："南舞校花？"

聂梦涵有点儿怵眼前的漂亮女人，微微颔首："都是他们乱叫的，我没那么好看。"

许梨盯了她一会儿，懒洋洋地笑："南舞笑话，挺衬你的。"

聂梦涵脸一白，咬唇："姐姐……"

"别乱认亲戚，我可没妹妹。"许梨一点儿也不给聂梦涵面子。

包厢瞬间安静下来，空气里都弥漫着尴尬的气氛。

季北川领着陆羡鱼推门进来，瞧着沉默的众人，疑惑问道："你们演哑剧呢？"

季北川踢了踢龚巩小腿："坐你媳妇儿那去。"

龚巩坐到向芊芊身边，给两人腾了位置。

陆羡鱼才一坐下，看见房明旭身边的聂梦涵，愣了两秒。

许梨走到她身边，挤开季北川，揽过陆羡鱼的肩："羡羡，情敌来了，生气吗？"

"许梨。"季北川沉脸，"你闭嘴吧。"

他好不容易把这祖宗哄好了，要再生气可怎么办。

许梨扬了扬眉："高兴叫姐姐，不高兴还骂人。"她又对陆羡鱼说："羡羡，你这男德没给某些人普及到位啊。"

季北川脸更冷："许梨，闭嘴。"

陆羡鱼出乎意料地没有生气，平静地翻开桌上的菜单递给季北川："要喝点什么？"

季北川眼皮一跳，总感觉哪哪儿都不对劲。他拿过她手里的菜单，小姑娘重重一拍："我给你点。"

季北川疼得倒吸一口气，这祖宗果然生气了。

他把许梨赶走，揽过小姑娘的肩，低声哄道："别生气了。"

"我没生气，"陆羡鱼笑了，扒拉开他的手臂，起身走到许梨面前："姐姐，我和你一起坐行吗？"

"行啊，"许梨让祁琛给陆羡鱼挪了个位置，伸手揽过她的肩，又拉着男朋友的手，对季北川得意挑眉："这左拥右抱，坐享齐人之福啊。"

季北川："……"

包厢一众人看得嘻哈作笑，纷纷调侃季北川："川爷，你不行啊，女朋友都被梨姐抢走了。"

季北川端起面前的酒杯，猛灌一口，重重摔下杯子："闭嘴。"

许梨与陆羡鱼脸贴脸咬耳低语："小鱼儿，姐姐给你出气。"

许梨玩得很开，酒过三巡，央着众人玩起国王游戏。

第一把游戏就是许梨当国王，点了一曲《纤夫的爱》，把话筒丢给季北川，下巴略抬："唱。"

龚巩在一边笑出声："川爷，这可是情歌对唱啊。"

季北川拿起话筒，转头看陆羡鱼："唱吗？"

陆羡鱼不搭理他，借口去洗手间，出了包厢。

聂梦涵要拿过水晶桌上的话筒，却被许梨夺走。酒后的许梨丹凤眼微眯，神情像只狐狸："妹妹，这是情歌对唱，你有男朋友吗？"

聂梦涵解释得很苍白："我只是看没人唱，这歌又点了……"

"祁琛。"许梨把话筒丢给男朋友，"你和我唱。"不给丝毫机会。

包厢众人也不傻，怎会看不出许梨是看不惯聂梦涵，帮着陆羡鱼出气。

一时间，有些安静，向芊芊连忙救场："梨姐说了唱歌，大家赶紧鼓掌啊。"

稀稀拉拉的掌声响起，许梨抬了抬手："谢谢各位捧场。"

许梨和祁琛要唱歌，季北川把手里的话筒丢给她，起身走出包厢。有人问他去做什么。

季北川懒洋洋答："去哄我家小祖宗。"

许梨唱了前半段觉得没意思，丢了话筒，和祁琛撒娇："祁琛，你都没哄过我。"

祁琛脸红，小声拽了拽她衣袖："姐姐，你别闹。"

许梨揉一把他的头发："不逗你了，我出去一趟。"

祁琛点头："好。"

第八章
分别

陆羡鱼从洗手间出来，瞧见松懒地靠在墙根的季北川，连眼皮都没抬，转身就走。季北川长臂一伸，把人往怀里一带，低头凑近她的耳边：“陆小鱼，你可别折磨我了。”

陆羡鱼依旧没吱声。季北川被她磨得没有办法，从衣兜里摸出一支马克笔塞到她手里。

陆羡鱼：“干吗？”

他把她身子转了个方向，指了指自己的脸：“拧开笔盖，往这写你的名字。”

陆羡鱼气笑了：“你有病吧。”

看见她笑了，季北川这才松了口气，骨节分明的手指指着脸：“在这写上你的名字，这下全世界都知道，我是你的了。”

陆羡鱼笑出了声：“毛病。”

“不生气了？”他低头亲亲她的唇角，“宝贝，我好不容易把你追到手，哪里会喜欢别人。”

呼吸间是他身上淡淡的味道，陆羡鱼闹别扭的心瞬间软了，拽住他的衣袖，轻嗯一声：“不生气了，我们回包厢去。”

“真乖。”他揉了揉她的短发。

从洗手间回包厢要路过走廊拐角，陆羡鱼眼尖瞥见许梨被一个男人堵在角落，两人姿态十分暧昧。

季北川捂住她的眼：“少儿不宜，不许看。”

“……”

他们回到包厢时，聂梦涵已经离开了，陆羡鱼和房明旭等人打过照面，大伙儿玩得十分融洽。

众人又玩了一会儿，这局就算散了。

陆羡鱼是腊月二十三的航班飞京城，季北川送她去机场。安检门外，陆羡鱼问季北川：“你今年过年打算怎么过？”

季北川替她整理了下略乱的短发，哑声笑：“这么快就要带我回家见长辈了？”

陆羡鱼嘟囔声：“我两个哥哥你都见过了。”

想起得罪女朋友两位哥哥的事，季北川咳嗽一声：“我可能会回家。”

季北川的家人。陆羡鱼努努嘴，有点儿担忧：“你确定回家过年？”

“小管家婆，”他低头，薄唇抵在她鼻尖，轻轻亲了一下，“快去安检，再晚一点儿，你就赶不上飞机了。”

此时，机场广播响起，工作人员甜美的声音提醒乘坐飞往京城航班的乘客立即过安检登机。

陆羡鱼有些不舍地抱了抱季北川：“那等我回来，给你补一个新年啊。”

季北川：“好。”

陆羡鱼转身过安检登机，季北川瞧着小姑娘纤瘦的身影消失在视野，拿出手机订了除夕飞京城的机票。

陆羡鱼抵达京城时，已经是晚上十点。

陆安开车来接她，看见她眉目紧锁，笑着调侃：“牛郎织女分开了，难过呢？”

“你可闭嘴吧。”陆羡鱼白他一眼。

陆安没再说话，车子上了高架桥，车速也越来越快，在陆家门口停下，陆羡鱼推开门就下车。

陆安咬牙：“陆羡鱼，你行李箱不要了？”

“给你妹妹拿进来。”说话的是他妈温绮罗。

陆安无语，拎着陆羡鱼的行李箱走进家门，才一进去就看见陆羡鱼坐在沙发上吃东西，还得意洋洋地向他挑眉：“吃吗，二哥？”

陆安：“……”

陆羡鱼在家待了一周，陪着黎舒华和温绮罗接待来家里拜年的亲朋好友。

大年三十，陆润竹部队有事也没能回来过年，倒是陆润之和冬雪夫妻俩回了陆家过年。

陆雎虽然嘴上嫌弃小儿子，可陆羡鱼看得出来，陆润之夫妇能回来过年，陆雎上扬的嘴角就没放下来过。

除夕夜，陆羡鱼和家里人吃完团圆饭，领了六位数的红包，心满意足地回到房间和季北川打电话。

电话接通，陆羡鱼叫他："季小川。"

"我在，宝贝。"季北川那边很吵，像是在机场，人声喧嚣。

陆羡鱼轻声道："我想你了。"

她和季北川在一起后，就没分开过这么长时间。

这几天陆行舟和林初禾这对无良情侣天天给她喂狗粮，陆羡鱼被撑得慌的同时，越发想念季北川。

季北川拖着行李箱往机场外走，闻声笑道："想见我吗？"

陆羡鱼愣了一下："要开视频吗？"

"小笨蛋，"季北川笑了声，嗓音被电流处理过，磁性撩人，"我在京城。"

陆羡鱼怔然，握紧手机："你在哪儿？"

季北川停了脚步，一字一顿地说："我说我在京城。我来找你了，小笨蛋。"

陆羡鱼从房间出来，已经是凌晨四点，家里人都回房休息了，她小心翼翼地下楼，准备换鞋出门。正蹲下系鞋带时，陆羡鱼耳边响起男人的笑声："大晚上的，你要去哪儿？"

陆羡鱼心尖一颤，心虚转头："二……二哥。"

陆妄才从外面回来，黑色大衣上还残留着未消融的雪花。他看着做贼心虚的小姑娘，瞬间了然："要去见你小男朋友啊。"

"陆妄！"陆羡鱼急吼吼地叫他名字，又怕吵醒楼上睡觉的长辈，压低声音，"二哥，你就当没看见我成不？"

陆妄："哥哥最近手里有点儿紧……"

言下之意，就是要让她给钱封口。

陆羡鱼通过支付宝转了一万给陆妄："够了吗？"

陆妄指尖转着手机，慢悠悠地说："你今年领了六位数红包。"

陆羡鱼咬牙："一口价，赶紧的。"

陆妄："打一半到我银行卡上，我就当今晚没回家。"

"你心够黑的。"陆羡鱼想到她的小金库瞬间少了一半，心都在滴血，恨陆妄恨得牙痒痒。

五分钟后，银行短信提示金额到账。陆妄单手抄兜，心情颇好："看在封口费的份儿上，哥哥送你去见男朋友。"

陆羡鱼气鼓鼓地瞪他："陆妄，我诅咒你打一辈子光棍。"

"真男人，是不需要爱情的。"陆妄抬手拍了拍她脑袋，"拿伞，出门，我送你去。"

陆妄把陆羡鱼送到机场外，接到黎彦辰一个电话，一轰油门离开了。

京城大雪纷纷，街上行人寂寥，只有排列整齐的路灯照亮黑夜。

陆羡鱼收了雨伞，走进二十四小时便利店内，从小挎包里拿出手机给季北川发消息：我到机场了，你在哪儿？

凌晨的气温是一天最低的时候，陆羡鱼发完消息，双手揣在兜里，缩成一只小鹌鹑在原地不停地蹦跶。

半分钟后，季北川打来电话。

"我在机场便利店，你在哪儿？"少年嗓音带着浓浓的疲倦。

陆羡鱼环顾便利店一圈，除却收银台打瞌睡的小姐姐，就只有她一人。

他问："我也在便利店啊，你在哪儿？"

京城机场出口众多，每一个出口处都有一家二十四小时便利店。

陆羡鱼抿了抿唇："我在T3出口这边，你呢？"

"等着，我来找你。"

挂断电话后，陆羡鱼在便利店内买了两瓶热牛奶，咬着吸管小口喝着，一瓶牛奶快到底时，少年修长的身影出现在她视线中。

季北川推门进来，携了一身风雪，长身玉立，就那么站在那儿，仿佛逆了一个世界的光。

打盹的收银员见有客人进来，打个哈欠："要买什么自己挑，好了后来我这儿结账。"

季北川没理，拖着行李箱走到陆羡鱼面前，曲指敲了敲桌面，勾着尾音笑："女朋友，分开这么久没见，都不给一个抱抱？"

陆羡鱼起身，抱了抱他，很轻的一个拥抱。

少年的肩上还沾着未融化的雪花，她一抱他，下巴擦过他的肩窝，带起一点儿雪花粘在肌肤上，凉得她敛眉。

季北川坐下，陆羡鱼把桌上的热牛奶推给他："暖暖身子。"

"你多大了。"他嫌弃皱眉，"还没断奶啊。"

"……不喝算了。"陆羡鱼插上吸管，自己喝。

她喝得有点儿急，唇角沾上一点奶渍，舌尖下意识舔了一下。

季北川略倾身，低头吻过她唇畔还残留的牛奶。陆羡鱼一愣，下意识看向收银台的方向，收银员小姐姐梦正香，没注意到他俩的举动。

可她也有点害羞，红着脸伸手推开他：“干吗。”

“喝牛奶啊，”他一本正经地说，坐回去后，单手支脸盯着她的脸，“很甜。”

陆羡鱼脸颊唰地红了，桌下的脚踢他：“正经点，你怎么来京城了？”

便利店里开了暖气，季北川脱了外套，内里是件黑色高领毛衣，肤色冷白，宽肩窄腰，身材比例还挺好。

他说：“不是你说想我吗？”

陆羡鱼无话反驳，又转移了话题：“你今晚住哪儿，机场附近有酒店，要不开个房休息下？”

季北川盯着她看了几秒，唇角稍扬，扯出一点儿坏笑：“陆小鱼，你这么急着想睡啊？”

“……”这人真是够了。

从便利店离开后，陆羡鱼领着季北川去了就近的一家酒店。

在前台处做登记时，工作人员打量两人一眼，问：“你们什么关系？”

“他是我哥。”陆羡鱼睁眼说瞎话。

季北川偏头看她，小姑娘一说谎，眼神就乱瞟。

酒店工作人员皱眉：“是这样吗？”

陆羡鱼挽住季北川的胳膊，微笑：“姐姐，我们长得不像吗？”

酒店工作人员看两人一眼，做了登记，把房卡递给他们。

陆羡鱼走进电梯，松了口气，和季北川抱怨：“幸好我机灵，差点就穿帮了。”

“妹妹？”季北川的手臂搭在她肩上，低头凑近她耳边，嗓音含笑，“陆小鱼，我不知道你这么重口味。”

沉默两秒，陆羡鱼破罐破摔：“哥哥，你现在才知道吗？”

被她反怼得没话说的季北川只能捏了捏她的脸蛋儿：“妹妹，今晚要留下来陪我吗？”

出了电梯，陆羡鱼把季北川的房卡丢给他：“两间房，各睡各的。”

房间门关上，季北川坐了几小时飞机也累了，用房卡开了门，匆匆洗了个澡，躺上床休息。临睡前，给陆羡鱼发了条语音。陆羡鱼认床没睡着，见屏幕亮起，点开语音听。

床头灯摇晃，有点儿暧昧的光晕。

少年嗓音微沉，带点儿哑：“新年快乐，女朋友。”

她抱着被子翻了个身，敲字回：新年快乐，季小川。

给季北川的备注名也重新改成——陆小鱼的男朋友。

翌日一早。陆羡鱼是被妈妈的来电吵醒的，冬雪在电话那边问她去哪儿了，陆羡鱼只得把陆妄搬出来，说她和陆妄出去玩了。

在挂断电话后，她又给陆妄发消息：哥，我妈给你打电话，就说我和你在一起。

二狗子：封口费，十分钟后打到我账上，谢谢。

"……"陆羡鱼不得不又给陆妄转账，看见银行的短信提示上越来越少的数字。陆羡鱼心在滴血。谈恋爱，太费钱了。

陆羡鱼在床上躺了一会儿，季北川发消息问她起床没，陆羡鱼回了消息，从床上下来走进浴室洗漱。

陆羡鱼出来后，陆妄的消息发了过来：下次还有这种活，记得找我，给你打九九折。

陆羡鱼气得回他：滚吧你。

她收拾好出了房间，季北川已经在门外等她。少年穿了件中长款黑色羽绒服，工装裤，马丁靴，腿长腰瘦，标准的衣架子。

陆羡鱼上前挽住他的手："你想去哪儿玩？"

"带你去见一个人。"季北川带着她进电梯，出电梯后，去了前台退房。

大年初一，天气放晴。太阳从云层后露了脸，阳光拉长两人的影子，拓印在地面，纠缠在一起。季北川拦了辆出租车，报了医院的地址。

车子在住院部外停下，陆羡鱼迷茫着一张小脸跟在季北川身后下车。

进电梯时，她忍不住问季北川："你要带我去见谁啊？"

季北川按了顶层按键，回答她："我奶奶。"

护工刘阿姨一如既往地在电梯外迎接他，瞧见季北川身边俏丽的小姑娘，眯眼笑："老太太等你们好久了，赶紧跟我来。"

季北川和刘阿姨聊起奶奶最近的身体状况，季行这人虽然平日花天酒地，可对母亲也是颇为孝顺，除了孙如雪从中作梗外，老太太的养老生活还算过得不错。自从年前苏醒，老奶奶这几个月身体也逐渐恢复，能下床走路了。

季老太太见到小半年没见的孙子，脸上的皱纹都是带笑的，拉着季北川说了一会儿话，注意到他身边的陆羡鱼，朝她招了招手："姑娘，你叫什么名字？”

陆羡鱼紧张地上前，乖巧地回答：“陆羡鱼，徒有羡鱼情的羡鱼。”

听她这一自我介绍，季北川挑了挑眉，没说话。

季老太太拉着陆羡鱼聊家常，也瞧出小姑娘和自家孙子关系不一般，越瞧陆羡鱼是越喜欢。中午吃饭时，一个劲儿地给她夹菜。

吃完午饭，陆羡鱼陪老太太在楼下花园晒太阳。待了一会儿，老太太嚷着困了，让刘阿姨推她回房午睡。

初雪将融，花坛里的绿植还残留着一点白雪。花园里都是散步、晒太阳的病人和家属，陆羡鱼和季北川两人尤显突兀。引来不少人侧目，偶有私语传入陆羡鱼的耳朵。

路边有张长椅，季北川拉着她坐下。

陆羡鱼想到坐轮椅的季奶奶，犹豫再三，说：“你上次来京城找我，也是来看奶奶的吧？”

季北川偏头看她，小姑娘眉眼灵动，明媚的阳光照在她脸上，下巴尖俏，模样漂亮得紧。

他轻嗯一声：“算是。”

她又问：“奶奶为什么会出车祸？”

季北川给她讲了季奶奶出车祸的前因后果，少年眼睫毛垂下，眼下有淡淡阴影，莫名的寂寥：“怪我。”

算了算，季奶奶出车祸那年，他不过是十三四岁的少年，最爱他的亲人因他出了车祸成为植物人，其他所谓的家人一味责怪他，讥讽他。那会儿，他还是个孩子啊。

陆羡鱼又忍不住心疼他，握住季北川的手：“不怪你。”

季北川抬眸看她，小姑娘琥珀色的眼珠里倒映着光，照亮他整个世界。最初，季北川是想着把陆羡鱼从网暴的阴影里拉出来，却阴差阳错地为自己黑暗的世界迎来一束光。

季北川盯着她瞧了一会儿，倏地笑出声：“陆小鱼，我忽然有个想法。”

她疑惑地问出声：“什么？”

季北川低头，掌心扣住她的后颈，一个很轻的吻落在她的唇上：“我想娶你。”

陆羡鱼参加完陆行舟和林初禾的婚礼，就收拾东西回了南城，因为冬雪不放心她一个人住，陆羡鱼又不想住宿舍，回到南城后，就又住到了舅舅冬常颂家。

返校当天的晚自习，陆羡鱼和向芊芊以及林若被冬常颂叫去办公室。办公室里没有其他老师，冬常颂搬来三张椅子让三个小姑娘坐。

陆羡鱼突然被冬常颂叫来办公室，有点儿摸不着头脑，在他被陈霞文叫走后，和向芊芊贴脸耳语："你说老冬头叫我们来办公室做什么？"

向芊芊也是一头雾水："不知道。"

林若摇头："老冬头的心思，你别猜。"

正说着话，冬常颂拿着茶杯进来，坐下和她们说为什么叫她们来办公室："因为上学期你们在联谊会上的表演，区上有意让你们和其他学校的同学合排一个节目，参加今年市里的五四青年会演，你们看意下如何？"

为了让三人同意，冬常颂还给出了诱人的条件："这次有京城舞蹈团的老师来挑选新苗子，你们努力点儿，好好表演，说不定能破格录取。"

陆羡鱼没意见，向芊芊和林若思考一会儿也答应了，冬常颂把三人的名字报了上去。

接下来一段时间，陆羡鱼都忙碌于节目排练。忙里抽空，又奴役季北川给她补习落下的功课，就这么连轴转到三月，陆羡鱼的生日也到了。

陆羡鱼生日这天，季北川在郊区临江的酒楼订好了包厢，邀请了玩得好的朋友一聚。

席间没看见许梨来，陆羡鱼挺喜欢这个姐姐的，忍不住多问了两句，季北川则是告诉她，许梨去了日本做交换生，不久前就离开了。

吃完饭，陆羡鱼被季北川蒙着眼带出包厢，等她扒拉开他的手一抬眸。紫色鱼形状的孔明灯点亮整个天际，她好奇地数了数，可灯笼太多，没数过来。

边上站着的林桀漫不经心地开口："别数了，五百九十九个。"

别问他怎么知道，问就是这些孔明灯是他们陪着季北川起早摸黑做的，为的就是给陆羡鱼一个惊喜。

"什么意思？"陆羡鱼偏头问季北川孔明灯上的字。

少年凑近她耳侧，嗓音低沉："是你名字首字母的数字。"

她的少年，永远给她最明目张胆的偏爱。

陆羡鱼怔怔地盯着季北川，少年脸部线条流畅，眼角内勾外弯，眼尾狭长，形似桃花。板寸头，利落帅气。眉骨轮廓深邃，眼神散漫，淡色唇微扬，透着痞气。天生一副招桃花的脸。

季北川眼角微挑，玩味地看着她："陆小鱼，瞧傻了？"

"我才没有。"陆羡鱼立马否认。

藏匿在发丝里的微红的耳垂泄露了主人最真实的想法。

“真的？”季北川挑眉，弯腰凑近陆羡鱼，抬手捏了下她滚烫的耳垂，“怎么这么烫手？”

“季小川，你给我滚开。”陆羡鱼犹遭电击，往后踉跄退了两三步，漂亮的水眸瞪着季北川，“有话说话，别动手。”

季北川笑：“行啊。”

他抄兜朝陆羡鱼走去，陆羡鱼抿紧唇角，不知是气的还是羞的：“那你别靠我这么近！”说着，又连退三四步，背抵在江边护栏上。

再退无可退。陆羡鱼嗅见空气中专属于他的气息，愈来愈近，她的心脏也不受控制，怦怦地跳个不停。

“季……北川……”她不禁叫他的名字。

“嗯？”季北川拖长腔调，仗着身高优势，抬手掀开陆羡鱼耳边的碎发，叫她，“陆羡鱼。”

少年灼热的呼吸靠近她的耳朵，陆羡鱼整颗心都快要从胸腔里跳了出来。她咬唇，犹豫着不知说什么才好。

季北川看着垂眸沉默的少女，语气暧昧：“承认我长得帅有那么难吗？”

陆羡鱼抬眸，撞进季北川深邃的桃花眼里，那双眼里满满的都是她。她无奈出声：“没有。”

季北川怔然几秒，而后勾唇笑了一声，臭屁道：“果然，我是天下第一帅。”

暧昧气氛散去几分，陆羡鱼也恢复平日和季北川的相处姿态，翻个白眼：“自恋鬼。”

季北川抬手点陆羡鱼眉心：“难道不是？”

“啧。”陆羡鱼没否认，也没承认，偏头看向江面。

月色之下，水面波光粼粼，静谧又美好。

陆羡鱼想，这个生日，过得还挺不错。不错的原因多数是因为……

陆羡鱼偷瞄一眼不知何时站在身侧的少年，光线勾勒出他落拓不羁的脸庞，下颌线条分明，喉结滚动，又野又撩。

好像因为有他在，她所遭遇的不幸，都变得美好起来了。

“陆小鱼——”季北川叫她。

陆羡鱼回眸看着他：“说。”

季北川也看着她，神色认真：“以后每一个生日，我都陪你过。”

陆羡鱼唇角上翘，心头犹如小鹿乱撞个不停，又故作嫌弃道：“我才不要。”

后来，她二十岁到二十六岁，七个生日，来往宾客如云，却从无一个季北川。

市里的五四会演地点定在南城大剧院最大的舞台，陆羡鱼这次参演的节目是舞蹈难度系数较高的《飞天》。

四月初，排练舞蹈的老师就选了她做主领舞，因着这次演出还有其他学校的同学，陆羡鱼不免再与聂梦涵狭路相逢。

主领舞选出来后，聂梦涵找上她，神情依旧倨傲："陆羡鱼，你是个很强劲的对手，可我也不差，虽然连着输给你两次，后面再有比赛，我绝不会让你。”

陆羡鱼只淡声回了句："但愿还有机会。”

冬常颂没说错，这次舞蹈真的有京城舞蹈团的老师来选人，来人陆羡鱼也认识，是她妈妈早年在文工团的朋友，也是她的舞蹈启蒙老师。

“傅老师。”陆羡鱼还没换衣服，只化了淡妆，小脸精致漂亮。

陆羡鱼去韩国做练习生后，师徒两人就很少见面，一是因为陆羡鱼练习生生活忙碌，二是因为傅霜丈夫牺牲后，就随儿子定居港城，直到前些年被“京舞”聘为老师，来内地的时间才多了起来。

她拉了椅子坐下，和陆羡鱼聊天："好多年没见你跳过中国舞了，今天让老师开开眼界。”

陆羡鱼哪敢班门弄斧，不好意思地笑："我许久没跳舞了，不知道跳得好不好，老师你待会儿看见，可别笑话我。”

两人又聊了几句，傅霜有事就先离开了。

季北川拎着给陆羡鱼买的奶茶来到后台，陆羡鱼见此，吸了吸鼻尖，和他撒娇："我都快渴死了，你终于把奶茶给我拿来了。”

少年耐着性子哄生气的小姑娘："我错了，下次一定早一点。”

陆羡鱼这边也换好衣服上场等候表演，《飞天》舞蹈难度比上次表演的《彩云之南》高了好几个级别。

向芊芊上场前，手还在抖："怎么办，要是待会儿跳错了可怎么办。”

林若也碎碎念："我一定不能跳错，不然好丢人……”

陆羡鱼被她俩念叨得耳朵都生茧子了，安抚地说："没事，我们一起加油。”

台上主持人报幕结束后，红幕合上，舞台灯光暗下。大幕缓缓拉开，台上白雾氤氲，灯光朦胧，恍若仙境。最中间的少女梳着飞天髻，眉间一点花钿，腰若扶柳，每一个舞步，配合舞台意境，都恍若仙人。

一曲将毕，再凭借威亚做出飞天特效，女孩们舞裙翻飞，白雾缥缈，真有一种仙女下凡又归天的意境。

舞蹈表演结束，陆羡鱼跟着队伍回到后台，却不见季北川，只有龚巩在这儿。她问龚巩："公公，季北川人呢？"

龚巩挠挠头："川爷刚接到一个电话，就出去了。"

陆羡鱼"嗯"一声，去了换衣间换衣服，出来给季北川打电话，却是无人接听。

市里五四青年节会演，在晚十点落幕，陆羡鱼一行人表演的《飞天》摘获此次会演特等奖，而且市里领导着重点名表扬了陆羡鱼。

散场后，向芊芊和林若与带队老师乘车离开，陆羡鱼一个人走出南城大剧院。

褪去白日喧嚣的南城大剧院，安静得像沉寂在夜色中的野兽，远处的江桥上车流拥堵，行人匆忙，排列整齐的路灯在夜里亮得灼目。

初夏的南城，夜风带点儿潮湿的燥热，卷起陆羡鱼的裙摆。她又给季北川打了好几个电话，从无人接听到您拨打的电话已关机。陆羡鱼心头浮上一点躁郁，汽车鸣笛声接连响起，吵嚷得她愈发烦躁。

手机推送了一条新闻：季氏集团董事长季行车祸，抢救无效，于晚间时间九点二十三分离世。陆羡鱼看见这条新闻，略微一怔。

她又给季北川发了消息：季小川，你在哪儿？

季北川没有回她的消息，陆羡鱼拦了辆出租车，报了南城第一医院的地址。车外风景倒退，陆羡鱼担心季北川，又是好几条语音发了过去。皆是石沉大海。车子在第一医院外停下，陆羡鱼付钱下车。

夜色渐浓，陆羡鱼勉强看清路灯下有个熟悉的身影。少年倚靠着灯柱，身姿清隽修长，光线拉长黑影，倒映在地面。

陆羡鱼小跑过去，在季北川不远处停下步子。她垂眸，地上是散落的烟蒂，有一两个还冒着零星的火光，青烟袅袅漂浮，消散在夜色中。

季北川没说话。过了好久，他朝她招了招手："过来。"

陆羡鱼走过去，季北川手臂伸开，把人往怀里一带，下巴抵在她颈窝。陆羡鱼伸手拍了拍他的背："别伤心，你还有我呢。"

季北川没说话，只是把她抱得更紧，力道很重，疼得陆羡鱼皱眉。

她以为季北川是因为季行的骤然离世伤心，毕竟季行是他爸爸，他只是忍耐着。于是她的掌心一下又一下地轻拍他背脊，安抚道："季小川，你还有我，别哭啊。"

许久之后，季北川松开她，垂眸问："怎么找来这儿的？"

陆羡鱼把在网上看见季行车祸去世的消息告诉季北川，又主动牵起他的手，声音很轻地问："你现在是回家，还是去哪儿？"

季北川握紧她的手，唇角稍扬："去你家借住一晚，可以吗？"

陆羡鱼看他，少年嘴角上扬，像在笑，可眼底没有一点儿笑意。

她有些心疼，点头："好。"

两人打车回了陆羡鱼舅舅家，林桀正在房间里打游戏，季北川拉着陆羡鱼直接推门而入。

时逢盛夏，林桀只穿了件汗衫，两只线条流畅的手臂裸露在外。

季北川捂住陆羡鱼的眼睛："少儿不宜。"

"你们情侣俩进来也不知道敲门吗？"林桀无语。

陆羡鱼眼睛被捂着，可嘴上却不愿放过林桀："穿你的衣服去。"

林桀摘了耳机，穿好衣服，问季北川："你又来我家做什么？"

季北川言简意赅："睡你——床。"

林桀："……"

陆羡鱼扒拉开季北川遮住她眼的手，踮起脚摸了摸他的脑袋："今晚早点睡，我明天给你买早餐啊。"

"好。"季北川温声应下。

林桀受不了这两人腻歪，无语道："别秀恩爱了，赶紧回你房间去。"

陆羡鱼瞪了一眼林桀："闭嘴。"又软声和季北川说："晚安。"

等陆羡鱼离开后，季北川拉开椅子坐下，屋内灯光偏暗，少年眉眼间蒙上一层阴霾，莫名的颓然。

林桀敏锐地觉得季北川不对劲，嘴里吃着零食，含糊不清地问："你咋了？"

"我爸死了，"季北川抬眼看他，语气漠然，"林桀，我可能要走。"

林桀听他这话，有点儿坐不住，怕吵到睡了的家人，压低了声音，愤怒问："你要走？陆羡鱼呢，你把人追到手玩几个月就给甩了？"

季北川没吱声，许久后，他才哑着声说："挺好笑的，你敢信，我不是我爸妈亲生的。"

就算是林桀这会儿很生气，也被这话给震住了，他皱着眉问："你逗我呢？"

季北川淡声开口："有必要吗？"

他很平静地复述了一遍今晚发生的事。

季行车祸身亡，尸骨未寒，孙如雪就打起了季家财产的主意，季老太太主张把财产留给季北川。哪儿想孙如雪忽然曝出季北川不是季行亲生的，季行精子存活率极低，可以说是先天不育，就连他外面那些孩子，也不一定是他的。老太太接受不了这消息，直接晕了过去。

孙如雪为了抢夺财产已不顾颜面，要公开季北川的身世，把他赶出季家，季老太太不愿家丑外泄，可季家现在被孙如雪把持大权，她又身子孱弱，只能退一步，提出带着季北川离开南城。

林桀听完后，低骂了声，然后又问："非走不可？"

季北川垂着眼看地面，有些自嘲："没你想得那么简单。"

孙如雪为了争夺季家财产，什么事都能做得出来。季老太太身体不好，又对他有多年养育之恩，照顾老人也是应该的，而奶奶提出带他走，是为了保护他。而他现在什么都没有，拿什么和陆羡鱼谈未来。

林桀沉默，打量一眼季北川。他认识季北川多年，他是他们这一群人里家世最好的，这人也是随性潇洒，活得张扬放肆。林桀从没见过季北川这么颓然的一面，脑袋耷拉，背脊佝偻，好像他所有的傲骨都在今天被折断。骄傲、尊严、引以为傲的一切，都化为灰尘，被风一吹，就散了。

安静很久，林桀出声："你有没有想过陆羡鱼不在意这些？"

季北川低声："可我在意。"

陆羡鱼是娇养在城堡里的玫瑰，而他从此一无所有，哪儿敢奢求两人有什么未来。

林桀到底是个旁观者，两人之间的感情，由不得他多说一句。

能怪什么。只能怪他们在这不成熟的年龄相爱，也注定这段感情经不起命运的捉弄。

翌日清晨。陆羡鱼难得早起去早餐铺买了早餐回来，才拐弯走进巷口，就看见站在树下等她的季北川。

他穿了件黑T恤，长裤，略长的发茬薄薄地贴在硬朗的眉骨。不知道是不是昨晚没睡，他眼角微红，眼下青黑，很颓然的样子。

陆羡鱼走过去，轻轻地抱住他："怎么这么早就起来了？"

"要回去了，"季北川低头吻在她眉间，唇周冒起的胡茬，扎得她敛眉，只听他说，"记得好好吃饭，知道吗？

"别去在意别人的话，活开心点儿。

“好好学习，少想你男朋友一点儿。”

陆羡鱼总觉得他像在交待后事一样，想到他父亲去世的事儿，她心中略微叹息，从衣兜里摸出一颗大白兔奶糖，撕开包装，塞进他嘴里：“我知道你爸爸去世，你心情不好，我请你吃糖。”

她的指腹擦过他唇角，略凉，带起一点儿酥痒。

季北川眸色沉了沉，掌腹抬起她的下颌，盯着她的眼，哑着声说：“宝贝，亲亲我。”

陆羡鱼愣了一下，踮脚亲了他，少年薄唇很干。她只亲了他一下，要离开时，后颈突然被季北川扣住。他低头重重吻了下来，不同于以往的暴风骤雨，他吻她格外缠绵，混杂点儿大白兔奶糖的奶甜味儿。

街角有人过来，陆羡鱼推搡着他，季北川才恋恋不舍地离开她，又弯腰亲了一下，低声笑她：“小笨蛋，以后接吻记得换气。”

“吃你的早餐去。”她把手里的早餐丢给他，转身就往家里跑。

季北川吃着早餐离开，走到巷口，上了公交车。打开手机，有陆羡鱼发来的消息：抱抱。还有，我很喜欢你，不许难过了。

他牵起唇角笑了笑，回她：好，都听女朋友的。

季老太太这几天一直没有醒过来，季北川和刘姨昼夜换班地照顾老太太，连着一个星期都没有去学校。

早上来医院时，刘姨还问他：“阿川，你妈怎么不来看看老太太，留你一个人在这里照顾她，你还是学生呢。”

季北川没搭话，手机铃声响起，是孙如雪打来的，他把手里的毛巾递给刘姨，折身出了病房。

季北川走到走廊拐角，接通电话：“有什么事？”

孙如雪难得好声好气地和他说话：“我现在正在医院停车场等你，快点下来。”

少年眸色沉沉，眼珠血丝遍布。他这几天都见过孙如雪，她最近忙着处理季行名下的财产，将季氏大权握紧在手，可谓是春风满面。

孙如雪打发走司机，开门见山地和季北川说：“我联系了老太太的医生，她这身体常年得住院，我可以为她提供最好的医疗条件，一直赡养到她去世。但——”她话锋一转，目光难掩厌恶地看向季北川，“你必须依照先前我和老太太商量的离开南城，去处我已经为你安排好。”

季北川低垂着眼，鸦羽色的长睫遮住眸底情绪，他声线很淡：“哪里？”

“你堂叔那儿。”

“什么时候走？”

“明天。”

孙如雪看了一眼季北川，少年身躯挺拔如松，她有些恍然，十多年前把这个孩子从路边捡回来时，还是个婴孩儿，居然这么快就长大了。

孙如雪心里有一丝软，可一想到为赶季北川离开，闹着不吃不喝的季思思，又沉了脸：“在你大学毕业以前，你的学费和生活费我已经让人打到这张卡里，作为交换，你永远都不能回南城。”

季北川抬了抬眼：“我不要。”

他转身离开，孙如雪以为他不愿意离开，搬出季老太太威胁：“你如果不走，老太太今天就会——”

他转头，黑眸沉沉地看着孙如雪：“我会走。但，不要您的钱。”

他孑然一身来季家，也不会带走一点儿。这是他仅存的骄傲。

孙如雪愕然几秒，把卡放进手包，再三重复：“明天的机票，你如果不走，我会让人停掉你奶奶的一切医疗资源。”

夏风裹杂着少年沙哑的声音传进孙如雪耳里：“我会走。”

季北川再回到病房，老太太还是没醒过来，他和刘姨交代了照顾老人的注意事项，碎碎念式的重复让刘姨觉得哪里不对劲。

她敛眉：“阿川，你这是做什么？”

季北川：“休学去外地。”

这段时间季家的变故，多少让刘姨嗅到一点儿异常，可她只是一个外人，也不好多说什么。说话间，季老太太竟意外地醒了，刘姨带上病房门离开，把空间留给祖孙二人。

季老太太才醒，说话也是气若游丝：“阿川，过来。”

季北川应声过去，半蹲下身伏在病床前：“奶奶。”

“是……奶奶不好，没法护着你……”季老太太叹息一声，“离开了也好，你那个妈不是什么好东西……季家……迟早会被她败光……不过那个小姑娘……你打算怎么办？你走了，人家姑娘一定会伤心，你得好好和人家说……别耽误了她……”

季北川缄默不言。

晚上的专业课下课后，陆羡鱼收拾好课本抱在怀里，跟着人群出了教室。

“陆小鱼。”少年玩味带笑的嗓音在她头顶响起。

陆羡鱼抬眼，看见季北川靠在走廊护栏上，他穿着白色短T恤，黑色长裤，长身玉立，逆光而站，仿佛自带光芒，让她移不开眼。

他朝她招了招手："小笨妞，快过来。"

分外亲昵的语调，引得旁边路过的学生三三两两八卦地笑开。

陆羡鱼有些脸红地跑到季北川面前，仰头看他。季北川连请了一个星期的假，两人除了微信聊天，这几天都没见过面。

头顶光束落下，陆羡鱼注意到季北川眼珠红丝弥漫，眉眼间难掩疲惫，她有些心疼地问："这几天没休息好吗？"

"还好，"季北川顺势拿过她怀里的课本，抱在臂弯里，牵起她的手下楼，"想去哪儿玩？"

下课已经是晚上九点半，南城许多游乐设施都关了门，陆羡鱼只能说："想去江边走一走。"

季北川拦了一辆出租车，带着她上了车。上车后，陆羡鱼盯着窗外倒退的夜景，忽然转头问他："你怎么不骑摩托车了？"

"这么想坐我车后座啊？"他揽住她的肩，凑近，耳鬓厮磨地亲昵，"卖了，你不是说不安全吗？"

"真卖了？"陆羡鱼有些意外，那辆摩托车听林桀说就是季北川的第二个女朋友，居然舍得卖掉。

季北川："卖了，有你就行。"

陆羡鱼弯弯唇，没说话。

出租车在江边停下，陆羡鱼从车上下来，夏夜的风带着黏湿的燥热感，吹乱她已经长及肩头的发丝。

季北川帮她理了理略乱的头发，领着她沿江边散步。夜风夹带江面的黏湿席卷而来，两人就这么沉默地走着，谁也不发一言。

女孩子总归是敏感的，陆羡鱼停下脚步，望着倒映在波光粼粼的江面上的霓虹灯，问季北川："你……是不是有什么事要和我说？"

"怎么突然就变聪明了？"他还是极为宠溺的语调，亲昵地揉了揉她的头发，"有。"

不远处有张长椅，刚有行人起身离开。陆羡鱼松开季北川的手，坐了下去，仰脸看着他："你要和我说什么？"

季北川凝视她的眼，瞳孔漆黑："我明天要走。"

陆羡鱼怔然，然后无所谓地笑了笑："就这事儿啊，多久回来？"

"不知道。"他说。

陆羡鱼唇角笑意收敛，琥珀色的眼瞳没有一点儿温度地看向季北川："你要和我分手？"

敢信吗？半小时前还在和她亲昵热恋的男朋友，现在和她说要走了，还说归期不定，这不是分手是什么。

"没有要分手。"季北川叹息一声，弯腰抱住她，却被推开。

陆羡鱼从椅子上起身，红着眼看他："你就是要和我分手……季北川，你说你是不是在外面有别的人了，你居然要和我……"

她一巴掌打在他的手背上，力道很重，季北川没有躲开，任由她发泄。陆羡鱼闹腾了一会儿，情绪平复下来，杏眼红了一圈："为什么？"为什么……突然就要离开。

季北川把小姑娘往怀里一带，给她擦掉脸上的泪痕，温声哄道："宝贝，别哭。"

"把我弄哭的人是你，"她打掉他的手，重复问，"为什么要走？"

季北川牵着她的手坐下，将这几天发生的事一一告知，从季行出车祸到身世曝光，孙如雪以奶奶为要挟让他离开南城。

陆羡鱼消化完这些信息，伸手抱住他："季北川，你还有我。我可以帮你的。"

"我还有你。"季北川重复她的话，"可宝贝，我是男人，不能靠你。"

"所以……"她抿紧了唇，仰脸看他，"必须要走吗？"

他点头："嗯。"

陆羡鱼闭眼又睁开，推开他起身，低头凝视着少年点漆似的黑眸："我不会等你。"

"那就不等。"

"我会和其他男生谈恋爱，甚至会和别人结婚。"

"没关系。"他起身拥住她，低头吻过她的发顶，"只要你开心，我都行。"只要她开心，他即使嫉妒得发狂，也愿意祝福她。

陆羡鱼嗓子发苦，埋首在他颈窝，哑着声："季小川，我等你，可我怕你找不到我。"

中国那么大，世界又那么大，她怕他们就在人海中走散。

季北川捧起她的脸，极为虔诚地吻去她眼角的泪，轻声道："那你站高点儿，能让我一眼瞧见。那样，我就能找到你。"

"如果等不了了……"他吻她的唇角，"那就别等了，别委屈自己。"

季北川第二天就办理休学手续离开，陆羡鱼也连着三天没来学校，学校里流言纷纷，皆传陆羡鱼和季北川分手了。

等陆羡鱼回校上课，向芊芊和林若也来问她，陆羡鱼没有回答。

大一下学期的周末，陆羡鱼和向芊芊一起去南舞附近买班会要用的装饰品，遇见和同学一起出来的季思思。

季思思现在对外称是季家大小姐，无论去哪儿都是众星捧月，她还记得上回在陆羡鱼面前丢脸的事，立马儿就和同学阴阳怪气道："果然物以类聚，人以群分，下贱货色也只能配野种。"

向芊芊是第一次见陆羡鱼发火，她抄起书架上的书就朝季思思砸去，还没等季思思反应过来，陆羡鱼又把书扔了过去。她本就生得极为漂亮，眉眼明艳，这段时间日益消瘦下去，五官也变得更具攻击型。

陆羡鱼沉着脸，冷眼扫过跟个疯子一样大吼大叫的季思思："你最好闭上你那张嘴，否则，我就给你撕了。"

在向芊芊错愕的目光下，陆羡鱼赔了书店的钱，拉着向芊芊离开。

事后孙如雪找来学校，要求学校开除陆羡鱼，陆羡鱼却尤显平静，将事情全盘托出，责任全在季思思身上，加之那天有人作证，是季思思先出声挑衅陆羡鱼，她才会对人反击。

孙如雪理亏，离开前还对陆羡鱼骂骂咧咧，要她付出代价。

陆羡鱼极为淡然地离开办公室，转身就给陆行舟发了条消息告状，添油加醋地说了孙如雪和季思思怎么欺负她。

陆行舟本来就疼陆羡鱼这个妹妹，又有意收购季氏集团，了解事情的前因后果之后，开始着手收购季氏事宜。

陆羡鱼闲来无事，会关注金融新闻，知道季氏慢慢在开始走下坡路。

身边人也在讨论这事，向芊芊还在她耳边念叨："季家的江山没了。"

那天阳光很好，有点儿像她初见季北川的那一天，明媚温暖。陆羡鱼闻言淡笑道："恶有恶报。"

向芊芊不懂她话里的意思，陆羡鱼也没多说只低头做题。

她的季小川，本该是鲜衣怒马、张扬肆意的少年。可因为她们，一身傲骨折断，被逼得再无退路。她没什么本事替他讨回点儿利息，可她的家人有。

大二开学后，陆羡鱼全身心投入学业中，她也很少再听见有人谈论起季北川的名字，似乎这个人离她越来越远。

国庆长假，陆羡鱼和向芊芊一起去了西藏旅游，路过一家文身店时，她突然兴起想要留个纪念，文身店老板娘很热情地接待两人，向芊芊也帮着挑选了好几个漂亮的款式。

陆羡鱼："一个字母C吧。"

老板娘笑呵呵地道："这款式简单，一会儿就好了。"

向芊芊在一旁没有说话，学校传闻季北川转学前就和陆羡鱼分手了，陆羡鱼这一年来也有不少追求者，可她一个都没答应。

向芊芊旁敲侧击地问她："你是不是还喜欢季北川啊？"

陆羡鱼没有回答，只是吃了一颗大白兔奶糖，低头继续背让她头疼的专业名词。

等两人从店里出来时，向芊芊才知道陆羡鱼哪里是还喜欢季北川，是从未放下过。C是季北川名字中"川"字的首字母。

某天冬稚和陆羡鱼聊天，说起她毕业后打算去哪儿工作。

"南城吧。"陆羡鱼摸了摸又剪短了的头发，笑着说："我很喜欢南城。"

在这里，她遇见了季北川。她想往后四年，守着这座城，等他回来。

大二寒假，去年韩国某娱乐公司筹备的女团选秀《CREATE 18》在今年正式提上日程，陆羡鱼瞒着爸妈报名参加，然后收拾行李连夜飞去首尔。

等到冬雪和陆润之反应过来，《CREATE 18》第一次公演已经开始。

第一次公演结束后，陆羡鱼排名在前三十，而《CREATE 18》出道名额只有五个。直到第二次公演，她以绝美舞姿拿下当夜人气王，从第三十名杀到前三，成为最大的黑马。

第三次公演结束后，陆羡鱼成为《CREATE 18》这档节目第一个三小时内破百万的选手，也成了C位的不二人选。

季北川拎着才买的药推开泛旧的防盗门，屋子里的电视正在播放前段时间的《CREATE 18》总决赛夜。

他把手里的药放在桌上，笑着问堂叔陈平："陈叔，你在看什么？"

季北川的堂叔陈平是名退役军人，早年在一场维和战役中右手受伤，再也拿不起枪，就从部队离开回到北方城市开了家饭馆。

陈平望了一眼电视，打了个哈欠："你李阿姨的女儿刚在咱们家玩，看的这个国外什么选秀，我还没来得及换台呢。"

季北川瞄一眼电视，荧屏上舞台灯光炫目，左下角一栏展出表演者名字——Rhea陆羡鱼。

季北川愣了一下。最开始响起的是音乐前奏，全场灯光熄灭，再次亮起时，底下观众欢呼呐喊，韩语、中文、其他国家的语言，混杂在一起，吵得季北川耳膜疼。

季北川看见少女抬手做了个噤声的手势，全场似乎都安静下来。电视上的少女更纤瘦了点儿，染成酒红色的短卷发包裹着一张漂亮的脸蛋，黑色亮片吊带上衣，身材窈窕，一双杏眼，眼线上扬，一颦一笑，比妖精还要媚。

音乐逐渐到高潮部分，她每一个动作都干净利落，与节奏完美卡点。这场表演火辣又撩人，在最后一个乐符落下后，全场爆发出尖叫和欢呼声。

陈平见他盯着电视发呆，疑惑地问道："阿川，赶紧去吃饭。"

"我现在就去吃。"当晚，季北川在网上搜了有关陆羡鱼的消息。

"《CREATE 18》最大黑马杀出，陆羡鱼断层人气C位出道。"

"舞台妖精陆羡鱼，X代女团颜值山脉。"

"……"

他点开所有与她有关的消息，一一浏览，一个都不放过。

陆羡鱼在《CREATE 18》出道后，所在的韩国限定团是两年，期间她请假回了南城参加期末考试。结束后当天开班会，地点恰好是她来南大第一天的阶梯教室，陆羡鱼坐在台下，听着冬常颂在讲台上碎碎念。

盛夏午后，空气燥热难耐。陆羡鱼枕着双臂趴在桌上听得想睡觉，迷糊间看见旁边位置出现了个人。

少年逆着光，眉眼桀骜，拖腔带调地笑："陆小鱼，出道快乐。"

陆羡鱼听见三两声蝉鸣声，睁开眼，可身边的座位依旧空荡荡。

没有人。

陆羡鱼拉开那张椅子坐下去，趴在桌上，从衣兜里摸出一颗大白兔奶糖，塞进嘴里，奶糖的甜味儿席卷味蕾，让她有点儿想哭。

陆羡鱼将脸埋在双臂间，一滴晶莹的泪滑过脸颊，她喃喃道："季小川，我想你了。"

第九章 再逢

Beichuanyouyu

电视剧《偏见》开机发布会。

台下镁光灯闪烁成一片光海，晃得陆羡鱼昏昏欲睡。

当她要差点睡着时，女记者尖锐的嗓音响起：“羡鱼，这是你和季思思第一次合作，你有什么想说的？”

陆羡鱼抬眼，对上女记者幸灾乐祸的目光。

她打了个哈欠，懒洋洋地看着女记者：“你刚问我什么？”

女记者咬牙，她可是媒体圈里排得上号的人物，一线大腕接受她采访也是恭敬语气，偏偏陆羡鱼就不把她放在眼里。

女记者是把陆羡鱼记恨上了，语气也变得咄咄逼人：“我问你和季思思多有不和，这一次却合作《偏见》心里是怎么想的？”

此言一出，满座瞠目，场内安静得只剩下呼吸声。

陆羡鱼和季思思不睦，是圈内尽人皆知的事，三年前有网友爆料陆羡鱼仗着有个做导演的父亲，抢走季思思不少影视资源，这事也是陆羡鱼年少时好不容易洗白，又被黑红的开端。

女记者得意扬扬地看着陆羡鱼，她倒要看看陆羡鱼怎么办！

陆羡鱼能感觉出女记者对她的强烈敌意，也知道女记者和季思思的关系，如此问题，其他女艺人定会回答：“我们一直是好朋友，能合作当然很开心啦”的标准答案。可陆羡鱼从来不是听话的好学生。

陆羡鱼正要回答，坐在她身边的季思思抢先开口：“虽然我和羡羡之间曾有过不愉快，但希望能借这次拍摄《偏见》消除隔阂，所以我很期待这次的合作。”

女记者又把球踢给陆羡鱼：“羡鱼呢？”

众人的目光落在陆羡鱼身上，后者穿着黑色改良旗袍，疏懒地靠在座椅上，腿长又白。茶色短卷发衬得脸小巧精致，五官明媚，眼波流转，勾心摄魂。

陆羡鱼余光瞥一眼季思思，季思思白裙黑发，化着精致妆容的脸庞带着温柔的浅笑。真是好一朵盛世大白莲。

陆羡鱼目视台下刺眼的灯光，红唇一勾，笑得讥嘲："早知合作对象是季思思，我一定不会接下这个角色。"

季思思笑意一僵，在心里把陆羡鱼祖宗十八代问候了个遍，镜头前依旧是温婉大方的模样："羡羡，我知道你对我有误解。"

"我对你没有误解，还有——"陆羡鱼起身，侧眸瞥一眼季思思，讥诮道，"你演技太差。"

陆羡鱼是爱豆转型演员，去年转型的第一部剧《刑侦一科》就斩获金视奖视后，而科班出身的季思思则是蝉联好几届"金扫帚视后"。

陆羡鱼这般说她，季思思还是笑得温柔："我知道我演技不好，所以希望通过和羡羡这次合作提高我的演技。"

陆羡鱼垂眸，瞄见被季思思糟蹋得不成样的小礼服，十分心疼，这可是C家当季新品呢。

季思思对陆羡鱼说话，语气像对待不懂事的孩子："所以，羡羡别耍小孩脾气。"

女记者也趁此机会，口伐陆羡鱼："羡鱼是不打算出演《偏见》的女主南青吗？"

一唱一和，跟演双簧一样，陆羡鱼都忍不住为她俩的表演鼓掌。

"我可以不演啊，但是——"陆羡鱼下颌微抬，颈线扬起漂亮的弧度，"你们替我付违约金吗？"

女记者语塞："我……"

季思思也没说话，像在沉思。一遭口水战打完，陆羡鱼更困了，直接起身离开，留给众人一个潇洒的背影。

有记者无语道："陆羡鱼就这么走了？"

季思思微笑说："羡羡就是小孩子脾气，各位媒体朋友别放在心上。"笑容恰到好处，让人心生好感。

发布会继续，采访话题大部分都围绕着季思思。

《偏见》发布会的视频在网上疯传，陆羡鱼以耍大牌荣登热搜榜首。视频里，季思思的温柔大方和陆羡鱼的嚣张跋扈形成鲜明对比。

陆羡鱼最新一条微博下，全是骂她的评论。

——你能不能滚出娱乐圈?
——你要不是是陆润之和冬雪的女儿，就这行径，早被封杀了。
——赞我一次，陆羡鱼就被多砍一刀。
…………

陆羡鱼回到后台，助理年糕拿着她的外套过来，疑惑道：“羡姐，发布会还没结束，你怎么就回来了？”

陆羡鱼拿过年糕手里的风衣穿上，转身向外走：“回酒店。”

年糕“啊”一声，还没反应过来。

陆羡鱼回头，起了兴致逗年糕：“小年糕，你要一个人留在这里吗？”

年糕：“我不要！”

陆羡鱼转身往电梯走：“那就快点跟上。”

“来了。”年糕迈腿追上陆羡鱼。

陆羡鱼和年糕从电梯出来，黑色保姆车刚好停在两人面前。

年糕有些摸不着头脑：“我还没给师傅打电话让他过来，他怎么开车来了？”

正疑惑间，“叮咚”一声，另一部电梯门打开。陆羡鱼侧眸瞥见季思思和她助理从电梯里出来，径直上了黑色保姆车。

季思思上车前，佯装看见站在身后的陆羡鱼，故作惊讶：“羡羡，你也在啊？”

陆羡鱼被她恶心得反胃，冷声反怼：“俩大活人，看不见吗？”

季思思咬牙：“……”陆羡鱼这是在骂她眼瞎。

可一想到眼前曾是陆羡鱼的保姆车现在属于自己后，季思思气顺了，朝陆羡鱼炫耀：“黄总说这辆车以后只接送我一人，羡羡不会生我气吧？”

黄总是陆羡鱼工作室挂名的东申娱乐高层，也是季思思背后金主之一。这些年季氏被孙如雪折腾得一团糟，三年前不得不让出董事长一职，陆行舟借势收购季氏，自此南城季家不复存在。季思思混迹娱乐圈，需得后台扶持，裙下男人自然无数。

陆羡鱼看着像只斗胜公鸡的季思思，讥笑出声：“当然不会，毕竟我家不缺车。”

季思思双手捏紧成拳，愤懑地瞪一眼陆羡鱼。她恨死了陆羡鱼！

季氏这些年不知道为什么一直在走下坡路，三年前宣告破产后，更被腾祥资本收购，而她也沦落到以色侍人。这次好不容易能“赢”陆羡鱼一次，却没想被她狠嘲一顿。

季思思气得要死，上车时，重重把车门关上，对司机吼道：“开车！”

黑色保姆车扬长而去，留下一地车尾气。

年糕娃娃脸上满是焦急：“羡姐，我们现在怎么回酒店？”

陆羡鱼敛眉：“打电话给公司后勤部。”

年糕应下：“好。”然后去一边打电话给公司，让派车过来接两人。

陆羡鱼站在原地，风衣兜里的手机振动两下，她拿出一看，有条新微信，来自“二狗子”。

二狗子：来南城了？

陆羡鱼回了个“嗯”，又问：你部队忙吗？

陆安还没回她，陆羡鱼耳边响起小姑娘可怜巴巴的声音：“羡姐……”

陆羡鱼收起手机，看着红脸又红眼的年糕，皱眉：“怎么了？”

年糕吸了吸鼻尖，声音哽咽：“公司那边说，说……黄总说我们只是挂名，从今天起，公司保姆车不许我们用。”

年糕一张娃娃脸气得通红，奈何词汇有限，半天才憋出一句：“他们怎么能这么欺负人啊！”

陆羡鱼被逗笑，捏捏年糕软糯的脸蛋：“没事，我来想办法。”

年糕眨眼：“羡姐，你有办法？”

说话间，陆羡鱼手机铃声响起。她拿出亮屏的手机，对年糕晃了晃：“救星来了。”

年糕看见陆羡鱼来电显示的备注是“二狗子”。

陆羡鱼接通电话：“哥。”手机里立马传出豪情万丈的背景乐。

陆羡鱼嘴角微抽，默默挪开手机，开了免提：“你在哪儿？”

背景乐正是高潮时，混杂着男人的嬉笑声：“羡羡，哥哥在唱歌，要一起吗？”

“不来，”陆羡鱼无语，“亲爱的二哥，你要活着，就来救下你可怜弱小又无助的妹妹。”

陆安：“还有人敢在太岁头上动土？”

陆羡鱼正要怼回去，隐约听见另一道男声：“有人敢欺负我们陆大小姐？”

男人声音戏谑带笑，被电流处理后，又带点低磁的哑。落在陆羡鱼耳里，就很熟悉。

陆羡鱼一时想不起是谁，又听陆安笑她：“羡羡，有人敢欺负你？”

她面无表情：“季思思。”

陆安沉默两秒，骂了声，又问陆羡鱼：“你在哪儿？哥哥让人来接你，需不需要我叫人给你带把四十米大刀？”

话越说越离谱，陆羡鱼听得火冒三丈：“南城国际，十分钟后，我要看见有车来接我。”不等陆安反应，直接挂断电话。

年糕望着陆羡鱼咽了一口口水，小声道：“羡姐，你别生气啊。”

陆羡鱼冷眼看她：“我有生气吗？”

年糕：“……”有，非常有！

南城初春，寒流撞上倒春寒，气温降至最低。

陆羡鱼外面只穿了件薄的驼色风衣，修长的双腿裸露在夜风中，冻得没了知觉。

这样的天气让陆羡鱼很烦躁，那些记忆不自觉地在脑海中浮现。同样是南城，同样是这样阴沉沉的天。

远处响起刺耳的鸣笛声，陆羡鱼抬眸看过去。

停车场入口开进来一辆通身漆黑的乌尼莫克，车前大灯如同利刃劈开黑暗。然后一个转弯，稳稳停在陆羡鱼面前。

地下停车场灯光昏暗，陆羡鱼只勉强看清车内男人模糊的轮廓。

车窗徐徐降下，露出男人轮廓分明的脸庞。陆羡鱼呼吸几乎停止，愣愣地看着他。

男人留着圆寸，脸略瘦，薄唇挺鼻，下颌线条流畅。她看他时，他也在打量着她。

季北川双眼生得深邃，眼角微扬，形似桃花。左眉骨自太阳穴有道疤，十足的冷戾。

孤桀狂妄，离经叛道。和七年前的少年一模一样。

陆羡鱼唇角抿紧又松开，别开眼，不再看他。

季北川手臂搭在车窗上，懒洋洋地笑：“不认识了？”

陆羡鱼恍若未闻，转头看向年糕，和她道：“年糕，叫辆网约车。”

年糕鲜少见到这样的陆羡鱼，眼眶浅红，贝齿紧咬红唇，极力压抑着某种快要崩堤的情绪。

她从陆羡鱼在南韩的限定女团解散回国发展，就一直跟着陆羡鱼做助理。在年糕印象里的陆羡鱼就像她那张明艳动人的脸，美得张扬放肆。唯一一次见到这样的陆羡鱼，是在四年前她获亚音盛典最佳唱跳女歌手的后台访谈会上，记者问她自出道伊始左手无名指上所文的“C”字母是有何意义。

彼时，陆羡鱼愣了一下，眼角余光从左手无名指的字母上掠过，眼睑垂下，神情莫名的寂寥，她只淡笑一声：“觉得好看。”

晚上工作室庆功宴结束，陆羡鱼喝得酩酊大醉，年糕受托送她回去，回去路上，陆羡鱼伏在她肩上哭。不是撕心裂肺地号啕大哭，就低低的，小声抽泣，像只无助的奶猫。

年糕听见她哽咽着呢喃：“小年糕，我……真的……真的找不到季北川了……”

后来年糕方才知晓字母“C”是季北川名字中“川”字的缩写，而季北川就是陆羡鱼这七年心心念念的人。年糕曾问陆羡鱼，为什么文在无名指。

陆羡鱼沉默良久，说：“无名指最靠近心脏。”

文上他的名字，就永远忘不掉。

年糕掏出手机叫网约车，系统显示前面排队人员还有好几十个，起码要等半小时。年糕为难地看向陆羡鱼：“羡姐……”

陆羡鱼：“没车？”

年糕点点头，把手机递到陆羡鱼面前：“下班高峰期，不好叫车。”

陆羡鱼垂眸，亮屏的手机上文字显示——“您前面等待的乘客有四十七位，预计半小时后……”

陆羡鱼精致描过的眉微微蹙起，无端的烦躁让她自暴自弃道：“走路回去。”

南城国际距离陆羡鱼下榻的香榭酒店，横跨半个南城，要是走路回去，两条腿都要报废。

年糕咽了咽口水，出声劝陆羡鱼：“要不就坐这位先生的车回去吧？”

陆羡鱼眼皮略掀：“你坐，我走回去。”

年糕：“羡姐……”

季北川靠在座椅上，目光直勾勾地瞧着陆羡鱼。

地下停车场灯光偏暗，容颜姣好的女人穿了件驼色薄风衣，内里是黑色改良旗袍，长腿藏匿其下，雪色若隐若现，风情撩人。与记忆中骄蛮不可一世的小姑娘大相径庭。

陆羡鱼察觉到季北川的目光，冷眼瞪他：“看什么看！”

她以为自己的样子够凶，浑不知在季北川眼里，就是只奓毛的猫。

季北川眼底带笑，想起两人的初见，点评道：“脾气还和以前一样。”

人比年少时漂亮不少，可这骄纵性子不改分毫。

陆羡鱼扯唇，一样个鬼。

她嘲讽勾唇，意有所指地看向季北川：“没人和以前一样。”

男人深邃锐利的黑眸波澜惊起，瞬间归于平静。

他的手搁在车窗边沿，似在思考陆羡鱼的话。过了会儿，又直勾勾地盯着她看了许久，摇头：“不，是一样。”

陆羡鱼冷笑：“哪一样？”

季北川一本正经：“还和以前一样小。”

陆羡鱼：“？”

“嗯？”季北川挑眉，放肆的眸光从陆羡鱼胸前掠过。

陆羡鱼穿的这身旗袍是改良设计，V字领，一字盘扣锁住胸前大片雪色，半隐半现，最是撩人。

陆羡鱼怔然三秒，而后脸颊唰地红了，狠瞪一眼季北川：“神经病！”她收回她刚才的话，这男人还是和以前一样的狗德行。

季北川敲了敲车门，笑问：“真不上车？”

陆羡鱼白他一眼，拉开后座车门准备坐进去，却犯了难。

乌尼莫克是典型的越野车，车身底盘高，陆羡鱼穿的又是旗袍，一抬腿，裙下风光尽显。

季北川注意到陆羡鱼的为难，朝她吹了声口哨，坏笑：“要我帮忙吗？”

“不需要。”陆羡鱼脱掉风衣，袖子拴在腰部，衣摆恰好遮住裙下风光。

她正要上车，下一秒却被一双手拦腰抱起。陆羡鱼下意识钩住来人的脖颈，一抬头对上季北川漆黑的眼眸。男人的眼睛很好看，眼角内勾外扬，眼尾狭长，瞳孔黢黑有神，光线揉碎在其中，一点点晕开，层层涟漪，满满都是她。

季北川弯腰把陆羡鱼放在副驾驶座上，取了条毛毯搭在她冰凉的双腿上：“别冻着了。”

“死不了。”陆羡鱼反怼。

季北川笑了声，转身招呼年糕上车，给两人关上车门后，转身进了驾驶座位，一脚轰燃油门，离开停车场。

车子一路行驶，上了江桥，陆羡鱼偏头看向窗外。不知何时又下起了雨，零零碎碎的，落在玻璃上，晕花了窗外的霓虹夜景。

七年，她终于把他等回来了。

车子停在酒店大门外，陆羡鱼让年糕先回酒店。

逼仄的车厢分外安静，只有雨点敲击玻璃的声音在夜里响起。

陆羡鱼降下车窗，冷风吹乱额前的碎发，她盯着窗外看了一会儿，缓缓出声："什么时候回南城的？"

"前天。"他答。

又是冗长的安静。手机铃声骤然响起，打破这刻沉默。

陆羡鱼接通电话，声音很淡："说。"

陆安在电话那边问她："惊喜吗，羡羡？"

陆羡鱼抬眸看一眼驾驶座上的男人，他也回头看她，两道视线在半空交汇。

短短几秒时间，她别过脸："陆安，你如果很闲，我可以告诉大伯母，相信她很愿意为你安排相亲宴。"

陆安年近三十，还孑然一身，可把他妈急坏了，毕竟陆行舟的儿子都能打酱油了，所以这些年只要陆安休假回家，能安排相亲就安排，把陆安逼得除了过年，绝不回家。

陆安额间青筋一跳，骂了声："祖宗，当我没给你打过这个电话。"

陆安从军校毕业后，后在南城军区某特种部队任职，陆羡鱼不知道他怎么和季北川认识的，也没听他说起过。

她挂断电话后，季北川侧眸问："陆安打来的？"

陆羡鱼只"嗯"一声，要推开车门下车。高跟鞋接触到地面，发出清脆的响声。

她折身要进酒店，季北川叫住她："陆小鱼。"

久违的称呼，陆羡鱼的身体僵了僵，又快步跑进酒店。

季北川看见那抹窈窕纤瘦的身影逐渐消失在视野里，从裤兜里摸出烟和打火机，拿出一支烟虚拢着风点燃。白烟袅袅飘浮，男人冷戾的眉眼在夜里有点颓。

陆安给他发来微信：哥们儿，你行不行啊，我冒着被那小鬼弄死的风险给你创造机会，你把人追回来没？

季北川打字：没。

陆安：你果然不行。

陆安和季北川结识是在几年前中国赴南苏丹维和部队，初见时两人因陆羡鱼不对付，陆妄背地里还揍过季北川。后来经历枪林弹雨，一起睡过一个战壕，抛去那些成见，成了生死之交。

陆妄：这些年她一直在找你，几年前我本来打算和她说遇见你的事儿，哪想归国后你就被派去执行秘密任务，就一再耽搁。你好不容易回来，能别像个娘们一样磨叽了吗？赶紧把人追回来。

季北川偏头看一眼灯火通明的香榭酒店，黑夜里，一双狭长黑眸浓稠如墨。

他回陆妄消息：把她电话给我。

陆妄：她手机号从没变过。

陆羡鱼一晚都没睡好，年少那些往事如同老电影在脑海浮现，折腾得她一夜乱梦。

第二天上午十点，被铃声吵醒。

她在枕头边摸索到手机，闭着眼接电话："哪位？"

"陆大美女，你是不是忘了今天还有杂志拍摄，十点了。"刺耳的女声，把陆羡鱼的瞌睡虫瞬间送走。

陆羡鱼偏头看向落地窗，昨夜一场大雨，今早又放晴，天空碧蓝如水洗，太阳露了半张脸。

"半小时后来接我。"

"我叫年糕去等你，祖宗，您快点行不行？"

挂断电话，陆羡鱼走进盥洗室洗漱，换好衣服出门。今天天气不算冷，她穿了件灰色V领毛衣配牛仔裤，外套一件驼色风衣，黑色长筒靴衬得双腿笔直。陆羡鱼肌肤偏白，这身装扮极衬她。

年糕拎着早餐在门口等她，见陆羡鱼出来，把早餐递了过去，然后拿着手里的平板开始说今日的行程："十二点杂志拍摄，下午是专访，半夜三点飞机飞巴黎参加时装周……"

陆羡鱼慵懒地"嗯"一声，走进电梯。

酒店停车场内停着一辆黑色保姆车，副驾驶上的女人见陆羡鱼慢悠悠地出来，立马出声抱怨："陆羡鱼，我放弃了我亲爱的小鲜肉男朋友，来陪你去拍杂志封面，你却睡到现在才起来？"

陆羡鱼拉开车门坐进去，捂嘴打个哈欠："林若若，我友情提醒你，从今年开年到三月，你陪我去片场的次数为个位，我可以考虑解雇你，换一个经纪人。"

林若立马讨好地笑道："羡羡，今天又美了一个新高度啊。"

“……”陆羡鱼懒得理她，闭眼休息。

陆羡鱼回国发展成立个人工作室后，就把还在学校考经纪人证的林若挖了过来。这些年下来，凭借陆羡鱼的实力，加上以林若天生吃经纪人这碗饭的天赋，陆羡鱼常年活跃于各大舞台，在百花齐放的娱乐圈稳居一线花旦的位置多年。

陆羡鱼这次是给国内顶尖杂志拍摄四月刊封面，和她合作的是前年她作为舞蹈导师参加的国内某选秀节目的冠军。名叫徐厉言，凭借一张可甜可盐的长相，出道就爆红，是时下最受欢迎的流量小生。

杂志拍摄结束后，陆羡鱼回到休息间，准备接下来的专访。

徐厉言跟过来，林若对陆羡鱼挤眉弄眼地笑：“你的桃花来了。”

倒不是林若乱开玩笑，自陆羡鱼参加完那档选秀节目后，徐厉言就三番五次约她吃饭。

节目过后，徐厉言还在某次采访中对媒体透露自己喜欢的女生类型：“身高167，短发，皮肤白，长得好看，最好是圈内人，会有共同语言。”

后面被网友扒出，种种形容皆指向陆羡鱼，网友又扒出选秀节目播出时，陆羡鱼对徐厉言多有照拂，有关两人的CP粉异军突起，在去年网络盘点荧屏最佳CP，陆羡鱼和徐厉言稳居榜首。

陆羡鱼没理林若，看向进来的徐厉言：“有事吗？”

徐厉言长得很奶，偏生了双桃花眼，又很勾人。笑时，双眼皮褶皱加深：“羡姐，我想问问您今晚有空吗，我们一起……”

“没有，”陆羡鱼果断拒绝，“我晚上要飞巴黎。”

徐厉言脑袋耷拉了下来，看起来像只受委屈的大金毛：“好，我不打扰您了。”

少年委屈地离开，看得林若直言陆羡鱼无情：“姐妹，那么可爱又惹人疼的弟弟，你怎么狠心拒绝人家啊？”

“你要喜欢，你可以上。”

陆羡鱼正在玩手机，大伯母给她发了消息：羡羡，最近有空吗？

陆羡鱼回：下周休息，有什么事吗？

大伯母：我有个朋友的儿子，你要不要见见？

看见这条消息，陆羡鱼有些头疼。今年三月一过，她就满二十七了，家里除了被催婚的陆妄，第二重点对象就是她。林若凑过来一看：“我说你怎么拒绝弟弟，原来有更合适的人选。”

陆羡鱼回她：“闭嘴。”

大伯母说相亲对象姓周，是名军医，人长得文质彬彬，父母都是高知分子。陆羡鱼难以拒绝大伯母的好意，只得同意男方加她微信。

专访时，记者追问陆羡鱼无名指上的字母，她的答案还是很官方："因为好看。"

再回到后台，林若见她盯着"C"字母走神，忍不住问："羡羡，你不会还在想那个渣男吧？"

在林若眼里季北川就是典型的渣男，先来招惹陆羡鱼动了心，追到手后玩几个月又甩了，妥妥渣男行为。

陆羡鱼没回答，只是问林若："有糖吗？"

林若很熟练地从衣兜里摸出一颗大白兔奶糖递给她，又忍不住念叨："你少吃点糖，忘了上回牙疼得死去活来？"

陆羡鱼拆开包装纸，把奶糖塞进嘴里，甜得她皱眉："这糖越来越难吃了。"

飞往巴黎看完时装周后，陆羡鱼回到酒店倒头就睡，再醒来又是第二天，她有些神志不清地拿过手机，看见微信上有新的好友申请。陆羡鱼看一眼头像是面五星红旗，以为是大伯母介绍的那位姓周的军医，迷迷糊糊地敲字发消息：你好，是周医生吗?

对方回了一个问号。

陆羡鱼打了个哈欠，又回复：等我回国，我们再见面，可以吗?

对方没回消息，陆羡鱼也没在意，反正这种相亲就是走个过场。

陆羡鱼有每天晨起泡澡的习惯，白雾氤氲中，女人瓷白肌肤如雪。

她听见微信提示声，是一条语音，点开，男人磁性嗓音响起："你桃花挺多啊。"

"啪叽"！手机掉进浴缸。陆羡鱼："……"

果然一遇上这狗东西，她就得倒霉。

半小时后，年糕来到房间，陆羡鱼找她拿了备用机。

年糕有些纳闷："羡姐，你手机不是昨天还好好的吗？"

"被狗东西弄坏了。"陆羡鱼冷笑。

年糕："？"

结束巴黎的行程，回国第二天，陆羡鱼就进了《偏见》剧组。开机仪式结束后，陆羡鱼因上次发布会被导演李穗萍请去保姆车喝茶。

季思思饰演《偏见》的女二，恰巧看见陆羡鱼被导演叫走，有些幸灾乐祸地和助理说："瞧着吧，陆羡鱼肯定要被李导教训。"

保姆车内，李穗萍对陆羡鱼劈头盖脸一顿骂：“陆羡鱼，你真以为娱乐圈是你家开的？在开机发布会上怼记者，还放言不演南青，你有本事就别演！”

陆羡鱼抠着自己昨天才做的美甲，语调懒散：“姑，你舍得吗？”

李穗萍：“……”她真不舍得。

《偏见》这部电视剧是李穗萍倾注大量心血的作品，从剧本到前期采景取材，长达四年时间。

如今已经开机，陆羡鱼这死丫头是吃定她不会换角，也舍不得换掉她。因为除了陆羡鱼，没人能演活南青。

李穗萍气消了一半，语气还是不好：“你能不能收敛下你那公主脾气？”

陆羡鱼反问：“那你能不能不要季思思出演《偏见》？”

李穗萍没好气地道：“死丫头，你这是和你姑姑讲上条件了？”

“姑姑……”陆羡鱼尾音拖长，拉着李穗萍的衣袖撒娇，“您知道我最讨厌她。”

李穗萍沉默。她和陆羡鱼父亲陆润之是大学同学，陆羡鱼七岁那年作为童星出道的电影就是她生平得意作之一。

换句话讲，陆羡鱼是李穗萍看着长大的，这姑娘十七八岁被父母送去南城，后来重新出道不知道怎么就和季思思杠上了，只要是季思思的资源，无论好坏都给截和，她自个儿也因此落得个声名狼藉。

李穗萍叹息：“羡羡，娱乐圈里的女艺人不是谁都像你有陆哥这个爸爸保驾护航。”

聪明如陆羡鱼，怎么会听不懂李穗萍话里的意思。

静默几秒，她轻哼：“我知道了。”

李穗萍怕她在拍摄《偏见》时找季思思麻烦，再三叮嘱：“那你答应姑姑，拍摄《偏见》期间尽量收敛你那性子。”

陆羡鱼扬眉：“有什么奖励吗？”

李穗萍冷笑：“奖励你演技更上十层楼！”

陆羡鱼一个激灵，瞬间打起精神：“姑姑，你怎么可以这么欺负我？”

“记得好好背台词。”李穗萍不给她号叫的机会，拉开车门离开。

陆羡鱼垮着一张脸从车上下来，边上正化妆的季思思捂嘴笑：“瞧吧，我就知道她被李导训了。”

接下来几天的拍摄，包括陆羡鱼在内的《偏见》剧组所有人都处于水深火热中，真是见识了号称娱乐圈“灭绝师太”的功力。

周六下午，陆羡鱼结束完《偏见》的拍摄，回到保姆车上。

年糕把手机递给她，说："羡姐，刚才有位姓周的先生给您打了电话。"

陆羡鱼恍然想起，大伯母为她安排的那位相亲对象好像就姓周。

她撕开一颗大白兔奶糖，丢进嘴里，含糊不清地问年糕："小年糕，那位周先生打电话来说什么？"

年糕回忆了会儿，简要明确地答："他知道你在宜江市拍戏，约你今晚吃饭。"

《偏见》是部以单元形式串联讲述遭遇偏见与歧视的人性主义电视剧，陆羡鱼在剧中扮演的南青是一名童年遭遇猥亵后艰难蜕变新生的记者，以她的视角去讲述每一个单元里的人物故事。第一个单元故事是在宜江高中取景，网上也有剧透，那位相亲对象知道她在这里也不足为奇。

年糕想起那晚遇见的季北川，忍不住问陆羡鱼："羡姐，你要去吗？"

陆羡鱼看她："我敢不去吗？"

这个相亲局是家里长辈组的，陆羡鱼这些年本就因重进娱乐圈和家里的关系闹得比较僵，基本上长辈提出的不过分的要求，她都会答应。

陆羡鱼和周医生晚上八点在一家比较隐蔽的私人饭店见面，她来时，那位周医生已经到了。周医生名叫周子湛，长相属于温润如玉的类型，四月晚春，男人穿了件黑色真丝衬衫，衣服熨烫得没有一点儿褶皱。

"劳您久等。"陆羡鱼礼貌地和对方打招呼。

周子湛不是第一次见陆羡鱼，眼前的女人比家里长辈给他看的照片还要漂亮。

女人上身裸色衬衫，下着A字形米色不规则裙，掐出盈盈一握的纤腰，裙摆不规则的设计令露出的长腿纤细莹润。她留着干练的短发，未施粉黛，漂亮小脸依然精致明艳。

周子湛眼中有一抹惊艳掠过，很体贴地替陆羡鱼拉开椅子："等美女，是应该的。"

陆羡鱼唇角扯了扯，没有接话。本来和一个陌生男人吃饭就很尴尬，还带有疑似暧昧味道的饭局，就更让她尴尬。

周子湛长相温润，可说话却是诙谐有趣，陆羡鱼很惊奇地发现两人有许多相同爱好。

周子湛为她倒了杯水，把菜单递了过去："如果有机会，我想见识一下陆小姐您在马背上的英姿。"

谈笑间，陆羡鱼也没有起初的拘谨，放开了些，她翻着菜单，笑道：“有机会再说。”

男女之间说的有机会，就是再为下次约会做准备。

周子湛相亲很多次，对今日这个相亲对象很是满意，她没有网上谣传的公主病，举手投足间都是万千优雅，配上一张美得勾魂的脸，很容易让异性产生好感。果然，谣言不能信。

陆羡鱼有女明星的通病，只点了两个卡路里比较低的菜，又将菜单递给周子湛：“周先生，您请。我先失陪一下，去下洗手间。”

周子湛笑：“好。”

陆羡鱼从包间出来，整个人如同放飞的鸟儿走进洗手间，拿出手机在群里发了个表情包：猫猫自闭.jpg。

向芊芊：？

林若：又去相亲了呗。

林若：这次这位医生先生如何，有没有俘获我们陆大美人的芳心？

陆羡鱼想了下在包厢里的周子湛，点评：在他面前，我总有一种面对教导主任的感觉，你们懂吗？

陆羡鱼的话只换来向芊芊和林若的无情嘲笑，特别是向芊芊更损：羡羡，你嚷着做我家甜甜的干妈，可孩子干爹连个影子都没有看见。

向芊芊和龚巩大学毕业不久，两人就见家长领证结婚了，女儿今年四月就满三岁了。

陆羡鱼有些惆怅，向芊芊和龚巩终成眷属，林若换男朋友的速度如同换衣服，偏偏她为一个狗东西单身七年。

这是什么生活。

嘀！手机有新微信消息。

周医生：陆小姐，菜已经上桌。

暗示她该回去了。

陆羡鱼收起手机，往包厢走，路过隔壁包厢时，余光瞥见一个很熟悉的背影。

军装式样的常服，背影挺拔如松。有点儿像季北川那浑蛋。

陆羡鱼觉得自己多想了，这七年她只要看见和季北川略有相似的背影，就忍不住追上去，可每次都是失望而归。

特别是去年拍《刑侦一科》时，剧组在宜江市边境取景，却遭遇潜伏在当地的歹徒袭击，她作为人质被黑布蒙住眼，被歹徒用枪挟持，与当地派出的武装部队进行最后的搏斗。

陆羡鱼很害怕疼，可那些歹徒都是些刀口舔血没心的家伙，哪懂得怜香惜玉。

挟持她的那名歹徒，用瑞士匕首抵在她的脖颈，冲对面的人放肆地笑道："好久不见，我的朋友。"

"放开她。"入耳是极为熟悉的男声，很沉，细听声音有一丝颤抖。

陆羡鱼挣扎了下，挟持她的歹徒，一脚踢在她的小腿，陆羡鱼吃痛，重重跪在地上，膝盖蹭出血丝，在白皙的肌肤上格外显眼。

歹徒操着一口不怎么熟练的中国话说："这位美女的脖子很软，一刀割下去，就像——"没等他话说完，陆羡鱼感觉到一颗子弹擦过她发丝，然后有疑似鲜血的液体迸溅到脸上。

陆羡鱼长这么大从没经历过这种恐怖的场面，腿软成泥，几乎站不起来。肩侧忽然一沉，她鼻尖嗅到一点儿熟悉的味道。

"是你吗？"她问。

男人没回答，帮她解开捆住双手的绳索，又淡声说："会有人送你离开。"

陆羡鱼要解下蒙住眼的黑布，却被他按住了手："画面很血腥，不适合观看。"

接着，陆羡鱼被辗转送进医院，她只是受了点轻伤，消毒包扎就好，可冬雪担心她，硬要求她在医院住了一周。

等陆羡鱼出院，她第一时间去找那个救她的男人。

第一直觉告诉她，那个男人是季北川。

陆羡鱼以送锦旗的名义去了宜江市武警总队找救她的那位武警战士，本来是要见面的，却在门口看见那个熟悉的背影把一个三岁左右的小姑娘抱在怀里，身边还站了个长相温婉的女人。

小姑娘软糯地叫他爸爸，又娇声娇气地抱怨："你都不回家陪我……"

保姆车隔得不是很远但也不近，陆羡鱼只听见："……爸爸抓完坏蛋，就回家陪你。"

一家三口，极为和谐的画面。陆羡鱼生了怯意，没敢上前，让年糕帮着代送锦旗，又马不停蹄地飞去伦敦参加商演。

这些年她总是天南地北到处飞，昼夜颠倒地跑通告工作，努力活跃在众人视野里，维持曝光度，就是想要站得高一点儿，让更多的人认识自己，也让季北川回来找她时，一抬眼就能看见她。

龚巩：有可能

杂乱记忆纷至沓来，陆羡鱼回到包厢，也再没兴趣和周子湛聊天。

周子湛是个极为懂得察言观色的人，瞧着陆羡鱼已无兴致，便叫来了服务员结账。

结完账，陆羡鱼要起身离去，周子湛叫住她："陆小姐，外面似乎下雨了，需要我送您吗？"

酒店距离这家饭店很远，陆羡鱼见他态度恳切，也不好再拒绝："麻烦了。"

周子湛拿上椅背上的外套，和她一同出了包厢。

一出来，陆羡鱼却没想到再遇见谢临渊，真是冤家路窄。

当年她在《CREATE 18》C位出道后，谢临渊在后台向她表白。

红玫瑰铺成的花路，白色西装的男人站在尾处，手捧一束红玫瑰，模样出众，眸底满满皆是她。换谁能抵得住？

当场就有好几个练习生花痴脸地羡慕道："要是有人向我这么表白，我死也甘愿。"

可女主角陆羡鱼垂着眼，无名指上的字母C落在眸底，她冷声拒绝了他："谢临渊，我不喜欢你。"

自陆羡鱼拒绝谢临渊后，这七年这人总变着法儿地出现在她面前，哪怕她主攻音乐，他是导演，总能跟个苍蝇一样围绕在她身边。

谢临渊这段时间在筹备一部新片子，来宜江市是为了协商场地。

没想到在这里遇见陆羡鱼，他有几分惊喜，看见站在陆羡鱼身边的周子湛，唇畔笑意收敛，眼神冷冷打量："这位是？"

陆羡鱼硬着头皮做介绍："这是周子湛周先生。周先生，这位是我爸爸的学生，我师兄谢临渊。"

谢临渊和周子湛握手打招呼，彼此眼中有火花迸溅。

落地窗外雨越下越大，陆羡鱼赶着回剧组，和周子湛说："我们先走吧。"

谢临渊提议："不如我送你？周先生应该很忙。"

周子湛微笑："不用，我不忙。"

陆羡鱼："……"

她正准备提议说自己打车离开，隔壁包厢走出两个男人。为首的男人一身军装常服，长裤皮鞋，宽肩窄腰，身形高大。就这么站在那儿，轻轻松松就吸引走她所有的注意力。

季北川看一眼陆羡鱼，又掠过她，和周子湛打招呼：“周医生，这么巧。”

周子湛颔首微笑：“谁让陈叔手艺越来越好了。”

陆羡鱼瞄一眼呈三角形而站的三个男人，再次感叹，三角形是最和谐的图形，可她尬得都快用脚趾抠出一套芭比梦想豪宅了。

周子湛要给她介绍季北川：“这位是……”

“不用介绍，”季北川视线落在陆羡鱼身上，黑眸沉下，有点儿冷，“我们认识。”

周子湛疑惑地看两人一眼，又问陆羡鱼：“陆小姐，你们认识？”

“认识。”陆羡鱼尬笑。

“大学同学。”

“女朋友。”

时间在这一瞬间静止。

陆羡鱼发誓，她这辈子都没像现在这么尴尬过。她狠狠瞪一眼罪魁祸首，后者眉峰微挑，深邃的桃花眸捎着淡淡笑意，神情嚣张，像在说“难道不是”。

她呸。谁是他女朋友了？他们早就分手了好不好！！！

陆羡鱼深呼吸，尽力按捺住快要崩堤的怒火，红唇微启，努力维持优雅姿态：“我们没有任何关系。”

撂下这句话，陆羡鱼跟周子湛礼貌告别，一个余光都没有给季北川，面无表情地和他擦肩而过。

“抱歉，我不知道陆小姐和你的关系。”周子湛含着温润笑意开口和季北川说道，如果早知两人关系，他也不会来参加这次相亲。

“没事，”季北川说，“先走一步，去哄哄她。”

“慢走。”周子湛目送季北川离开后，也从饭店离去。

…………

餐厅外，乌云笼罩着整个世界，雨势如倾盆之水砸在地面，圈出一圈圈涟漪。

陆羡鱼从挎包里拿出手机，准备叫辆网约车，指腹还没按下叫车键，手机就被人夺走。她转头，看清来人，狠狠皱眉：“手机还我。”

陆羡鱼伸手去抢自己的手机，不知道是不是狗东西背着她吃了长高药，饶是她身高将近一米七，又穿了高跟鞋，两人身高依旧悬殊。

有辆轿车驶过来，车轮卷起地面上的积水，眼瞧就要溅到陆羡鱼身上，季北川长臂一伸，揽住女人纤细的腰肢，调整两人的站位，车驶过被带起的积水，溅到他身上。

陆羡鱼低眸，他的黑色军筒靴、军衬上都是泥点。

季北川抬手揉了两下她的头发，无情嘲笑她："只长年龄，不长智商？"

陆羡鱼本就生气，再被这狗东西怒嘲智商低，咬紧后槽牙回怼："比不得您，见着一漂亮小姐姐就认是你女朋友。"

季北川疑惑："我哪儿有？"

"呵。"她冷笑推开他，"我眼瞎呗。"

女儿都能满地跑了，还跟她在这里装深情呢。呸，渣男！

陆羡鱼这些年情绪收敛自如，此刻她神情仍淡淡的："季先生，手机还我。"

季北川凝视她良久，有些挫败地咬牙，他知道他们之间隔了七年的鸿沟，一时难以跨越。

他把手机还给她，难得认真地开口："我送你回去，可以吗？"

雨势愈来愈大，陆羡鱼也知道此时不好打车，索性同意季北川送她回酒店："麻烦了。"

季北川转身动作一滞，鸦羽色眼睫毛垂下，遮住眼底的落寞。她终究是对他生疏了。

陆羡鱼在等季北川开车来时，目光盯着雨帘走神。

她不知道该怎么去面对季北川，准确地说不知道该怎么面对这份迟了七年的感情。七年，两千五百多个日夜。

她想过无数次两人重逢的情景，她以为她在这儿等着他，他也会向她奔来，他们还会像年少那样亲密无间。可现实是岁月在两人之间划下一道巨大沟壑，她不知道他这七年是怎么过的，就像她之前见到的或许他已经结婚生子，她也没法说服自己去接受一个可能有妻女的男人。

通身漆黑的乌尼莫克停在她面前，豆大的雨点砸在车窗上，听得人心惊胆战。

车窗降下，季北川和她说："上车。"

陆羡鱼拉开副驾驶座的车门上车，系好安全带，报了酒店地址。

封闭的狭小空间让人喘不过来气，季北川不知道该怎么和陆羡鱼聊天。七年前丢下她走的人是他，说了让她不要等他的人也是他，可一看见她和别的男人的亲昵姿态，他就嫉妒得发疯。

途中遇到红绿灯，季北川踩了刹车，偏头看陆羡鱼。

时间将记忆里那个骄蛮的小姑娘变成了风情万种的女人，褪去年少的青涩，脸部线条清晰，眉眼精致明艳。她看着窗外风景走神，有风吹进车内，卷起短发。

陆羡鱼抬手捋过凌乱的短发，转头对上男人的眸光，他黑眸沉沉，肆无忌惮地打量她。

陆羡鱼不自在地别开脸，又开始无休止的沉默。

“陆小鱼。”季北川叫她。

她轻“嗯”一声，声音很淡：“你想说什么？”

“为什么又进娱乐圈了？”他问。

陆羡鱼转头看了他一会儿，两人目光交汇，她看见他眸底自己清晰的倒影，有些好笑地开口：“你不知道吗？”

她害怕自己隐没在人海，他回来时没有办法找到她。所以她即使再抵触娱乐圈的一切，甚至于因此和家里关系闹僵，也重新进了娱乐圈，这几年她努力维持曝光度，让自己活跃在公众视野，就是想他一眼就能瞧见她。

再次陷入沉默。陆羡鱼偏头看向车窗外，车子已经驶入地下停车场，她解开安全带要下车，手腕被他握住。

她皱眉：“放开。”

“不放。”贼无赖的语气。

陆羡鱼使劲儿要甩开季北川的手，可这人就跟个牛皮糖一样，怎么甩也甩不开。

她认命地闭眼，靠在椅背上，嗓音沙哑：“季北川，我说了我会乖乖等你回来……可你呢……”

她这些年情绪上越发内敛，可一遇上季北川就像崩堤的洪水，一发不可收拾。

“让我等你的人是你，一走就杳无音信的人是你。

“说什么……要娶我，结果转头就和……”

她鼻腔酸涩，眼眶也很红：“你骗我。”

“季北川，你骗我。”她那么乖地在原地等他，可他却背着她做了什么好事。

狗东西。她杏眸一圈红，水光潋滟，瞧得可怜得紧。

季北川松开陆羡鱼的手，抬手为她擦掉眼泪，柔着声音哄道：“我错了，别哭了，宝贝。”

“谁是你宝贝！”陆羡鱼如同被踩着尾巴的猫，瞪着他骂道，“浑蛋，我讨厌你。”

还没等季北川回过神来，陆羡鱼跳下车就跑没了影。

季北川靠在椅背上，舌尖抵住上颚，无奈地笑：“祖宗啊。”

季北川低头，看见座椅上她的米色挎包，拿出手机给陆羡鱼发消息：下来，拿包。

系统提示：羡鱼开启了朋友验证，你还不是他（她）朋友。请先发送朋友验证请求，对方验证通过，才能聊天。

“……”这祖宗，越来越难哄了。

翌日清晨。陆羡鱼又一夜没睡好，顶着两个黑眼圈去了剧组。今天剧组的工作人员，看她的眼神奇怪到离谱，等她转身离开后，耳边响起窸窸窣窣的讨论声。

“这么劲爆？”

“陆羡鱼这么玩得开，和人在地下停车场就那什么了。”

“……”

陆羡鱼手里的剧本都吓掉了：“……”

她和人、在停车场、那什么？真是离谱他妈给离谱开门，离谱到家了。

今天的戏份是陆羡鱼和季思思的对手戏，拍了三遍都因为季思思忘词没过，李穗萍摔了手里的剧本，对季思思吼道：“会不会演戏？不会就别给我演了——”

季思思有些怵李穗萍，大气也不敢喘，唯唯诺诺地道歉：“李导，对不起，我马上重新背台词，对不起。”

李穗萍连个眼角余光都没有给季思思，叫陆羡鱼休息一下，准备另一场戏。

陆羡鱼回到休息区，拿过手机，微博给她推送了一条实时新闻。

——惊！陆羡鱼停车场幽会神秘男子！

“……”

她和林若三人的小群，又响个不停。

林若：我就是睡了一觉，你就给我玩出了个绯闻？@群里所有人的爹。

向芊芊：羡姐还是你羡姐，牛。

向芊芊：羡羡，这男主是谁，快带出来让我们看看。

陆羡鱼十分无语地回了一个省略号，然后简要明了地说明当时的情况。

等了许久，林若回复：这事我来公关，你好好拍戏，别再出幺蛾子了。

向芊芊则是私聊她：季北川回来了，你打算怎么办？

陆羡鱼靠在椅背上，歪头沉思了会儿，回：他走他的阳关道，我过我的独木桥。

向芊芊：唉，本CP粉的心碎了。

陆羡鱼和她调侃两句，说起下个月向芊芊女儿四岁生日的事，陆羡鱼表示自己这个做干妈的一定会去参加宝贝干女儿的生日会。

年糕来叫她准备拍下一条戏，陆羡鱼收起手机起身，由着化妆师帮忙补妆，再次准备拍戏。

这条戏是《偏见》的第二个故事，也是女主南青的童年往事，请来扮演南青小时候的女孩叫叶蔚蔚，听剧组工作人员说蔚蔚的爸爸是名维和军人，牺牲于前几年的南苏丹维和战役。

小女孩很可怜，从没见过父亲。

蔚蔚长得特别软糯可爱，扎着两个小羊角辫，穿着一身淡蓝色碎花连衣裙，她歪头看着陆羡鱼，黑白分明的大眼里写满好奇："姐姐，我见过你。"

陆羡鱼闻言，再次打量面前的小女孩，脑海里掠过一抹熟悉感，可那感觉快得她抓不住。她没多想，伸手捏捏她软糯的小脸蛋："小蔚蔚，你在电视上见过姐姐啊？"

"不是不是。"蔚蔚的脑袋摇晃得像个拨浪鼓，"是在季爸爸的钱包里的照片上。"

陆羡鱼愣了一下。

小姑娘的声音还在继续响起："季爸爸说……姐姐是他喜欢的人。"

"季爸爸？"陆羡鱼愣住。

蔚蔚看见陆羡鱼疑惑的眼神，眨了眨眼睛，说："姐姐不认识他吗？"

陆羡鱼抿紧唇，和蔚蔚对视，克制住已经颤抖的声线，平静地开口问："蔚蔚，你的季爸爸叫什么？"

蔚蔚脆生生地答道："季北川。"

轰！陆羡鱼听见自己好不容易建起来的心墙倒塌的声音。

她好久才缓过神，揉了揉蔚蔚的头发，放柔声音问她："蔚蔚，他还和你说了什么？"

蔚蔚歪着小脑袋思考了一会儿，两只小手一拍，瞪着一双大眼睛：

“妈妈说我的名字是季爸爸和陆爸爸想了好久，才定下来的名字。”

似是怕陆羡鱼不知道自己嘴中的“陆爸爸”是谁，蔚蔚又欢快地补充道：“陆爸爸说他是姐姐的哥哥。”

陆羡鱼想起那天《偏见》开机发布仪式结束后，是陆妄叫季北川开车来接她。

蔚蔚家乡话的谐音鱼鱼。是他想了好久，才为战友女儿取的名字。

陆羡鱼只觉得喉咙涩得难受，原来这七年，不止她努力在原地等着季北川，而他也在拼命向她奔来。

《偏见》这场戏是女主南青采访完第一个故事的单元女主，回到家后做的一个梦。她梦见自己以第三者视觉回到儿时，拼命劝年幼的自己不要和姑父玩什么游戏，在梦里的小南青听见了她的话，没有给那个毁了她一生的男人开门。可梦境一转，她看见自己躺在床上，母亲在床边抹泪，父亲气得满脸通红，扬言要杀了那个禽兽。

同学们的嘲笑声，周围邻居们的奚落声：“南家那个小姑娘才多大，居然勾引自己的姑父，果然是随了她那个妈。”

南青从床上坐起来，满头大汗，苍白着脸看向窗外。黎明破晓，清晨的第一缕阳光划破天际。她掩面缩在床角，泪水从指缝滑落。

拍完这场戏，陆羡鱼心情很沉重，久久没有出戏。

这个世界对女孩子的恶意太大了，年幼的南青满心相信自己的姑父，却造就一生的噩梦。幸好父母爱她，那个禽兽也得到了应有的惩罚。父母带着她去另一个城市改名开始新生活，她才有后来的新生。

美丽从来不是原罪，盯上美丽的野兽才是罪魁祸首。

“姐姐，”蔚蔚见陆羡鱼发呆，从自己衣兜里摸出一颗糖给她，“季爸爸说，不开心就要吃糖，蔚蔚请你吃糖。”

陆羡鱼低眸，小女孩软乎乎的小手里躺着一颗大白兔奶糖，她接过笑道：“谢谢蔚蔚。”

蔚蔚自己也撕开包装吃起来，摇晃着小脑袋，含糊不清地说：“姐姐，蔚蔚待一会儿就要走了，你不要舍不得我哦。”

陆羡鱼吃着糖，味蕾被奶甜席卷，沉重的心情瞬间变晴。

她牵着蔚蔚的小手走到休息区：“那蔚蔚能陪姐姐待多久呢？”

蔚蔚歪头思考，说：“十分钟，妈妈说她待会儿就要来接我回家啦。”

陆羡鱼怕今天的戏给小朋友造成心理阴影，十分耐心地和蔚蔚说：“蔚蔚，今天发生的一切要忘记，不然晚上会做噩梦的。”

哪想小姑娘摇摇头，认真地说：“蔚蔚知道刚才那是演戏，而且我爸爸们都是军人，我才不怕坏蛋。”

陆羡鱼想起工作人员说蔚蔚母亲常年患病，所以很小的时候蔚蔚就被李穗萍瞧上带在身边拍戏，颇有李氏御用小女郎味道。

可这么小的孩子就迫于生计出来赚钱，陆羡鱼有些心疼：“姐姐准备了礼物给你，你在这等我，姐姐去车上给你拿。”

蔚蔚乖巧答谢：“谢谢姐姐。”

陆羡鱼转身上了保姆车，蔚蔚摇晃着小腿坐在小马扎上等她。

一辆黑色乌尼莫克停在街边，蔚蔚从小马扎上跳下来，迈着小腿就向车子跑去，小手拍打车门：“季爸爸。”

季北川从车上下来，把小姑娘抱在怀里，蔚蔚亲昵地蹭他的脸颊：“季爸爸，蔚蔚有个惊喜给你。”

季北川弯腰要把蔚蔚放在座椅上，小姑娘使劲儿挣扎：“不行，漂亮姐姐还要给蔚蔚拿礼物呢。”

季北川挑眉：“漂亮姐姐？”

陆羡鱼抱着两只兔子玩偶下车，视线在休息区扫视一圈，不见蔚蔚身影，一回头，看见一辆熟悉的黑色乌尼莫克。

蔚蔚跟只小泥鳅一样从季北川怀里离开，小跑到陆羡鱼面前，拉着她的手又跑到季北川面前，气喘吁吁地说：“季爸爸，这是……蔚蔚给你的惊喜。”

“惊喜？”季北川朝她扬了扬眉，“惊喜本人，惊喜吗？”

陆羡鱼看他一眼，男人没穿军装，只穿着黑色冲锋衣，深色长裤，裤腿收在马丁靴里，长腿窄腰，略暗的光线笼罩在他脸上，下颌线条锐利。

少了几分军人的肃然，多了几分她记忆里的少年模样。

陆羡鱼把兔子玩偶递给蔚蔚，摸摸小女孩脑袋：“蔚蔚，再见。”

丝毫没有要理季北川的意思。

季北川弯腰和蔚蔚耳语：“蔚蔚，帮季爸爸留下姐姐。”

蔚蔚眼珠一转，和季北川谈条件：“两顿肯德基，外加一天游乐园！”

“成交。”

陆羡鱼转身要回片场准备夜戏，衣角被蔚蔚拉住：“姐姐。”

小女孩撒娇的软糯模样，萌化了陆羡鱼的心，她半蹲下身问蔚蔚：“怎么了？”

“姐姐和蔚蔚回家吃饭好不好？”蔚蔚抱紧她的手撒娇，“求求你啦。”

陆羡鱼没立刻答应，回头看向季北川，他嘴里叼着一支烟，没点燃，十足的痞样。

“陆小鱼，你不会拒绝一个可爱小女孩的要求吧？”他笑得笃定。

蔚蔚抱紧她的胳膊，使劲儿撒娇：“姐姐，你不会拒绝蔚蔚的，对不对？”

陆羡鱼觉得自己定是年长了，母爱泛滥，真的拒绝不了人类幼崽撒娇。她无奈同意：“好。”

陆羡鱼让年糕帮自己和李穗萍请假，顶着剧组工作人员八卦的眼神上了季北川的车。陆羡鱼离开后，整个剧组都炸了。

“蔚蔚不会是陆羡鱼私生女吧，我看那个男人和她好熟啊。”

“说不定啊，蔚蔚自去年就被李导带在身边拍戏，俨然就是第二个陆羡鱼。”

“你们不想想陆导和李导什么关系，她有必要对一个陌生小女孩这么照顾吗？”

“……”

众人的讨论声落进季思思耳朵里，她佯装没听见，翻着手里的剧本，过了会儿后找来助理，吩咐道：“有关抹黑陆羡鱼的通稿，你让杨姐再加一个私生女。”

陆羡鱼抱着蔚蔚坐在后座，小姑娘抱着兔子玩偶玩得开心，陆羡鱼看得真觉得自己母爱要泛滥成灾了。

前方是红灯，季北川踩下刹车，偏头看她：“很喜欢蔚蔚？”

陆羡鱼丢给他一个你自己体会的眼神，又亲亲蔚蔚软糯的脸蛋：“蔚蔚这么乖，我当然喜欢。”

“蔚蔚是我干女儿——”季北川唇角上扬，拖腔带调地笑，“我可以勉为其难让你当她干妈。”

陆羡鱼无语，什么叫勉为其难，她还不想和他有半毛钱关系呢。

“姐姐，”蔚蔚仰头看她，眼睛亮晶晶的，“你要不就当蔚蔚的干妈吧，这样你和季爸爸就是一对了。”

陆羡鱼捏捏她的脸，哭笑不得：“你知道‘一对’是什么意思吗？”

蔚蔚看一眼季北川，读懂他眼神的暗示，为了自己的肯德基和游乐园一日游，特别卖力地给陆羡鱼推销自己的干爸：“我当然知道一对是什么意思，就是姐姐是季爸爸的媳妇儿。”

“媳妇儿？”他得寸进尺地笑，“要不就认了呗。”

狭小的车厢里暧昧因子膨胀，陆羡鱼只觉得自己耳朵烧烫，她转头看向窗外的风景：“别乱认亲戚，我和你没关系。”

季北川笑了声，声线低沉，勾得陆羡鱼整颗心都怦怦跳。

蔚蔚觉得自己的大餐要跑路了，拉着陆羡鱼的衣袖使劲晃，拉着尾音撒娇：“姐姐，你就答应蔚蔚好不好？”

“……不行哦。”她温声拒绝蔚蔚，“你叫我姐姐就行。”

蔚蔚失望地努嘴：“那姐姐和蔚蔚平辈，是不是要叫季爸爸做爸爸啊？”

陆羡鱼：“……”好家伙，她被一小女孩摆了一道。

季北川眼底晕开笑意，附和着蔚蔚的话：“陆小鱼，叫声爸爸？”

“你乖点，别和他一起合伙来欺负我。”陆羡鱼捏捏蔚蔚的脸，然后瞪一眼季北川：“你闭嘴，你当年可是我儿子。”

就这么一瞬，年少往事浮现，他们对视一笑，眼底只有彼此，仿佛这七年从未存在过。

她还是那个得理不饶人的小姑娘，他也还是那个意气风发的少年。

蔚蔚看一眼季北川，又看一眼陆羡鱼，再次语出惊人：“如果季爸爸当年是姐姐的儿子，我和姐姐又是同辈，那么我就是你阿姨啊。”

陆羡鱼强忍笑意，抬手拍季北川的肩：“季小川，快叫阿姨。”

季北川咬紧后槽牙：“……”小丑竟是他自己。

车子驶进老式小区停下，陆羡鱼抱着蔚蔚下车，季北川走过来，接过蔚蔚：“她挺重，我来。”

陆羡鱼把蔚蔚给他，抱住两只兔子玩偶跟在他身后上楼。

蔚蔚家住五楼，老式小区应声灯有几盏是坏的，季北川一手抱着蔚蔚，又朝陆羡鱼伸手：“灯是坏的，我牵你上去。”

陆羡鱼垂眸，男人掌心不复年少时的冷白，指根处略带薄茧，骨节修长分明，她迟疑几秒，拒绝了他：“不用，我自己会走。”

季北川却伸手过来，强势地攥住她纤细的手腕：“我牵你。”

陆羡鱼挣扎了下，被季北川握得更紧，她索性随他去，任由男人牵着自己上楼。

这段路很短，陆羡鱼感觉到掌心传来的温热，鼻尖有点儿酸。

还没等她酝酿好情绪，五楼左边的防盗门打开，从门后探出头的少年抓了抓头发，笑得很憨：“季队回来了啊。”

这一声，引起厨房内正忙碌的蔚蔚妈妈林蝶的注意，笑着引两人进门，和他们说道："辛苦你们送蔚蔚回来了。"

陆羡鱼认出她是去年去送锦旗时看见的那个女人，想要抽回手，却被季北川握紧，她抬眸撞进他黑沉沉的眸底，那双眼眸里满满都是她。

她垂了垂眼，没有说话。

季北川介绍林蝶和陆羡鱼认识："这是叶队的爱人林蝶，这是我……"

他想说陆羡鱼是他女朋友，被陆羡鱼抢先："您好，我是陆羡鱼。"

进门之后，季北川又和陆羡鱼介绍了给他们开门的少年，少年叫谢屹，是季北川带的新兵。林蝶给两人倒开水，又转身回厨房忙碌。

谢屹看着陆羡鱼笑："咱们部队都说季队是棵老铁树，白长了一张好皮囊，没想到有嫂子这么漂亮的女朋友。"

季北川胳膊搭在陆羡鱼肩上，语调懒散带笑："你嫂子漂亮吗？"

谢屹回答得很诚实："漂亮。"

季北川揉了一把陆羡鱼的短发："再漂亮也是我女朋友，跟你没关系。"

"别乱攀关系。"陆羡鱼打掉他的手。

恰逢此时，蔚蔚捧了本《安徒生童话》跑过来，恳求陆羡鱼给她讲故事。

季北川没被她的冷淡态度逼退，靠在抱枕上，两条长腿随意交叠，坐姿懒散，没一点儿应有的肃然，还和年少桀骜不驯的少年一样。

他勾着尾音笑："那咱们是什么关系？"

陆羡鱼正在给蔚蔚讲童话，闻声抬了抬眼："没有关系。"

旁边的谢屹听得一愣，这又是唱的哪出？

陆羡鱼的声音放柔给蔚蔚讲小美人鱼的故事，她这些年兴起去学了配音，能模仿无数种声音。

一个故事讲完，蔚蔚听得津津有味，抱着陆羡鱼的胳膊不撒手，使劲儿撒娇："姐姐、姐姐，再讲一个。"

陆羡鱼看一眼独自在厨房忙碌的林蝶，有些愧然，合上手中的童话书，和蔚蔚柔声说："姐姐去厨房帮你妈妈，你让他给你讲故事。"

蔚蔚贼嫌弃地瞥一眼季北川："不要。"

陆羡鱼摸摸小女孩柔软的头发，问她："为什么？"

"上次季爸爸给我讲故事，说小美人鱼死了……"蔚蔚低头掰着手指数落季北川的罪行，"上上次……他说白雪公主是个笨蛋，才会吃皇后的苹果。"

“……”听起来，是季北川那狗东西能干出来的事。

蔚蔚总结：“让他给我讲童话故事，太毁童年了。”

陆羡鱼忍笑，唇角弯了弯。

季北川抬手揉了一把蔚蔚的小脑袋：“小孩儿，我这是在给你普及人心险恶，以免你被骗，还帮人数钱。”

蔚蔚嫌弃地推开他：“你这是在毁我的童年。”

陆羡鱼起身去厨房帮林蝶打下手。

蔚蔚挪动屁股坐到季北川身边，和他谈条件：“季爸爸，待会儿我让姐姐和你坐在一起，你让妈妈答应我和李奶奶去拍戏，可以吗？”

林蝶身体不好，在宜江市小学做代课老师，因为没有正式编制，每个月到手的工资不过两千出头，可她不仅要抚养四岁的蔚蔚，还要赡养患有糖尿病的母亲。

蔚蔚虽然年龄小，但很懂事，知道拍戏赚钱多，就想要多赚点，减轻林蝶肩上的负担。

季北川摸了摸蔚蔚的脑袋，温声道：“行。”

陆羡鱼把切好的菜装盘递给林蝶，林蝶一边翻炒，一边和陆羡鱼聊天：“陆小姐，我听阿川说起过你。”

“他说我什么？”陆羡鱼很好奇季北川会怎么和别人说起自己。

前女友？还是有遗憾的初恋？

“说他有个很漂亮的女朋友在等他回去，”林蝶给菜添加佐料，又笑着和陆羡鱼说，“部队里喜欢他的姑娘很多，他都给拒绝了，倒是有个……”

只顾着说话，锅里飘出一股煳味。

陆羡鱼连忙道：“菜煳了。”

林蝶立马关小火，把菜盛进盘子里，从碗柜里拿出碗筷，又碎碎念起来：“做军人背后的女人很辛苦，你真想要和他走到最后，得做好准备……”林蝶注意到自己说错话，立刻改口，“不说了，来，端菜出去吃饭吧。”

陆羡鱼和林蝶一前一后走出厨房，林蝶家的饭桌是长方形餐桌，谢屹有事离开，季北川和蔚蔚已经落座，只留了两个空位。

蔚蔚对林蝶招手：“妈妈，你和我坐。”

陆羡鱼看一眼季北川身边的空位，有些迟疑。

蔚蔚神助攻：“姐姐，你怎么还不坐下啊？”

季北川悠闲地靠在椅背上，点漆似的黑眸直勾勾地盯着她：“不吃饭吗？”

迟疑几秒，陆羡鱼在季北川身边坐下。陆羡鱼这些年养成吃饭只吃三分饱的习惯，没吃两口，她就放下筷子。

季北川用公筷给她夹了虾仁放进碗里，薄唇微启：“瘦得跟个竹竿一样。”

“……”这叫苗条。

看她没动筷，季北川眉梢扬了扬，唇角扯出一点儿坏笑：“要我喂你？”

满桌人的目光看过来，特别是蔚蔚用小手蒙住眼睛，嘴里嚷着：“羞羞，不能看。”

陆羡鱼脸红，再次拿起筷子吃掉虾仁：“我自己吃。”

狗东西，就知道威胁她！

半小时后，众人已是酒足饭饱。此时，响起门铃声。

蔚蔚从椅子上跳下来：“我去开门。”

陆羡鱼起身帮林蝶收拾碗筷走进厨房，林蝶笑着和她说：“辛苦你了，碗筷放这儿，我来洗。”

陆羡鱼也没矫情，把碗筷放下便离开厨房。

她才走到厨房门口，就被蔚蔚抱住胳膊：“姐姐，你、你别出来。”

陆羡鱼感到疑惑，她抬眸，客厅沙发上坐着一个女人，栗色大波浪卷发，化着精致妆容，玫瑰色调的无袖连衣裙衬得她肌肤白皙。很眼熟。

聂梦涵看向季北川，眼神欲语含羞：“我去部队找你，没看见你人，就知道你肯定来林蝶姐这儿了。”

陆羡鱼不爽地挑眉，这语气，可真熟悉啊。

季北川只淡淡“嗯”一声，没有要理聂梦涵的意思。

聂梦涵却不在意，她自一年前因文工团下基层表演和季北川重逢，得知男人至今单身，年少时的心思又躁动起来，她自信没有陆羡鱼在，季北川一定会喜欢上她。

陆羡鱼正站在聂梦涵的视线盲区，只听聂梦涵浅笑着问季北川：“我还没吃饭，季队能不能赏个脸陪我去楼下餐馆吃个晚饭？”

季北川看一眼站在厨房门口的陆羡鱼，后者别开脸不看他。

得。又把祖宗惹生气了。

“抱歉，没空。”季北川拒绝得干脆利落。

聂梦涵也不气馁，这些年，她不乏追求者，也谈过几场恋爱，可很难找到年少时那种悸动，唯独对季北川她有足够的耐性。

她笑着说："那挺遗憾，我就只能在林蝶姐这儿蹭一顿了。"

季北川抬了抬眼，语气很是不耐烦："随你。"

陆羡鱼脸色算不上有多好，她这些年学会将情绪收放自如，连她妈冬雪也称叹，年少那个一言不合就变脸的小公主长大了。

小孩子对情绪只是敏感，蔚蔚察觉到陆羡鱼不开心，用小手拉住她的小指晃了晃："姐姐，你别生气，那个姐姐虽然经常来找季爸爸，但——"

"别和姐姐提她。"陆羡鱼打断蔚蔚的话。

洗完碗的林蝶看见站在门口不动的一大一小，有些愣住："蔚蔚，羡鱼，你们站在这儿做什么？"

林蝶声音不算大，但在两室一厅的房内就尤显突兀。

聂梦涵转头看见站在厨房那儿的女人，她穿着白色打底衫，浅色牛仔裤，略暗的光线落在她脸上，漂亮且极具攻击性的五官美得惊人。

她指尖攥紧裙摆，面露错愕。陆羡鱼怎么会在这里？

直到身边男人起身走向陆羡鱼，不同于拒绝她时的冷淡，嗓音温柔："要不要回去了？"

陆羡鱼用冷淡的目光看他一眼，转头微笑地和林蝶告别："林姐，我先走了。"

林蝶点点头，叮嘱两人："开车小心点。"

陆羡鱼从沙发上拿了自己的外套和挎包，转身离开，季北川立马跟上。

林蝶看一眼坐在沙发上的聂梦涵，问她："你要留下来吗？"

这一年聂梦涵追着季北川跑，因着林蝶丈夫牺牲的原因，林蝶一家被季北川等人照拂，对聂梦涵也算熟悉。

聂梦涵本就因为季北川才会来林蝶家，这会儿人已经走了，她也没必要留下来，微笑着和林蝶告别，拿起背包追了出去。

第十章 复合

陆羡鱼也不知道自己为什么生气，明明两人现在连男女朋友都算不上，她却偏偏又因为季北川那狗男人吃醋了。她几乎是小跑着下楼，可男人身高腿长，任她跑得再快，到出口时还是追上了。

季北川抓住她的手，把人往怀里一带，下巴抵在她颈窝，低低笑出声："陆小鱼，又吃醋了？"

"我哪儿配吃醋？"陆羡鱼冷笑着推开他。

楼道灯光偏暗，男人身躯高大修长，轻松挡住那道唯一的光线。

季北川压低嗓音笑着说："没吃醋？"

"那谁家的醋坛子翻了——"他抬手轻轻点了下她的鼻尖，"这么酸。"

被他指腹轻触的那块肌肤像是灼烧一样，变得滚烫。陆羡鱼别开脸，贝齿紧咬唇瓣，嘟囔道："我们又没关系，我哪儿配吃您的醋。"

"哪儿没关系？"季北川把人往怀里一拉，手指抬起她的下巴，黑沉沉的眸盯着她的唇，"亲过不算——"

"那……"他凑近她耳侧，嗓音压低，在安静的夜里特别撩人，"要不睡一觉。"

"……"狗东西，狗东西！！！

陆羡鱼气得面红耳赤，推开他："季北川，你怎么能这么不要脸？"

这人越老越不正经，那脸皮堪比城墙。

"不生气了？"季北川捏了捏她的脸，"早知道你这么好哄，我就——"

"你就什么！"陆羡鱼忍不住骂人，她只觉得耐性都被这男人磨光了，"送我回酒店。"

她转身往车的方向走，季北川笑了声，跟上她，嘴里还在说："害羞了？"

聂梦涵站在二楼台阶那儿，手指紧紧握住扶手，看着两人离去的背影，咬紧了唇。

陆羡鱼回到酒店，想到今晚发生的事，只觉得自己太没用，又被季北川牵着鼻子走。他都没和她说复合，也没说要重新追她，凭什么……凭什么她又得为他吃醋。手机铃声响起。陆羡鱼拿过手机一看，是季北川发来的消息：不许删我。

陆羡鱼不想理他，这人消息又发过来，是一条语音。陆羡鱼点开，男人慵懒的声线响起："明天有空吗？"

她回：没空，要拍戏。

等了许久也不见他消息发来，陆羡鱼有些懊恼。就这？

下一秒，季北川又发了条语音过来："晚上一起吃饭，顺便看个电影？"

陆羡鱼抿唇，她都说她没空，这男人看不懂汉字吗？她敲字回：你要干吗？

季北川的电话打过来。陆羡鱼接通，似不耐烦道："你很闲吗？"据她所知，部队应该很忙。

"不闲。"男人嗓音散漫，"但终身大事怎么也得有空——"

陆羡鱼指节微蜷，半晌，才说："你……什么意思？"

是她理解的那个意思吗？

"小笨妞，"季北川笑，"我在追你啊。"

男人嗓音被电流处理过后，低沉得撩人。陆羡鱼掌心生汗，她从床上起来，走到窗前，夜色正浓，天际一轮明月亮得灼目。

她有点儿没缓过神，愣愣地"啊"了一声。

季北川才结束夜跑，汗水顺着锋利的下颌线条滑落，喉结滚动，野性十足。

边上有才入伍的新兵大胆笑他："季队，和女朋友打电话啊？"

他难得好脾气地应一声："是。"

陆羡鱼脸热，连带着整颗心都不受控制地跳动起来。她深呼吸："季……"

"陆小鱼。"季北川找了个空地坐下，两条长腿大大咧咧地敞着，随性又散漫，"能不能追啊，给个答案？"

他的嗓音格外沉，呼吸间的微喘透过听筒处落进陆羡鱼耳里，她整个人都变得晕乎乎的。

"我说不能呢？"陆羡鱼不想这么快就给他机会。

七年，她可是足足等了他七年。一句“我在追你啊”就想把她追到手，她可不是傻白甜，那么好追。

季北川抬眼望天，幽蓝夜空悬挂一轮弯月，月色皎洁明亮，就像他心心念念的她那双清澈的杏眼。

他唇角上翘，勾起一抹坏笑：“那我只能霸王硬上弓。”

“季北川！”陆羡鱼生气，咬牙，“有你这么追人的吗？”

“陆羡鱼同志，那你要不要答应我追你啊？”

“追我的人很多……”她歪头靠在玻璃窗上，瞧着窗外的弯月，启唇说，“勉强给你个机会，也不是不可以。”

今夜月色正亮，他们同处在一片天空下，连呼吸都是同一片空气。

季北川笑了声，低沉的嗓音，声线散漫：“小傲娇。”

陆羡鱼脸热，找借口道：“我要睡觉了，明……明天有空见。”

“好。”季北川极有耐心地说，“晚安。”

挂断电话，陆羡鱼躺回床上，抬起左手，无名指上的C字母落在眸底。她遇上季北川这辈子就栽定了，年少时以为这份感情会随着时光消磨，可历经岁月沉淀下来，她知道自己只会对季北川动心，这辈子也只会喜欢季北川一个人。

别人都说季北川没有多好，可只有她自己知道，就是这个不怎么样的人，给了她最好的爱情，教会她女孩子在爱情里不必小心翼翼，应该被人宠着、疼着。

微博热搜：#陆羡鱼私生女#爆。

热搜广场上清一色的通稿写《偏见》电视剧女主小演员扮演者是陆羡鱼的私生女，通稿内容有理有据，还附赠陆羡鱼抱着女孩儿上车的动图。

看得林若太阳穴突突地疼，她截图发在小群：吃瓜吗，猹们？

向芊芊：羡羡，你什么时候背着我们生崽了？

陆羡鱼才拍完一场戏，看见这条微信内容，只觉无语：这你也信，不如信我谈恋爱了。

林若：无语，这些营销号看图写故事真是牛，不去写文都委屈人才了。

向芊芊：老实讲，羡羡，你和季北川怎么又在一起了？

林若：你记吃不记打啊？又和他搞在一起，我先去联系周律师准备律师函，这群营销号，必须告。

陆羡鱼没回答有关是否和季北川在一起的事，只说：这些营销号必须告，告得他倾家荡产！

一小时后，陆羡鱼工作室官微发布公告，澄清这段时间有关陆羡鱼所有的黑料，所谓地下停车场约会、私生女等事件纯属子虚乌有。地下停车场一事只是陆羡鱼被好友送回酒店，同行还有助理年糕。而私生女事件更是离谱，小女孩蔚蔚是烈士子女，被李导请来拍戏。南城律师事务所受陆羡鱼工作室委托全权处理此次名誉受损一案，并发律师函警告几个常年专黑陆羡鱼的营销号。

底下网友评论——

“真离谱，造谣者良心不痛吗，烈士子女也不放过，真是无语。”

“陆羡鱼虽然公主病，但是私生活绝不会这么乱吧。”

“惨还是我们家鱼妹惨，人在剧组坐，锅从天上来。”

“只有我一人发现，陆羡鱼两次黑料的车都是同一辆吗？”

楼中楼有人回复：

“姐妹，你不是一个人！”

“这个男人的侧颜有点像……当年陆羡鱼还没有出道时的那个素人男朋友？”

“啊啊，是我磕的那一对吗？！”

“姐妹，对个暗号，鲲之大，一锅装不下！！”

“传说中C字母的主人吗？！是不是他，告诉我，是不是！！”

“什么临渊羡鱼，bcyy（北川有鱼）才是最牛的！！！”

“这什么神仙剧情！！”

“太太们愣着干吗啊，写文啊，产粮啊，我的航母火箭在哪儿，快给我安排上！”

“指路南城大学贴吧，有叫‘你欠我的，拿什么还’太太的文，什么PLAY都有，赶紧去看。”

…………

词条#北川有鱼#悄悄爬上热搜榜。看见这条热搜的林若让团队联系公关撤了热搜，又将有关二人的一切帖子资料删得一干二净。可网友还是捕捉到蛛丝马迹，悄悄磕起CP。

当天最后一条戏拍完，陆羡鱼准备回酒店换衣服，林若叫住她：“羡羡，你跟我来一趟。”

陆羡鱼看一眼手机上季北川发的消息：临时有事，晚一点来接你。

她回了个“随便”，跟着林若的脚步上了保姆车。

保姆车内，林若和她说："最近有个真人秀想邀请你去，你看你有意向吗？"

陆羡鱼这段时间在剧组都是封闭式拍戏，偶尔上网冲浪外，有关业内近日盛传的事，她是一概不知。

她问林若："什么真人秀？"

"一档军营生活体验真人秀，"林若顿了顿，继续说，"拍摄地点就在宜江市，不会耽误你拍戏。"

陆羡鱼想了下，似乎她最近的档期除却拍《偏见》外，就再无其他。

她索性答应下来："行。"又问，"累吗？"

林若丢给她一个白眼："你猜啊。"

陆羡鱼懒懒地靠在椅背上，语调闲散："今年拍完戏，再出一张专辑，剩下的时间我要休长假。"

林若也乐得清闲："随你。"

说起来也奇怪，国内唱跳舞台颇少，偶像产业链也不算成熟，陆羡鱼自回国后也是黑料满天飞，偏钟爱她的粉丝也是如潮，论这些年选秀出来的女团爱豆无谁能撼动她的位置。

与此同时，宜江市武警支队。

陆润竹正在和支队政委商讨，有关近期有节目组要来他们支队拍摄一档军营真人秀的事。

聂政委是个老顽固，不赞同这件事："老陆，这事我看不行。"

陆润竹倒也有法子应对："他们已经和相关部门协商好，流程文件已经下来，你总不能关门赶人家走吧。"

聂政委睐他一眼，没好气道："你这已经决定好的事，还来问我，有意思吗？"

陆润竹和他共事多年，笑呵呵道："我这不是来和你商量下，这群明星兵的教官安排谁去？"

聂政委沉思几秒，支队下的几个中队长脾性不一，而今年入伍的那群新兵被一中队队长季北川带着，他索性摆摆手："让那群什么明星兵和今年新入伍的兵蛋子们一起训练，全部丢给季北川。"

陆润竹倒也同意了："就这么办，小季那儿我和他说一声。"

聂政委烦躁地摆手："行行行。"

十分钟后，季北川被陆润竹叫来办公室，他敬了个军礼："报告。"

"进来。"

季北川才从训练场地过来，穿着迷彩服，帽檐略低，在硬朗的眉眼上投下淡淡阴影。

陆润竹给他倒了杯水，开门见山地说："最近有档军营真人秀节目下个月要来我们支队，你反正在训练今年新入伍的新兵，也跟着一起训练那群过来拍综艺的明星。"

季北川敛眉，有些不赞同："最简单的体能训练五千米，那群娇生惯养的明星能坚持吗？"

当兵从不是闹着玩的事儿，军人代表的是和平，是信仰，他们出生入死就是为了保护万里山河的安宁。

陆润竹沉声："这是命令。"

服从命令是军人的天职，见陆润竹如此，季北川只得无奈敬礼："是，保证完成任务。"

谈完正事，陆润竹又开始操心起季北川的终身大事，眼瞧其他几个中队长、指导员，打恋爱报告的，递结婚报告的，唯独他还孑然一身。

陆润竹咳嗽一声："那个，我听说聂政委的女儿和你走得很近？"

季北川抬了抬眼："陆队，我作风端正。"言外之意，他和聂梦涵半毛钱关系都没有。

陆润竹端起茶杯喝了口茶，语重心长道："你瞧瞧你也老大不小了，得找个人照顾你，我有个侄女，和你年龄差不多，要不我安排你们见一面。"

季北川想也没想就拒绝："谢谢您的好意，我暂时不急。"

季北川从陆润竹办公室出来，和副队交代完晚上训练的事，回宿舍冲澡换了身衣服。

宜江市与南城毗邻，皆属南方城市。春末的晚风还带着丝丝凉意，季北川在黑T外套了件深色夹克，拿上车钥匙和钱包出门。

暮色四合，偶尔能听见两声训练的新兵喊口号的声音，他上车前给陆羡鱼发了微信：人在哪儿？我来接你。

陆羡鱼正和林若聊着下半年新专辑的事，手机铃声响起。

林若抬眼看她："谁？"

陆羡鱼没答，拿起手机回消息：剧组，你来吧。

季北川：好。

林若眼尖，瞄见一个"川"字，眉拧得老紧："陆羡鱼，你又和他搞上了？"

“什么叫搞？”陆羡鱼听不得这话，“是他在追我。”

林若拿她没办法，破罐子破摔地说：“我管不住你，叔叔要知道你和季北川又在一起了，少不了一顿‘竹笋炒肉’。”

陆润之知道陆羡鱼再进娱乐圈是因为季北川，这些年明里暗地敲打过她，敢要和季北川再有关系，一定把她的腿打断。

陆羡鱼腿肚发软，嘴上却不甘示弱：“林若，阿姨可是说了你今年不结婚，她就从意大利回来和你谈谈人生。”

林若比陆羡鱼大一岁，今年二十八，眼瞧她换男朋友如换衣，却一直没安定下来，可把林母急坏了。

林若不甚在意：“为一棵树，放弃整片森林，我疯了吗？”

陆羡鱼和她聊不到一块儿去，恰逢此时，季北川来电，她扬了扬手机：“我走了。”

林若嫌弃地挥手：“走吧，走吧。”

季北川的车停在对街，车流拥堵，来往行人匆忙。

陆羡鱼才从片场出来，就瞧见慵懒地倚着车身而站的男人，鸦青色眼睫毛垂下，神情散漫又痞。

季北川看见她过来，拉开副驾驶座车门：“想去哪儿？”

陆羡鱼出来得急，没换衣服，还穿的是《偏见》里女主南青的衣服。米色连帽卫衣，修长双腿藏匿在深色牛仔裤里。

片场附近多有娱记蹲点，她压低鸭舌帽帽檐坐进车内，压低声音：“都行。”

季北川知道她担忧什么，也没像往常调戏陆羡鱼两句，转身坐上驾驶位。

陆羡鱼系好安全带，摘下鸭舌帽，抬手抓了抓略乱的短发，问季北川：“现在是去哪儿？”

季北川偏头看她一眼，勾着尾音笑：“带你去玩点儿刺激的。”

陆羡鱼脑海里浮现出一些不可描述的画面：“刺激的？”

恰巧前方十字路口是红灯，季北川一脚踩了刹车，靠在椅背上，转头盯着陆羡鱼瞧，也没说话。

不知道是不是车厢空间狭小，陆羡鱼只觉得从后颈到耳郭的肌肤都烧得要命，她不自觉地别开脸：“是去哪儿？”

红灯转为绿灯，引擎发动。

季北川盯着前方，漫不经心地开口：“陆小鱼，你想什么呢？”

陆羡鱼觉得自己真该去买包去污粉，洗洗脑子里那些不干净的东西。可此时在这男人面前，她云淡风轻地道："我怕你把我卖了。"

车子上了江桥，遇上晚高峰，速度减慢。

季北川侧眸打量她，视线从脸到肩颈，再到宽大卫衣也藏不住的姣好身材。他喉结微滚，握着方向盘的指节渐紧，毫不留情地嘲笑陆羡鱼："就你这二两肉，能值多少钱？"

陆羡鱼觉得自己的尊严受到侮辱，狠狠瞪一眼笑得嚣张的男人："那你有本事别追我。"

"你其实挺值钱的——"他忽然转了话锋。

陆羡鱼瞅他，眼神威胁地看着他。

季北川唇角上翘，黑沉沉的眼直勾勾地看她："是我的无价之宝。"

"……"情话越来越牛了。

陆羡鱼落下车窗，微凉夜风拂面，肌肤的烧灼被吹散几分，她看见车子下了江桥，一个转弯停在深巷内。

堕夜——黑金漆涂刷过的两个字映入陆羡鱼的视野，她愣了两秒。

季北川解开安全带，抬手拍了下她的脑袋："下车。"

陆羡鱼也解了安全带，跟着季北川走进去。

这是家酒吧，装修偏暗色系，吧台处站着个女人，正低头清算账目，听见脚步声，抬了抬眼："抱歉，还不到时间。"

"姐，是我。"季北川说。

许梨合上笔记本电脑，瞧一眼跟在季北川身后全副武装的陆羡鱼，笑了声："太阳打西边出来了，你居然领了个妹子来我这。"

陆羡鱼也有七八年没见过许梨，女人似乎和记忆中没什么两样，银簪松松垮垮地绾住长卷发，两缕发丝落在脸侧，丹凤眼眼尾微扬，还是从骨子里透出来的媚。

许梨扬了扬下巴，和她打招呼："妹妹，不做个自我介绍？"

季北川在吧台处的高脚凳上坐下，扯了扯夹克衣领，嗓音慵懒："陆小鱼，怎么不叫人啊？"

酒吧内没什么人，陆羡鱼摘下鸭舌帽和口罩，微笑地和许梨打招呼："许梨姐。"

许梨倒是愣了一秒，瞧着眼前和记忆里那个漂亮小姑娘没什么两样的女人，对季北川笑道："真有你的，兜转这么多年还是羡羡。"

陆羡鱼在季北川身边的高脚凳上落座，驳了许梨的话："我和他没关系。”

许梨好笑地看向季北川：“怎么回事？”

季北川慵懒随意地靠在大理石的吧台边，单手支脸，桃花眸半阖，盯着陆羡鱼的侧脸，幽幽开口：“我在追她。”

“堕夜”是许梨开的酒吧，一楼是酒吧，二楼是体育馆，各类运动机械俱全，还单辟出了一片空间用作攀岩。

季北川手臂撑在护栏栏杆上，盯着攀岩墙问陆羡鱼：“要玩吗？”

陆羡鱼看一眼攀岩墙，唇线抿紧：“这就是你说的刺激？”

“那你以为什么？”季北川倾身，呼吸浮在她耳郭，又痒又热，“你不会馋我身子吧？”

她后退两步，红着脸骂他：“流氓。”

他拉下夹克拉链，内里黑T贴身，肌肉线条若隐若现。季北川薄唇微勾，眼底含着戏谑的笑，从骨子里透出来的坏：“谢谢夸奖。”

陆羡鱼懒得理他，转移话题：“这个怎么玩？”

“我教你。”

季北川找许梨要了套女式运动服，递给陆羡鱼：“去换上。”

二楼拐角有专门的换衣室，陆羡鱼拿上衣服去换上。

暗色系的女式运动服，露腰的短袖上衣，纤腰白皙，盈盈一握。

季北川的视线从她露出的半截纤腰掠过，眸光微沉，平静无波的瞳孔里泛起一丝涟漪。他哑声说：“幸好今天没人来。”

都是成年人，谈恋爱或是暧昧期早不像年少那样因为牵手就心跳不止，成人的爱情多少都染上了点成年人的氛围感。

陆羡鱼垂眸，耳后碎发落下，她抬手又别在耳后，露出的肩颈线条弧度优美。季北川深呼吸，平复不该有的思绪，对陆羡鱼招了招手，道：“过来。”

陆羡鱼如言走过去。这面攀岩墙是内倾的岩壁设计，她第一次玩攀岩，有点儿慌。

季北川弯腰给陆羡鱼系安全绳索，体温过高的肌肤触碰到她露出的腰，她低吟一声：“凉。”声线又娇又软，勾人得要命。

季北川专心给陆羡鱼系安全带，沉着声说：“我会忍不住。”

陆羡鱼满头问号：“忍不住什么？”

“馋你身子。”他轻飘飘地说了四个字。

陆羡鱼瞬间僵住，小碎步往后退，拉开两人的距离，极小的声音骂了声："禽兽。"

季北川被她逗笑，揉了揉她的头发："能不能换个词？"

"浑蛋。"

"……"有区别吗。

季北川耐心地给陆羡鱼讲解攀岩的要领："记住了，要用脚尖去抓脚点，要谨慎小心，别盲目地向上迈脚，多迈小步，少迈大步。"他讲完，拍了拍陆羡鱼的肩，"来试试。"

陆羡鱼拍《刑侦一科》时，因为女主是卧底警察，她为了更好地诠释角色，进组前去南城某警校学习了两个月。

她按照季北川讲的要领，先找好落脚点，再一点点向上爬，爬到一半儿，脚跟先落地，一个踩滑直直倒了下去。季北川眼疾手快地接住她。

陆羡鱼有点儿心慌地抓住季北川的领口，微微喘气："吓死我了。"

"还玩吗？"季北川把她放下来。

陆羡鱼摇头："不玩了。"

"看我表演。"季北川朝她扬眉，神情嚣张得不可一世。

陆羡鱼倚在跑步机前，盯着季北川。男人没系安全绳索，整套动作行云流水，几个大步来回，从高处又回到地面。

她有些恍然，忽然想到在那些她不曾知道的岁月里，他是不是也是这样日复一日地训练。林蝶的话在陆羡鱼耳边回响，军人很艰难，他们也是血肉之躯，却有一腔热血去保护国家、守护人民。陆羡鱼抿了抿唇，如果有机会，她想瞧瞧在部队里的季北川是什么样。

季北川问她："如何？"

陆羡鱼回神，敷衍点头："还行，有点儿无聊。"

季北川擦了擦额间的汗，走到陆羡鱼面前，问她："要不要去吃饭？"

"我去换衣服。"她转身走向换衣间。

陆羡鱼换衣服时，挂在墙上的挎包里响起铃声，她穿好打底衫，不紧不慢地拿出手机看了一眼，然后看见来电显示：爸爸。

铃声响了许久，连外面的季北川也听见了。他问陆羡鱼："电话响了半天，怎么不接？"

陆羡鱼有些烦躁地捋了一把头发，声调也变冷："闭嘴，我爸打电话来了。"

季北川说："我在楼下等你。"

陆润之那边不知道是不是见她很久未接电话，就挂断了，也没有再打来了。

陆羡鱼套上卫衣，抓了抓有些凌乱的短发，拉开换衣室门。走到窗前，给陆润之打过去："爸。"

"你在哪儿？"陆润之问。

陆羡鱼看了眼窗外黑沉沉的夜色，淡声说："和朋友在外面。"

陆润之今天难得来宜江市，兴起去探女儿的班，可剧组、酒店都没人，询问助理年糕后才得知陆羡鱼和人出去了。

陆润之问她身体状况后，又叮嘱："好好拍戏，别给你姑姑添麻烦。"

"我知道了。"陆羡鱼应下。

陆羡鱼背上挎包，戴好口罩、鸭舌帽下楼。

一楼酒吧因为夜色降临，灯光炫目，重金属音乐在耳边回荡，吵得陆羡鱼脑仁突突地疼。

季北川坐在吧台高脚凳上，手肘撑在大理石桌面上，骨节分明的手指握着只玻璃杯，杯中涟漪片片，映出男人的冷戾眉眼。

边上有女人偷偷打量他，眼中尽是觊觎。过半晌，女人终于鼓足勇气上前搭讪："先生，能请您喝一杯吗？"

陆羡鱼站在台阶上，抱肩冷眼瞧着那边的情况。

季北川眼皮略掀，有点儿不耐烦地扫过身边的女人，廉价香水味刺鼻，他敛眉："不能。"

女人神情失望，可不愿放弃："那能加个微信吗？"话落，身后响起一道略软的声线，说出来的话却极其毒舌："抱歉，他脑子有问题，不会玩这个。"

女人转头看着出现在身后的陆羡鱼，她穿了件米色连帽卫衣，黑色鸭舌帽，帽檐略低，压住的碎发薄薄贴在精致的眉眼上。有些眼熟。

"还不走？"陆羡鱼上前拽了下季北川的衣袖。

季北川放下酒杯，揽过她的肩，贴耳低语："吃醋了？"

男人身上淡淡的烟草味裹杂着酒精的气息扑面而来，鼻息纠缠间，陆羡鱼口罩下的唇角抿紧。

她抵死不承认："走不走，不走我走了。"

季北川让酒保给许梨带话先走了，和陆羡鱼肩并肩出了"堕夜"。

和季北川搭讪未成功的女人回到卡座，回忆了一番刚才见到的那个女人，和好友说："我觉得刚才那个女人有点像陆羡鱼……"

好友玩得正嗨，没把她的话放在心上。

“陆羡鱼拍戏呢，怎么会来这里。”

女人喃喃：“真的很像啊。”

回到车上，陆羡鱼系好安全带，抬手摘掉了鸭舌帽。

她今天拍戏，没戴什么首饰，左手无名指在略暗的光线下吸引了季北川的目光，一个极其简单的字母——C。

季北川握住她纤细的手腕，陆羡鱼一愣，转头看他：“干吗？”

他视线落在她无名指上，停留几秒，唇角略微上翘，连带语调也轻快许多：“什么时候有的？”

陆羡鱼：“大二国庆节。”

季北川看着她，桃花眼眼尾稍扬，眸底氤氲着无限柔情。

陆羡鱼有点受不了他灼热的视线，抽回手，不自在地咳嗽一声：“开车，我饿了。”

他笑了声，声线略沉，在狭小的车厢分外撩人。陆羡鱼摇下车窗，略凉的晚风灌进来，吹散不少暧昧因子。

车子向前行驶一会儿，季北川才出声问她：“想吃什么？”

陆羡鱼想去上次那家私房饭馆，季北川深深地看她一眼，点开导航前往私房饭馆。

陆羡鱼先下车进了饭馆，季北川去找停车位。

这个点，吃饭的人不多。陆羡鱼一进来就恰逢包厢有空出的一间，她给季北川发了包厢名，跟着服务员进包厢。

季北川停好车过来，和陆羡鱼说：“我堂叔恰巧在这，一起去吃饭？”

陆羡鱼很想了解他们分开的那七年，季北川是怎么过的，颔首同意：“好。”

陈平就在隔壁包厢，季北川领着陆羡鱼进去时，桌上的菜似乎才端上来，还冒着丝丝缕缕的白雾。

季北川给陆羡鱼介绍陈平，陈平是退伍老兵，五官偏冷厉，不笑时给人很重的疏离感。

陆羡鱼乖巧叫人：“叔叔好。”

他看一眼陆羡鱼，略颔首：“快坐下来吃饭。”

陆羡鱼落座，她听见季北川询问陈平：“婶婶人呢？”

“去洗手间了。”陈平答。

季北川拿过菜单递给陆羡鱼，低声问她：“想吃什么，自己点。”

陆羡鱼望一眼满桌的菜肴，摇了摇头，道：“已经够多了，我减肥吃得很少。”

两人正说着话，高跟鞋哒哒哒的声音响起，陆羡鱼下意识回头看，愣住：“姑姑？”

李穗萍才从洗手间回来，手指还湿淋淋的，陈平不动声色地给她递了张纸巾过去，李穗萍接过擦手，目光在她和季北川两人身上来回打量。过了小半分钟，笑了声：“你爸今天来剧组逮你，结果你跑去谈恋爱了？”

陆羡鱼抿唇，不服输地回怼：“那你也不是没在剧组嘛。”

“我是来见我老公，”李穗萍被这姑娘气笑，“看来我得和你爸告上一状。”

陆羡鱼尿了，讨好地开口：“姑姑。”

季北川护短，帮着陆羡鱼说话：“婶婶，看我面上算了。”

在陆羡鱼以为季北川这狗东西难得做一次人时，他又说：“我待会儿帮你修理她。”

“……”听听，这是人说的话吗。

李穗萍也没那闲工夫和陆羡鱼计较，旋即问两人：“你俩什么时候在一起的？”

陆羡鱼：“我们没关系……”

季北川：“在一起很多年了。”

李穗萍听丈夫陈平说过侄子家里的事，也知道他因当年季家变故被迫和小女友分开，再联想陆羡鱼这些年没事就找季思思麻烦，瞬间明了。

她笑了声：“看来你俩这缘分不浅啊。”

分开这么多年都能再走到一起，不是命定的姻缘是什么。

季北川扬了扬眉，因李穗萍的话心情很好：“谢谢婶婶的祝福。”

陆羡鱼捧着水杯，轻酌一口，极小声地碎碎念：“孽缘。”

季北川耳尖，听见她这话，眉峰微抬，低头凑近陆羡鱼的耳边：“即使是孽缘，也注定我俩一对。”

“……”狗东西，歪理一套套的。

吃饭中途陈平去处理店里的事，陆羡鱼起身去了洗手间，包厢内只剩季北川和李穗萍。李穗萍搁下手中筷子，神情严肃：“阿川，有些话我必须和你说。”

“您说。”季北川也敛起素日不着调的姿态，难得肃然正经。

李穗萍开口：“羡羡和你都算我看着长大的，羡羡这些年其实过得不算好……”

所有人都在羡慕陆羡鱼生来好运，在残酷的选秀节目中杀出一片天，却不知道最开始她拿的是祭天剧本，她也曾因为练习太累在背地里哭过，可在台上依旧光鲜亮丽。

“她因为和家里闹了别扭，最初在韩国出道时，她爸放了话不管她，导致她最初在那个组合里资源是最差的，虽然这姑娘有她大哥在背后帮忙，可远水解不了近火，也不能帮她太多。她早年不算红，为了组合能大火，连着四五个月每天只睡三四个小时，都是常事。”

“……”

李穗萍说了许多，从陆羡鱼在韩国出道再回国发展，她靠的不是父母家世，是凭借身上那股倔劲儿，硬生生地走到现在的位置。国内有人赞她是内娱女团天花板，也骂她无端针对季思思抢资源。

李穗萍则问他：“阿川，羡羡这些年和季思思为什么杠上，你知道吗？”

季北川沉默，他不在的七年里，她一个人承受了多少。

李穗萍笑了笑，给他倒杯水：“抽个空，好好和她聊聊。爱人之间，坦诚最重要。”

季北川薄唇微抿，轻声：“我知道。”

陆羡鱼从洗手间出来，看见季北川站在走廊的拐角处等她。光线倾斜而下，男人半张脸隐在暗处，影影绰绰地可见神情颓然。

她快步走过去，望了眼包厢的方向，问：“姑姑和叔叔走了？”

季北川拿出一支烟，应她的话：“走了。”

陆羡鱼闻不惯他身上的烟味，有点儿嫌弃：“不准抽。”

季北川抬眸看她，目不转睛地。

陆羡鱼被他盯得有些不自在，皱眉：“吃错药了？”

他盯着她看了一会儿，双手抄兜，又恢复平日的姿态，语调散漫：“走，送你回酒店。”

陆羡鱼跟上他的脚步出了饭馆上车。

车子在酒店门口停下，陆羡鱼压低帽檐，跟反侦察一样环顾酒店四周，确定周围没有娱记蹲点，她解开安全带要下车。

季北川按住她的手腕：“等一下。”

陆羡鱼回眸看他，神情怔然：“怎么了？”

“对不起。”他说。

陆羡鱼愣了两秒，没懂他这话是什么意思，好笑地说：“你突然和我道歉做什么？”

季北川解了安全带，倾身靠近她，双手捧起她的脸：“乖，看我。”

陆羡鱼如言看着他。

男人神色诚挚，一字一顿地开口：“我为我七年前的擅自离开，和你道歉。为让你等我这么久，向你道歉。为你因我受了七年委屈，跟你道歉。”

陆羡鱼眼角微红，推开他，偏头看向窗外：“每一年结束，我都告诉自己，别再等了……可又忍不住想要等你……”

她是撞了南墙也不会回头的倔脾气，身边人都劝她别等了，可她就想等下去。

人生那么长，季北川这个浑蛋总会回来的。

她偏头看他，贝齿咬唇，声音极轻：“你能不能……哄哄我。”

“对不起，宝贝。”季北川伸手把人带进怀里，低头在她的发丝落下一个吻，“我来晚了。”

陆羡鱼不是爱哭的性子，可积攒许久的情绪决堤，让她忍不住低声哽咽：“……我不管，你必须追我……你得补偿我……”

季北川失笑，掌腹有一下没一下地轻抚她的背：“好，追。”

陆羡鱼收拾好情绪，毫不客气地拉过季北川的衣袖擦拭脸颊上的泪水，嘴里嚷嚷道：“你衣服什么材料，怎么这么硬。”

“其他地方也一样。”

什么话题都能被他带到少儿不宜上去，陆羡鱼也是无语了。

车窗降下，略凉的晚风吹进车厢，后颈肌肤染上凉意。

陆羡鱼缩了缩脖颈，抬手揉了揉有些酸胀的眼睛，对季北川说：“我走了哦。”

季北川懒懒地靠在椅背上，握住她纤细的腕骨，食指点了点薄唇，笑得特坏：“要不，给个离别吻再走？”

“别想占我便宜。”陆羡鱼戴上鸭舌帽下车，转身走得绝情。

季北川盯着远去的窈窕背影，唇角无奈上扬：“小没良心的。”

就这么走了。

陆羡鱼回到酒店房间，卸妆洗澡从浴室出来，她穿的是件黑色真丝吊带裙，肩胛瘦削漂亮，肌肤瓷白如雪。濡湿的短发紧贴脸颊下颌线，水珠往下滴落，淌过一对漂亮的锁骨，湿润了大片布料。

她用毛巾擦拭头发，拿过放在矮茶几上的平板研读剧本。明天是《偏见》第一个故事的收尾戏，意义重大，陆羡鱼不敢马虎对待。她才看了会儿剧本，微信新消息声响个不停。

陆羡鱼点开微信页面，是徐厉言发来的消息：陆老师，您睡了吗？

陆羡鱼回：没有，有什么事吗？

徐厉言：是这样，我听说您在宜江市拍戏，恰好我在附近山区有个公益通告，想邀请您参加。

对于做公益一事，陆羡鱼倒没有要拒绝的想法。只是对象是她绯闻男友……要被季北川那家伙知道，她还有活路吗。陆羡鱼想也没想，就要拒绝。

可林若的消息已发了过来：宝贝，我给你接了一个公益通告，只耽误你几天时间，记得去啊。

陆羡鱼见此，只能无奈同意。

翌日下午。《偏见》的第一个单元故事的最后一场戏收工，陆羡鱼准备换衣服回酒店。

季思思来到她面前："陆羡鱼。"

陆羡鱼停了步子，转头看她，眼神很淡，极其不耐烦："有事？"

碍于还在片场，季思思也要维持自己小白莲花的人设，温柔地问："你是不是看见季北川了？"

"和你有关系吗？"陆羡鱼抬脚要走。

季思思再次出声："他回来了不去见妈妈，有他这么当儿子的吗？"

陆羡鱼对季家这对母女无语到极点，世界上怎么会有这么奇葩的人存在，七年前用季奶奶威胁季北川离开的人是她们，现在还要来问季北川为什么不回去看孙如雪。

她身高比季思思高半个头，略倾身凑近，贴脸低语："季思思，别和你那个妈去缠着季北川，不然你做的那些事，迟早会曝光。"

季思思咬牙："你……"她不懂陆羡鱼除却一个当导演的父亲，有什么好值得傲气的。

"别生气，"陆羡鱼拍拍她肩膀，笑得意味深长，"谁让我姓陆呢。"

年糕拿着外套过来，陆羡鱼披上，转身上了保姆车。

季思思贝齿咬紧唇瓣，她不会就这么轻易认输的！

这一次公益活动的地点是宜江市下属县城北洮县的泉永村，也是出名的贫困山村。

保姆车从高速路下来，沿着环山大道开了两个小时，终于停在泉永村外。这几天天气都不怎么好，昨夜一场大雨来袭，泥泞的山路越发难行。

从车上下来后，陆羡鱼和徐厉言一前一后进了村，然后让工作人员把带来的物资搬运下车，两人在村干部的带领下去往今天送书的泉永村小学。

小村庄与世隔绝，很难看见新面孔。乍一见到两个新面孔，又是男的靓女的俊，纷纷出来看热闹。

有中年大妈拉住村支书的胳膊，眼神时不时瞟向陆羡鱼："这么俊的丫头，来我们村做啥的？"

村支书对陆羡鱼致歉一笑，然后和那个大妈说："人家是来给咱们村小学送书的，你们赶紧回去该做饭的做饭，别来看热闹了。"

话是这么说，可中年大妈一步三回头，目光就没从陆羡鱼身上离开过。陆羡鱼穿的是件白底红棕细格纹衬衫，U字领，领口、对襟和袖口都带有一圈白色蕾丝，米色阔腿裤，收腰设计，掐出她盈盈一握的纤腰。

她生得俏丽，略施粉黛，明艳五官愈发精致。

去往泉永村小学的路上，徐厉言含笑打趣她："陆老师，长得漂亮连同性都能收服啊。"

陆羡鱼四两拨千斤地笑："你也不差。"

泉永村小学是十多年前国家拨款修建的教学楼，两间墙面已经掉漆的平房就是教室，边上小一点的房间是老师办公室和教师宿舍。

村支书带着陆羡鱼两人来时，小学里唯一的老师领着一群孩子站在门口等他们。

村支书做了介绍："白老师，这两位是来送书送文具的，你带孩子们和他们认识认识。"

白老师和陆羡鱼两人打招呼，又叫身后的学生们打招呼："小朋友们，快叫人。"

孩子们怯生生地看了一眼陆羡鱼两人，有胆大的和两人打招呼："哥哥，姐姐，你们长得好好看。"

落后的小山村信息闭塞，自然没有人能认出陆羡鱼和徐厉言是当红流量小花和小生。

两人帮着工作人员把书分到每个孩子手里，又给他们送了新的文具盒，每一个孩子脸上都洋溢着感激的笑容："谢谢哥哥，谢谢姐姐。"

拍照留念后，大家从学校离开。陆羡鱼在村支书这里得知，泉永村小学的学生没分年级，每天跟大杂烩一样在一起上课。

她敛眉问："那升学考试怎么办？"

村支书苦笑："在咱们这里，勉强认得两个字就行了，哪能上得了初中？好一点的上了初中，可家里穷供不起生活费，还不得回来耕地种庄稼。"

陆羡鱼沉默，像这样的村庄，中国还有不少。她忽然想做一点儿有意义的事，能帮一个算一个。

"如果有人愿意无偿供他们上学呢？"陆羡鱼忽然开口。

村支书和徐厉言被陆羡鱼这句话镇住，村支书先回过神来，情绪有些激动："您……您这话是什么意思？"

陆羡鱼笑："字面意思。"

成立助学金基金会这事，不是上下嘴皮子一合就能做的事，得从长计议。不过这事儿在小村庄里也掀起不小波澜，家家户户都得知有个善良的姑娘愿意资助自家孩子读书，纷纷上门感谢。

陆羡鱼倒被弄得有点儿不好意思了，等她回到村支书家，徐厉言在那儿站着等她："陆老师。"

陆羡鱼停了脚步，抬眸看他："怎么了？"

男人神色比往常认真："我打算追求您。"

陆羡鱼："……"季北川知道，不会放过她吧。

徐厉言看着眼前的女人，从他认识她，就知道她和网上传闻的判若两人。他起初接近她是公司指使，想要蹭陆羡鱼的热度炒作，可越接触她，就发现她真的无法不让人心动。

陆羡鱼唇抿成直线："其实……"

"陆老师，请给我一个机会。"徐厉言第一次这么大胆表白，然后不等陆羡鱼反应过来，他已转身跑走。

"……我有喜欢的人。"陆羡鱼无奈扶额，现在的男孩子喜欢人都这么大胆的吗？

这几天大雨滂沱，道路不好走，陆羡鱼一行人不得不停留在泉永村，等雨势减小再离开。

陆羡鱼留在泉永村的几天，和徐厉言一起在学校担任起临时老师，给孩子们上课。

这天傍晚，大雨滂沱，窗外雷电交加。上完最后一堂课，陆羡鱼陪白老师送学生回家，只有一个小男孩家里没人来接。小男孩叫虎子，父母死于去年的一场洪灾，家里只有个瘸腿的爷爷。一连好几天的大雨，老人腿脚不便，没法来接孙子。

眼瞧夜色渐浓，小虎子还是没人来接，脑袋耷拉，委屈得很。

陆羡鱼走过去：“走，我送你回家。”

小虎子抬起小脸看她，犹豫地说：“小鱼老师，我家……在山上，路……很难走的。”

“没事，老师送你回去。”

小虎子把书包背上，穿上雨衣，开开心心地拉着陆羡鱼出了教室。陆羡鱼拉着小虎子的手，撑着雨伞，小心翼翼地沿着田坎边走。

小虎子家住在半山腰，道黑路滑，陆羡鱼牵着他艰难地往前行走。忽然脚下地面开始晃动，有几块碎石滚落到田里。陆羡鱼觉得不对劲，一抬头，看见泥水夹带碎石头来势汹汹。她心尖蓦地一颤。

小虎子吓得哭了：“……小鱼老师，我怕。”

陆羡鱼强迫自己镇定下来，抱着小虎子，咬牙往远处跑去。

小虎子担忧爷爷：“老师，爷爷……爷爷还在家里——”

陆羡鱼顾不得这么多，抱着怀里的小孩儿努力向远处跑。

凌晨。村支书做完紧急疏散，开始清点人数。

等他清点到最后时，徐厉言发现没有陆羡鱼的身影，惊呼出声：“有谁看见陆羡鱼了吗？”

突如其来的地震，持续半分钟。滂沱大雨冲刷土地，泉永村地处山内，地势偏凹，无数石块枯木随着大水从山坡滑落，形成泥石流，将道路彻底堵死。

陆羡鱼抱着小虎子找到个空旷且不会被泥石流冲刷的雨棚待下，怀里的小孩儿哭得上气不接下气：“小鱼老师……我怕……”

陆羡鱼也怕，可怀里还有小孩儿，她压下内心的恐惧，轻声哄小虎子：“乖，别怕。”

雨哗啦啦地下，视线被模糊。陆羡鱼勉强看清村庄的方向，一排排平房将被泥石流袭击，化为废墟。乌云压顶，雨点噼里啪啦地砸在枯草、黄土做的屋顶，听得人心尖直颤。

怀里的小虎子停止大哭，抽抽搭搭地用手抹脸：“小鱼老师，我……我们……会不会死啊？”

“不会。”陆羡鱼拍了拍小虎子的背，语气坚定。

这里隶属宜江市，季北川会来的。只要有他在，她一点儿都不怕。

安抚好怀里的小虎子，陆羡鱼开始翻找手机，试图联系人解决两人被困的窘境。可风衣兜里干干净净，除了躲避泥石流袭击时沾染上的碎石块，再无其他。

陆羡鱼抿唇，不得不承认一个事实，她手机丢了，根本联系不上人，只能等待救援。

雨势渐小，陆羡鱼眺望远处，天色愈发阴沉，这场突如其来的自然灾害让这个本就贫穷的小山村雪上加霜。

天气越来越冷，小虎子抱紧陆羡鱼，小脑袋埋在她的颈窝："小鱼老师，我冷。"

山里气温本就比平日低，两人淋了雨，衣服湿答答地穿在身上，夜风一吹，冷上加冷。

陆羡鱼脱下风衣外套给小虎子裹上，摸了摸他的小脸："再等等，我们会活着出去的。"

小虎子抱紧她的腰，重重点头："会的，我还要和小鱼老师学唱歌呢。"

宜江市突发四点五级地震，城内人群疏散及时，未有大的伤亡和财产损失，而偏远地区却因连日大雨造成山体滑坡，需要紧急救援。

网上数以万计的网友开始为同胞祈福，祈祷这次地震无人伤亡。

晚上七点整，有网友发出一条微博："陆羡鱼和徐厉言在宜江市某山区小学做公益，会不会有事啊，求一个回复。"

微博一经发出，立马引起关注。

"陆羡鱼"和"徐厉言"的词条迅速爬上微博热搜榜，二人的粉丝在超话疯狂"艾特"工作室等待回复。

徐厉言工作室发了报平安的微博，陆羡鱼工作室却无回应。

半小时后。@陆羡鱼工作室V：鱼鱼失联中，但请相信我们的人民子弟兵，鱼鱼一定能平安归来。

底下粉丝回复："鱼鱼一定要平安回来。"

"虽然不喜欢陆羡鱼，但请一定要平安归来。"

"……"

词条#陆羡鱼请一定平安回来#高挂热搜榜首，粉丝自发组织在广场祈福，希望自家偶像平安归来。

宜江市武警支队救援队集合完毕，全员整装待发，分批前往重灾区实施救援行动。

季北川所在的三中队负责北洮县，北洮县是此次地震重灾区，特别是泉永村因大雨造成山体滑坡，道路封死，为救援行动增加了阻碍。

临行前，陆润竹站在三中队队列前，目光严谨地扫过每一个战士，敬礼肃穆道："此去救援任务凶险，请你们一定要不负人民群众与党的期许，尽力挽救每一个生命，将人员伤亡减小到最低，能做到吗？"

底下战士神情严肃，铿锵有力地道："能！"

陆润竹向季北川敬礼，语气严肃："请你们一定平安归来！"

男人一身迷彩军装，英姿飒爽，硬朗眉眼，严肃地敬礼："是，我一定会把每个战士都平安带回家。"

不知道后面还有没有余震，也不知道这次救援行动有多艰难。可灾区人民在等着他们的救援，他们就得冲在最前面，不负人民的期望，也不愧对自己这一身军装。

运行物资的军用货车停在军区空地，三中队战士一个个有秩序地上车。

同行的车上有负责此次医疗救援的医疗队，几个小护士讨论起来："听说这次地震，有几个明星都被困在了灾区。"

季北川听了一耳朵，没怎么在意。

女声继续响起："就近几年特别火的陆羡鱼和徐厉言，好像是去泉永村做公益活动，然后就被困在那了。"

"陆羡鱼"三个字稳稳落在季北川的耳里，他素来出任务时心态平静，此刻内心瞬间波涛汹涌。

泉永村是重灾区，她会不会有事？

几个小护士还在讨论："唉，徐厉言倒是没事儿，不过陆羡鱼失联了。"

"那估计凶多吉少。"

季北川深邃的黑眸骤然泛起波澜，他抬手摸了摸藏在军装下的项链。那是十九岁生日，陆羡鱼送他的项链。这些年出生入死，他从没取下过。季北川薄唇抿紧，鸦羽色长睫毛垂下，遮住眸底翻腾的情绪。

——陆小鱼，请你一定要平安。

又过了不知道多久，陆羡鱼觉得自己都要被冻傻了，怀里的小虎子先前哭了许久，这会儿紧抱着她的腰睡了过去。

远处浓浓的夜色忽然亮起一束灯光，陆羡鱼瞬间站起。是他来了吗？

小虎子被她这一动作弄醒，脏兮兮的小手揉了揉眼睛，含糊不清地说："小鱼老师，有人来救我们了吗？"

黑夜沉沉，她听见一两声犬吠。亮堂的光束越来越近，陆羡鱼看见为首的男人一身军绿色迷彩服，手里牵着一只德牧，光影被切割得影影绰绰。她视力不好，可一眼就瞧清那是他。

这儿地势颇高，四周黄土被雨水浸泡，泥泞不堪，无法行走，而雨棚俨然成了一座孤岛，在风雨里飘零。

小虎子也瞧见灯光，立马挥舞着小手："这有人啊，救命。"

"季队，那里有人！"

小战士眼尖地看见被困雨棚的陆羡鱼和小虎子。

季北川手里的手电筒的光照过去，光束落在摇摇欲坠的雨棚那儿。袅娜娉婷的女人抱着一个小孩儿，白皙脸庞沾满污垢，唯有一双清凌凌的杏眼在浓稠如墨的夜色中亮得璀璨。

四目相接那瞬，他悬着的心终于落地。

季北川沉声说："救人。"

变故陡生，余震来袭，原本岌岌可危的雨棚柱梁开始倒塌。千钧一发之际，季北川丢开手中牵着德牧的绳索，长腿跨开，一个箭步跳到雨棚下，拉住陆羡鱼的胳膊，把人往怀里一带。

砰！身后雨棚轰然崩塌，成为废墟。

陆羡鱼怀里还抱着小虎子，小孩儿被刚才的变故吓得哇哇大哭，小手紧紧抓住陆羡鱼的衣裳："小鱼老师……我怕……"

陆羡鱼迅速回神，掌心拍了拍小虎子的背，轻声哄道："没事了，没事了。"

小孩儿情绪来得快，去得也快，没一会儿，小虎子就不哭了。

小虎子睁着黑白分明的眸子看着季北川，想到刚才他冲过来时的样子，好奇地问："叔叔，你会轻功吗？一下就跳了过来欸。"

"叔叔不会轻功。"季北川摸了摸小虎子的脑袋，低眸看向陆羡鱼，确定她毫发无损后，温声说，"把孩子给我战友，我带你们去安全区。"

陆羡鱼把怀里的小虎子交给边上的小战士，小战士抱着他走在前方。

季北川脱下迷彩服外套给陆羡鱼披上，弯腰把人抱在怀里，薄唇紧贴她的耳颈，呼吸灼热："还好，你没事。"

这些年这样的救援任务，他参加过无数次。没有哪一次像今天这么提心吊胆，只因为等待救援的人员里有个让他牵肠挂肚的她。

陆羡鱼被他抱起，细白藕臂环住男人的脖颈。

压下的恐惧倏然袭来，她嗓音变得有些哽咽："我其实……好怕的，怕不是你来，怕……”

“我来了。”他垂眸看她，眼神坚定。

这不是煽情的地方，季北川抱着陆羡鱼，笔直的双腿蹚过泥泞，艰难上岸。

陆羡鱼抬眸，黑夜里，男人一双桃花眼深邃坚定，岁月好像未曾苛待于他，这些年的时光，将那个桀骜难驯的少年变成顶天立地的男人。

他的臂弯永远温暖，好像在他身边，她所有的不安与害怕都会消失。

从这儿到安全区，路程不算短，季北川一路抱着她前行。

安全区扎满帐篷，每一个帐篷都是灯火通明。

陆羡鱼看见身穿军绿色迷彩服的战士或是用担架，或是背着受伤人员送进临时搭建的急救室。医生、护士有秩序地实施救治，情况严重的病人在当晚用车转去北洮县县医院。

年糕一直提心吊胆地在这里等着，等看见陆羡鱼的身影，立马跑过来：“羡姐……羡姐……”

陆羡鱼从季北川怀里跳下来，瞧见小姑娘哭红的双眼，无奈地安抚：“放心，我没事。”

季北川还要继续救援，来不及和陆羡鱼告别，就领着一小队战士，牵着搜救犬离开。

灾区信号弱，陆羡鱼没法上网发微博，就让年糕联系工作室人员发了报平安的微博。当晚，陆羡鱼发起高烧，浑浑噩噩地睡了两天才从帐篷里出来。醒来后就帮着当地医疗队做一些力所能及的事。

接下来的三天，陆羡鱼都没怎么瞧见季北川，或是匆匆一面，他就已经带着人离开，继续搜救行动。

泉永村是此次地质灾害重灾区，后面几天余震不断，震级不亚于第一次地震。

陆羡鱼看见有好几个受重伤的战士被送进医疗队的帐篷，她和年糕在帐篷里帮着受伤较轻的战士处理伤口。有个小战士的腿部被钢筋混凝土划伤，伤口狰狞，鲜血汩汩不止。

负责此次医疗救援的医生叫任书遥，指挥着陆羡鱼帮忙递消毒用品以及绷带，又轻声叮嘱受伤的战士：“后面几天最好不要行走，每天来我这儿换药，记得不要沾水。”

小战士苦哈哈一张脸：“任医生，现在本就缺人，我哪能不走路啊？”

任书遥冷睨他一眼："你这条腿还想不想要？"

小战士有点儿怕她，嘟囔一句："我们季队身上全是伤，还不是活跃在前线。"

陆羡鱼给任书遥递绷带的动作一顿，下意识问出声："季北川受伤了？"

前几天陆羡鱼被季北川抱回来的事，三中队战士们之间都传遍了，而且这年头没谁不上网冲浪。网上有关两人年少的事传得有鼻子有眼，大伙儿都知道他们那位向来以笑面虎存在的季队长有个心心念念的姑娘。

小战士悻悻地摸了摸鼻尖："是的。"

陆羡鱼有些走神，边上任书遥叫她几声都没应，直到拍了下她的肩，陆羡鱼才堪堪回过神："啊？"

任书遥说话简洁明了："帮我去隔壁的帐篷拿点绷带和常用药物，可以吗？"

陆羡鱼点头："好。"

陆羡鱼前脚离开帐篷，后脚谢屹风风火火地把季北川搀扶进来，嘴上还嚷嚷着："任医生，赶紧救个命。"

任书遥帮受伤的战士缠好绷带，回头瞧了眼被谢屹搀扶进来的季北川。男人搭在谢屹肩上的手，上面灰尘与血迹交织，辨不出本来的肤色。他的帽檐压得极低，眉眼间充满疲惫，眼下青乌一片，眸底充斥着血丝。

任书遥扬了扬下巴："把人放那儿。"

谢屹扶着季北川在小马扎坐下，男人身体摇摇欲坠，得靠着人才行。

任书遥上来拍了拍他的脸，冷静地问了句："又是几天没睡了？"

季北川抬眸，嗓音很哑："两天。"

"编。"任书遥明显不信。

"三天没合眼。"

任书遥开了支葡萄糖，递过去："你真当自己是超人呢，三天没合眼，累不死你？"

季北川喝完手里的葡萄糖，丢进装满针筒的垃圾桶，语调很严肃："这次搜救行动必须在明后天内结束，并把群众转去安全地带。"

昨天陆润之紧急电联他，称专家预测后面还有一次大规模的余震，加上天气情况，会给搜救行动增加不少难度。上级要求要在余震来临前结束搜救行动，并将人民群众全部转移到北洮县临时建成的板房。

任书遥帮他处理伤口，一边聊起最近大伙儿无事时传的八卦："那个女明星是你女朋友？"

从隔壁拿了药回来的陆羡鱼听见这话，停下了脚步。

季北川身上伤口挺多，大伤小伤交织，任书遥处理起来有些困难，她又问："是不是？"

任书遥手上蘸了碘酒的棉签按在季北川小腿的伤口上，他眉心微拢，嘶了一声："不是。"

狗东西。陆羡鱼把手里的药递给来的小护士，沉着一张脸转身离开。

任书遥明显不信："你逗我呢？"

季北川唇角稍扬，眼底漾开笑意："她是我爱人。"

任书遥稍显一怔，真是令人意想不到的答案。

于军人来说，爱人就是认定一生的人。季北川这么说，也就是这辈子认定了陆羡鱼。

任书遥帮季北川处理完伤口，又耐心地叮嘱两句，由小战士扶着他去了平日休息的帐篷。

医疗帐篷里伤员一茬接一茬地送进来，任书遥忙完已经是凌晨，她揉了揉有些酸疼的肩膀，抬眸看见站在自己面前的少年，语调很淡地问："有事吗？"

谢屹把手里还温热的一次性饭盒递过去，军帽下耳朵通红，声音小如蚊蚋："我看您一直没吃饭，就自作主张给您打了饭。"

任书遥接过，轻声道谢。谢屹有些拘谨地站在她面前，犹犹豫豫半天没走。

任书遥吃了口菜，疑惑地看向他："还有事吗？"

谢屹红着脸挠头："没……没有……"不等任书遥反应，飞快地跑出帐篷。

陆羡鱼从外面进来，被他撞上，扶住帐篷才没摔倒。

她看一眼飞快跑走的谢屹，走进帐篷问任书遥："任医生，您这有治疗蚊虫叮咬的药吗？"

"有，我帮你拿。"任书遥放下手中的饭盒，起身走到药箱旁翻找出一管软膏，递给陆羡鱼，"一天两次，涂抹在被叮咬的皮肤处就好。"

陆羡鱼接过："谢谢。"

她转身准备离开，任书遥叫住她："陆小姐。"

陆羡鱼疑惑地转身看她："啊？"

任书遥和季北川结识是在他大二那年作为维和军人赴南苏丹，而任书遥则是那次随行医疗队中的一员。才去不久，中国维和部队遭遇当地反政府军袭击，季北川所在的小队，叶队长与两名战士当场中弹身亡，他与陆安一个重伤昏迷，一个手臂中弹。

任书遥受命帮两人进行手术，季北川中弹部位离心脏只有一寸，危在旦夕，她和导师为他做了好几场手术，才把人从死神手里拉回来。

事后，任书遥负责季北川的康复治疗，她路过病房时听见他和陆安谈话："你这回要是死了，我得捧着你的骨灰盒回去见那丫头。"

季北川手撑在脑勺后方，姿态随性散漫，说话却是格外严肃："我不敢死，死了，那丫头会哭。为了不让她哭，我得努力活着。"

任书遥彻底掐灭对季北川那点儿不该有的心思。

帐篷内很安静，似乎只有外面传来的一两声蝉鸣。

任书遥稍回神，对陆羡鱼微笑："你和季北川什么时候办喜酒，记得请我喝一杯。"

陆羡鱼："……啊？"

还没等她多想，浑身泥泞的小战士背着一个受伤的小孩儿进来："任医生——"

任书遥来不及吃饭，又投身无休止的忙碌中。

陆羡鱼皮肤薄嫩，被蚊虫叮咬一下，就连起一两个红肿的大包。

她擦完药从帐篷出来，遇见徐厉言，两人寒暄两句，徐厉言问她："陆老师，您打算什么时候离开？"

从他们来泉永村做公益活动到现在，两人已经在这儿停留十多天了，对于徐厉言这种靠曝光度维持流量话题的鲜肉小生，这是大忌。

陆羡鱼从没怎么在意过流量，只说："过几天吧，我还想留下来做志愿者。"

陆羡鱼无名指上的字母是圈内尽人皆知的事，她年少有喜欢的人，而这个字母就是为了纪念她的初恋。最近灾区有传陆羡鱼和前来实施救援行动的中队长之间的流言，徐厉言为此一再拖延离去的时间，就想着和陆羡鱼多多相处。

男人眼睫毛垂下，莫名让人觉得有点心疼："老师不离开，是因为季队长吗？"

陆羡鱼没否认，轻"嗯"一声。

徐厉言一颗心跌落谷底，视线从陆羡鱼手里的软膏掠过，问她："陆老师，我昨晚被蚊子咬了，您手里这药膏能给我用用吗？"

陆羡鱼没多想，把手里的药膏递给他："给你。"

"谢谢，我用完就还您？"

陆羡鱼不怎么在意地摆手："不用，我找任医生再要一支就好。"

"那谢谢您了。"

季北川在帐篷里休息了一天，换上新的作训服，墨绿色的迷彩服，衬得男人身姿笔挺，英姿飒爽。他一走进急救医疗帐篷，帐篷内只有在为病人换药的任书遥和其他几个小护士，不见陆羡鱼的身影。

在这儿的病人多是被季北川和他战友救出来的群众，看见季北川进来，眼底光芒亮起，纷纷道谢：

"同志，谢谢您救了我女儿。"

"要不是军人同志们，我们肯定死了。"

"……"

此起彼伏的感谢声在帐篷内接连响起，季北川神情肃穆，身姿站得笔直，目光环视病床上一张张感激的笑脸，肃然敬礼："这是我们该做的。"

他是军人，保护人民安全，是军人职责所在。

陆羡鱼拿着在做饭的阿姨那儿打来的饭，看见这一令人落泪的场景，心头不由得升起一阵自豪感。

看，那是她热爱的少年。

他保卫这片山河和平，守护数以万计人民的生命安全。而她多幸运，才能成为他一身硬朗军装下用一颗柔软心脏爱着的人。

"羡姐回来了，我快饿死了。"年糕眼尖地看着陆羡鱼，小跑过来拿过她手里的饭盒分发给帐篷内众人。

陆羡鱼找了个小马扎坐下吃饭，季北川在她跟前站定，居高临下地看着她。

他们这段时间虽同在灾区，可他忙于救援，她作为志愿者帮着医生救助受伤病人，几乎没时间见面。他弯腰凑近，鼻尖相贴，呼吸交缠："吃得挺香，要不分我一口？"

原本在吃饭的众人纷纷向他们投来八卦的目光。

陆羡鱼有些受不了，用筷头戳了戳季北川的腹肌，小声抱怨："你离我远点。"她可记得昨天他说她不是他女朋友的事。

哦。本来也不是。她还没答应他的追求呢。

季北川瞧着她吃得津津有味，根本不理睬人，有些挫败地咬牙：“我受伤了，你都不关心一下我？”

陆羡鱼抬了抬眼：“你受伤找医生啊，我又不是医生。”

季北川被她磨得没了脾气，索性拉了把椅子在陆羡鱼的身边坐下，胳膊搭在她的肩上，侧头贴脸耳语：“可我想要你的关心。”

“……”陆羡鱼手中的筷子都差点儿掉了。

狗男人还在得寸进尺，指腹擦过她后颈的肌肤，低沉着嗓音：“陆小鱼，你能不能关心关心我？”

这饭是没法吃了。陆羡鱼扒拉两口饭，放下手里的饭盒，侧眸凝视着季北川：“哪受伤了，我让任医生帮你看看。”

听到这，季北川委屈上了：“我全身都是伤，你忍心让别人看你未来——”

“行了，闭嘴。”陆羡鱼打断他。

陆羡鱼找医生要了云南白药喷雾，就被季北川领着进了战士休息的帐篷。帐篷内放置了十几张钢架上下床，床上的被褥叠成豆腐块，有两张放置了洗漱用品的大木桌，整个环境干净整洁。

陆羡鱼问他：“你床位在哪儿？”

“这么迫不及待？”季北川摘了军帽，拿在手中把玩，黑眸直勾勾地盯着她，“馋我啊？”

陆羡鱼觉得自己一定是脑抽了，才跟着这狗东西来。她恼急，把手里的药瓶、棉签一堆东西全部塞到季北川怀里：“自己擦去，我走了。”

季北川低眸，无奈笑了声：“小没良心的。”

眼瞧人要走出帐篷，他不急不缓地出声：“陆小鱼，你就这么对你的救命恩人呢？”

陆羡鱼没辙，转身看着季北川，昨天他和任书遥的对话又在耳边回荡。

“她是你女朋友吗？”

“不是。”

她贝齿咬唇，虽然听到了这个答案，但还是有点儿不开心：“……我还有事呢。”

季北川眉梢略一抬，察觉到陆羡鱼的语气不对劲儿，把手里的药瓶放在桌上，长腿迈开走到陆羡鱼面前，低头温柔地凝视着她的眼：“谁惹我家小笨妞生气了？”

陆羡鱼抬眸看他，又别过脸，似赌气道：“没有人。”

季北川太了解陆羡鱼的脾性，她是典型的娇性子，得顺毛哄才行。

他伸手拥住她的腰，下巴抵在她的头顶，沉着嗓笑：“该不会是我惹你生气了吧？”

“……”没吱声，肯定是了。

季北川耐心十足地哄她：“来，说说，我怎么惹你生气了？”

“你昨天和任医生的话，我听到了。”陆羡鱼声音很小地说。

季北川恍然想起他昨天和任书遥的上半段谈话，又哑然失笑，敢情这小祖宗听到一半就跑了。

他无奈地笑：“你听完了吗，就乱生气，嗯？”

陆羡鱼推开他：“不都一样吗？”反正就是季北川的嘴，骗人的鬼。

“听着——”季北川揉了揉她的头发，柔声说，“我和她说，你是我爱人。”

帐篷内只有他们两人，陆羡鱼一抬眸，直直撞进男人深邃的桃花眼中，他眸底澄澈，满满都是她。缠绕在心头的烦躁散去，陆羡鱼咳嗽两声，掩饰尴尬：“要我帮你上药吗？”

“求之不得。”季北川笑。

季北川的床位在下铺，他走到床前，解了腰带，骨节分明的手指又开始解迷彩服的纽扣，手臂又倏地垂在身侧。

陆羡鱼疑惑：“怎么了？”

“手抬不起来。”他看她，拉长尾音，拖腔带调的，“你帮我解纽扣，行不行？”

“……”这人脸皮什么做的？

季北川见她未动，抬手掩面，故作抽噎：“当年还说要疼我，现在就翻脸不认人了。得，我失宠了呗。”

“你闭嘴。”陆羡鱼气得脸红，走到床前，抬手重重地拍他脑袋，“不要脸。”

“要你就成。”季北川懒洋洋地笑。

季北川穿的是新式武警春季迷彩服，纽扣略扁，有些难解，陆羡鱼费了老大劲儿才解开两颗。她指腹略烫，哪怕隔着一层衣料，季北川都能感受到。

快到最后一颗纽扣时，季北川按住她的手，喉结微滚，哑着声：“我这是折磨我自己呢。”

察觉不对劲儿的陆羡鱼立马收回手：“……”

热气拂面，陆羡鱼只觉得从后颈到耳根的肌肤烧灼得慌，她眼神不自在地乱瞟："我……我去找人给你上药。"话落，她拔腿就跑。

季北川眼底漾开一丝坏笑，伸手握住她纤细的胳膊，将人往怀里一带，让她侧坐在自己大腿上，低头凑近，薄唇紧贴她耳郭，呼吸滚烫："陆小鱼，你怎么长大后还是这么容易害羞？"

这样的坐姿格外暧昧，陆羡鱼难以适应，她不自觉地扭动身体，"我、我没有害羞。"

"别乱动。"季北川哑声警告。

陆羡鱼不敢再乱动，小声嘟囔："明明是你先抱我的。"

季北川失笑，这小祖宗总是有无数歪理。他低头要亲她的唇角，被她躲开："不行，不许亲。"

季北川："？"鱼到嘴边不能吃，还不给喝口汤吗？

陆羡鱼从他身上起来，以手扇风，驱赶脸上残存的温热。

她一本正经地说："没有确定名分前任何亲昵行为，都是耍流氓。"

季北川："……"他还不能反驳她了。

暧昧气氛正在半空氤氲，谢屹风风火火地冲进来："季队——"

季北川问："怎么了？"

谢屹瞅一眼旁边脸红如霞的陆羡鱼，哪能不明白这里刚上演了一场怎样的旖旎风景。他咳嗽一声："东边危房倒塌，有两个小孩和孕妇被困。"

季北川起身扣好纽扣，又系上腰带，神情不见一点儿和陆羡鱼嬉闹时的痞然，严肃庄重："叫上任医生，等伤员救出，立刻实施急救。"

谢屹敬礼："是。"

两人说着话离开，陆羡鱼站在原地看着男人逆光远去的背影，身姿修长，一身军装衬得他英姿飒爽。

陆羡鱼微微弯唇，她好像越来越爱季北川了。

无论是他与她私下时流露出的玩世不恭。还是他作为军人时，军姿飒爽，正直帅气。他的每一个模样，都让她无比心动。

东边危房塌陷，被困的两个孩子受了轻伤，而孕妇因为怀胎八个月，在被救出后就火速转去了北洮县人民医院。

救援行动持续到半夜，季北川从医疗帐篷出来的时候已经是凌晨时分。乌云蔽月，瞧不见一点儿光亮，偶有两声蛙鸣在寂静黑夜响起，为灾后沉重的氛围带来一丝生机。

季北川奔波一天，神情间可见疲惫，他懒懒地靠在帐篷外的树根上。

"任医生。"很好听的男声。

季北川难得抬眼看过去，夜色浓浓中，男人长身玉立，颜值颇高。

任书遥让徐厉言进来，问清他的来意："有事吗？"

徐厉言说："陆老师的药膏用完了，我帮她来找您要一支。"

任书遥多看了他一眼，然后拿了药膏给他。

徐厉言道谢离开，从帐篷出来时，他看见懒懒地倚在树下的男人，男人神情散漫，眉骨一道疤，冷戾又狠。

季北川打量他："给陆羡鱼拿的药膏？"

徐厉言下意识攥紧手中的药膏，好像下一秒就会被季北川夺走一样，目光警惕："您有事吗？"

季北川哂笑："她的药，我会给她拿，不用外人。"

没等徐厉言反应过来，手里的药膏被夺走，徐厉言生气道："你——"

季北川修长的指节转玩着药膏，睨徐厉言一眼："谢了。"

男人折身走进浓稠如墨的夜色中，没给徐厉言一点儿反应的机会。

灾区群众在武警战士的保护下从泉永村分批撤离，季北川作为此次救援行动主指挥官留守最后。

陆羡鱼离开前，和他见了一面："你要保护好自己。"

季北川笑了声，声线慵懒："我还没把你追回来，哪敢死。"

年糕在催促陆羡鱼上车，陆羡鱼犹豫了一下，伸手环抱住季北川："你一定要平安回来啊。"

"好。"季北川摸了摸她的头发，"陆小鱼，乖乖等我。"

陆羡鱼转身上车，季北川塞给她一个管状物体，她垂眸一看，是治疗蚊虫叮咬的药膏。

"这……"陆羡鱼略怔。

季北川弯腰凑近她耳畔，嗓音危险："陆小鱼，离那小白脸远点儿。"

陆羡鱼当然知道季北川嘴里的小白脸指的是谁，她捏紧手中的药膏，软声反驳："还没名分呢，就开始管我了？"

"这叫提前行使男朋友的权利。"季北川捏她的脸，眸色深邃，"下回见面，我可要吃鱼了。"

"……浑蛋。"她低骂一句，关紧车门。

黑色保姆车远去，季北川站在原地久久没有离去。

谢屹过来："季队，要继续今天的搜救了。"

季北川缓神，轻嗯一声："好。"

自他穿上这身军装，就注定他们再也不能像年少时肆无忌惮地热恋。他先属于国家与人民，可这颗心虔诚如年少，依旧一腔热忱地爱着他的小姑娘。

四月底，陆羡鱼随剧组辗转来到南城，恰逢向芊芊和龚巩女儿四岁生日宴，她提前挑好礼物和李穗萍请假去订好的饭店。

陆羡鱼推开包厢门，原本在向芊芊身边吃东西的甜甜立马撒开脚丫朝陆羡鱼奔来："干妈，甜甜想你。"

陆羡鱼被小姑娘抱了个满怀，来不及放下手中的礼物，笑着摸了摸甜甜的脑袋："甜甜，有多想啊？"

甜甜用小手比画出一个大圆："这么、这么多想你哦。"

陆羡鱼被逗笑："小丫头，你是想我呢，还是想干妈给你买的生日礼物？"

甜甜求救地看向向芊芊："妈妈……"

向芊芊乐着抱肩看戏："龚甜甜，你干妈问你话呢。"

陆羡鱼也起了兴致逗小姑娘："甜甜宝贝，不好好哄哄干妈，生日礼物可就没了哦。"

甜甜眨巴眨巴眼睛，低头想了许久，憋出一个答案："都想。"

这话把陆羡鱼和向芊芊逗笑，陆羡鱼脱下风衣外套，牵着甜甜的小手在向芊芊身边坐下，毫不吝啬地点评："你这女儿随你。"

向芊芊："毕竟是我生的。"

陆羡鱼环顾包厢一圈，不见龚巩等人，疑惑地问向芊芊："公公他们呢？"

向芊芊回答："林桀手受伤，使唤龚巩开他车去接女朋友了。"

"我大外甥有女朋友了？"陆羡鱼略显惊讶。

向芊芊颔首微笑："可不嘛，是他心心念念的那个姑娘。"

陆羡鱼大二就在韩国出道，后来也鲜少回国，只听舅舅冬常颂说林桀复读考上南大，这些年将年少的爱好发展成职业，成了名职业赛车手。

她也曾耳闻林桀是有个喜欢的姑娘，这些年无论冬青怎么给他安排相亲都不从。

幸而所有年少错过，都是为了在最合适的时间重逢。

向芊芊转移话题问陆羡鱼："你和季北川怎么样了？"

说到自己，陆羡鱼倒不知道从何说起："他在追我，我还没松口。"

向芊芊虽然还磕两人的CP，可作为陆羡鱼的好闺密，十分严肃地说："必须让他好好追一次，一声不吭地走了七年，回来就想抱得美人归，做什么美梦呢。"

陆羡鱼失笑："你说得对。"

谈笑间，龚巩一行人推门而入。

陆羡鱼的视线落在林桀身边的女孩身上，很漂亮的一个女孩儿，黑发白裙，眉眼清纯，典型就是少年时期男孩子的梦中情人。

林桀做介绍："这是我小姨，陆羡鱼。云悄，我未婚妻。"

陆羡鱼感叹，外甥都有未婚妻了，她还是条单身狗。

云悄微笑地和陆羡鱼打招呼："小姨好。"

陆羡鱼微微点头："你好，不用这么拘谨。"

今天说是甜甜小朋友四岁生日，龚巩也借这个机会把当年的一部分同学请来，算是办了个小型同学聚会。

席间，有人谈起宜江市地震一事，灾后重建工作已经开始，而季北川因此次救援行动立下三等功，在前不久的震后表彰大会上被上级重点表扬。这事儿还上了时事新闻，在座众人也有所耳闻。

"我听说羡鱼前不久也在宜江市吧——"略显刺耳的女声在谈笑声中格外突兀。

陆羡鱼抬了抬眼，看见坐在她对面的女人，黑发红唇，五官描摹精致，却显刻薄。

她不记得这人是谁，只点点头："是。"

唐蕊自以为风情万种地拨弄卷发，慢悠悠地开口："我听说季北川是此次救援军人中的一员，不知道你们遇见没有，毕竟分手这么多年了，总不会还记挂着年少的事儿吧？"

桌上一瞬安静，原本和谐的气氛烟消云散。

陆羡鱼眉尖儿微挑，来者不善呢。

唐蕊红唇一勾，目光如刃地看向陆羡鱼："你怎么不回答我的问题呢？"

就那么几秒时间，包厢门被人推开。陆羡鱼回眸，愣在原地。男人着一身黑色冲锋衣，深色长裤，裤脚紧束在筒靴里，宽肩窄腰，身形高大。

季北川走到陆羡鱼身边空位坐下，抬手弹她的脑门儿："等久了。"

陆羡鱼下意识地出声："没有。"

两人亲昵的姿态让唐蕊怔住，在她的认知里季北川和陆羡鱼应该是分手了！可这又是怎么回事？唐蕊难以置信地问："你们又在一起了吗？"

季北川的胳膊搭在陆羡鱼的肩上，眼皮掀开散漫的弧度，冷睨一眼唐蕊："我们从未分手。"

陆羡鱼微怔，倒没想到季北川会这么说。

她正要反驳时，他倾身凑近她的耳侧，在满桌人看来是情侣间的耳鬓厮磨，落在她耳里的话却格外欠揍："陆小鱼，不想我帮你出气吗？"

陆羡鱼没法反驳，她的沉默算默认了季北川的话。

桌上众人也是很有眼力见儿地开口调侃两人："你俩真是把我们瞒得够苦啊，说说，打算什么时候结婚？"

季北川靠在椅背上，懒洋洋地笑："结婚报告打好了，只要她点头，什么时候都行。"

林桀看不惯季北川这嘚瑟劲儿，出声泼冷水："八字没一撇，见了家长再说。"

季北川目光落在他身上，挑眉："见不见家长，这声'小姨夫'你也是叫定了。"

林桀冷笑："那可不一定。"

眼瞧两人要杠上了，陆羡鱼拽了拽季北川的衣袖，低声警告："收敛点。"

"行，"他拖腔带调地笑，"我听你的话。"

龚巩喝得有点多，嘴上愈发没把门地调侃："川爷还和年少一样，妻管严啊。"

季北川指腹摩挲着陆羡鱼嫩白的后颈，语调散漫："谁叫她是我祖宗呢。"

他粗粝指腹擦过的肌肤生热，陆羡鱼藏在短发里的耳垂红得滴血，她偏头瞪他："你能不能闭嘴。"不说话，没人把他当哑巴。

季北川朝她扬眉："要不你亲我一下，把它堵上？"

陆羡鱼咬牙冷笑，夹起一个鸡腿塞进他嘴里："这不就是堵住了吗？"

季北川咬一口鸡腿肉，放在餐盘里，声调懒懒的："媳妇儿给夹的菜就是香。"

"……"

众人没眼看，还真是十年如一日的骚啊。

第十一章 综艺

中途，陆羡鱼起身去了洗手间。

林若今天因为母亲住院没有来甜甜的生日宴，听向芊芊在群里说了唐蕊找碴被打脸的事，在群里发消息：笑死我了，唐蕊这是搬着石头砸自己的脚呢，你和季北川分不分手，关她什么事。

向芊芊：根据我磕CP多年的经验，唐蕊应该喜欢过季北川。

林若：她大学时不是和赵恩若玩得挺好吗，居然也喜欢季北川？

向芊芊：不然她为什么针对我们家羡羡？

林若：你说得挺有道理。虽然季北川今天做了个人，但是羡羡，你不能这么快就沦陷啊！@群里所有人的爹。

向芊芊：臣附议。

陆羡鱼从洗手间出来，对镜补了个妆，拿出手机看见群里的消息，无语：我有这么傻吗？

林若：傻白甜说的就是你。

向芊芊：傻白甜说的就是你。

陆羡鱼：……

陆羡鱼没再和这俩损友聊天，转身准备回包厢，走到走廊拐角处，听见有人叫她："陆羡鱼——"

头顶光束落下，打扮精致的短发女人向她走来，陆羡鱼只觉得她挺眼熟，敛眉问："您是……"

"赵恩若。"赵恩若和她微笑打招呼，"我才到，要一起进去吗？"

回包厢的路只有这一条，陆羡鱼也没法拒绝，只能点头："好。"

赵恩若和陆羡鱼并排行走，余光瞥过她的侧脸，陆羡鱼的确生得很漂亮，脸部线条流畅，下巴尖俏，鼻梁傲挺，攻击性十足的美。

回到包厢，陆羡鱼走到季北川身边坐下。

季北川的手自然不过地搭在陆羡鱼肩上，低头问她："怎么去了这么久？"

他的呼吸间带着烟草的味道。陆羡鱼嫌弃地别开脸，拧眉："臭死了，离我远点儿。"

季北川舌尖顶住上颚，压低嗓音，声线低沉蛊惑："嫌弃我了？"

陆羡鱼白他一眼，懒得理人。

季北川放在她肩胛骨的掌心力道很轻地捏了一下，笑声无奈："小没良心的。"

两人自年少谈恋爱就是高调又惹人羡慕，如今当众秀恩爱，大伙儿只笑着调侃两句。

"我说你俩能不能别腻歪了，还让不让单身狗活？"

"自年少起就腻歪到现在，你俩不嫌腻歪得慌吗？"

"你们谈了六七年了，难道七年之痒都没有吗？"

季北川挑眉，笑意嘚瑟："不好意思，没有。"

"……"算了，骚不过。

坐在唐蕊身边的赵恩若直勾勾地盯着和陆羡鱼贴脸耳语的季北川，男人与她记忆里的模样完全一样，轮廓被岁月雕刻得更加成熟。眉眼深邃，令她心动。

先前被季北川狠狠打脸的唐蕊端起酒杯抿了一口，见赵恩若一直看着季北川，出于好心地告诉她："恩若，你也瞧见了，别抱幻想了。"

赵恩若眼睫毛垂下，遮住眸底的情绪，轻声道："我知道。"

时隔七年，早已物是人非，说不定她能试上一试，让季北川眼里有她。可现实给了她狠狠一击，年少满心只有陆羡鱼的少年，时过境迁后，眼里也只能容得下陆羡鱼。

赵恩若自认拿得起，也放得下。长达十年的无妄暗恋，也该在今日结束。赵恩若给自己倒了杯酒，起身给陆羡鱼两人敬酒："这杯酒，敬你们。"

季北川懒懒掀开眼皮看了赵恩若一眼，亲昵地蹭了蹭陆羡鱼的脸颊："陆小鱼，你和她喝。"

赵恩若眼圈微红，却努力维持仪态，大方地微笑："那我们喝一杯，就当我给年少做的那些事儿和你正式道歉。"

陆羡鱼举杯和她相碰："都过去了。"

是，都过去了。他们也都长大了，谁还会因年少往事惦记一辈子。

赵恩若饮完杯中酒，声线略显沙哑："祝你们幸福。"

季北川勾唇："谢谢。"

酒过三巡后，众人互相告别离去。

林桀的手受伤没喝酒，和房明旭一左一右地扶着喝醉的龚巩出了饭店，这人嘴里还嚷着："川爷，你终于回来了，我想死你了……你不知道，你走后……"

季北川冷着脸："能不能把他敲晕？"

龚巩一听，哭号道："川爷，你好无情。"

"……把他扔这算了。"林桀丢开龚巩，转身和云悄离开。

龚巩："林哥也不要我了，我好可怜。"

房明旭手忙脚乱地扶住龚巩，捂住他的嘴："别号了，咱丢不起这个人。"龚巩被捂住嘴，手舞足蹈地想要表达什么，可无人理他。

陆羡鱼和向芊芊领着甜甜出来，看见闹酒疯的龚巩，向芊芊冷着脸叫了个出租车，把人塞进副驾驶座，抱着女儿上车。临走前，她问陆羡鱼："你怎么回去？"

季北川："我送她。"

有季北川在，向芊芊不担心，又逢龚巩在那儿哀号，她黑着脸叫司机开车离开。

夜风吹过，陆羡鱼出来急，风衣外套搭在臂弯，裸露在空气中的肌肤上泛起小颗粒。她身子打了个颤，臂弯里的外套被拿走，肩际一沉，略凉的肌肤被风衣笼罩。

头顶响起季北川好笑的声音："这么大个人，连个衣服都不会穿了。"

陆羡鱼起先喝了酒，脑袋浑浑噩噩的，又被冷风一吹，理智早不知道飞去哪儿了。她仰起脸，琥珀色的眼瞳就这么看着他，尾音拉长地撒娇道："不是有你在吗？"

季北川扶住她，往停车场走："我要没来呢？"

"你又要走？"陆羡鱼酒劲儿上来，伸手抱住他的腰，埋头在他怀里喃喃，"季北川，不许走了。"

怀里一片柔软，季北川整颗心也跟着软得一塌糊涂。他伸手摸了摸陆羡鱼的头发，好声哄她："不走了。"

"那拉勾！"陆羡鱼伸出尾指，眼眸亮晶晶的，"你的嘴，骗人的鬼。"

季北川觉得只要对象是陆羡鱼，他所有坏脾气都对她使不出来，他伸手钩住她的尾指，温声哄道："拉勾，不走了。"

陆羡鱼还拉着他的指节晃了晃，用拇指盖了个章，一双杏眼儿笑弯了："骗人是小狗。"

季北川不知道这姑娘脑子里都装的什么，他总是跟不上她的节奏。

他只能应和着她的话："嗯，小狗。"

陆羡鱼跟只树袋熊一样挂在季北川的身上，细白的手臂圈住他的肩颈，嘴里喃喃地道："我和你说……季北川就是个狗东西……"

"……"行，他真变成狗了。

说话间，两人已经走到停车场。

季北川拉开副驾驶座的门，把陆羡鱼打横抱起放在座椅上，他弯腰给她系上安全带，正要起身，颈项被她圈住动弹不得。

季北川喉结微滚，掌心抚上她的后颈，黑眸沉沉地盯着她："陆小鱼，你想做什么？"

陆羡鱼醉了，分不清现在的时间，只以为两人还在热恋中。

她仰头凝视他，杏眼水意潋滟，眼角微红，跟神鬼故事里描述的妖精一模一样，勾心摄魂。

"说话，嗯？"他低头，薄唇吻上她的鼻尖，呼吸纠缠不休。

地下停车场光线昏暗，这略显逼仄的车厢也愈发暧昧。陆羡鱼眨眼，瞳孔清澈，偏红唇似火，又纯又媚，勾得人三魂七魄，丢了一半儿。

季北川对她从来没有抵抗力，从年少起就是这样。可现在这地方，明显不合适。他低头亲她唇角，克制又无奈："乖，别闹了。"

"可——"陆羡鱼手抚上他的脸庞，娇声笑："季小川，你不想吃鱼吗？"

她这副模样，着实勾人。茶色短发在黑色皮椅上散开，V字领打底衫，一对锁骨深邃漂亮，肩颈修长如白天鹅。她呼吸略乱，胸前起伏不定，眼角眉梢都是撩人的风情。

季北川喉尖滚动数次，压下不该有的欲念。给她整理了略乱的头发，沉声说："别闹了。"

"不吃啊？"陆羡鱼抬了抬眉骨，杏眼尾一线红，水光潋滟，真真是应了那句话。要人命的妖精。

季北川有点儿忍不了，低头惩罚似的咬她红唇。

陆羡鱼吃痛嘤咛一声，使劲儿推搡他："你属狗的吗？"

季北川眸底暗潮翻滚，粗粝指腹擦过她的红唇，哑声警告："别撩我，会要命的。”

唇瓣的痛感让陆羡鱼飞走的理智逐渐回笼，她察觉两人姿势暧昧，推开他：“不许占我便宜！”

见某人得了便宜还翻脸，季北川单手撑在座椅上，抬手捏她的脸颊，不爽地挑眉：“陆小鱼，勾引我的人是你，现在就翻脸不认人了，什么毛病？”

陆羡鱼不说话，转头看向他的方向。

季北川使劲儿地揉她的头发，以作报复：“臭丫头。”

他无奈笑了声，转身上车。车子驶上高架桥，江岸两旁，高楼直耸入云，夜风拂过，水面涟漪片片。陆羡鱼靠在座椅上，凉风吹起她的短发，有几缕勾住下巴，尖俏漂亮。

刚才的画面如同电影，一帧一帧地在她脑海回放，好像……还真是她先勾引季北川的。陆羡鱼生无可恋地看着窗外的夜景，她的一世英名，就这么被毁了。

古人云，喝酒误事。诚不欺她。

车子下了高架桥直直往临江花园开去，陆羡鱼认出路线不对，问季北川：“你不送我回剧组吗？”

季北川侧头看了几秒，眼神暧昧：“回去做什么？”

陆羡鱼语塞：“……”

季北川调转车头，驶进地下车库。等车堪堪停稳，他伸手解了安全带，一手撑住她坐的座椅边，黑色座椅边角凹陷。

陆羡鱼酒完全醒了，放低椅背，躲开他：“你……你干吗……”

季北川看她躲，身体埋得更低，整个上半身都压在了她身上，几乎是鼻尖相抵，呼吸交缠不休。陆羡鱼的手抓紧身下的座椅坐垫，修整圆润的指甲深陷，她抿紧唇角，几乎感觉到胸腔狂震，心脏不受控制地跳动。怦怦怦，一下又一下。陆羡鱼眼睫毛微颤，缓缓闭眼。

季北川低眸凝视她，几秒后，倏地从她身上起开，伸手解开了她的安全带：“陆小鱼，你以为我要亲你吗？”

暧昧气氛瞬间烟消云散。

陆羡鱼睁眼，偏头看见季北川的双手枕在后脑，似笑非笑地看着她：“我只是好心帮你解安全带。”

“哦。”陆羡鱼要推开车门，手腕被他拉住。

她甩开他的手，小脸略沉，语气不好地道：“干吗？”

“你不是想亲我吗？”季北川的手扣住她的后颈，薄唇抵在她下巴，拖腔带调地笑，“给你个机会，让你亲我。”

陆羡鱼冷笑：“我还要不要叩谢皇恩？”

季北川挑眉，似沉思三秒，然后语气贼欠地说：“你要愿意，我也不反对。”

陆羡鱼深觉季北川这厮，脸皮随着年龄增长厚度堪比城墙。

“可我不想亲只狗。”陆羡鱼伸手推开他，转身下车，背影傲娇得像只小孔雀。

季北川盯着她的背影，唇角稍翘，略显无奈的语气：“真是个祖宗。”

季北川久未回南城，这边房子也没让阿姨来打扫，索性发消息问陆羡鱼：陆大小姐，你家能让我借宿一夜吗？

陆羡鱼才卸妆洗完澡，头发湿哒哒地贴在脸侧，水珠顺着漂亮的蝴蝶骨下滑，打湿了黑色吊带睡裙。

她听见微信新消息的提示音，瞧见季北川发来的消息，十分残酷地回：睡大街吧。

季北川站在她家门外，眉骨上那道疤痕，十足冷戾。他抬手按了门铃，陆羡鱼装作没听见，打开手机刷微博。

宜江市灾后重建工作已经开始，陆羡鱼匿名捐款了六位数，又单独开了个账户用作后面助学基金会的启动资金。

年糕打来电话，问：“羡姐，明天没有你的戏，要回剧组吗？”

《偏见》只有三个故事，最后一个故事已经到尾声，加之李穗萍高效率高要求，拍摄进度比预计快了好几倍。

陆羡鱼两条白皙长腿压在抱枕上，单手支脸，神情慵懒，声音也懒洋洋的：“不回，你不用来接我。”

敲门声还在继续。季北川哑着声继续叫她：“陆小鱼，别这么无情，收留一下我呗。”

年糕那边听见这声音，捂嘴笑问：“羡姐，是季队长吗？”

“你听错了，早点睡。”陆羡鱼面色冷淡地挂断电话。

“陆小鱼？”男人声音略显无奈，还藏着点儿委屈，“真不收留我？”

“……”

没人理他。季北川“啧”了声，先前还和他你侬我侬，现在就翻脸不认人，真是无情女人心。

他转身要离开，身后防盗门却突然打开，陆羡鱼斜倚在门框上："进不进来？"

"进——"

陆羡鱼转身走到沙发盘腿坐下，抱过一只抱枕，拿过平板开始研读林若发来的那档军营真人秀剧本。

季北川走到她身边坐下，跷起二郎腿，坐姿没个正形。

陆羡鱼只粗略看了眼这档真人秀剧本，综艺名叫《勇者星兵》，前三期内容是军营生活体验，后三期是实战演练，据说最后一期还会去云南边境取景。

季北川凑过来："在看什么？"

陆羡鱼按熄屏幕，目光冷淡地看他："不给你看。"

"还闹小脾气呢？"季北川捏她鼻尖，轻声哄："宝贝，我错了。"

陆羡鱼也没想到和他闹，只是觉得刚才醉酒太丢人了，现在有台阶给她下，她自然顺坡而下："原谅你了。"

季北川低眸觑着她，女人穿了件黑色吊带裙，短发湿漉漉地贴在脸侧，一颗颗水珠顺着深邃的锁骨蜿蜒而下，消失在胸前一片雪色中。

陆羡鱼察觉到他眼神不对劲，默默挪动身体，然后抱着抱枕，飞快往卧室跑："你睡客房，我回房间了。"

"想去哪儿？"他伸手钩住她的肩带，顺势揽住她的腰，把人往怀里一带，稳稳压在身下。

季北川低头凝视她，眸底情潮翻涌，呼吸越来越沉。陆羡鱼又不傻，哪里会不懂他略重的呼吸，滚动的喉结，代表什么。

"宝贝，"季北川叫她，压低的嗓音低哑撩人，"能不能疼疼我？"

临江花园公寓在前年被陆羡鱼重新找人设计翻修，浴室半壁墙装了嵌入灯，天光明净透彻，她的背抵在冰凉壁砖上，被迫仰头承受缠绵的吻。季北川吻她，还与年少无区别，强势又坏。

陆羡鱼微微喘息，细白胳膊圈住他的脖颈，掌腹摩挲过他略短坚硬的发茬，软声娇吟："你够了啊。"

她真觉得这男人是不是给她下了蛊，从客厅到浴室，明明是把他推进来洗澡，却演变成现在这样。陆羡鱼单薄的一件吊带裙，肌肤白皙胜雪，一对锁骨更是漂亮深邃。季北川黑色T恤被花洒水流浸湿，紧贴躯体，腹肌硬实，布料紧贴人鱼线。

陆羡鱼咬唇瞪他：“季北川，你要脸不？”

“陆小鱼，”季北川下颌抵在她颈窝，薄唇紧贴她耳郭，呼吸滚烫，“不让我吃鱼，怎么也得让我喝口汤吧。”

肌肤相贴，他身体滚烫，陆羡鱼整个人像只熟透的虾子，只差冒烟了。

陆羡鱼羞得眼红，咬牙切齿地戳他脸：“我就不该引狼入室。”

“那现在——”季北川沉着嗓笑，鼻息扑洒在她颈侧，“大灰狼要吃鱼了。”

她整个脸红得像只苹果，恼羞成怒地骂他：“你浑蛋。”

季北川低声轻笑，附和她：“嗯，我浑蛋。”

……

她沉着一张脸从浴室出来，觑见半赤着上身躺在她床上的男人，冷声赶人：“滚去客房睡。”

季北川支起手肘，侧身靠在柔软靠枕上，神情散漫：“吃了我就提裙子不认人了？”

一个抱枕朝他的脸砸来：“臭流氓。”

季北川朝她伸手，耐心哄道：“别生气了，来我怀里。”

陆羡鱼犹豫一会儿，蹬掉脚上的拖鞋上床，却拿了个抱枕在两人中间隔开，警告季北川：“好好睡觉，别动手动脚。”

季北川抿唇看她，似在沉思她的话。季北川注意到把自己裹成蚕蛹的某只鱼，无奈伸手连带被子把人抱住。

陆羡鱼注意到他的动作，从被子里探出头，眼睫毛眨了眨，奶凶奶凶地说：“你干吗！不许对我动手动脚！”

季北川把她抱紧，语气一本正经：“别动。”

陆羡鱼真没见过比这狗东西还厚脸皮的人，睡她床蹭她洗漱用品，临到头还要她暖床。可熟悉的怀抱让她难得有了倦意，眼皮一张一合，瞌睡开始来袭。

陆羡鱼在季北川怀里找了个舒服的睡姿，睡意凶猛，含糊不清地说：“你……不许乘人之危啊……”

他笑：“好。”

落地窗外万家灯火阑珊，幽蓝天际一轮弯月，倒映在透明玻璃上。

季北川用遥控关灯，记得陆羡鱼怕黑的毛病，留了一盏床头灯，光线朦胧地落在她的脸颊，碎发略乱，五官小巧精致。

他低头在她眉间落下一吻，温柔缱绻：“晚安，陆小鱼。”

陆羡鱼喃喃："晚安。"

早晨南城初夏第一场雨来袭，雷声滚滚夹杂两道闪电，雨点噼里啪啦地砸在落地窗上，声音咚咚咚作响。

天际黑沉，乌云滚滚。

陆羡鱼的生物钟向来准，八点一刻时意识就迷迷糊糊的，想起昨晚是和季北川一起睡的，她下意识伸手戳了戳，触手只有玩偶柔软的肚子。

陆羡鱼睁着眼环顾房间一圈，哪有季北川的身影。厨房里锅碗瓢盆碰撞的叮当声袭击着耳膜，她亲了亲身侧的流氓兔玩偶，弯眸笑意娇俏："早安。"

头顶响起男人慵懒的声线："早安吻给它了，那我呢？"

陆羡鱼抱着流氓兔在床上滚了一圈，看着站在门口的男人。

季北川穿了件深灰色连帽卫衣，黑色长裤，身高腿长，天生的衣架子。休闲风装扮，压下去他从骨子里透出的冷戾，多了几分陆羡鱼熟悉的少年感。

她娇哼一声："你配吗？"

"我觉得我挺配的。"季北川走到床边，双手张开，"来，抱你去洗漱。"

陆羡鱼也不拒绝，从床上跳起来，蹦进季北川怀里，纤细胳膊圈住他的脖颈，一只手戳他脸："季小川，我们这算复合了吗？"

应该算是复合了吧。

季北川臂力惊人，陆羡鱼体重不算轻，他单手抱住她的腰，抱着人走向浴室，把她放到盥洗台上，手肘撑在大理石面的瓷砖上，盯着陆羡鱼的眼睛："我们分过手吗？"

"……"狗东西，歪理一套一套的。

陆羡鱼："小川子，服侍本宫洗漱。"

季北川配合她："是，公主殿下。"

季北川自毕业后就进了部队，整日和一群大老爷们混在一起，帮女朋友洗漱这事还是第一回。

陆羡鱼歪头看他，男人动作僵硬却仔细，从挤牙膏到给她递洗脸巾，一套动作行云流水，把她伺候得舒舒服服。

事后从浴室出来，陆羡鱼挂在他的身上撒娇："我家季小川怎么这么好呢。"像又恢复到年少热恋时一样，七年岁月也不曾在他们之间留下半分隔阂。

季北川把某只挂在他身上的鱼放在衣帽间，懒散地靠在门框上，低眸睨着她笑：“要不就嫁了吧？”

“我不要。”陆羡鱼傲娇，然后开始赶人，“你先出去，我换衣服。”

季北川上下打量她，笑意促狭：“都坦诚相见了，何必——”

“快滚出去。”陆羡鱼踢他小腿，脸颊红透，“不要脸。”

“换衣服吃早餐，我带你去见一个人。”季北川揉一把她的头发，折身出了卧室。

陆羡鱼的衣帽间里都是当季流行新品，她连任几个轻奢品牌代言，每当品牌有当季新品都会有人专门给她送到这儿来。

今天南城气温偏凉，陆羡鱼想到季北川身上的深灰卫衣，翻找半天找出一件同色翻领卫衣，内搭一件白色吊带，黑色短裤，及膝黑色短筒靴衬得双腿笔直修长。她本是明艳又具攻击型的容貌，眼线下垂，杏眼清透，无端生出几分少女的纯。

陆羡鱼在一堆挎包里选了只黑白撞色的马鞍包，把随身带的小物件放进包里，背上挎包走出卧室。

蓝色的餐桌上摆了几碟精致的小菜，瓷碗里白粥热气袅绕，飘着诱人的香味儿。

季北川抬眼看她，眼底的笑意漾开：“又是和我穿情侣装呢？”

陆羡鱼放下挎包，拉开椅子坐下，吃了一口粥，入口丝滑，桌下她用脚踢他，下巴微扬：“不可以吗？”

“可以。”

吃完早餐，陆羡鱼和季北川出门。她熟练地坐进副驾驶座，季北川侧身帮她系好安全带，倒车出库。

车窗外风景飞驰而过，陆羡鱼靠在座椅上，眼皮倦怠耷拉，漫不经心地问季北川：“我们这是去哪儿啊？”

季北川：“去看奶奶。”

说起季奶奶，陆羡鱼自回国发展后每次回南城都会去疗养院看她，前几年季氏被陆行舟名下的腾瑞资本收购，季奶奶不知道被谁接走，陆羡鱼也有两三年没见过她了。

车子上了高速公路，陆羡鱼昏昏欲睡，再睁眼，车子驶进乡间小路，两侧绿植绿油油，偶有两声蝉鸣响起。

季北川踩了刹车，车身震动两下，然后停在篱笆相接的小院外。

正在院里喂家禽的季奶奶看见熟悉的车牌，忙不迭地放下手中的簸箕，推开篱笆小门，笑眯眯地朝两人招手："阿川。"

陆羡鱼跟在季北川身后下车，因为这里偏僻，她也没戴口罩，明透光线落在肌肤上，白皙如瓷。

季北川和季奶奶打招呼："奶奶。"

季奶奶连眼角的皱纹都是笑意，拍了拍季北川的肩，连连点头："回来就好，回来就好。"

注意到他身后的陆羡鱼，嘴更是笑得合不上："羡羡也来了，赶紧进来坐，奶奶给你们做好吃的。"

季北川一年前执行完任务归来，就把季奶奶从养老院接到祖孙俩曾住的老房子，找人把家里翻修一遍，房子白漆新刷，装潢简单，别有一番田园风。

季奶奶给两人又是倒水，又切水果，招呼陆羡鱼吃："饿了吧，先吃点儿垫垫肚子，奶奶去给你们做好吃的。"

陆羡鱼微笑接过："谢谢奶奶。"

季奶奶是真喜欢眼前这姑娘，在季北川被送走的那几年，她一有空就来疗养院陪她。

季北川要坐下，被季奶奶抓住衣领，语气不善："你坐着干吗？赶紧来厨房给我帮忙。"

陆羡鱼捂着嘴偷笑，还添油加醋，道："奶奶，你知不知道季北川欺负我？"

季奶奶闻言拧眉，瞪季北川一眼："你欺负羡羡？"

陆羡鱼往嘴里塞了一块苹果，腮帮子鼓鼓的，像只松鼠。季北川舌尖扫过后槽牙，对上她戏谑的笑意，唇畔透露无奈。小没良心的。

他举双手求饶："奶奶，我敢欺负她吗？"

季奶奶："谅你也不敢，赶紧来厨房帮忙。"

季奶奶先走出堂屋，季北川揉乱陆羡鱼的短发，宠溺又无奈地笑："没良心的小笨鱼。"

你才笨，你全家都笨。陆羡鱼轻咬一块苹果，感觉哪里怪怪的。

中午在季奶奶家吃完饭，陆羡鱼晚上要回剧组，所以不得不离开。

临走前，季奶奶单独把陆羡鱼叫去她的房间，走到衣柜旁拿出一只檀香木盒递给陆羡鱼，陆羡鱼低眸看着手里的盒子，有点儿不懂季奶奶此举是何意思："奶奶，你给我这个做什么？"

"送你的礼物。"季奶奶笑眯眯地摸了摸她的脑袋，"以后阿川要对你不好，尽管和奶奶说，奶奶帮你收拾他。”

陆羡鱼想到今天告假状的举措，神情略窘，决定帮季北川说好话：“其实，季北川对我挺好的。”

“那就好。”季奶奶这个年龄经历太多，算是黄土埋半截的人，只想看见孩子们快快乐乐地生活。

陆羡鱼和季奶奶告别上车，季北川调转车头离开。陆羡鱼看见后视镜内站在那儿一动不动的季奶奶，鼻尖略酸，握紧手里的盒子，和季北川说：“季小川，以后我们多来看看奶奶吧。”

季北川略怔，然后偏头看她，唇角略勾：“好。”

高速公路路灯昏黄，车子飞驰，季北川瞧见陆羡鱼手里的檀香木盒，似无意地问她：“奶奶给你的？”

“嗯。”

“打开看看。”

陆羡鱼打开盒子，一只颜色透亮的玉镯静静躺在盒内，她这些年对珠宝也有研究，一眼就认出这只玉镯是祖母绿。她拿出玉镯瞧，玉镯的反光映在清澈琥珀瞳孔，喃喃道：“奶奶送我这个做什么？”

季北川：“这是奶奶送给孙媳妇的。”

陆羡鱼连忙合上盒子，把它往季北川怀里一放：“你和奶奶合起伙来套路我啊？”

季北川把盒子放到她手里，视线盯着前方，嗓音带笑：“不套路你，你这只笨鱼要跑了怎么办？”

陆羡鱼心里甜蜜着，把小木盒跟宝贝一样放进挎包里，嘴上还不服输道：“我只是暂时帮你保管。”

没求婚，谁要嫁他了。

季北川偏头看她，须臾，笑开来：“行。”

“——那保管一辈子吧。”

翌日，季北川去了墓园祭拜季行，清明时节，小雨连绵，从他撑着的伞尖儿滴落。男人鞋底踩过地面，溅起涟漪。

季行的墓碑灰尘扑扑的，一瞧就是很久没人来过，季北川把手里的花束放下，用手擦过墓碑照片，盯着季行的照片，语调略淡：“来看你了。”

照片上的季行依旧意气风发，和他记忆里那个西装革履的父亲没有区别。季北川模糊地记得他和季行之间也曾有过父慈子孝的画面，那是在他才归家不久，季行虽然流连花丛，却因有他这个儿子在家有所收敛。

他会和孙如雪一起接他上下学，一家三口一起去超市买菜回家做饭，跟大多数家庭一样，和和美美。

季北川和墓碑上的季行的照片说了一会儿话，转身离开，却看见撑着伞站在他面前的孙如雪。他神色稍冷，没有和孙如雪打招呼，一双桃花眼冷冷地看着她。

孙如雪这些年因为季氏破产，早已不复贵妇人模样，一身深灰针织衫衬得她愈发沧桑。孙如雪看见多年未见的季北川，这些年对他的愧疚铺天盖地袭来，红着眼叫他："阿川，这些年你过得怎么样？"

季北川神情寡淡，与她擦肩而过，语气毫无起伏："很好。"

他撑伞离开，孙如雪忙不迭叫他："阿川，当年……"

季北川脚步略停，又继续向前走。

他耳力很好，远远地听见孙如雪的啜泣声："是我对不住你。"

季北川收伞上车，他摸出烟盒，点了根烟，没抽，猩红的光在指间明明灭灭，最后烧尽。

陆羡鱼的电话此刻打来："季小川。"

"我在。"

陆羡鱼小声碎碎念："我过几天要去拍一个真人秀，又要分开了。"

季北川手臂垂在车窗沿，挑眉："舍不得我啊？"

过了许久，他听见她轻"嗯"一声，有点儿别扭地撒娇："就是舍不得你啊。"

季北川望着窗外淅淅沥沥的小雨，笑了声："那就多想我一点儿。"

季北川下午结束训练，天气燥热，男人碎发略湿，贴在硬挺眉骨。

他单手摘掉军帽，跟着人流向食堂走，才到训练地与食堂的过道，一个小战士跑过来，向他敬礼，神情严肃："季队，陆上校请您去他办公室一趟。"

季北川："我知道了。"

小战士又敬了个礼，转身离开。

季北川折身去了陆润竹办公室，他敬了个军礼，喊声报告，敲响门。

陆润竹抬眼，倒是促狭一笑："你小崽子别和我装正经，赶紧进来，我有事和你说。"

季北川笑了声，迈开长腿进去，在书桌前站定，神情散漫："您找我什么事？”

陆润竹拿出一份文件推到他面前，说：“先前不是和你说了有个真人秀要来咱们这里嘛，这是新兵名单，你瞧瞧。”

因为先前宜江市地震的原因，综艺《勇者星兵》一直推迟没拍，现在灾后工作有序进行，原本前去执行救援行动的季北川也归队。

陆润竹想到季北川这小子是部队出了名的铁钉子，在他手下训过的新兵，没一个结束新训后看见他不像老鼠见了猫。可这回真人秀来的都是娱乐圈内叫得上名号的艺人，其中还有他家娇养的小公主，陆润竹想着让季北川别那么上纲上线，节目录制的训练过得去就行。

季北川拿起文件翻阅，第一个映入眼帘的名字是“陆羡鱼”，随后还有介绍：“陆羡鱼，27岁，京市人，曾在拍摄电视剧《刑侦一科》时，短暂接触军事训练……”他略挑眉，随意翻看完，大概记住了所有人的名字。

陆润竹问：“看完了？”

季北川“嗯”一声：“您找我就这事儿？”

陆润竹真被他这散漫性子磨得没了脾气，轻咳一声：“训练别太严，来的人有三小姑娘，你别都当你手下的兵一样骂，姑娘家脸皮薄，你还是给人家留点面子。”

季北川想到陆羡鱼那娇滴滴的性子，怕到时下不去手又惹了这祖宗生气，有些头疼地皱眉：“这节目能换个人吗？”

陆润竹瞪他：“你当节目是你家开的？赶紧给我滚去吃饭。”

季北川扬了扬手里的文件，语调懒散：“行，我走了。”

《偏见》最后一场戏杀青，陆羡鱼来不及吃杀青宴，就急忙乘坐飞机从南城飞往宜江市。

翌日上午。

陆羡鱼和录《勇者星兵》的嘉宾在酒店外集合，这次节目嘉宾有三男三女。男艺人分别是这几年声名鹊起的影帝骆昀、出道就爆红的唱作歌手周叙白还有徐厉言。除她以外的女艺人有被称为娱乐圈最佛系女星的宋知欢，以及她的死对头季思思。

陆羡鱼看见季思思那一秒，整个人都不好了，小声碎碎念：“我不想录了。”

宋知欢离她很近，听见陆羡鱼神神道道地出声，多看了一眼佯装清纯小白花的季思思，无语地翻个白眼：“垃圾节目组。”

陆羡鱼也听见宋知欢的声音，偏头看她，眼神颇为赞同。

宋知欢自生下女儿梁杍后就很少活跃在公众视野，这次军营真人秀是她瞒着梁怀洲来参加的，本想趁这次综艺散散心，哪想瞧见个和陈知晴不相伯仲的季思思。真令她头疼。

宋知欢挺欣赏陆羡鱼这姑娘的，有点儿她当年的风范。她用肩撞了撞陆羡鱼，挑眉笑："待会儿坐一起？"

陆羡鱼点头："好。"

说话间负责领他们入营的战士从车上下来，陆羡鱼看了一眼。

好家伙，老熟人了。

谢屹神情肃穆地敬礼："各位战友们好，我是宜江市武警支队三中队的谢屹，此次由我带领大家入营！"

谢屹视线扫过众人，看见正在拿出粉扑补妆的季思思，眼神冷漠："部队是个神圣的地方，这里我告诉大家入营第一条守则——不得随意嬉笑。季思思。"

季思思被点名，眨巴眨巴眼睛，故作娇媚："我就补个妆。"

谢屹冷漠："待会儿会让你们卸掉。"

季思思不敢多说一句话，气愤地收起粉饼。陆羡鱼见她吃瘪，好心情地弯唇。

谢屹全程不敢看陆羡鱼，带领大家搬运行李箱上车。上车时，季思思又生幺蛾子："我搬不动，骆昀，你能帮帮我吗？"

陆羡鱼注意到骆昀脸上标志化的骆氏微笑瞬间僵硬，可镜头在前，不得不帮季思思搬行李上车。

大巴车一路向前行驶，陆羡鱼连轴转没休息好，有些晕车，脸色苍白。

坐在前座的徐厉言注意到，温柔贴心地问："羡姐，要不要喝点水？"

陆羡鱼正要同意，一瓶拧开的矿泉水递到她面前："喝水。"

她多看谢屹一眼，说了声谢谢才接过。

谢屹转头回到座位上，呼出一口气，季队真是有先见之明，让他全程紧盯徐厉言，果不其然，这家伙想勾搭他们季队的媳妇儿。

大巴车在宜江市武警支队门口停下，陆羡鱼一行人提着行李箱依次下车。谢屹紧跟着下来，再重复一遍军纪的重要性，特别是目光扫过季思思时，多停留了两秒。

慵懒磁性的男声响起："谢屹。"

"到。"谢屹转身敬礼，"报告队长，新兵一班应到六人，实到六人！"

陆羡鱼还没从晕车中缓过来，脑袋也晕乎乎的，直到看见一双黑色作战靴出现在视野，她跟只呆萌企鹅一样抬眸。

男人似乎才结束训练，穿着作训服，宽肩窄腰。天光明澈落下，勾勒出他深邃锐利的五官，汗珠从硬朗下颌线滑落，喉结滚动，野性十足。

季北川不敢看陆羡鱼，怕忍不住想要去抱她。

他看向谢屹："带新兵入住宿舍。"

谢屹："是。"

陆羡鱼愣愣眨眼，显然还没从见到季北川的冲击中回过神来，她呆滞地跟在队伍后面走进部队。扑面而来的战士训练声响彻天际，轰炸所有人的耳膜。

骆昀和徐厉言已经交谈起来，周叙白性子偏冷，只身向前走。

陆羡鱼盯着季北川的背影，揣在衣兜里的手指蜷了蜷，轻轻咬唇。

怎么就这么巧，拍摄真人秀的地方就是他所在的部队。陆羡鱼偷瞄一眼季北川，男人身姿挺拔，军姿飒爽。先前她想看他在部队是什么模样，这下是有机会了。

男女宿舍是分开的，因为部队无女兵，陆羡鱼几人的宿舍安排在部队军医宿舍，宿舍不大，摆了两张上下床，不锈钢储物柜，一张放置洗漱用具的桌子，简单而整洁。

床位是先前分好的，陆羡鱼和宋知欢是下铺，季思思是上铺。

季思思拧眉："为什么我是上铺？"

无人理她。

谢屹敲门进来："五分钟后，操场集合。"

陆羡鱼和宋知欢迅速收拾好行李，从宿舍离开，季思思还在因床位的事和节目组发牢骚："我要睡下铺。"

节目组无奈道："你问问谁愿意和你换？"

训练场上，陆羡鱼五人稀稀拉拉地站成一排，交头接耳："你说什么时候给咱们发军装和枪啊？"

"我有点儿饿了，什么时候开饭？"

季北川眉头拧紧，语气严肃："安静！"

瞬间鸦雀无声，他目光寡淡地扫过众人，落在陆羡鱼脸上时，停顿几秒，见人未到齐，眉峰蹙得更紧："其他人呢？"

"我来了。"季思思慢吞吞地下楼。她本来就不想来参加这次综艺，是公司非给她接的，而且听说总教官是季北川，她就更加不乐意了。

现在的季思思本就瞧不上季北川，根本不把他当回事，可要维护小白花形象，勉为其难地开口："不好意思，来迟了。"

季北川眸色略淡，看她一眼："为什么迟到？"

季思思无所谓地耸肩："我不想睡上铺，所以来迟了。"

陆羡鱼偷瞄到季北川脸色愈发阴沉，默默降低存在感。狗东西严肃起来，好吓人啊。

季北川神色寡淡，薄唇轻掀："我不管你们先前是什么身份，既然进了部队，就必须服从命令。宿舍床位是部队为你们分配好的，没有愿不愿意，只有服从命令。明白吗？"

"明白——"

季思思毫不在意："明白。"

他的视线落在季思思脸上，语气冰冷："季思思，出列。"

陆羡鱼忽然觉得季小川MAN爆了。

季思思不情不愿地向前一步："到。"

季北川看她："刚才我的话，你听明白了吗？"

季思思："明白。"

"大点声——"

"明白。"

季北川让她归队。季思思却觉得季北川就是借这事找自己麻烦，回队伍时，不乐意地用肩撞了下身侧的陆羡鱼，陆羡鱼身体本就不舒服，身体晃悠两下，像是站不稳一样。

"陆羡鱼。"季北川眼神冷淡地看她，"站不稳吗？"

"……"最怕空气突然安静。

陆羡鱼明显愣了三秒，然后难以置信地看向季北川："啊？"

呵！狗东西能耐了，居然凶她。

季北川对上陆羡鱼错愕的视线，喉结不自然滚动几下，那眼神写着"你完了""你老婆没了""我哄不好的，拜拜您嘞"。

他有些心虚地咳嗽一声，维持脸上严肃的表情："站好，不许乱动。"

就那么几秒功夫，也没人注意到季北川和陆羡鱼眼神对视，倒是宋知欢眼尖地发现这两人之间不对劲。

谢屹眼瞧自家队长秒怂的模样，强忍笑意，出声帮季北川解围："季队，新兵内务还没整理好，先让他们回去整理内务？"

季北川颔首说："好。"

他目光扫过众人，淡声道：“现在原地解散，回寝室整理内务，然后随你们的班长去领取服装，半小时后检查。”

因为前面几天阴雨连连，今天气温不算炎热，可艺人们舟车劳顿又没吃午饭，早就体力不支，听见季北川的话，立马异口同声地说：“是。”

陆羡鱼头昏目眩地走在队伍末尾，季北川避开镜头来到她身边，在镜头察觉不到的地方，指尖轻触她手背。

“陆小鱼。”他压低声音叫她。

陆羡鱼小跑两步，脚步追上宋知欢，挽住她的臂弯：“欢姐，我们一起。”

宋知欢回头，看见年轻军官眉头紧锁，一副吃瘪的表情。她起了坏心，勾起唇角：“行。”

季北川瞧着陆羡鱼远去的窈窕背影，有些挫败地咬咬牙，真把这祖宗惹生气了。

谢屹从男艺人宿舍回来，看见站在宿舍楼下的季北川，幸灾乐祸地开口：“季队，嫂子要跑路了？”

话没说完，就挨了季北川一脚。季北川不耐地睨他：“给我闭嘴。”

谢屹往后跳了两步，笑嘻嘻地说：“嫂子晕车，你懂？”

季北川看他：“你在教我做事？”

谢屹：“不敢。”话音一落，两秒就跑走。

季北川恍然想起刚才是季思思撞了下陆羡鱼，她才没站稳，他有些烦躁地摘下军帽：“又得哄祖宗了。”

医疗室。

任书遥送走来拿感冒药的战士，瞧见站在门口的男人，有些意外地问：“你怎么来了？”

季北川迈开长腿进去，问任书遥：“有治疗晕车的药吗？”

《勇者星兵》来宜江市武警支队拍摄，任书遥也有耳闻，能让这位主来她这里拿药的除了陆羡鱼，还能有谁。

任书遥问：“除了晕车，还有什么症状？”

季北川回忆陆羡鱼刚才的模样，脸色是连粉黛也遮掩不住的苍白。

“头晕，脸色苍白。”

“应该是中暑了，拿盒藿香正气水，少吃油腻荤腥食物。”

任书遥做好药品登记，把藿香正气水递给季北川，难得八卦地问：

“季队，把女朋友当自己手下的兵训练是什么体验？”

季北川把藿香正气水揣进裤兜里，略掀眼皮，神情寡淡：“任医生，你今天话似乎很多。”

任书遥平日里走的是高冷女神路线，今日却一反常态。

任书遥心里道，整个宜江市武警支队谁不知道三中队中队长季北川就是个笑面虎，在你手下训练过的兵哪个不是见你跟仇人一样。

可“高冷女神”形象还得维系，任书遥淡然开口：“好奇罢了。”

“……无聊。”季北川送给她一记白眼，转身离开医疗室。

任书遥看着这人离去的背影，冷笑一声，拿出手机给陆羡鱼发微信：陆小姐，听说您来我们支队了，我这儿常备中暑药，这天气训练容易中暑，我让休息的同事给你送过去。

两人微信是在上次灾区加上的，平日没怎么联系，陆羡鱼都要忘记自个儿列表里有这么一号人，一看任书遥发来的消息内容，迅速回复：谢谢任医生。还附赠一只“猫猫撒娇”的表情包。

任书遥：不用客气。

陆羡鱼行李没带多少，很快就收拾好。

这边，任书遥叫来同事送藿香正气水，陆羡鱼答谢接过，转身回到宿舍，和要去卸妆的季思思擦肩而过，季思思看一眼她手里的藿香正气水，轻嗤出声：“矫情。”

陆羡鱼：“？”矫情骂她矫情，真是离谱到家。

陆羡鱼喝了一支藿香正气水，叫上宋知欢一起去卸妆洗漱，顺便领回了服装换上。才换好衣服，宿舍门被敲响。

“是我。”熟悉的男声。

陆羡鱼系好鞋带，小跑去开门，看见站在门外的男人，疏离又冷漠：“季队长好。”

季北川看她一眼，眼神促狭：“要叫我教官。”

“哦，教官好。”陆羡鱼心里骂一句“狗男人”，面上还装作乖巧懂事地问，“您有事吗？”

季北川从裤兜里拿出一盒藿香正气水给她：“给你的。”

陆羡鱼没接，“不用，朋友给我送了的。”

季北川：“？”

眼瞧两人在门口僵持不动，跟在季北川身后的中队指导员万鹏涛咳嗽提醒：“老季，别忘了此行的目的。”

季北川把那盒藿香正气水直接塞到陆羡鱼手里，态度强硬："给你的，你就拿着。"

陆羡鱼："……"还不允许她拒绝吗？

季北川和指导员万鹏涛先前已经去了男生宿舍检查内务，然后就是女生宿舍。陆羡鱼和宋知欢已经整理好行李，季思思还在公共浴室没回来，行李随意摆着，杂乱不堪。

三中队指导员万鹏涛有洁癖，在入伍参军后这一毛病更甚。瞅着季思思乱得不行的床位，拧眉道："半个小时了，你们内务还没整理好吗？"

陆羡鱼小声碎碎念："那又不是我的。"

万鹏涛虽说年纪比季北川大不了几岁，可他成婚早，瞧着这几个小姑娘就像自个妹妹，听了陆羡鱼的话颇为不赞同地皱眉："在部队里，除了服从军令，遵守军纪，最重要的就是团结，如果……"

"老万。"季北川瞧不得别人训自家小姑娘，打断他，"这次算了，下不为例。"

万鹏涛："……"说好铁面无私的季队长，怎么忽然改剧本了。

季北川看一眼从头到尾都没再说话的陆羡鱼，小姑娘穿着迷彩短袖，肌肤雪白，未施粉黛的小脸亦是明艳精致，短发干净清爽，穿上军装，真有那么一点儿巾帼不让须眉的味道。

他多看了两眼，两人都是迷彩服。还有点儿像情侣装。

万鹏涛是过来人，哪里看不出这位对眼前姑娘有意思，想到季北川即将奔三，决定做个睁眼瞎："这次就算了，下次内务检查不合格，你们宿舍全体给我绕操场跑五圈。"

"是。"

内务检查算过关，万鹏涛让手下一个战士收走他们行李里的违规品以及手机，临走前还说："手机在你们离开部队时，会还给你们。"

季北川离开前，装模作样地走到陆羡鱼床位前检查床褥，指出问题："被子没叠好，下不为例。"

陆羡鱼微笑："谢谢季教官。"

季北川拍她肩："不用谢，有什么问题可以私下找我。"他略倾身，凑近她耳畔，呼吸温热，"我很乐意帮小笨鱼解答。"

"……"这个狗东西疯了吧？！居然敢在镜头前撩她！

陆羡鱼不争气地脸红，旁边收拾行李的宋知欢当自己不存在，注意到小姑娘红成苹果的脸蛋儿，无奈摇头。这恋爱的酸臭味啊！

季北川看见某只快把自己煮熟的鱼，轻笑一声："待会儿见。"

"……"快滚吧，狗男人。

半小时后，录制《勇者星兵》的六位艺人在训练地集合。

万鹏涛站在队伍前方，看着稀稀拉拉的队伍，眉毛拧得跟两只毛毛虫一样："谢屹，整合队伍。"

站在他身后的谢屹小跑上前，站得笔直："立正，从左到右依次报数。"

"一、二、三……六。"

队伍勉强整齐，万鹏涛背着双手扫视一群娇生惯养的艺人，神色严肃地敬礼："先做个自我介绍，万鹏涛，籍贯宜江市，今年三十一，现服役于宜江市武警支队三中队，就任三中队指导员，中尉军衔，也是你们这次集训的副教官。季队长是你们这次训练的主教官，相信刚才季队长已经给你们讲明部分军纪军规，我只着重强调一点，服从军令，遵守军纪。能做到吗？"

"能！"声音洪亮，铿锵有力。

万鹏涛比较满意，和季北川耳语两句，他背手退到后面，站位以季北川为主。

季北川锐利的黑眸掠过众人，在陆羡鱼身上停留两秒，话有所指："无论你们是何身份，在这里只是我的兵。先前没来得及做自我介绍，现在做个自我介绍。"

他站得笔直，身形高大，明媚光线刻在眼底，映出男人眸底里的坚毅。有那么一瞬，她心跳如雷。她的季小川啊。真是太帅、太MAN了！

"我叫季北川，今年二十七，籍贯南城，上尉军衔，是宜江市武警支队三中队中队长，同样是你们此次训练的主教官，接下来两个月的训练生活将由我和你们一起度过，有什么不懂的可以问我，也可以问万副教官，或者问你们班长。"男人嗓音略沉，声线起伏，在空旷的训练场格外撩人心弦。

接下来是新兵自我介绍。季北川问："谁先来？"

"我。"

季北川循声看去，阳光下，女人一双琥珀色眼瞳清凌凌的，眸底像蒙上一层雾气，娇俏得紧。

他喉尖不自觉滚了滚，嗓音沉哑："陆羡鱼，出列。"

"是。"她脆生生地应道。

陆羡鱼起先因为拍摄《刑侦一科》在军校待过几个月，军礼站姿都标准得连万鹏涛都另眼相看，是个不错的姑娘。

“教官们好，班长好，我叫陆羡鱼……籍贯京市。”

季北川唇角微扬，问：“为什么想当兵？”

陆羡鱼逆光而站，一双眸子清透，眼神坚毅，与季北川倒有几分相似：“报告，因为想体验一下军人的生活。”想看看你生活的地方。

从爷爷辈开始，陆家男人都是军人，她自小也是耳濡目染，对军人一职莫名有种崇敬感，在和季北川重逢之后，这种感觉更甚。

她想看看是什么地方能把那个离经叛道的桀骜少年变成如今刚正不阿的男人，也想知道他那七年生活是怎样过的。

季北川：“归队，下一个。”

其余几人自我介绍结束，由班长谢屹领着几人去做新兵入营的体检。

体检又是几小时过去，外边天色漆黑，幽蓝天际只有一轮弯月悬挂。

陆羡鱼从医务室出来，正好撞见季北川领着三中队战士在进行夜跑，男人跑在队伍左侧，长腿如风，每一步底盘贼稳，低沉磁性的嗓音喊着口号：“一二一……”

陆羡鱼手里拿着体检报告，盯着他远去的背影有点儿走神。她见过季北川很多模样，少年时的吊儿郎当，成年后的浑话连篇，而他作为军人这一面，她很少见到。莫名的，陆羡鱼很期待接下来的军营生活。

“陆羡鱼，”季思思忽然出现在她身后，因为此时没有镜头，季思思也懒得装什么小白花，真面目暴露无遗，“你说你和季北川合起伙来欺负我，好玩吗？”

“你有病？”陆羡鱼无语睨她，“记得找任医生拿药。”

季思思咬牙：“你……”

“你们这是在干吗呢？”万鹏涛远远就瞧见这俩姑娘之间剑拔弩张的架式，狠狠皱眉，“我警告你们，不许乱来，否则立马给我收拾东西滚。”

季思思脸上再次挂上甜笑：“万指导，我没有，我只是和陆同志聊会儿天。陆同志，对吗？”

陆羡鱼从来都不擅长掩饰自己对谁的厌恶，与季思思擦肩而过：“都是大尾巴狼，别跟我在这装小绵羊。”

季思思咬唇装委屈：“万指导，让你见笑了，羡羡就是这个脾气。”

万鹏涛弄不懂这俩姑娘之间的弯弯绕绕，对陆羡鱼的印象一落千丈。

等晚上和季北川讨论今天来的几个明星兵时，毫不掩饰对陆羡鱼的印象：“我说那个陆羡鱼真是个大小姐脾气，人季思思好好和她说话，她给人甩脸子走人。”

季北川薄唇咬着，没吱声，任由着万鹏涛发牢骚。

他说完，又点评了句：“那姑娘不行，还是小聂同志好，你可别对她动了真心思。”

季北川抬了抬眼：“让你见笑了。”

万鹏涛被他这话弄得迷糊：“你啥意思？”

季北川笑意散漫：“她脾气，我惯的。”

万鹏涛惊讶：“老季，你……”

“我俩谈了有七八年了。”

万鹏涛还没来得及消化完这爆炸性消息，季北川走出指导员办公室，临走前拍了拍他的肩：“媳妇儿嘛，就得宠，你多担待点儿啊。”

外面夜色漆黑，凉风拂面，季北川长吁一口气。他好不容易把这朵外艳内枯的玫瑰宠成现在这娇滴滴的模样，哪舍得让她再受半分苦。

不知不觉，走到军医宿舍楼下。

季北川正打算往回走，肩膀被人拍了一下，然后眼睛被人蒙住。掌腹的温度冰凉，鼻尖嗅到一点儿熟悉的味道，季北川瞬间猜到是谁。

陆羡鱼将声线切换成嗲嗲的萝莉音：“季队长，猜猜我是谁啊。”

“我家小笨鱼。”季北川转头看她，抬手弹她脑门，“陆小鱼，你现在胆子有点儿大啊。”

“连教官都敢戏弄，嗯？”他弯腰点她鼻尖，拖腔带调的，语气格外暧昧。

陆羡鱼别开脸，明媚精致的小脸神情冷艳：“我怎么敢戏弄您呢，您今天可是处处针对我。”

季北川挑眉，在这儿等着跟他秋后算账呢。四下无人，又因在部队，没有娱记蹲点，陆羡鱼胆子也肥了。

她伸手狠狠拍了一下季北川的手背，声音委屈：“你知不知道……今天我身体不舒服，季思思还撞我……你又欺负我……季北川，你女朋友要没了！”

“我错了。”季北川认错，态度诚恳。

陆羡鱼觉得自己真的是被季北川宠坏了，一遇见他就忍不住撒娇，要被她粉丝看见一定惊呼：您哪位？

不知怎的，陆羡鱼想起年少时两人热恋的状态，她是一身公主病，可对外印象是飒气十足的御姐范儿，唯独在面对季北川时，她惯性地进入被宠坏的小女孩角色。

他是她的爱人，给她依靠，也给她安全感。能让她卸下所有防备，在他面前做一个被宠坏了的小孩儿。

"跟我来。"

季北川拉起陆羡鱼向前方奔跑，夏风吹起她的短发，她侧脸看他，男人眸色黝黑，路灯光线映在眸底，亮得灼目。也是清风霁月的夏夜，还有少年亮得璀璨的黑眸。

陆羡鱼恍然发现，原来她早就对季北川动了心。只是那时的少女不懂何为良人，现在才惊觉，身边人才应是她此生挚爱。

身侧风动，亦是心动。

陆羡鱼默默握紧季北川的指节，改为十指相扣，像当年一样问他："季小川，你要带我去哪儿？"

他侧眸看她，眼底的星辰一如昔年："带你去私奔啊。"

她笑："……行，我和你走。"

和你走，无论山高水远，无惧前方何难，只要有你在，我都不怕。

私奔的目的地是季北川的宿舍。

他开门让陆羡鱼进去，一室一厅的小型公寓，空间面积不大，装潢也偏素净，一桌一床一衣柜，被子叠成豆腐块儿放在枕头上，处处透着干净整洁。

季北川拉开书桌前的椅子让她坐，又给她倒了杯水："喝点水。"

陆羡鱼接过玻璃杯，轻抿一口凉开水，水意滋润激烈运动后的干涩嗓子。季北川靠在桌沿边，低眸睨着她，小姑娘的红唇被水滋润，鲜艳欲滴，像朵盛开的红玫瑰，诱人采摘。

陆羡鱼注意到季北川的目光，清澈如水的琥珀色杏眼疑惑地看他："你盯着我做什么？"

"脸抬起来点儿。"他哑着嗓说。

陆羡鱼乖巧照做："你做什么？"

"笨鱼，想吻你啊。"男人粗粝的指腹捏住她的下巴，低头，温热薄唇吻住她的唇瓣，牙尖儿轻咬，带点儿酥麻疼意，陆羡鱼忍不住轻哼一声："嗯……"

她声线本就偏软，又有点儿娇，像只奶猫挠过季北川的心脏，燥痒难耐。季北川眼皮耷拉，遮住眸底翻滚的欲色。陆羡鱼被他吻得四肢发软，手里玻璃杯落在脚边，摔得四分五裂，液体湿润到陆羡鱼的裤脚。

她有点儿受不住他的索取，偏头躲开：“别……”

季北川虎口掐住陆羡鱼的精致小脸，垂眸看着她，眼尾带红，眸色幽沉：“别这么叫。不然，真吃了你，小笨鱼。”

陆羡鱼像只受惊的兔子从椅子上起身，连连后退好几步，目光警惕地看向季北川：“你、你别乱来，明天还要录综艺。”

季北川深呼吸，压下躁动的火，好整以暇地开口：“那明天不拍综艺，是不是能吃鱼了？”

“……”他为什么曲解她的话，她才不是这个意思。

季北川抬手拍她脑袋：“不逗你了，我去冲澡，你今晚在这儿睡，还是回宿舍？”

陆羡鱼想到宿舍有季思思，而留在季北川的宿舍则是鱼入狗东西的嘴，她选择困难症又犯了。

季北川看她表情纠结，好心情地摘下军帽放在桌上，单手脱下迷彩短袖上衣，内里一件贴身白色背心，肌肉线条流畅：“我去洗澡，你好好想想。”

耳边响起浴室哗啦啦的水流声，陆羡鱼在玄关角落处找到扫帚，清理碎了的玻璃杯。

陆羡鱼才把扫帚放回原位，敲门声响起，她下意识看向浴室房间：“季小川，有人找。”

季北川从浴室出来，半赤着上身，人鱼线完美，水珠顺着腹部肌肉流淌，湿润墨绿色迷彩裤。

两人虽说坦诚相待过一次，还睡过一张床，陆羡鱼却还是忍不住害羞地别开脸：“你怎么不穿衣服就出来了？”

季北川捋了把还在滴水的发茬，挑眉笑：“陆小鱼，你洗完澡出来还穿很多衣服？”

“……”歪理，歪理，全都是狗东西的歪理！

季北川对外应了声：“马上来，在穿衣服。”

他在衣柜里翻找出一件迷彩短袖套上，去开门前，还调戏了一下陆羡鱼：“都看光我了，你害什么羞？”

“……”她决定了，今晚回去睡，否则狗东西一定会吃鱼的！

季北川开门：“陆支队。”

陆润竹双手背在后走进宿舍，还侧头和季北川调笑两句：“在家里藏了什么，这么久都不开门？”

陆羡鱼看见来人，傻眼了：“大……大伯……”

陆润竹看见出现在季北川宿舍的陆羡鱼也是一惊，不过他也是过来人，很快就从震惊中回神，只是瞧着季北川的眼神不算和善。

陆家这一辈就陆羡鱼这个独女，自小就是被长辈们当娇娇女养大，虽说陆润竹是陆羡鱼的大伯，却是将这个侄女当成亲女儿来疼爱。眼下见自家姑娘深更半夜出现在单身男人的宿舍，孤男寡女共处一室，陆润竹用脚指头想也能知道两人是什么关系。

季北川倒没想到陆羡鱼和自己的上级有着亲戚关系，再联想上回陆润竹说把自家侄女介绍给他的话——现在就是脸疼，疼得要命。

三人静默着，谁也不动，还是陆羡鱼受不了这诡异气氛，打破沉默：“大伯，您这么晚来找季北川有什么事？”

话一出口，陆羡鱼想割掉自己舌头的心都有了，她怎么就这么嘴快呢！

陆润竹睨她一眼：“你待着，我和季北川聊聊。”

陆羡鱼乖乖“哦”了一声，站在一边垂着脑袋，一声不吭。

陆润竹来找季北川是想让他去参加下周的部队联谊，哪想这人直接一锄头下来，挖了自家白菜。

季北川态度恭敬地给陆润竹端上一杯开水：“大伯，请喝水。”

陆润竹：“？”改口倒是快啊。

陆润竹没好气地端起杯子喝了口水，又觉得不解气，把杯子重重搁在桌上：“你俩怎么认识的？”

季北川余光瞅一眼脑袋耷拉着装鹌鹑的某鱼，十分诚实地说：“同学。”

陆润竹虽然常年因工作不归家，但对陆羡鱼从韩国回来后去南城读书，还交了一个小男友的事略有耳闻。不得不说命运常爱和人开玩笑，这小男友还是他最看好的下属，真是贼离谱！

陆润竹倒没有过多责问季北川，陆羡鱼的终身大事在陆家排得上头号大事，虽然有点不甘心自家姑娘就这么被拐跑了，可季北川也算知根知底，陆润竹和他聊了会儿，便准备离开。

“本来来找你是因为下周市里的联谊会，现在既然有了对象，那也就别去了，抽空把恋爱报告打了。”

季北川：“是。”

陆润竹看一眼在旁沉默的陆羡鱼，朝她招了招手：“羡羡。”

“大伯。”陆羡鱼眨巴眨巴眼睛，努力伪装平静，“这事儿，你先别和我爸说，我怕他……”

陆润竹自然知道她在担忧什么，兄弟和侄女，他这心自然是偏向陆羡鱼的："我知道，你自己和你爸说，我先走了。"

"大伯再见。"两人几乎是异口同声。

陆羡鱼剜一眼季北川："你认亲戚倒是挺快啊！"

季北川关上门转身看她，单手抱肩，姿态懒散地靠在门上："迟早得改口，先练练。"

陆羡鱼被这人的厚脸皮堵得没话说，又忍不住想，她真是越活越回去了，年少时还能把季北川怼得没话说，现在反被他吃得死死的。恋爱中的女人百分百降智，这话说得真没错。

"想什么呢？"季北川走过来，抬手点她眉心，"想好晚上睡哪了吗？"

陆羡鱼偏头，语气傲娇："回宿舍睡。"

"哦？"季北川弯腰，鼻尖与她相抵，呼吸交缠，他拖腔带调地说："这么怕我吃了你啊？"

男人鼻息灼热，扑洒在她脸颊，肌肤温度不受控制地上升，陆羡鱼觉得自个儿快成了一条煮熟的鱼。她小碎步往后退了两步，仰头看他，理直气壮："那可不是吗，毕竟我这么漂亮。"

季北川被她这话逗笑，声线略沉，勾得她整颗心都不受控制地乱跳。

"小自恋鬼。"他抬手揉乱她的短发，"走，我送你回去。"

季北川拿了钥匙，胳膊搭在陆羡鱼肩上，搂着她出门。

翌日上午。陆羡鱼等人入营的第二天，昨天体检，六人都勉强合格，今天上午按照安排应该是新兵入营宣誓以及最基本的体能测试。

入营仪式在部队礼堂举行。

陆羡鱼站在队列前方，身侧是季北川，他脱下迷彩服换上了身橄榄绿的军装，男人一身军装挺括，眉眼硬朗，深邃眼眸注视左前方的中国人民武装警察部队旗。

旗帜下方三条深橄榄绿条，上半部分还保留着八一军旗样式，飘扬的旗帜鲜红如血，映在陆羡鱼眸底。有那么一瞬，陆羡鱼真为季北川感到骄傲。她的少年成长为保家卫国的军人，每一寸山河，都由他这样的军人守护。他们用自己的血肉之躯，守卫着泱泱华夏每一寸土地，保护着每一个公民。

激昂乐声响起，陆羡鱼听见季北川用铿锵有力的声音，一字一顿地说："我是中国人民武装警察，我宣誓——"

这世间哪有什么安宁岁月，有的不过是他们肩负起保家卫国的责任，替我们守护和平年代。军人，是最令人敬佩的英雄。

入营仪式结束，节目组又安排六位艺人和教官们合影留念，陆羡鱼站在季北川身侧，背脊挺直地敬礼，合影结束，她听见季北川说：“下回你这誓词就得改了。”

陆羡鱼还没反应过来他这话是什么意思，后知后觉才想起，如果她和季北川结婚，那么她就是军嫂了。

无意的情话最是撩人心弦，陆羡鱼忍不住脸红。

宋知欢察觉小姑娘脸红，伸手戳戳她的脸：“你脸红什么？”

“太……太闷了……”陆羡鱼揉了揉发红的脸，再一抬眸对上季北川含笑的黑眸，后者唇角稍扬，无声道：“你脸红什么？”

“……”陆羡鱼瞪他一眼，拉着宋知欢就往外走。

体能测试分男女，男艺人需要卷腹、5×10往返跑以及仰卧起坐，女艺人仰卧起坐一分钟内满三十五个则为测试通过。

测试分两组同时进行，有小战士上前帮忙按住艺人的腿。

被分到陆羡鱼的小战士正准备上前，季北川叫住他，一本正经的语气说：“我来，你去记录。”

小战士敬礼：“是。”

陆羡鱼已经换好短袖迷彩服，裤脚收在黑色作战靴里，双腿笔直纤长。她躺在那儿，听到口哨声，正准备做仰卧起坐，余光瞥见季北川，愣了两秒：“……”

“继续做。”语气严厉。

陆羡鱼抿唇，在小本本上给季北川记上一笔。

又凶她！陆羡鱼的体能算不上好，可作为女艺人身材管理是基本职业操守，她有时也会去健身房上私教课，一分钟三十五个仰卧起坐对她来说倒不算太难。连着做完，她有些气喘吁吁，躺在地上不想动。

季北川居高临下地俯瞰她，眼眸黝黑：“体力太差，得好好训练。”

陆羡鱼对上他深邃的乌瞳，发现男人眼底一闪而过的戏谑。

“……”狗东西就不可能正经！

体能测试结束，陆羡鱼的排名中规中矩，勉强合格。

排在最后一名的季思思被万鹏涛着重点名：“就你们这体能，要放到以前战场上，不得叫敌人打趴下？现在全体都有——向左转，绕操场跑五圈，谢屹带队。”

这话一出，徐厉言小声抱怨："五圈？足足有十公里，是想跑死我们吗？"

季北川挑眉，目光冷冷地看向他："你再增加两圈。"

徐厉言也不敢再多说一句，怕这次综艺播出，他会掉粉，认命地跟在谢屹身后跑圈。

今天宜江市气温直线上升，前三圈跑下来，大家已经体力不支，特别是季思思，一张脸惨白，忍不住举手："报告，我……我申请休息。"

站在树荫下的万鹏涛黑沉着一张脸："才跑多久，就开始打退堂鼓？上了战场，你们也这样吗？"

季思思咬唇，继续咬牙坚持。最后一圈下来，六个人没一个不是脸红耳赤，双手撑在膝盖上大喘气。

谢屹："原地休息十分钟——"

季思思直接坐在了地上，小声抱怨："早知道我就不来参加这什么破综艺了……"

季思思的话一字不落地被万鹏涛听完，他双手背在身后，看一眼旁边沉默的陆羡鱼，内心忍不住升起一阵愧意，这人还是得多接触才知道真面目："老季，你这对象……挺不错……"

季北川听见万鹏涛夸奖陆羡鱼，眉峰微抬，调侃他："昨天你还说她不行，今天怎么就改了？"

万鹏涛老脸一红："昨天是我言语有失，和你道个歉。"

"她很好。"季北川目光落在远处的小姑娘身上，明澈的光线照在她未施粉黛的小脸，脸颊微红，汗珠顺着棱角分明的下颌线滑落，滴在墨绿色的迷彩服上。

万鹏涛还在碎碎念："倒也不是我对陆同志有意见，毕竟做咱们军人背后的女人，吃不得苦可不行——

"我们在前线保家卫国，少不了她们在身后的支持。"

军人背后的女人同样是伟大的。

季北川收回视线，看着又在进行训练的陆羡鱼，唇角上扬，眼底笑意漾开："她能做到的。"

他的陆小鱼虽然性子娇滴滴的，可骨子里刻死了坚韧二字。能小小年纪离开父母只身远去异国他乡做练习生，在重归娱乐圈后，不靠父母家世自己闯出一片天。

她是他的宝贝，也是他的骄傲。

中午十二点，哨声响起，到了午饭时间。

季北川站在队列前方，双手背在身后，站姿笔直如松，目光扫过一众艺人，沉声说："现在去食堂吃饭，以陆羡鱼为首，全体向右转。"

部队食堂用餐分批次，陆羡鱼等人排在前面。

食堂很大，分两层，打饭的窗口，冒着袅娜白烟的饭菜香味勾得众人胃里的馋虫嗷嗷直叫，季北川指引他们有秩序地拿餐盘打菜。

季北川还在旁边叮嘱："吃多少拿多少，不许浪费一粒米饭。"

一上午训练的消耗，陆羡鱼早就饿得前胸贴后背，她拿过餐盘笑眯眯地和食堂阿姨打招呼："阿姨好。"

陆羡鱼生得精致，素颜的五官没那么具有攻击型，杏眼弯弯，特别容易让人心生好感。

食堂阿姨接过了她手里的餐盘，语气和蔼地说："想吃什么，阿姨给你打。"

陆羡鱼看一眼冒着热气的饭菜，随意选了一荤一素，又打了一份米饭和紫菜蛋花汤，端着饭盘找了个位置坐下。

宋知欢坐她对面，季思思自拍综艺开始就恨不得黏在其他三位男艺人身上，无奈周叙白性子冷漠，徐厉言不理她，只有骆昀出于绅士礼节，会与她说上两句话，季思思便黏他更凶，只差没把眼珠子镶在骆昀身上。

季思思端着餐盘过来在骆昀身边坐下："我能和你坐一起吗？"

陆羡鱼耳尖，也注意到对面桌子处的动静，她有点儿看好戏的心思，用筷子扒拉着碗里的米饭，直勾勾地盯着骆昀看。

骆昀唇角微抽，不着痕迹地挪动身体，笑意温润："可以。"

季思思得寸进尺，给他分享碗里的菜："你吃这个，我听说……"

一张餐盘在六人的桌上出现，陆羡鱼侧眸，看见季北川在她身边坐下。

季北川也看她，神情冷淡："用餐时间，不许交头接耳。"

季思思："……"

骆昀如释重负，松了口气。

陆羡鱼贝齿咬着筷子，视线还停留在骆昀身上，她觉得骆昀脸上的表情有种劫后重生的庆幸感。

"陆羡鱼。"季北川叫她，语气冰冷，"吃饭时间十分钟，你还有五分钟。"

陆羡鱼："……哦。"

季北川不爽："吃饭。"

陆羡鱼乖乖地开始扒拉碗里的饭菜，食堂阿姨或许非常喜欢她，打饭的手也不抖了，分量十足，可她胃口小，一荤一素的菜只吃了一点儿就饱了。

陆羡鱼端起餐盘，准备去倒掉，被季北川拦住："忘记了我刚才和你说的话？"

"……"陆羡鱼抬头，正好看见打饭的窗口上红通通的一行大字——绝不浪费一粒米。

她用筷子戳了戳餐盘里的菜，小声嘟囔："我吃饱了嘛。"

小姑娘声线软又娇，让人不得不心软。

季北川知道陆羡鱼那食量堪比一只奶猫儿，可军纪不能违反，索性折中拿过她手中的餐盘，自然不过地动筷："我帮你吃。"

旁边用餐的一众战士看得一愣一愣的，这还是他们认识的那个铁面无私、不近女色的季队长吗？

感知到众人的视线，季北川抬眸，眼神略冷："看我做什么？"

一起来食堂的万鹏涛反应过来，语气严肃："抓紧吃饭，然后午休。"

"是。"

陆羡鱼还没从季北川的动作中回过神来，等她反应过来，男人已经解决完她剩下的饭菜。

季北川拿起她的餐盘起身，目光扫过艺人们："食堂门口集合。"

其他人还没吃完，陆羡鱼先跟着季北川出了食堂，他俩一走后，食堂里用餐的战士忍不住讨论起来：

"季队长怕不是对那个来拍综艺的女明星动心了吧？"

"都不上网冲浪的啊？他俩早年就有过一段啊。"

"这是……旧情复燃？"

陆羡鱼跟在季北川身后走出食堂，正值初夏午后，阳光穿过绿树，光线斑驳。

"季小川，"陆羡鱼站在台阶上，垂眸看他，"你刚才……又凶我。"语气娇娇软软的，琥珀色眼瞳里写满"你欺负我"四个大字。

这儿人来人往，有不少人往两人这儿偷瞄。

季北川自年少起就是张扬十足的性子，虽然这些年收敛不少，可他还是潇洒纵意惯了。

他双手插兜，长腿迈上台阶，身高几乎与站在台阶上的陆羡鱼平齐，盯着她的眼睛说："你刚盯着那小白脸看什么？"陆羡鱼正委屈着，被季北川这么一质问，没反应过来，眼睫毛微颤："啊？"萌死了个人。

季北川原本满腔醋意被她这呆萌样逗笑，他勾着尾音，拖着腔调："陆小鱼，我吃醋了。"

"你为什么吃醋？"很明显，某只鱼还处于懵懂的状态。

陆羡鱼后知后觉，恍然想起她刚才抱着看好戏的心态一直盯着骆昀看，季北川又恰好出现在她面前。这人，又吃醋了。她有些无奈地撇嘴："要不我哄哄你？"

陆羡鱼余光瞥见往这儿看的众人，帽檐下的耳朵上开始爬上红晕，整个耳侧的肌肤烧灼得要命。

这么刺激的感觉，除了当年热恋时，她许久没体会过了。

季北川勾唇："也不是不可以——"

"……"陆羡鱼真被这狗东西不要脸的程度打败了。

她破罐子破摔地道："可眼下也不能哄啊？"

食堂入口人来人往，其他五人吃完饭也往这边过来。季北川虽然起兴想要逗陆羡鱼，可也懂分寸，抬手拍了下陆羡鱼肩膀："先欠着，以后慢慢哄。"

他咬重了"慢慢"两字，声线磁沉，陆羡鱼从这字眼里读出某种暧昧的信号。近墨者黑，她真是被季北川带坏了。

谢屹开始整合队伍，季北川根据上午的训练做了个总结，接下来说："午休一小时，下午训练结束，全体去礼堂参加迎新晚会。

"现在，原地解散，回寝。"

"是。"

回到宿舍，陆羡鱼已经累得只想躺在床上，可季思思阴魂不散一样，气势汹汹地冲到陆羡鱼床边："陆羡鱼。"

陆羡鱼睁眼，颇为无语地看她："有事？"

常言道，你不找麻烦，麻烦自会找上门。陆羡鱼现在就有如此体验。

宿舍空间狭小，沉闷不堪，季思思回来后帽子来不及摘下，几缕发丝黏在脸上，配上那张素颜的脸，看起来格外滑稽。

"你真以为你和季北川能在一起？"

宋知欢去洗澡了，宿舍就她们两人，季思思也没耐心维持小白花面具，阴阳怪气道："季北川就一连爹妈都不知道——"

陆羡鱼眼神一冷，抄起手边的枕头砸向季思思："狗嘴吐不出象牙，就别说话！"她就是贼护短的性格，无论她怎么损季北川都行，但容不得别人说他半分不好。尤其是季思思。

陆羡鱼自认心眼比针小，她一直记挂着因季思思和孙如雪拿季奶奶威胁季北川，才使季北川离开南城，这两个人也是间接导致两人年少分开的罪魁祸首。

如今这“罪人”还在她面前趾高气扬地骂她男朋友，陆羡鱼根本坐不住，她从床上起身，眼神冷冷地看向季思思：“你把刚才的话再给我重复一遍？”

季思思是因为自拍综艺起，无论是作为教官的季北川还是其他人都只针对她，却优待陆羡鱼，心理严重失衡，才想着找陆羡鱼麻烦。这会儿理智稍回笼，她有些后悔。这些年因季北川，陆羡鱼一直打压她，哪怕她攀上同公司的高层，对方也是冷冷警告她：“你少招惹陆羡鱼，她可不是你能惹得起的人。”

“怎么，说不出话了？”陆羡鱼声线略冷。

季思思头皮发麻，她该知道陆羡鱼是什么性子，平日她怎么招惹她都行，可只要涉及季北川，这人就跟没了理智一样。

最严重的一次是两年前，她在某个高定品牌新品发布会上和人说季北川坏话，被陆羡鱼听了去，那整整一年她都没有资源。季思思想到这事，怒火直冒，扬手就要打陆羡鱼，陆羡鱼瞄见，侧脸躲开，伸手抓住季思思的手臂，反手打了回去。

季思思被打得有点儿懵，脸颊上火辣辣地疼，让她也失了理智，摘掉帽子，撸起袖子，就要和陆羡鱼算账：“我说错了吗？季北川本来就是个爹妈不详的野种！野种配你，天长地久。”

“啪”，又是一巴掌。陆羡鱼眼皮掀开寡淡的弧度：“脑子有病就去治，别跟个疯狗一样乱吠。”

季思思两边脸都肿得老高，双眼凶神恶煞地瞪着陆羡鱼：“你……你等着……”

陆羡鱼眉梢扬了扬：“行，我等着。”

季思思夺门而出，撞上从外边回来的宋知欢，宋知欢隐约看见季思思两边脸红肿异常，还带了点儿纤细指印。

宋知欢放下手中水盆问陆羡鱼：“你俩怎么了？”

陆羡鱼刚打了季思思两巴掌，掌心疼得慌，她十分高冷地回了句：“打了条狗。”

宋知欢笑：“手打疼了吧？过来擦药。”

陆羡鱼笑眯眯地过去：“谢谢欢姐。”

午休还没结束，陆羡鱼就被谢屹叫去了指导员办公室。

去办公室的路上，谢屹问她："嫂子，你怎么和那季思思打起来了？"

陆羡鱼看他一眼，冷艳范十足："打狗需要理由吗？"

快到办公室时，陆羡鱼隐约听见里面传来抽抽搭搭哭泣的女声："陆羡鱼……不由分说就打我……我、我哪儿招惹她了？"

"打你就打你。"陆羡鱼走进办公室，眉尖一挑，与生俱来的骄矜，"还需要理由吗？"季思思这受欺负就告状的小伎俩的确叫陆羡鱼惊了一把，她自上小学起就没再遇见过了。

办公室里除了万鹏涛，还有陆羡鱼不认识的中年男人，瞧他那身军装，陆羡鱼勉勉强强能猜出此人的身份。

聂政委才从省里学习归来，本意是来万鹏涛这里询问有关这群明星兵训练的情况，哪儿想撞见季思思来告状。

聂政委本对这事存疑，可看见陆羡鱼进来时不可一世的表情，最是令他厌恶，心里不由得偏向季思思，看向陆羡鱼的眼神也冷了几分："你当部队是你家吗？随便对战友动手？谁惯的你这臭脾气？"

季思思眼睑垂下，遮住眼底的得意，她倒要瞧瞧陆羡鱼怎么办。

陆羡鱼抬了抬眼，不紧不慢地敬了个礼："首长好，您可以先问问我为什么对季思思动手。"小姑娘敬礼姿势标准，小脸干净，琥珀色眼瞳氤着一池春水，清澈通透。

聂政委略一皱眉，看向季思思："你说，你们为什么动手？"

季思思眼神躲闪："我……"

"陆羡鱼？"聂政委目光落在陆羡鱼身上。

陆羡鱼虽然看不惯季思思，可也没想过把季北川的身世暴露在大庭广众之下，她索性找了个借口："她先找我麻烦，我才和她动手的，如果您不信，可以问同寝的宋知欢。"

季思思咬碎一口牙，宋知欢和陆羡鱼交好肉眼可见，陆羡鱼这是打定主意不让她好过。

聂政委闻言又让谢屹叫来宋知欢问话，得到的答案和陆羡鱼差不多，的确是季思思先对陆羡鱼动手，陆羡鱼才还击的。

充当背景板许久的万鹏涛开口问陆羡鱼："你哪儿受伤了？"

陆羡鱼："她骂我，我精神受损了。"

"……"这什么理由。

这事儿算是就这么过去了，可在部队私自动手少不了一顿罚，陆羡鱼和季思思被罚跑操场十圈。

季北川是在谢屹这儿得知，陆羡鱼和季思思私下斗殴，被回来的聂政委逮住罚跑十圈。

宜江市天气往往比南城要早热起来，才初夏伊始，温度已直逼三十摄氏度。

部队操场很大，一圈下来少说也有一公里，平日季北川训练也不过跑个五六圈，想到陆羡鱼在烈阳下跑步，他步子如风，两三分钟就到了操场。陆羡鱼正在跑最后一圈，早把季思思甩在了身后，她跑到终点，双手撑膝，大口喘气。

头顶响起男人低沉的嗓音，隐隐含着担忧："哪儿受伤了？"

陆羡鱼才运动完，小腿肚都是软的，手搭在季北川肩上，喃喃道："让我靠一会儿。"

季北川扶着她走到一边坐下，伸手帮她按捏小腿肚，问："为什么和季思思打架？"

陆羡鱼靠在身后的铁网上，伸手戳了戳季北川的脸："当然是为了你啊。"

"为了我？"季北川挑眉，眼底泛起笑意，"我家小笨鱼这么疼我啊？"

"那可不嘛。"陆羡鱼看一眼还在跑的季思思，嘚瑟道，"你知道吗？"

季北川轻抬眉峰，眼含笑意地看向她。

小姑娘眉飞色舞地说："我可太爱看季思思那朵小白花吃瘪了，敢欺负我陆羡鱼的男朋友，也不掂量下自己是什么货色。"

季北川被逗笑了，忍不住抬手揉了下陆羡鱼的头发："陆小鱼，以后也请这么疼我。"

陆羡鱼暗自吐槽一声"不要脸"，声音小却稳稳落在季北川耳里。

他拖腔带调地笑："有女朋友了，脸有没有又怎样？"

"……"歪道理。

季思思总算跑完十圈，看着坐在一边谈笑聊天的陆羡鱼和季北川，眼底似有火意升起。其实她从不肯面对的事实是她喜欢季北川，自小时候初见就喜欢上了，明明季北川该和她是一对，可他对她从来都是爱搭不理，后来还和陆羡鱼在一起。

她曾以季北川的去留威胁他和陆羡鱼分手，和自己在一起，被当时的季北川讥笑讽刺："你睡醒了吗？"

第十二章
与你

Beichuanyouyu

录制《勇者星兵》期间，陆羡鱼还有其他通告在身。她去年底拍摄的电影《深渊》将于五月劳动节小假期上映，陆羡鱼不得不离开部队，从宜江市飞往平城参加《深渊》上映发布会。

《深渊》发布会后台。

陆羡鱼正在化妆，年糕火急火燎地拿着手机进来："羡姐、羡姐，你快看微博——"

她掏了掏耳朵："小点声，我还没聋。"

休息室的其他工作人员被年糕这风风火火的架势逗笑，忍不住问她："年糕，发生什么事了？"

年糕脸红："你们……看微博……"

陆羡鱼的妆发还没做完，她也被年糕挑起好奇心，拿过手机一看，微博热搜榜前二都是#季思思发文宣告退出娱乐圈#、#季思思的N位金主爸爸#，而此时，三人小群里也炸锅了。

林若：我睡了一觉，季思思就凉了？

向芊芊：我睡了一觉，季思思就凉了？

林若：@季小川家的鱼鱼羡啊，是你动的手吗？

向芊芊：这马甲？？？

林若：哦豁，我们家鱼鱼又被季北川这只大灰狼骗了呗。

陆羡鱼心情颇好地纠正：不是骗哦，是鱼鱼心甘情愿被吃的呢。

向芊芊：……

林若：我受不了了。

向芊芊和林若在群里疯狂吐槽陆羡鱼这种秀恩爱的行为简直令人发指，人神共愤。

陆羡鱼：你们是体会不了的，毕竟我和我家季小川可谓是天造地设的一对。

您已被“林若”移出群聊。

陆羡鱼觉得很委屈，急需有人安慰，立马截图给季北川发过去，还附赠一张“猫猫落泪”的表情包。

陆羡鱼：林若和向芊芊欺负我，附带一个委屈巴巴的表情包。

季北川很快回她：想让我帮你出气啊？

这文字都透着一股欠揍的气息。陆羡鱼：不是应该的吗？

季北川发了条语音过来，陆羡鱼点开。

男人声线慵懒：“叫声老公，我就帮你。”

陆羡鱼对于季北川的厚脸皮已然免疫，指尖在屏幕敲敲打打，回复他：我和南城精神病院院长颇有交情，需不需要给你预订一个床位？

季北川看见陆羡鱼发来的消息，眉毛微挑，伶牙俐齿的臭丫头。他回：双人床？

陆羡鱼无语。事实告诉我们决不能和浑蛋比厚脸皮，他只会更不要脸。

季北川见她久久不回消息，笑出了声，坐在他对面的万鹏涛听见笑声，抬眉调侃：“和女朋友聊天呢？”

“嗯。”

“你们这些小年轻，谈起恋爱可真黏糊。”

季北川摁灭屏幕，慵懒地靠在椅背上：“没办法，她比较黏我。”

事实是陆羡鱼懒得理他，把手机扔到一边开始做造型，准备电影首映礼。

电影《深渊》没有男主，陆羡鱼作为唯一主角站在C位。

今天她穿了条某家初夏高定小礼服，礼服裙是银色羽纱裙，一字领设计，锁骨深邃如湖，似有鱼儿在里面遨游。亮如白昼的灯光落在她脸上，肌肤瓷白胜雪，连脸上小绒毛都清晰可见。

她笑弯一双杏眸，接受记者采访。

所有问题皆是围绕电影，直到那位陆羡鱼眼熟的女记者再次发问：“羡鱼，据传季思思退出娱乐圈的背后原因是……”

“这位记者朋友——”陆羡鱼笑盈盈地打断她，通澈清透的琥珀眼瞳好似一把利刃冷冷地看着她，“你好像对我意见很大？”

此言一出，满座瞠目。陆羡鱼恣意散漫是圈内皆知的事，可也鲜少在公众场合给媒体难堪。

那位女记者有点不敢看她的眼睛，支吾半天，憋出一句话：“谁都知道季思思和你不和，她昨天宣告退出娱乐圈，真和你没关系？”

陆羡鱼觉得好笑：“为什么和我有关系？”

“他们是这么说的——”

“他们？”陆羡鱼冷笑，“他们是谁？”

眼瞧气氛剑拔弩张，主持人急忙救场：“各位媒体朋友，今天是《深渊》首映礼，其他问题请私下采访。”

首映礼才勉强继续。

首映礼结束，陆羡鱼提着裙摆回到后台，和年糕说：“我真觉得那位记者职业素养不行，居然回答不上来我的话。”

年糕：“……”谁敢惹您呢。

年糕沉默地给陆羡鱼拉开椅子，又给她递了先前准备好的温水。

陆羡鱼接过喝了口，划拉屏幕刷微博。这年头网速之快，十分钟前她与记者的对话，早被营销号发到微博上，#陆羡鱼耍大牌#、#陆羡鱼黑脸#荣登热搜榜。网友不同以往的谩骂，此次全是为她说话。

“只有我觉得陆羡鱼脾气居然变好了吗？想想年初《偏见》的发布会，她可是直接离场了。”

“这记者是脑子有病，还是出门忘记吃药了，季思思退圈关我‘女鹅’屁事。”

“季思思退圈是自己作的，私生活不检点，买通稿拉踩同行，还在公众面前装小白花，关陆羡鱼什么事。”

“……”

看见这几条评论，陆羡鱼若有所思，其实季思思被封杀，她确实知道实情。季思思攀上的那位黄总是圈内出了名的妻管严，黄太太曾与陆羡鱼有过一面之缘。陆羡鱼来平城时约黄太太参加了一场画展，提到上次保姆车事件，黄太太回去顺藤摸瓜一查，自然查到季思思和黄总纠缠不清。黄太太不过短短三天时间就把季思思的老底掀了个干净，更查到她除却黄总这位金主外，还有数十名金主。

黄太太很聪明，没有亲自对季思思动手，而是把这些证据甩到自家老公面前，言辞之间是让黄总自己处理季思思。黄总惧怕黄太太娘家势力，又恨季思思给自己戴了绿帽子，直接把这些捅到公众面前。

季思思大约这辈子都没这么红过，连挂热搜榜三天，个个词条后面都跟了个“爆”“沸”字眼，直到今天，这场连续剧以她自己发文退出娱乐圈结束。而这几天的网友如同瓜田蹦跶的猹，天天上蹿下跳，每天都有吃不完的瓜。

手机有条新微信。陆羡鱼点开，是季北川发来的：什么时候回来，训练还没结束呢。

陆羡鱼：明晚八点的飞机。

季北川：嗯，等你。

陆羡鱼没再回季北川的消息，摁灭屏幕，把手机倒扣在腿上，盯着镜子里的自己走神。常言道恶人有恶报，季思思落得这个下场，与她咎由自取有关，如果她不为难季北川，或许自己也不会为了保护他，对她出手。

陆羡鱼想起当年季北川在天台拥住她，用极为认真的嗓音说："以后我保护你。"所以，从今往后，换陆小鱼来护着季小川。

他们的爱情从不是一厢情愿，而是双向奔赴。

陆羡鱼下飞机后直奔季北川宿舍，临走前，季北川给了她一串钥匙。陆羡鱼直接开门进去，室内干净整洁，浴室传来哗啦啦的水流声，陆羡鱼把行李箱放在门口，蹬掉脚上的高跟鞋，赤脚走到书桌前。

书桌左边放了盏台灯，光线暖黄，映照在军帽上，她瞧见书桌右抽屉虚掩，里面放着两本书。陆羡鱼拉开椅子坐下，拿出一本书，随意翻阅，从书页中掉出来一封信，上面写着：陆羡鱼收。

她叫了一声季北川，或许是水声太大，他没听见。

信封很厚，没封蜡。陆羡鱼犹豫几秒，才打开它，信纸已经泛黄，似乎是很久之前写的。潇洒随性的字迹映入眼帘，每一张就那么三个字——陆羡鱼。是她的名字。

陆羡鱼数了数，一共二十七张信纸，每一张都是她的名字。多么巧。她的名字也是二十七笔画。

"在看什么？"

陆羡鱼眼睫毛一颤，看到泪珠湿润了手里的纸，她抬头看见季北川站在她面前，好半晌，她才找回自己的声音："这是写给我的？"

季北川才洗完澡，黑发湿漉漉的，低着头看她手里的东西，觉得有点儿眼熟，过了几秒才想起来，好笑道："你在哪儿找出来的？"

"抽屉里。"她闷声说。

"怎么又哭了？"季北川有点儿哭笑不得，抬起她的脸蛋，指腹擦过她微红的眼角，"跟个小哭包似的。"

陆羡鱼吸了吸鼻尖："什么时候写的？"

"很久之前了吧。"

第一封遗书是季北川在军校第一次参加救援行动，当时情况紧急，可能有去无回，队长让他们给家里写封遗书，如果回不来这封遗书会送到家人手里。

季北川不知道写什么，盯着面前的白纸半天，最后写了陆羡鱼的名字。这些年，大大小小任务无数，他养成了习惯，若要写遗书，只写她的名字。

他对这世界没什么牵挂，除了奶奶就是心心念念的她。所以每一封遗书，都只写她的名字。或许在哪一次任务中他牺牲了，遗书送到她手里，只简简单单三个字，她也能放下他，开始新的生活。

陆羡鱼伸手抱住季北川，埋首在他怀里，鼻尖是淡淡的沐浴露清香，她有些忍不住，哽咽着声音说："还好你活着。"

这突如其来的拥抱让季北川愣了几秒，他掌心轻轻拂过她的头发，温声道："我没娶你，哪敢死。"

没和陆羡鱼重逢前，季北川每出一次任务，都抱着必死的决心。后来再度和她在一起，心里有了牵挂，他就不想死了。他得活着，活着才能回去娶他心爱的姑娘。

"陆小鱼，抱够没？"季北川揉了揉她的脑袋，"再抱下去，我可就得——"

她从他怀里抬头，杏眼红红的："你想干吗？"

他在她耳边说："吃鱼啊。"

男人呼吸滚烫，陆羡鱼一个激灵，从后颈到耳侧肌肤像被灼烧了一样，烫得要命。

陆羡鱼忙不迭推开他，又往后退了两步："我……我饿了……"

季北川："这会儿我上哪儿跟你整吃的去？"

食堂早关了门，宿舍又没吃的，这小祖宗摆明了不让他好过。

陆羡鱼往后走了两步，坐在床上，纤细小腿轻晃，盯着季北川的眼睛："我不管，我就要吃。"她是吃定了季北川愿意宠着她。

季北川俯身，力道很轻地掐了下她的脸颊："等着，祖宗，我去给你找吃的。"

听见房门合上的声音传来，陆羡鱼靠在床上玩手机。连轴转几天搞电影宣传，刚才情绪大起大落，陆羡鱼这会儿困得要命，盯着天花板迷迷糊糊地睡了过去。

季北川拎着一包零食从外面回来，就看见在床上熟睡的陆羡鱼，心尖倏地一软。

小姑娘睡着时和她平日的模样大相径庭，两把小扇似的眼睫在瓷白脸蛋上投下淡淡的阴影，浓而纤长。唇色略红，像涂了口红，浓丽潋滟。

季北川喉结上下滑滚，有点儿想亲她。

陆羡鱼睁眼，迷茫地看着季北川，打了个哈欠，“你什么时候回来的？”

“才回来，”季北川在她眉间轻啄一下，“起来吃东西。”

季北川把零食放到桌上，撕开一袋饼干，递给陆羡鱼。

陆羡鱼接过吃了一块，含糊不清地问：“你在哪买的？”

“没收的。”

“……”真有你的。

季北川看见她吃东西时鼓起的脸颊，唇色很红，像是无声的诱惑，他眉心一跳，叫她：“……陆小鱼。”

陆羡鱼茫然抬眸：“啊？”

他按住她的肩，低头凑近，灼热呼吸扑洒在她脸颊，声音低沉：“宝贝，要试试吗？”

陆羡鱼懵然眨眼：“……不、不用吧……”

季北川开始脱外套，一本正经地说，“既然你馋我身子，我就给你一个机会。”

陆羡鱼吓得手里的小熊饼干都掉落在裙摆上，呆愣愣地看向季北川：“你……你……”半天，也没憋出一句完整的话。

光影交错，男人背心下的肌肉线条愈发明显，连着那六块腹肌都在勾人。陆羡鱼忍不住胡思乱想，这腹肌摸起来应该挺舒服的。嗯，上回她摸过。

“怎么——”季北川尾调上扬，黑沉沉的眸直勾勾地看着她，“不敢啊？”

陆羡鱼讷讷：“也不是不敢。”

季北川身子后倾，手臂撑在床边，饶有兴致地看她：“那就是敢了？”

“……”此时此刻，她挺想做个哑巴。

季北川抬指捏她的脸，粗粝指腹摩挲过她的肌肤，带起一阵电流感的战栗，陆羡鱼只觉得整个身子都软了。

季北川扬了扬下巴：“来吧。”

陆羡鱼冷不丁地说：“别因你是一朵娇花，而怜惜你？”

空气里弥漫的暧昧被这句话冲淡不少，季北川盯着陆羡鱼看了一会儿，随即发出笑声，低低的，很沉：“陆小鱼，你脑袋里都装的什么？”

陆羡鱼小声嘟哝：“都装的你啊。”

“小笨鱼，”季北川看着她，“坐上来。”

陆羡鱼警惕地看他：“我才不过去。”

他伸手拽住她的胳膊，把人往怀里一带，下巴抵在她的颈侧，呼吸温热：“陆小鱼，男朋友给你上一课。”

陆羡鱼眨眼，“上什么课？”

“教你吃鱼。”季北川声线压得很低，带点儿情欲的喑哑，每一个字眼都勾得陆羡鱼整颗心不受控制地乱跳。不可否认，这个样子的他真的很迷人。

偏被季北川那狗东西听见，他的薄唇含住她的耳垂，毫不留情地笑出声：“宝贝，你这心跳有点儿快啊。”

陆羡鱼极力否认：“我……我才没有……”

“嗯。”季北川附和她，“是我心跳很快。”

陆羡鱼垂眸，亮堂灯光下，男人眉骨那道疤愈发明显，她抬指抚上，想到刚才那二十七封遗书，鼻腔微酸，嗓子也跟着变得很哑：“这道疤……怎么来的？”

“拉野练习时受的伤。”

“疼吗？”她问。

“疼。”季北川握住她的手，亲了一下，“你要是可怜我？那现在就亲亲我呗。”

陆羡鱼心念微动，双手捧起他的脸，轻如鸿羽的吻落在他的疤痕上，轻喃：“季小川，吃鱼吗？”

“吃。”季北川拇指捏住她的下巴。

陆羡鱼像被激起了某种胜负欲，眼珠一转，娇媚的声线忽然变得软糯：“哥哥……”

事实证明，男人总爱听一些奇奇怪怪的称呼。季北川掌心掐紧她的纤腰，挑眉：“再叫一声。”

陆羡鱼玩得更起劲了，红唇凑到季北川耳侧，坏心眼地朝他耳郭吹气：“哥哥。”

“宝贝，别逞口舌之快。”季北川低头咬她唇瓣，冷笑。

陆羡鱼知道自己玩过火了，有点儿㞞了，要从季北川怀里挣扎离开。

“到嘴的鱼，不能跑了——”

……

大概是有季北川在身边的原因，这一晚陆羡鱼睡得格外踏实。

早上，迷迷糊糊间，陆羡鱼隐约听见窸窸窣窣穿衣服的声音，她实在困极了，眼皮掀开半条缝，瞄见一角的军绿色，抱着被子翻了个身，嗓音带着浓浓倦意：“季小川，几点了？”

季北川系好皮带，俯身吻她的眼皮，温声道：“四点多，昨晚累着了，再睡会儿。”

提到昨晚的事儿，陆羡鱼睡意去了一半，被子下长腿不客气地踢向季北川：“都怪你。”

陆羡鱼听见季北川笑了声，有点儿坏：“怪我。下回换个方式吃鱼。”

陆羡鱼不理他，合上眼皮又继续和周公约会。关门声在狭小空间响起，陆羡鱼睡得迷迷糊糊隐约听见战士晨跑喊口号的声音。

这期间，陆羡鱼做了个梦。在梦里她和季北川没有分开七年，她也没有进入娱乐圈，而是和季北川一起上完大学。在毕业典礼上，季北川捧着一束花向她走来，少年逆着光，点漆似的黑眸里是她的倒影，深情又缱绻。

他走到她面前站定，单膝下跪，周围人群起哄：“嫁给他，嫁给他。”

梦里的她红着脸接过他手里的花束，笑问：“季小川，你这是在向我求婚吗？”

“是啊。”季北川勾着尾音笑，不知从哪儿变出来一只小方盒，里面静躺着一只钻戒，钻戒在明澈光线下熠熠生辉，映在他漆黑的瞳孔中，“陆小鱼，我们结婚吧。”

就像他们当年一样：“陆小鱼，我们讲和吧。”

“那还不给我戴上。”她朝他伸出左手，看着他把那枚戒指戴在她的无名指上。真是个美梦啊。陆羡鱼从梦里醒来，唇角弧度上扬，连带着看到季北川都顺眼了不少。

季北川摘下军帽放在书桌上，低眸看她，眼底漾开戏谑的笑意：“梦到我了？”

“嗯。”陆羡鱼抱着被子坐起来，看见季北川手里有支药膏，敛眉问：“你受伤了？”

“这个啊？”他笑了下，看向她的眼神暧昧，“给你擦的。”

“……”

擦完药，陆羡鱼靠在季北川怀里吃他带回来的早餐，含糊不清地问：“你药哪儿来的？”

季北川：“找任医生拿的。”

手机不合时宜地响起铃声，陆羡鱼拿过一看，是任书遥发来的消息：待会儿可以来我这里拿点消炎药。

陆羡鱼恼急，使劲儿掐了下季北川的腰，可男人一身腱子肉，她那点力道根本算不了什么。

季北川闷哼一声，有点儿暧昧地咬她耳垂，喉咙含着笑：“陆小鱼，你谋杀亲夫呢？”

陆羡鱼闻言，忽然想起了刚才做的那个梦，反手环住季北川的脖颈，仰头看他：“季小川——”

季北川扬眉：“你老公在呢。”

“我们结婚吧。”

突如其来的求婚，让历经大风大浪的季北川也着实愣了半分钟。然后，他低头吻陆羡鱼的唇，沉声问：“你认真的？”

陆羡鱼耳根灼热，她没好气地瞪一眼季北川：“我在和你开玩笑吗？”

季北川盯着她看了几秒，忽地笑了声，声线略沉：“这么想嫁我啊？”

“当我没说。”陆羡鱼狠狠地咬一口手里的油条。

季北川指腹摩挲过她唇角的油渍，黑眸直勾勾地看着她：“那我就勉为其难娶了你吧。”

“……”还勉为其难。不愧是他——狗东西！

陆羡鱼解决完手里的早餐，在季北川的衣服上擦手，动作那叫一个行云流水，看得季北川无奈不已。

他轻笑：“陆小鱼，你这还没嫁给我，就把我吃得死死的？嫁给我了，不得上天？”

陆羡鱼把他原来的话奉还：“抱歉，我不会上天，只会上川。”

季北川失笑：“……伶牙俐齿的小笨鱼。”

温存一会儿，季北川问她：“怎么突然想到要和我结婚？”

陆羡鱼余光瞥向窗外，天际湛蓝，万里无云，是个顶好的艳阳天，她眯眸，眼底泛起笑意：“季小川，你不想娶我吗？”

季北川：“想。”从年少起，他就想娶她。

陆羡鱼略有走神，想起曾经某次专访，记者问她以后如果结婚，结婚对象会是怎样的男人。她脑海里第一个浮现的就是季北川的身影。好像被他爱过后，其他人都难再入她的眼，即使是年少爱慕过的谢临渊，这些人再好，都不是她爱的季北川。在她深陷泥沼的青春遇见一个惊艳绝绝的少年，余生遇见的那些人，又怎能入眼。

转眼就到了五月中旬，电影《深渊》票房甩同期上映的电影几条街，林若在群里叭叭不停，说八月底的银鹰奖最佳女演员提名有陆羡鱼。

向芊芊：羡羡真牛竖大拇指.jpg。

林若：我们羡羡这下是事业爱情双丰收了，可怜若若还是孤家寡人。

…………

陆羡鱼才结束了训练，在季北川那儿讨回手机，看完群里99+的消息，然后回：阿姨一定很乐意为你安排相亲。

向芊芊：不用安排，我们若若已经遇见她的真命天子了。

陆羡鱼：？

向芊芊发来一段语音，兴致勃勃地说起林若的事："还记得咱们大一那年陪你去看季北川比赛吗？林若若就是看上了比我们高两届的一位学长。"

陆羡鱼大致了解了林若曾和这位学长网恋过，最后以一个离谱到家的理由分手——你连黄钻会员都不是，配不上高贵的我。城里人，真会玩。

上月初，林若被林母逼着去相亲，好死不死相亲对象就是这位被她甩了的学长，在郎有情妾有意之下，迅速旧情复燃走到了一起。

陆羡鱼：真不愧是你，林若若。

向芊芊：真不愧是你，林若若。

林若：……

在群里闹腾了一会儿，陆羡鱼看一眼时间，已经晚上九点，季北川还没回宿舍，她拿上手机出门，正好撞见谢屹回隔壁楼的宿舍。

谢屹叫她："嫂子，晚上好。"

"晚上好。"陆羡鱼点头应下，问他，"你知道季北川去哪儿了吗？"

谢屹："陆支队叫他去了办公室。"

"谢谢。"陆羡鱼抬腿往陆润竹的办公室走去。

夜色浓稠如墨，苍穹偶有两颗碎星闪烁。陆羡鱼看一眼办公室紧闭的门，给季北川发了消息：我在门外等你。

办公室内，气氛肃穆。

陆润竹曲指敲了敲桌子，问季北川："考虑好了？真要去？"

季北川点头：“去。”

陆润竹盯着他看了几秒，叹息一声：“你忘了你上回回来只剩了半条命，这次去，万事小心。”

作为季北川的直属上司，陆润竹欣赏他为国冲锋陷阵的勇气。而作为陆羡鱼的伯父，他私心里不愿意看见季北川受伤出事，那样自家侄女那倔性子指不定会做出什么事来。

季北川自然知道陆润竹在担忧什么，他曾作为卧底深入云南边境最有名的毒窝，后来与他搭档的战友徐显珩和他同时暴露，战友护他坠崖身亡，他也只剩了半条命，艰难回来。

此次边境部队发现以绰号“商三爷”为首的贩毒集团异常活跃，他们与当地警察联合抓捕到其下几个小头目，在连夜审问下知晓“商三爷”的行踪，这个月月底将会与境外某走私毒品团伙进行交易。因季北川曾与这位“商三爷”打过照面，边境部队向上级提出由他协助这次抓捕行动。

文件在白天发到陆润竹这里，要求季北川在三天之内收拾行囊抵达边境。

陆润竹再三叮嘱季北川：“万事小心。”他拍了拍季北川的肩，瞥见窗外那道纤细的身影，“回去吧，羡羡在外面等你。”

季北川和陆润竹并肩从办公室出来，陆羡鱼先和大伯打了招呼，陆润竹笑着调侃她两句，背手先离开了。

“不是说好在宿舍等我吗？”季北川牵着她的手下楼，光线落下，两人影子交错。陆羡鱼蹦蹦跳跳地往楼下走，一边和季北川说话：“想你了，来找你啊。”

“这么舍不得我？”季北川挑眉笑，“要不把你拴在我身上算了。”

整栋大楼安静不已，寂静黑夜偶有两声蝉鸣响起。陆羡鱼抬眸看他，光影交错下，男人下颌线条流畅，五官愈发深邃立体。

不由得再次感叹，季北川真是生了张好皮囊。

“陆小鱼。”季北川懒洋洋地叫她。

陆羡鱼：“？”

季北川俯身，薄唇抵在她鼻尖，呼吸滚烫：“再看我，就得收费了。”

“……”

季北川去往边境的前一天，陆羡鱼和他一起去电影院看了她主演的电影《深渊》。

《深渊》讲述的是高中女学生阿雪离家出走，误入传销组织，最后被拐卖到深山里，临到暮年为了给没文化的儿子讨个媳妇，她也走上了自己的老路。电影最后浮现一句话——根据真实事件改编。

从电影院出来，陆羡鱼眼圈红红的，和季北川抱怨："我当时拍这部片子，一个多月都没走出来。"

季北川："都是假的。"

陆羡鱼吸了吸鼻尖："可这是根据真实事件改编的……"

这个世界上有无数个"阿雪"在承受这样的命运，她们本该在宽敞明亮的教室上课，前途一片光明，却被人贩子盯上当做物品买卖。

最初，《深渊》里的阿雪想过逃跑，可那些人贩子不把她当人看，辱骂鞭打，阿雪逐渐放弃抵抗。甚至于到后来有人来挑"货物"时，她抢着要别人把自己买走。

季北川也知道他们现在虽身处和平年代，可罪犯无处不在，作为军人、警察，他们只能尽自己最大的能力去维护社会安宁。回到部队宿舍，季北川和陆羡鱼说了今晚要去边境的事。

陆羡鱼沉默许久，只说："那我等你回来。"

他低头吻她的唇，道："等我回来了，就带我去见你爸妈好不好？"

"好。"

季北川是要在凌晨从宜江市去往云南边境，陆羡鱼那个赖床的性子，破天荒地和他一起起床。公寓气氛很低迷，陆羡鱼帮季北川系好军衬上最上面那颗纽扣，又给他系好领带，沉默着一言不发。

季北川有点儿好笑地揉了揉她的头发："怎么了？"

"舍不得你。"陆羡鱼抱住季北川。

她不知道这次任务是不是很危险，可一想到季北川可能一去不复返，她的情绪就不受控制地开始低落，几乎是睁眼到天明。

季北川掌心扣住陆羡鱼的后颈，吻住她的唇。陆羡鱼双手缠绕住季北川的脖颈，热烈地回应他。

一吻将休，季北川的指腹从她水意潋滟的红唇摩挲过，沉哑着声："你男朋友是去保卫世界和平，又不是死了，用得着跟哭丧一样啊？"

离别前的淡淡愁绪被他这话冲淡不少，陆羡鱼踮脚，狠狠咬一口他的唇："你要不活着回来，我就嫁给……"

"嫁谁？"季北川挑眉，灼热掌腹摩挲她的腰，霸道又无赖地说，"其他男人能有我让你快乐？"

"……"下流的狗东西。

陆羡鱼吸了吸鼻尖，轻声说："我有个东西给你。"

"什么好东西？"他在床尾坐下，两条长腿随意交叠，姿态慵懒，"把你变小？拴在我身上啊？"

陆羡鱼没搭腔。她从包里翻找出一枚平安符，递给季北川："给你的。"

季北川眼睫毛垂下，把玩着手里的平安符。黄纸写的平安符，行书写着平安二字，边角有些破损，应该是有些年头了。

陆羡鱼很自然地在他腿上坐下，埋首在他肩窝，闷声道："这是我去韩国时，奶奶给我求的平安符，我把它送给你。

"请你一定要平平安安回来娶我。"

季北川喉尖微滚，将平安符放在军衬左口袋里最靠近心脏的位置。

他低头吻她眉心，郑重道："我一定会平安回来的。"

季北川是在三天前深夜抵达边境，他与当地警察成立的专案组在当地进行会面。

负责这次抓捕行动的总指挥官是当地缉毒大队的大队长戚景山，曾参与破获贩毒案件千起，年过四十，却依旧奋战在缉毒第一线。戚景山曾和季北川在去年抓捕某个大型跨国人贩团伙案件时合作过，对他印象很深，倒也有几分欣赏。

季北川神情肃穆地敬礼："戚队好。"

戚景山和他握手："你好，欢迎季同志的加入。"

这次执行抓捕行动的专案组都是缉毒大队的佼佼者，对于季北川的到来都表示热烈欢迎。欢迎过后，就开始进行会议。

季北川坐在第一位，目光紧盯着大幕上的影像，当地警察介绍道："根据线人情报，我们在昨日模拟画出了这位'商三爷'的真容——"

影像上的男人模样斯文楚楚，鼻梁上架着一副银色细边眼镜，眸子狭长，眼神略狠，一瞧就不是个善茬。

长达两小时的会议结束，将收网时间定在了这周六下午。

实施抓捕行动前一天中午，季北川化名"李四"和两名便衣警察与"商三爷""楠姐"在通潭镇当地的一家会所见面。

季北川到时，那位"楠姐"已经等候多时，十来名黑衣保镖分两批站在她身后。

会所包厢很大，灯光亮堂如昼。"楠姐"懒懒地靠在身后的软枕上，语气慢悠悠的："李四？"

季北川今天穿的是身黑色冲锋衣，拉链拉到最上方，喉结锋利，他薄唇咬着根烟，眼尾略挑，神态散漫："楠姐好。"

"叫我姜楠就行。"姜楠侧身给他点烟，笑着问，"这批货都到了吗？"

"钱到位，货自然到位。"季北川笑了声，有点儿痞，"楠姐要不先看看样品？"

他拍了拍手，身后男人打开手里的保险盒，里面放着等待交易的物品。

姜楠和身边人示意接过保险盒，打开一袋尝了下，满意地合上盒子："不错，我很满意。"

季北川点到即止："三爷那儿……"

姜楠笑，她本就生得一张好皮囊，笑时自然是风情万种："我满意了，他不满意也得满意。"

"承您吉言。"

你来我往交锋数次，姜楠似有倦意，又接到一通电话，起身离去。

季北川重新点了根烟，吐出个烟圈："叫人跟着她。"

他看她第一眼就觉得很眼熟，有的人容貌怎么变，那双眼睛都不会变。烟丝袅袅，季北川闭眼又想到了徐显珩。和叶队长作为引路人的不同，徐显珩是和他同生共死的战友。两年前，他们同时被派往云南边境，在一个小头目身边当卧底，有时候两人还会因谁的女朋友漂亮杠上一架。

在徐显珩失踪的前一天，他俩还在一起喝酒。徐显珩跟个宝贝似的从怀里掏出一张照片，照片上的姑娘穿着一身警服，弯眸浅笑。不同于陆羡鱼那种具有攻击型的美，她的五官看上去很舒服，笑起来时唇角有个梨涡，是张让人看了就心情愉悦的脸蛋。

徐显珩喝了酒有些上头，笑起来，连虎牙都露了出来："等明天回家后，我就摆上两桌喜酒娶我家棠棠，到时你和你家那位一定要来。"

季北川白他一眼："别跟我在这里显摆。"

徐显珩踹他一脚："你懂个啥，赶紧把你女朋友追回来。"

又是嬉笑闹过一晚，谁也想不到昨日还和他举杯畅饮的朋友，在第二天就失踪了，据人说是被三爷看上了，带去了身边享福。等到徐显珩再一次出现在季北川面前时，他一身鲜血淋漓。

季北川用极强的理智克制住自己，没有上前去看徐显珩。送他回来的那个矮胖男人踢了他一脚："背叛三爷，这就是下场。"

徐显珩没死，继续受着非人的折磨，季北川每次路过那个小黑屋，都能听见里面传来低低的痛呼声。

徐显珩回来的第四天，季北川与当地武装部队里应外合，将这群贩毒团伙一网打尽。当时负责交易的头目刀疤挟持着徐显珩走到悬崖边，用枪抵在他的太阳穴，一双眼恶狠狠地瞪着季北川："老子待你这么好，你居然和这家伙一样是个卧底！"

季北川沉声："放开他。"

刀疤枪指着季北川："老子死也得拖个陪伴的。"

千钧一发之际，原本气若游丝的徐显珩拽着他跳了下去，季北川紧跟着追了过去，只抓到了一张照片。

照片依然泛黄。血迹斑驳得瞧不清女孩本来的面貌。照片的背后写着一句话——待我荣光归来，娶你过门为妻。

徐显珩尸骨打捞上来时，他的双臂还紧紧抱着刀疤，最后是法医想尽办法才弄开了两人。

季北川在调去宜江市之前，去了一趟徐显珩老家苏城，把徐显珩的骨灰盒以及遗物交给了他的未婚妻唐棠。那天是唐棠二十岁生日，听说徐显珩的战友来找她，她满怀期待地从家里出来，看见的是徐显珩的骨灰盒。

唐棠吸了吸鼻尖，和季北川笑道："谢谢你送阿珩回来。"

在那之后，季北川因徐显珩的原因对唐棠多有照拂。哪想一年前被告知唐棠登山时坠崖身亡，连尸骨都没有找到，他还曾去了徐显珩的墓前看他，和他说了这事。

一根烟烧完，回忆起往事，季北川摸了摸心口那个位置，似感受到平安符的存在，微微勾唇。

我会平安回来的。

季北川一走就是一周，毫无音讯传来。

陆羡鱼也重复着一日又一日的忙碌生活，电影《深渊》以13亿票房完美收官，除却综艺《勇者星兵》的录制以及接连而至的通告，就是早早定下的新专辑的筹备。

百忙之中，陆羡鱼与父母在南城见了一面。

陆润之早早就在陆润竹那儿知道了陆羡鱼和季北川的事，只是手头工作忙碌，整日天南海北地飞，也没来得及和陆羡鱼见面说上两句。

这次见面气氛颇为尴尬，父女俩沉默了大半天，谁也没开口。

冬雪率先打破沉默："羡羡，真认定他了？"

陆羡鱼轻“嗯”一声，换来陆润之的冷哼：“你当结婚是闹着玩？上下嘴皮子一合，就可以了？”

陆羡鱼没有说话，低头揉搓着呢绒裙衣料，又抚平褶皱。

冬雪心疼女儿，也知道陆羡鱼这性子是认定的事撞了南墙也不会回头。她爱怜地摸了摸陆羡鱼的头发，温声道：“如果羡羡真的认定了他，等他回来就把人带回家来给我和你爸爸瞧瞧，让妈妈看看是怎样好的人，能让我的女儿念念不忘这么多年。”

陆羡鱼抬头，语气坚定：“好。”

陆润之知道陆羡鱼的性子，又见妻子松了口，拂袖回到书房，只丢下句：“随你的便。”

陆羡鱼松了口气，她知道她爸这是同意了。当晚，陆羡鱼在家里住下。凌晨时，她下楼来喝水，听见父母房间传来对话声。

“我不是不同意羡羡和那个孩子在一块儿，只是咱们闺女自小就没吃过苦，你瞧瞧因为他吃了多少苦？以后结了婚，又分居两地，我这……”

陆羡鱼沉默着端起水杯回房间，又听见陆润之长长叹息一声：“我只是怕羡羡和他结婚要受苦，毕竟军人……唉……”

冬雪笑：“有咱们在，她哪儿吃得了多少苦。”

房门关上，陆羡鱼的背抵在门上，鼻腔酸到她有点儿想落泪，虽然自小她与父母聚少离多，可却是被他们捧在掌心里宠着长大，没吃过半分苦。那年要重新进娱乐圈，她虽然和家里闹得不愉快，父亲陆润之也放话不管她，可却也暗地里保护着她。

三年前父亲生了场大病，本来是要退圈休养，她无意间听见陆润之和冬雪说：“虽然有家里人在，可这圈子乱糟糟的，保不齐羡羡哪天就出了事。可只要我在这圈子里一天，就能多护着她一点儿。”

陆羡鱼眼睫毛一颤，眼泪掉进了水杯，溅出圈圈涟漪。陆羡鱼拿出手机看，她和季北川的聊天还停留在上周，忽然出现一条新消息，只有简短两字：平安。

与此同时，千里之外的某个地方。黑夜如同沉睡的野兽，安静诡异，偶有两颗碎星在青穹闪烁。

距离上次的“友好会面”已经过去三天，姜楠那边叫人传话来今夜三点在上次的包厢进行交易。

季北川把手机给了戚景山，戴上隐形通讯器，与十来个便衣警察走进会所包厢。包厢门外虚掩，室内旖旎灯光渲染出一室暧昧，远远地就听见男女的调笑声。守在门外的保镖看见季北川一行人来了，对里面打了个手势，上下检查季北川几人有没有携带枪械，确定以后才放行。

包厢内，灯光略暗。季北川勉强看清搂着姜楠坐着的男人，白衬衫黑裤，长得一副文质彬彬的脸皮，鼻梁上戴着一副银色细边眼镜，眼眸狭长，泛着精光打量着他，他就是“商三爷”。

商陆对季北川没什么兴趣，只淡淡瞥他一眼：“货交给底下人，你可以走了。”

季北川如言照做，商陆身边的人也将准备好的钱拿上来。假意清点一番后，季北川与几个便衣准备离开。

就在此时，通讯器里传来戚景山沉稳有力的声音：“开始——！”

早已潜伏在暗处的警察一拥而入，商陆手下还没反应过来就已经被制服。商陆似乎早已料到这一场面，在手下都被制服时，不疾不徐地拍手起身：“这场戏倒是精彩，不过——”

数十支枪的枪口对准商陆，他却淡笑：“失陪了。”

商陆搂着姜楠从二楼窗户跳下，守在楼下的警察迅速堵截住二人，他抱紧姜楠问她：“怕死吗？”

姜楠搂紧他的腰：“不怕。”

枪声在黑夜里响起，季北川单手撑在窗沿边，从窗户一跃而下。商陆骑着辆摩托，躲过警察的子弹，摩托车飞驰而过，身后季北川等一行人紧追不舍。戚景山立刻下令封锁各个出口，势必今晚要将这个法外狂徒绳之以法。

不知是否是巧合，商陆把车开到了徐显珩坠下的悬崖，身后一排漆黑的枪口对准了他。

季北川站在首位，神情冷戾：“你已经没有退路了，放弃抵抗吧。”

商陆有点儿轻蔑地笑了：“放弃？”他指了指天，“你再看看。”

一辆直升机盘旋在半空，商陆摘掉眼镜，嚣张地吹了声口哨：“再见，朋友们。”

砰！枪声响起。

不是季北川这边的人开了枪，商陆捂着血流不止的腹部，有点儿难以置信地看向姜楠：“阿……楠？”

季北川身后众人要上前，他打了个手势，让他们不要轻举妄动。

姜楠摸了摸手里的枪，神情冷漠：“我不叫姜楠。”

商陆笑了笑："我当然知道你不叫姜楠，你叫唐棠。"

商陆问："为什么不继续骗我了？"

唐棠面无表情："累了。"

商陆像自虐般一遍又一遍重复她的话，最后深深地凝视唐棠："继续骗下去，难道不好吗？"

唐棠举着枪一步步靠近商陆，悬崖下海浪滚滚，拍打岩石。

"这里是徐显珩那短命鬼……"

砰！又是一声枪响。

商陆笑了："阿楠，恨我吗？"

唐棠语气平静："商陆，我永远无法忘记那天，我满心欢喜等着他回来陪我过生日，最后等来的是他的骨灰盒。商陆，你毁了我半生的梦，你说我恨不恨你？"

直升机上的商陆同伙也被制服，商陆现在已经是穷途末路。

季北川动作敏捷地靠近商陆，商陆却忽然夺了唐棠手里的枪，将人挟持住，唐棠虽受过训练，可男女力量悬殊，哪怕商陆已经身中两枪，于他也不是事儿。

商陆枪口抵在唐棠眉心："都退开——"

季北川手臂展平，枪口对准商陆，可他用唐棠的身体挡住，这一枪下去，或许唐棠也会死。

眼瞧局势陷入僵持之地，唐棠对季北川吼道："开枪！"

下一秒，两声枪声同时响起。在季北川扣动扳机那一瞬，商陆把唐棠推到了一边，手中的枪对准了季北川的心脏。

子弹速度很快，季北川来不及躲闪，只感觉到胸口处一阵疼意，意识迷糊前，他恍然想起了陆羡鱼。

——不能娶小笨鱼回家了。

随行医生将季北川抬上担架，而商陆的尸体也被抬走。唐棠站在原地，她耳边响起商陆推她离开的那句话："我知道这是局。"

这一场横跨多年的缉毒行动终于在黎明破晓时落下帷幕，最大头目商陆被当场击毙，而旗下小头目也一一落网。边境部队与当地警方配合得天衣无缝。

周日下午。综艺《勇者星兵》的录制接近尾声，陆羡鱼结束打靶训练被谢屹叫去了陆润竹的办公室。

办公室气氛明显低沉，陆羡鱼打了报告进去，她右眼皮狠狠一跳：

“大伯，您叫我来是……”

陆润竹眼圈微红：“季北川，他……”

牺牲了？他明明答应过她，会平安回来的。

陆羡鱼身子一软，扶住了旁边的椅子才没倒下去，嘴唇嚅动几下，声调断断续续：“他……牺牲了？”

陆润竹摇头：“没有。”

陆羡鱼悬在嗓子眼的心放了下来，再听陆润竹说季北川中弹部位只与心脏差之毫米，等手术结束，他人却陷入昏迷之中，直到现在都没有醒过来。

陆润竹递给了她一纸文件，打开是已经填好的结婚报告申请书。

他是真心想娶她的。

陆羡鱼眼睫毛一颤，忍住了想要落泪的冲动，哑着声问：“他……现在在哪儿？”

“武警医院。”

陆羡鱼去了季北川所在的医院，因为他身处重症加强护理病房，她没有办法进去，只能隔着一扇小小的窗户看着里面的他。

空间安静，只有仪器的声音。她看见原本肆意张扬的男人现在静静躺在那儿，来之前她已经告诉好自己不能哭，可眼泪还是不受控制地往下掉。

“你要快点醒来，我等你来娶我呢。”

离开医院的第二天，陆羡鱼去了寺庙为他祈福。

寺庙山路崎岖，陆羡鱼本来是个娇性子，平日是一点苦也受不得，却硬生生从山下走到山上。她跪在佛前许久，虔诚祈求。

——若神明有灵，请保佑我的爱人早日苏醒。

她素来不信鬼神，可对象是季北川，她愿意求求各方神明，让他早日醒来。陆羡鱼从寺庙离开，将这些年积攒下来的所有财产全部捐出用作公益，她只想季北川早点儿醒来。

六月中旬，陆羡鱼期间又去看了季北川，他已经从重症病房转到普通病房。

窗外阳光和煦，陆羡鱼将从花店新买来的花束插在床头柜的花瓶那儿，和季北川叨叨地聊天：“我和林若商量好了，这场演唱会结束，我就退出娱乐圈。”

她低眸看着沉睡的男人，大半个月时间过去，他脸颊略瘦，下颌线条愈发利落。陆羡鱼低头吻了下季北川的眉心："我得去准备明天的演唱会了，后天见。"

她和护工交代了两句，从病房离开。

陆羡鱼要退出娱乐圈的事在前几天工作室就发布了通知，这一场演唱会是新歌《与你》首唱会，也是她离开娱乐圈前送给粉丝的礼物。演唱会地点定在了南城学校的体育馆，这么多年过去，这体育馆面积是往年的三四倍之大。

演唱会定了七首歌，四首唱跳歌曲，以及三首抒情歌。

《与你》排在最后，陆羡鱼才结束一首乐感爆炸的唱跳歌曲，碎发湿润地贴在脸颊，她略微调整了耳麦的位置，目视紫色海洋，杏眼弯弯："最后这首歌是我年少开始写的，一直没机会唱给这首歌的主人听。想在今天……"

她停顿了下，看见第一排空着的位置上出现一个熟悉的身影。

男人一身军装挺括，直勾勾地盯着她瞧。

陆羡鱼一瞬红了眼："唱给你听。"

她回到后台换衣服，季北川自然也跟着来了。

最后这一首歌的衣服是某高定婚纱改良而成，A字裙摆勾勒出陆羡鱼姣好的身材，衣袖是网纱层叠设计，露出的锁骨漂亮精致。她提着裙摆从换衣间出来，一眼就看见靠墙而立的季北川。

男人一身橄榄绿军装，眉眼冷戾，唇角痞笑一如当年。

他昨天才醒，身子还有点儿虚，懒散地靠在椅背上，黑沉沉的眸肆无忌惮地盯着陆羡鱼。

"陆小鱼，好久不见。"从生到死，从死到生。他们确实很久没见了。

陆羡鱼一瞬红眼，偏逞强地扬起红唇，朝他挑衅一笑："还活着呢？"

季北川瞅她几秒，捻灭手中的烟，长臂一伸将人抱在怀里，低头靠近她耳侧，呼吸灼烫："我死了，谁来娶你？"

陆羡鱼紧绷的情绪瞬间决堤，泪水浸湿了季北川的军衬，她呜咽着出声："你死了，我也只嫁你。"

他拖拽着腔调笑："当然只能嫁我。"

季北川手捧着陆羡鱼的脸，指腹擦去她脸颊的泪水，盯了她几秒，扣住她的后脑勺，薄唇吻了上去。

或许是经历了生死，这个吻分外热烈，混杂着泪水的腥咸。

“这么主动啊，宝贝？”季北川指腹擦过她微肿的红唇，“以后也这样，行吗？”

“……”这狗东西果真是死也改不了狗德行。

陆羡鱼没好气地掐他一下：“想得倒美。”

季北川薄唇咬住她耳垂，暧昧舔舐，嗓音含着戏谑的笑：“我是挺帅的。”

恰逢此时主持人来叫陆羡鱼，最后一首歌要开始了。

季北川给她整理了下礼服，亲昵地捏她的脸：“去吧，我在台下看着你。”

璀璨灯光落在陆羡鱼漂亮的肩胛骨，她坐在高脚凳上，身姿窈窕。手握着话筒，眉眼弯弯看向台下季北川的方向：“这首歌叫《与你》。”

季北川脑海里浮现出那年偶然瞥见少女在草稿纸上写的两个字，就是：与你。

台上白雾飘起，她低垂着眼，嗓音清甜。

时间静止在从前/与你相逢一幕幕/浮现在眼前

与你牵手走过的小巷/亮黄灯光一如早年

与你争吵过后的黄昏/夕阳坠落在天边

…………

等候岁月转逝/与你重逢一如昨日

这首《与你》是陆羡鱼在当年偶然写的，后来也曾搁置放在一边，

在季北川住院这段时间，她换了新专辑的主打歌，将这首歌重新谱曲作词，每一句歌词都是他们恋爱的记忆。

从年少到如今，横跨数十年岁月。幸好在身边的人，还是昔日少年。

演唱会结束，陆羡鱼再一次上了热搜，与往日不同的黑词条，这一次全是正面热搜，喜得林若都想点一曲《新年好》来庆祝。

#陆羡鱼与你#、#陆羡鱼官宣恋情#、#陆羡鱼演唱会#……

演唱会结束后，陆羡鱼就登录微博发布了一条微博。

@陆羡鱼V：与你。配图是一张十指相扣的照片，图片光线略暗，却隐约可见左手无名指上的字母C。

与女人纤细如葱的指节不一样，图片上的男人手指骨节分明。

底下评论众多：

“我一个螺旋爆哭，姐姐先宣布退圈，又官宣恋情呜呜呜呜。”

“是字母C的主人吗？”

“我们家鱼鱼一定要和你的爱人很幸福啊！”

“从年少到社会的爱情，顶流女明星VS年少有为军官，姐妹们不入股一下北川有鱼吗？”

“北川有鱼yyds！”

…………

陆羡鱼倚在季北川怀里，翻看着粉丝的评论，不时念上一两句，笑得乐不可支：“我家粉丝太可爱了。”

“你最可爱。”季北川摸了摸她的脑袋。

陆羡鱼放下手机，钩住季北川的脖颈问他：“我有个问题问你。”

“嗯？”

“你什么时候喜欢上我的？”

季北川笑了下，一个吻毫无征兆地落在她的唇角：“第一眼。”

年少机场的惊鸿一瞥，早就注定了一生情动。

陆羡鱼瞥向窗外，今夜月色皎洁明亮，繁星正璀璨。她恍然想起那个雨夜，少年撑着一把伞为她挡去了风雨，漆黑的眸氤氲着深情看向她：“陆小鱼，你要不和我试试呗？”

十八岁的陆羡鱼深陷泥泞，爱而不得，她将自我封闭，是张扬放肆的季北川以强硬姿态闯入她的世界。

他教会她爱人不需小心翼翼，将她从泥沼拉了出来，与世界和解。

“喂，季小川。”陆羡鱼叫他。

季北川扬眉：“嗯？”

“我爱你。”她弯着眸笑，眼底像盛了一池星光。

季北川愣了一下，认真而虔诚地吻她的唇畔，轻声道：“我也爱你，宝贝。”

北川有鱼，其名为羡。

鱼入川流，而你归我。

陆羡鱼归季北川，从年少到白发，一生一世。

番外一 圣诞

Beichuanyouyu

在陆羡鱼和季北川婚礼结束的第二周，季北川就被派往国外参加军事特训。军事特训为期时间不定，抵达训练地点后，季北川按照规定，上缴了一切通信工具。

在这之前，他给陆羡鱼发了一条消息：等我回来。

国内外有时差，陆羡鱼自怀孕开始又嗜睡，在看见季北川发来这条消息后已经是国内时间第二天中午十二点，她揉了揉睡意惺忪的眼睛，哈欠连天地回季北川消息：好的，季小川。

消息发过去，没有人回她。

陆羡鱼知道季北川这次特训的重要性，很乖地没有打扰他，只是偶尔在微信上跟他留言：

“季小川，我喜欢吃酸的，又喜欢吃辣的，酸儿辣女，你说我会不会怀的是龙凤胎？”

“今天去产检啦，医生说宝宝很健康！”

“我提名金影奖最佳女主角了，我可真棒！”

…………

季北川再一次拿到手机，已经是两个月后，他看着陆羡鱼给他的留言，她基本上每天都会给他发消息，内容有关于宝宝的，会跟他说宝宝基本上不会闹她，一定是个很乖的宝贝，或者跟他分享每天生活里的趣事，甚至还感叹没有他陪着她，小日子过得有滋有味。

最后一条消息是：要不你别回来了吧？我觉得离了你，我过得更开心了啦。

季北川看见这条消息，低笑一声：“没良心的小白眼狼。”

跟季北川一同出国特训的战友见他拿到手机就迫不及待看手机，打趣地调侃道：“老季，看媳妇儿留言呢？”

“对。”他笑，眼底含了宠溺，“没办法，我媳妇儿黏我黏得紧。”

对方见此，笑骂道：“滚，别秀恩爱。”

季北川扬眉：“你也找个媳妇儿呗。”

“滚滚滚。”对方一脚踹了过来，季北川笑着躲开，敲字回陆羡鱼消息：我回来了。

季北川一下飞机就立刻打车回家，回到家里已经是晚上十点，客厅一片漆黑，只有窗外朦胧的月光照亮视线，他看见虚掩的卧室门，门后光影微弱，隐约能窥见床上缩成一团的娇小身影。

季北川轻笑了声，动作很轻地推开虚掩的卧室门。卧室里只留了一盏壁灯照亮空间，季北川走到床边，微躬身打量床上睡觉的陆羡鱼，她比他走之前瘦了许多，巴掌大的小脸愈发尖俏，脸色也泛着苍白，眼下青乌一片，睡着时也皱着眉头。

跟她在微信里和他留言所说自己过得很好，完全是两回事。

季北川有些心疼，他家姑娘从来都是娇性子，受不得一点儿累和苦，偏偏因为他职业的特殊性，一个人忍受着孕期的劳累，还给他留言说自己过得很好，不想让他担心。少年时被他护在羽翼下的小姑娘，在他看不见的地方，已成长为一个合格的妻子和母亲。

“辛苦了，宝贝。”季北川倾身，在陆羡鱼眉间落下一吻。

陆羡鱼最近因为孕期妊娠反应，睡眠状态很差，基本都是浅眠，眉心上的温热，让她悠悠转醒，看着面前出现的男人，还以为是在梦里，伸出双手撒娇：“季小川，抱抱。”

季北川伸出双手把她抱在怀里，低声问：“吵醒你了？”

耳边传来男人低沉的嗓音，陆羡鱼才恍然惊觉这不是梦，她打了个哈欠，下巴抵在季北川的肩上，问他：“什么时候回来的？”

“刚才。”

陆羡鱼“嗯”了一声，又无精打采地趴在季北川肩上，瓮声说：“季小川，我饿了。”

“再睡会儿，老公给你做好吃的。”季北川把她放在床上，又拉过被子给她盖上，掖好被角才从卧室走出去。

陆羡鱼又睡了两个小时，是被厨房传来的诱人香味儿勾醒的，她掀开被子从床上下来，趿拉着拖鞋走出卧室。

季北川把做好的饭菜摆上桌，转头看见陆羡鱼打着哈欠从卧室出来。家里有暖气，陆羡鱼只穿了一件法兰绒的睡裙，白皙小腿裸露在外，只是没了平日的纤细，显得浮肿笨重。

“醒了，怎么不叫我？”季北川走上前，弯腰把人抱在怀里。

“被你做的饭香醒的。”陆羡鱼也不矫情，任由季北川把自己抱着走向餐桌坐下，桌上摆放着热气腾腾的玉米排骨粥，以及几碟小菜。

季北川舀了一碗粥递给陆羡鱼，就坐在旁边看着她吃。

陆羡鱼胃口不好，只吃了几口就没吃了，放下碗筷，用手支着脸看着季北川，忽然眼圈一红，眼泪啪嗒就往下掉：“我……我还以为……你不回来了……”

“我是去参加训练，又不是出任务。”季北川笑得无奈，抬手擦去陆羡鱼脸上的泪，“再哭可就丑死了。”

“你嫌我丑了？”陆羡鱼红着眼瞪着他，伸手掐他的脸，“季北川，你说你是不是嫌弃我怀孕变丑了？”

季北川失笑，他总算明白孕妇孕期多思是什么意思，瞧这小模样，上一秒还在跟他哭，下一秒就化身母老虎跟他算账。

能怎么办，自家媳妇儿，宠着呗。

“哪儿丑了？”季北川握住陆羡鱼的手，低头吻过她的指尖，轻声道：“我家小笨鱼最好看了。”

陆羡鱼哼了声：“这还差不多。”

下一秒又变了张脸：“你知道今天是什么节日吗？”

季北川抬眼：“？”

“圣诞节！”陆羡鱼不满，“读书时圣诞节你还送我礼物，现在结婚了你就不送我礼物了？”

“……”

见他不说话，陆羡鱼语气也开始变得幽怨：“季北川，你是不是在外面有狗了？”

季北川：“……”

“来，”季北川深呼吸一口气，指着落地窗旁的方向说，“看那儿。”

陆羡鱼循着他手指的方向看去，落地窗旁，绿色枞树挂满金色、红色的小球，彩灯缠绕枝丫，散发着璀璨的光，树顶的金色星星灯里有只紫色水晶小鱼，星星灯里的小星星一闪一闪的，很是漂亮。

“你……刚准备的？”陆羡鱼想到季北川才回来不久。

“嗯。”季北川抬手帮她整理耳边的碎发，低声说，“能原谅我了吗？”

陆羡鱼弯弯唇角：“勉勉强强。”

“闭眼。”他说。

陆羡鱼乖乖地闭上眼，还不停地问他：“你干吗？有什么惊喜吗？”

季北川未答，牵住陆羡鱼的手，十指相扣，两人无名指上的戒指微微反光，他低头吻在她眉心，嗓音低沉，含着浓浓柔情：“把我送给你？”

“……”陆羡鱼睁眼，嫌弃地撇开脸：“不要，长太丑了。”

季北川眉峰微抬：“丑？”

陆羡鱼嗅到他语气里的威胁，识时务地认怂：“不丑，我老公最帅了。”

“笨鱼。”他捏捏她瘦得没了肉的脸颊，眼底含着心疼，“这段时间，辛苦我的陆小鱼了。”

陆羡鱼愣然一瞬，又笑：“不辛苦。”

两人又在饭桌前坐着说了一会儿话，陆羡鱼余光不经意地瞥见落地窗外洋洋洒洒飘下的六角透明雪花，惊喜地拽了拽季北川的手指：“季小川，下雪了。”

“嗯。”季北川看一眼窗外的落雪，侧脸亲吻陆羡鱼的唇角，低声道，“圣诞快乐，陆小鱼。”

陆羡鱼弯了弯眸，笑：“圣诞快乐，老公。”

番外二

他死后的第十年

四月，苏城。

又是一年清明，雨水顺着青瓦滴落在青石板路上的小水洼里，溅出一圈圈涟漪，路边火盆里烧的黄纸烟熏火燎，一阵风打转吹过，白烟消散在这一片雨雾之中。

天将暗，唐棠撑着伞，手里拎着一袋啤酒和零食从便利店出来，绕过堆满杂物的小巷，进了老旧的小区里。

门口亮着灯的保安室，门卫大叔正捧着一碗热气腾腾的面，吸溜吸溜地吃着，一抬眼看见她走了过来，笑眯眯地打招呼："唐警官，今儿所里不忙吗？这么早就回来了？"

"不忙。"唐棠微笑回答。

唐棠住在小区靠后面那栋单元楼的四楼，老式小区的应声灯年久失修，早坏了，只有阳台外朦胧的月光照了进来，勉强能看清台阶。唐棠在四楼左边的门前停下，从包里拿出钥匙插进锁舌，拧转两圈，老旧的防盗门在安静的夜里发出"咔嗒——"的一声脆响。

进了家门，唐棠把购物袋放在餐桌上，转身进了厨房，下了两碗阳春面，端着搪瓷碗从厨房出来，把碗搁在桌上。她没坐下，又趿着拖鞋，走到茶几前，蹲下身，从抽屉里拿出一张相框。

暗黄的光线从头顶倾泻而下，唐棠手里拿着的是她和徐显珩高中时的合照，合照上的少年穿着白色T恤，头发乖顺地垂落在眉眼，扭头看着她笑得开心，虎牙若隐若现。而她也转头看他，梨涡浅浅。

他们没看镜头，眼睛里似乎只有彼此。

相框放抽屉里久了，落了不少灰。唐棠拿过一张纸，细致地擦拭干净，又捧着相框坐到了餐桌前，把它放在自己对面。

盯着相片看了许久，唐棠露出一丝浅笑，低头拌面，絮絮叨叨地出声："……徐显珩，你别嫌我做的面不好吃，我本来就厨艺不好……"

说着说着，一滴泪就落在了碗里，汤面儿溅起一圈涟漪，飘起了一朵油花。唐棠低头吃了一口面，面煮得很软，入口即化，但没什么味道。

"徐显珩，你是不是在怪我？"唐棠咽下面条，看着照片上的徐显珩说，"……你肯定在怪我，不然……这些年，我怎么一次也没梦见你。今天清明，我想去祭拜你的，但好像没地方去，就做了这碗面。"

又是一滴泪落在了汤碗里，唐棠抬手抹去脸上的泪，一言不发地吃完了自己碗里的面，然后又端过对面那一碗已经凉掉了的面，低头慢慢地咀嚼。面已经凉掉了，很硬，并不好吃，但她还是沉默地吃完了。

吃完了面，唐棠进厨房把碗给洗了，出来又坐在餐桌前，打开一罐啤酒，双眼默然地凝视着窗外一轮冷月，喝完了一罐又一罐的啤酒。墙上的老式钟表时针指向数字11，唐棠闭眼揉了揉有些酸胀的太阳穴，打算进浴室洗个澡睡觉，扶桌起身，寂静的夜里忽然响起"啪嗒——"的一声，眼前一片黑暗。

唐棠大脑已经被酒精侵蚀得发晕，只模糊地想，是跳闸了吗？唐棠打开手机的手电筒，摇晃着身体，走到玄关电箱查看，白色光束扫过去，黑暗的视线忽地变亮，如此便瞧见了电箱跳闸。

联系了维修师傅明天上门修电路，唐棠摸黑进了浴室，简单洗漱了下，就回了卧室，拉过被子倒头就睡。

半夜，雨下得更大了，雷声轰轰地响，雨点砸在玻璃窗上，噼里啪啦的声音，惊醒了本就睡眠浅的唐棠。她迷茫地睁开眼，视线里一片雾蒙的黑。唐棠抱着被子，在床头坐了一会儿，余光瞥见被夜风吹得飞起的白色窗帘，她犹豫几秒，还是起身下床，把窗子给关上了。

再回到床上，唐棠翻来覆去了十几次，才勉强入眠，迷迷糊糊之中，她难得地梦见了十年都没梦见过的徐显珩。

不知道是不是今晚酒喝得太多的原因，唐棠理智上知道自己是在做梦，却又有一种身处现实的错觉，她穿过一个满是大雾的隧道，来到尽头，看见了背对她而站的人。

少年站在那儿，身姿修长，四周都是白雾，唐棠有些看不清他的身影，但能凭直觉感知到眼前的少年就是徐显珩。

她想要过去，却感觉有一道屏障横在他们之间，她过不去，只能无助地站在原地。过了许久，唐棠试探性地叫了一声："阿珩？徐显珩？"

那道身影没有任何动静。没转过身来，也没有要离开的迹象。唐棠愣怔地看着那道身影许久，眼圈一点点变红，她像是失去了重心，跌坐在地上，双手无力地环住自己，把头埋在膝间，一遍遍地，近乎执念似的重复："徐显珩，你在怪我吧？

"嗯……你肯定在怪我，不然你也不会入了我的梦，也不转过身见我……阿珩哥哥，你别怪我好不好……"

话说到最后，唐棠已经泪流满面，倏地，头顶覆上一层温凉的触感，她错愕般地抬起濡湿的长睫，泪眼蒙眬地看着面前的人。

徐显珩没什么变化，还和她记忆里的少年一样，看她的眼神很温柔。对上他的眼，唐棠生了怯意，低着头不敢看徐显珩："我……我现在这样……你、你认不出来了吧，我变丑了，也变老了……"

"没有，"徐显珩给她擦去脸上的泪，语气很温柔，"我的棠棠，一直都很漂亮。无论你变成什么样，我都能一眼认出你。"

听见这话，唐棠的眼泪像是断线的珠子，大颗大颗地往下掉，她抓着徐显珩的衣袖，语序颠倒地说着这十年没梦见他的思念，说尽这些年的委屈和伤心。

"阿珩，你带我走吧。"唐棠看着徐显珩说，"我好像快坚持不下去了……我真的好想你……"

徐显珩用手为唐棠一点点擦去脸上的泪，眼睛注视着她，眸底是不变的温柔与深情："棠棠，你要好好活下去，连同我那份一起，活下去。"

话音落下那刻，梦境坍塌，徐显珩的身影从她眼前消失，余下只有茫茫无尽的白雾。唐棠在白雾里跌撞着来回奔跑，哭着呼唤徐显珩的名字，可她从隧道这边，跑到另一边，都没再看见徐显珩，无尽的白雾里，只回荡着她撕心裂肺的哭声："徐显珩……"

六点的闹铃响起，唐棠从梦里醒来，双目无神地盯着天花板须臾，回神后，关掉了闹铃，拉开床头柜的抽屉，从里面拿出烟盒和打火机，趿着拖鞋走到窗前。

唐棠从烟盒里摸出一支烟，烟雾缥缈，笼住了她的眉眼，唐棠抬眸看着窗外。下了一夜的雨已经停了，天却还是暗的，远处霓虹灯隐在雨雾之中，远眺望去，像是镶嵌在夜幕里的碎星。不知怎么的，她想起了一些久违的往事。

唐棠其实不是苏城人士，在她的记忆里，她是六岁那年随奶奶南下来到苏城定居的，也是那一年，她遇见了邻居家比她大两岁的徐显珩。

六岁的唐棠才经历了父母双双在地震中丧亡，性子变得极其内敛，搬来许久，她还是和大院里的小伙伴们玩不到一块儿去。每当小伙伴们在一起嬉笑打闹时，她总是抱着妈妈给她买的玩具小熊，安静地坐在树下，看着他们一起欢快地玩耍。

大院里有个小男孩不知道从哪儿听说她没了爸爸妈妈，领着一群小伙伴嘲笑她是个没爹妈的孩子，也是此刻，八岁的徐显珩像极了童话故事里的白马王子，帮她吓跑了那一群欺负她的小孩。他牵着她的手，跟她说："你别怕，我以后保护你。"

六岁的唐棠看着比她高了一个头的徐显珩，轻轻点头，嗓音稚嫩："谢谢哥哥。"

从那以后，唐棠就紧跟在徐显珩身后，寒来暑往，他都牵着她的手上下学，院里的长辈说他们以后长大了，一定是最令人艳羡的一对。

在唐棠上大一的那年，徐显珩回来和父母吃了一顿年夜饭，两人牵手去放烟花，一起去寺庙求了平安符。临到分别前，徐显珩拥住她，在她耳边说："棠棠，如果我能活着回来，一定娶你回家。"

她哭着应了一声"好"，目送他的身影远去。

也是那一天，这个世界上再没了徐显珩这个人。

变故是在唐棠二十岁这一年，她满怀期望地等着徐显珩回来娶她，等来的却只有冰冷冷的骨灰盒，以及一张已经被血模糊了的她的照片。

照片背后写着一行字：待我荣光归来，娶你过门为妻。

她的阿珩，走时是意气风发的少年，回来，却只能挤在一方狭小的骨灰盒里，死后也不设碑，成了黑暗里的无名英雄。

徐显珩下葬后的那段时间，唐棠过得很消极，直到那年开学后，徐显珩的直系领导找到她，提出卧底一事。

唐棠想也没想就答应下来。在组织的安排下，唐棠假装登山坠崖而亡，实则改头换面，化名姜楠，按照组织的指令，以便利店售货员的身份，慢慢接近那位贩毒头目——商陆。

在商陆身边的每一个日夜，唐棠都觉得自己快要坚持不下去了，可一想到徐显珩的死，想到组织的委托，肩上的重担，她又有了动力向前走。收网行动那天，商陆说他知道这是局，却甘愿入局，只为赌她的真心。

唐棠却觉好笑，一个视他人生命如无物的匪徒何来真心一说，何况，她这一生只为心中的信仰而活，正义面前，所有宵小终会受到制裁。

回苏城之后，唐棠就从一线退了下来，在本地分局做了个文职的岗位，生活车轮往前而行，她一个人过了十年，期间有同事想给她介绍对象。

唐棠浅笑拒绝对方，同事问她为什么，她说："我结婚了。"

早在很久之前，她就在心底嫁给了她的少年。

一根烟抽完，唐棠抬眸再看窗外，层层堆叠的云翳后泛起一层金光，清风拂面，带起雨后的潮湿感，她不由得闭了闭眼。

"徐显珩，我会好好活下去。"

连同你那份一起。

此生只愿天下无毒，而我会肩负你的信仰继续向前。

番外三

Beichuanyouyu

除了她，我谁也不要

边城地处中国西北，这里气温常年偏低，入了冬，大雪覆盖了整座城，抬眼望去，天地都是一色，茫茫的一片白。

季北川来边城已有快半年的时间，他很快适应了这边的气温和生活节奏，而奶奶年迈，早些年又出过车祸，入冬后，她的身体越发不好，

每天汤药不断，季北川在学校里上完课，做完兼职，又要马不停蹄地回家照顾奶奶。

自那天在电视上看到陆羡鱼决赛夜的表演，季北川忙里偷闲时，也会偷偷关注她。知道她所在的限定组合名叫“Girls shiny”，中文是“闪亮女孩”，而微博名也从最初的“陆羡鱼”三个字变为“Girls shiny-陆羡鱼”。

陆羡鱼的微博很少更新个人动态，多是些组合动态，或者是代言转发。

季北川从来就不是爱玩社交软件的性格，以前注册的微博号也是拿来关注一些乱七八糟的账号，这一次他清空了所有关注，列表里只剩一个陆羡鱼。

微博似乎也成了他们分开后唯一的交集点。

分开的第一年除夕夜，季北川如往常一样上线看陆羡鱼的微博，她久违地更新了一条个人动态，坐标定位是在南城，配图是一张初雪的照片，文字很简单，只有三个字：“下雪了。”

底下很快有粉丝回复——

“宝贝，是回国过年了吗？”

“差评！没有自拍！”

“下雪了，要注意保暖哦。”

“我这里也下雪了，在想你哦，宝贝。”

“……”

季北川盯着这条微博看了许久，倏地低眉笑了一声，极轻，很沉，带点儿愉悦的欣喜，他读懂了她这条微博的含义，是——下雪了，我在想你。

季北川在这条微博下评论了句：我也在想你。

但他这条不起眼的评论，很快被陆羡鱼热情的粉丝们的评论淹没在评论区里，很遗憾的，没有被她看见。

季北川上宜江军校那年，恰好是Girls shiny举行世界演唱会的第一年，国内第一站定在了离宜江市不远的阆城，时间是在十月国庆长假第三天。

Girls shiny这个组合很火，几乎是出道就爆红，更别提处于人气上位圈的陆羡鱼，所以演唱会门票是在网上一出售，几秒就被抢空。

季北川本来计划是先去阆城，然后在当地买票，哪想等他到了阆城，去官方指定售票点一问，演唱会门票已经售罄。无奈之下，季北川托了当地的朋友，找黄牛高价买了一张Girls shiny的演唱会门票，门票的位置很靠后，俗称“山顶蹦迪”专区。

演唱会是在晚上七点开始，检票在五点半。季北川那天早早就来到举办演唱会的体育馆前排队检票，他穿了一件黑色T恤，浅色系的工装裤，白色运动鞋，踝骨锋利分明。往人群里一站，一米八几的大高个格外吸睛，更别提他本就生了一张招桃花的脸。

在排队检票时，季北川用手机刷陆羡鱼的微博，她微博更新简单，个人动态只有寥寥几条，偏他翻来覆去，看得津津有味。正刷着陆羡鱼的个人微博页面，季北川耳边响起一道含羞带怯的女声：“小哥哥，您好，您也是鱼鱼的粉丝吗？”

季北川瞭起眼皮看过去，面前站着的女生，短头发，紫色T恤，T恤上印有一个卡通版的陆羡鱼，看起来格外可爱。

他勾了下唇，懒散地“嗯”了一声。

女生听他这么一说，语气大胆了许多：“我也是鱼鱼的粉丝，可以加您的微信，然后拉您进我们的粉丝群吗？”

对上女生似有若无的爱慕眼神，季北川哪里还不明白这是搭讪，他摁熄手机屏幕，干脆利落地拒绝了对方：“抱歉，我喜欢一个人追星。”

女生眼底的光暗下，脸色难掩失落，她还想说什么，前面检票的工作人员催促道：“那边的，快点来检票了。”

季北川迈开长腿过去，检票进了馆，留给女生一个冷淡的背影。

季北川根据门票找到位置坐下，很巧的是这一圈都是身穿陆羡鱼应援服的粉丝，众人手里拿着紫色的荧光棒，有人手里还拿着一个闪着“陆羡鱼全世界最漂亮”字样的紫色巨大灯牌。

在等演唱会开始的间隙，有应援会的大粉过来给没有应援物的粉丝发放应援棒，发到季北川时，那个女孩愣了一下，旋即露出惊喜的笑：“好巧，我们又遇见了。”

季北川抬眼看去，说话的女生是刚在门口搭讪他的人，他礼貌点头回应，目光落在对方手里的紫色荧光棒上，问：“可以给我一根吗？”

“可以。”女生爽快地递了过来。

女生本来想借此机会找季北川要联系方式，可身边同伴催促她去下一站，女生只能遗憾地看一眼季北川，和同伴离去。

巨型体育馆里坐满了人，Girls shiny组合有五个女孩，除去团粉的金色应援海，放眼望去，占去场馆一半的都是紫色海洋。

季北川坐在观众席上，和到场陆羡鱼所有粉丝一样，为即将出场的她挥舞着手里的紫色荧光棒。

晚上六点五十，距离演唱会正式开始还有十分钟，舞台两边的大屏幕上已经开始播放Girls shiny五个女孩的影像。最先播放的是陆羡鱼的个人影像，视频里的她穿着简单的黑色短T，运动裤，在练习室里一遍又一遍地练习舞蹈，汗水从她鬓角落下，身上的T恤几乎被汗湿透。

季北川抬眸看去，眼中泛起一丝心疼。

练习室的视频结束后是陆羡鱼出道夜荣获C位的获奖感言，视频里，少女穿着藏蓝色制服，身量纤瘦高挑，站在聚光灯下，模样漂亮。

陆羡鱼手里拿着象征第一名的水晶奖杯，她调试了话筒高度，目视台下奋力呐喊她名字的一众粉丝，漂亮的杏眼红了一圈，哑着嗓音开口：“……谢谢你们送我来到这个位置，很感谢这一路有你们的陪伴，今夜是我站上顶点的第一步，未来，我会更努力，站得更高，让更多的人看见我。”

台下粉丝尖叫着呼唤她的名字，扬言要陪她站到世界的巅峰。

陆羡鱼的单人视频已经结束，季北川却久久凝视着屏幕没有挪开眼，他脑海掠过两人分开时的画面，小姑娘哭红了眼说：“我怕你找不到我。”彼时他回答：“那你站高点儿，能让我一眼瞧见，那样，我就能找到你。”

所以他的小姑娘，为了他能一眼看见她，在他看不见的地方，成长为闪闪发光的大明星。

七点的钟声响起，场馆内灯光熄灭，下一秒，舞台前燃起火花，Girls shiny的出道曲前奏同时响起，舞台上落下一束亮如白昼的光，五个女孩乘坐升降台登场。季北川视线落在大屏幕上，摄像机扫到站在C位的陆羡鱼，少女一头金色短发，皮肤白皙，化着精致的舞台妆，一双盈盈杏眼下是一滴水钻的装饰，五官立体又漂亮。

陆羡鱼穿着银色亮片吊带上衣，同色系包臀裙，身材窈窕纤瘦，在和组合成员一同上场时，轻轻松松就吸引走了台下所有观众的目光。以陆羡鱼为首的五个女孩来到舞台中间，异口同声做了介绍："大家好，我们是Girls shiny。"

台下观众呼喊着她们的名字，其中陆羡鱼的粉丝声音最大，尖叫声几乎要掀翻整个体育馆，吵嚷得季北川耳膜发疼。

季北川透过大屏幕看着台上的陆羡鱼，她们今晚的第一场表演已经开始，是一首很劲爆的摇滚风乐曲，节奏欢快，乐曲激情，很容易就将演唱会的气氛推到了一个新高潮。在最后一个乐符落下的瞬间，舞台灯光落在陆羡鱼身上，她才跳过一段舞，发丝凌乱，微微喘着气，笑盈盈地看着台下众人。

那晚的演唱会持续到晚上九点才结束，从现场离开后，季北川打开手机上网，微博上全是在讨论陆羡鱼今晚的舞台表演。

"鱼鱼今晚表演太辣了，我直接嗨一句老婆好。"

"谁说我们鱼鱼是走后门拿到C位的，就这舞台表现力，妥妥的大ACE好吗。"

"救命，我们鱼鱼今晚杀疯了，个人表演简直太绝了，直接封神了！"

季北川刷了一会儿微博，把微博广场上陆羡鱼今晚舞台表演的照片一一保存，然后把其中一张设置为屏保壁纸，才心满意足地关掉了手机。

晚上回酒店洗完澡，季北川拿出手机一看，陆羡鱼更新了微博，配图有和组合成员的合照，罕见地有一张她的自拍。

微博文字内容是："你看见了吗？"

底下评论嗷嗷直叫："看见了，两只眼睛都看见了！鱼鱼今晚的表演超级棒！！！"

季北川给她这条微博点了个赞，把陆羡鱼的那张自拍保存下来，设置为新的手机壁纸。

次日早上八点，季北川坐高铁回了宜江，又投身进忙碌的军校训练中。

在一个月之后，他们室友里的老贺在追隔壁宜江大学的一个中文系女生，非要拉上季北川他们三人一起，说是要搞一个什么宿舍联谊。

季北川闲来无事，就答应了下来，在周六的咖啡馆兼职结束后，季北川收到老贺发来的座位定标，是在他们学校后面的一家新开的火锅店。季北川回了个“好”，从咖啡馆离开，慢悠悠地坐公交车前去赴约。

到约好的包厢时，除了他们寝室其他三人，大圆桌上还坐了四个女生，其中一个短发女生看见季北川推门进来的那一刻，眼睛立马就亮了。

季北川拉开靠门的座位的椅子坐下，和老贺在内的三人颔首打了招呼，在老贺的介绍下，认识了其他四个女生。

短发女生叫黄晶晶，正是上次季北川去阆城看陆羡鱼演唱会遇见的女孩，从他落座那一刻开始，黄晶晶的眼神就没从季北川身上挪开过。

“你好，没想到我们这么有缘，居然又遇见了。”黄晶晶微红着脸，和季北川打招呼。

季北川看过去，没认出来黄晶晶是谁，于是开口问：“我们见过？”

黄晶晶眼底的光暗淡一瞬，又亮了起来，和季北川说：“上个月Girls shiny阆城演唱会，我们见过面的，我还给了你一根鱼鱼的应援棒，你记得吗？”说着，黄晶晶咬紧唇瓣，一脸希冀又忐忑地看着季北川。

提到陆羡鱼，季北川隐约有了一点儿印象，似乎在上次Girls shiny的阆城演唱会上，他的确找人要了一根应援棒。

“记起来了，”季北川回过神来，礼貌地和黄晶晶打招呼，“你好。”

黄晶晶见季北川记起来了自己，脸上红晕更甚，和他做自我介绍：“我叫黄晶晶，你叫什么，待会儿饭局结束，我……我能……”说到这儿，黄晶晶有些害羞了，毕竟当着太多人的面儿，她又是个女孩子，脸皮薄，所以不敢像演唱会时，主动找季北川要联系方式。老贺一眼瞧出来黄晶晶对季北川有意思，挤眉弄眼地笑：“川哥，人妹子都主动和你做自我介绍了，别等待会儿饭局结束，直接现在就加个联系方式呗，以后常联系。”

黄晶晶一脸期待地看向季北川，小声问：“可以吗？”

桌上众人看了过来，季北川穿了一件黑色连帽卫衣，懒散地靠着椅背，桌下长腿大大咧咧地敞开，坐姿散漫又随意。季北川没说话，摸出手机，按亮了屏幕，众人看去，亮起的手机屏幕上是一张女孩的自拍照，金色短卷发，包裹着一张俏丽的脸蛋儿，她对镜比了一个

“wink”，十足的娇俏。

黄晶晶认出季北川手机壁纸是陆羡鱼的自拍照，正想说话，只听少年低沉带磁的嗓音响起：“抱歉，我是陆羡鱼的老公粉。”

季北川摁熄屏幕，懒懒地开口：“除了她，我谁也不要。”

“……”好像还挺有道理。

黄晶晶脸色有些不好看，想要说什么反驳两句，可又没话反驳，她有自知之明，比起漂亮的陆羡鱼，自己根本算不了什么。眼瞧气氛变得尴尬，老贺出声打圆场，招呼大家吃饭，桌上气氛才恢复如初。

那之后，黄晶晶还是锲而不舍地来季北川学校找他，送便当送围巾，但季北川态度坚决，把东西都还了回去，没一点儿要答应黄晶晶追求的意思。黄晶晶对季北川的追求一连持续了大半年，但季北川表明了对她没意思，无论是送礼物还是约会，都没有答应。

大半年时间过去，连老贺在内的几个室友都看不下去了。在一次男生夜寝谈话时，老贺问季北川：“川哥，人黄晶晶长得也挺好看，追你也挺久了，你怎么就不答应她？难不成还真打算要抱着你那女神过一辈子？”

季北川笑：“我说了，除了她，我谁也不要。”

当时大家只当季北川是追星追得魔怔了，居然敢妄想一个光鲜亮丽的大明星，等到几年后，老贺一行人收到季北川和陆羡鱼的结婚邀请函，才恍然大悟——

这人哪是追星追魔怔了，分明早就是抱得美人归了！

《小鱼儿的心情盲盒》使用指南

1.把书捧在手心，闭上眼睛。

2.用5至10秒钟的时间许下你的心愿或问题。例如：“希望TA喜欢我。”或“我该怎么做？”

3.然后，一只手放在这本书的封面上，从后往前，翻动书页的边缘。

4.在你感觉时间正确的时候，打开书，你要寻找的答案就在那里。

祝小可爱们开的盲盒，愿心所念，皆能所愿。